DIE BRAUTPRINZESSIN

S. Morgensterns klassische Erzählung
von wahrer Liebe und edlen Abenteuern
Die Ausgabe der „spannenden Teile“
Gekürzt und bearbeitet von

WILLIAM GOLDMAN

Aus dem Amerikanischen übersetzt
von Wolfgang Krege

Hobbit Presse/Klett-Cotta

Hobbit Presse
Klett-Cotta
Die Originalausgabe erschien unter dem Titel
»The Princess Bride« bei Harcourt Brace Jovanovich, Inch., New York

Dritte Auflage dieser Ausgabe 1997

Printed in Finland
Einbandgestaltung: Klett-Cotta-Design
Bildmotive von Mark Harrisons mit
freundlicher Genehmigung der Agentur Luserke

Die Deutsche Bibliothek – CIP-Einheitsaufnahme
Goldman, William:
Die Brautprinzessin : S. Morgensterns klassische Erzählung von
wahrer Liebe und edlen Abenteuern ; die Ausgabe der
»spannenden Teile« / gekürzt und bearb. von William Goldman.
Aus dem Amerikan. übers. von Wolfgang Krege. –
3. Aufl.dieser Ausg. – Stuttgart : Klett-Cotta, 1997
(Hobbit-Presse)
Einheitssacht.: The princess bride <dt.>
ISBN 3-608-87500-X

Dieses Buch hier ist mir das liebste auf der Welt, aber gelesen hab' ich es noch nie.

Wie ist so was möglich? Ich versuche es zu erklären. Als Kind hatte ich für Bücher einfach nichts übrig. Ich mochte nicht lesen, ich war in der Schule sehr schlecht darin, und wie sollte man auch Zeit haben zu lesen, wenn einen die Spiele lockten? Murmeln, Basketball, Baseball — davon konnte ich nie genug kriegen. Ich war nicht mal gut darin, aber geben Sie mir einen Fußball und einen leeren Platz, und ich kann Siege in letzter Sekunde erfinden, daß Ihnen die Tränen kommen. Die Schule war eine Qual. Miss Roginski, meine Lehrerin von der dritten bis zur fünften Klasse, hatte eine Unterredung nach der anderen mit meiner Mutter. »Ich habe das Gefühl, daß Billy sich vielleicht nicht ganz so viel Mühe gibt, wie er könnte.« Oder: »Bei den Tests schneidet Billy eigentlich noch sehr gut ab, im Vergleich zu seinen Leistungen im Unterricht.« Oder, meistens: »Ich weiß nicht, Mrs. Goldman, was *sollen* wir denn bloß machen mit Billy?«

Was *sollen* wir denn bloß machen mit Billy? Der Satz verfolgte mich in diesen ersten zehn Jahren. Ich tat so, als ob es mich nicht kümmerte, doch insgeheim war ich wie versteinert. Alles und jedes lief an mir vorbei. Ich hatte keine richtigen Freunde, kein einziger war so verrückt auf all die Spiele wie ich. Ich sauste herum, aber ich glaube, wenn es mir jemand auf den Kopf zugesagt hätte, ich hätte gestanden, daß ich bei all der Hektik sehr allein war.

»Was *sollen* wir denn bloß mit dir machen, Billy?«

»Ich weiß nicht, Miss Roginski.«

»Wie ist es nur möglich, daß du bei diesem Lesetest durchfällst? Ich hab' doch jedes Wort mit meinen eigenen Ohren schon von dir gehört.«

»Es tut mir leid, Miss Roginski. Ich muß wohl nichts dabei gedacht haben.«

»Du denkst immer etwas, Billy. Bloß an den Lesetest hast du nicht gedacht.«

Ich konnte nur nicken.

»Was war es denn diesmal?«

»Ich weiß nicht. Ich kann mich nicht erinnern.«

»Wieder Stanley Hack?« (Stan Hack war in jenen Jahren der dritte Malmann der Cubs. Ich hatte ihm einmal von einem Rangplatz aus zugesehen, und sogar auf die Entfernung hatte er das freundlichste Lächeln, das ich je sah, und bis auf den heutigen Tag schwöre ich, daß er mir mehrere Male zugelächelt hat. Ich vergötterte ihn, und er hatte auch einen gewaltigen Schlag.)

»Bronko Nagurski. Er ist ein Football-Spieler, ein ganz großer, und gestern abend stand in der Zeitung, er werde vielleicht wieder für die Bears spielen. Er hat aufgehört, als ich noch klein war, aber wenn er wieder spielt, und wenn ich jemand finde, der mich zu einem Spiel mitnimmt, dann könnte ich ihn sehen, und vielleicht würde der, der mich mitgenommen hat, ihn kennen, und dann könnte ich nach dem Spiel zu ihm gehen, und vielleicht hätte er Hunger, und ich könnte ihm ein Sandwich geben, wenn ich eines dabeihätte. Ich hab' mir gerade überlegt, was für ein Sandwich Bronko Nagurski am liebsten essen würde.«

Sie sank an ihrem Tisch in sich zusammen. »Du hast eine wunderbare Phantasie, Billy.«

Ich weiß nicht mehr, was ich gesagt habe; wahrscheinlich »danke« oder so etwas.

»Aber ich kann nichts daraus machen«, fuhr sie fort. »Warum bloß?«

»Ich denke, das ist vielleicht, weil ich eine Brille brauche, und lesen kann ich nicht, weil die Wörter so verschwommen sind. Das würde auch erklären, warum ich immerzu zwinkern muß. Vielleicht, wenn ich mal zu einem Augenarzt ginge und der verschriebe mir eine Brille, dann wär' ich der Beste in der Klasse im Lesen, und Sie müßten mich nicht so oft nach der Schule dabehalten.«

Sie zeigte hinter sich. »Nun mach mal die Tafeln sauber, Billy.«

»Ja, Madam.« Im Tafelwischen war ich der Beste.

»Und die Wörter sehen verschwommen aus?« sagte sie nach einer Weile.

»Ach wo, ich hab' das bloß so gesagt.« Ich zwinkerte auch gar nicht. Aber sie schien ganz aufgeregt deswegen.

»Irgendwie komm' ich nicht zu dir durch.«

»An Ihnen liegt es nicht, Miss Roginski.« (Es lag nicht an ihr, ich vergötterte sie auch. Sie war klein und dick, aber ich wünschte mir immer, sie wäre meine Mutter. Ich brachte das freilich nie richtig zusammen: Sie könnte zuerst mit meinem Vater verheiratet gewesen sein, dann hatten sie sich scheiden lassen, und mein Vater hatte meine Mutter geheiratet, klar, denn Miss Roginski mußte arbeiten, also bekam Vater mich in Obhut — soweit ging alles auf. Nur schienen die beiden sich gar nicht zu kennen, mein Vater und Miss Roginski. Jedesmal wenn sie sich begegneten, jedes Jahr bei der Weihnachtsfeier, zu der alle Eltern kamen, beobachtete ich die beiden wie verrückt, in der Hoffnung, irgendeinen heimlichen Blick oder einen Schimmer in ihren Augen zu entdecken, der nur bedeuten konnte: »Nun, wie geht's, was hast du gemacht seit unserer Scheidung?« — aber nichts. Sie war nicht meine Mutter, sie war bloß meine Lehrerin, und ich war ihr ganz persönliches und ausuferndes Katastrophengebiet.

»Du wirst schon noch richtig, Billy.«

»Klar, Miss Roginski.«

»Du bist ein Spätblüher, das ist alles. Winston Churchill war ein Spätblüher, und du bist auch einer.«

Ich wollte schon fragen, für wen der spielte, aber etwas in ihrem Ton hielt mich davon ab.

»Und Einstein.«

Den kannte ich auch nicht. Ich wußte überhaupt nicht, was ein Spätblüher war. Aber, Mann, war ich damals scharf darauf, einer zu werden!

Als ich sechsundzwanzig war, erschien mein erster Roman, *The Temple of Gold*, bei Alfred A. Knopf. (Der gehört heute zu Random House, und das gehört zu R. C. A., und diese gehört zu den Übeln der heutigen Verlegerei in Amerika, und die gehören nicht in diese Geschichte.) Bevor das Buch herauskam, sprachen die Werbemenschen bei Knopf mit mir, um herauszufinden, was sie tun könnten, um ihre Gehälter zu rechtfertigen, und sie fragten, an wen ich Vorausexemplare schicken wollte, Leute, die meinungsbildend wirken könnten, und ich sagte, solche Leute kenne ich keine, und sie sagten, »denken Sie mal nach, jeder kennt doch irgendwen«, und da wurde ich ganz aufgeregt, weil mir die Idee kam, und ich sagte, »ja, schicken Sie ein Exemplar an Miss Roginski«, was mir gewaltig logisch vorkam, denn wenn irgendwer bei mir Meinungen gebildet hatte, dann sie. (Sie kommt übrigens im *Temple of Gold* vor, nur nannte ich sie da »Miss Patulski« — auch da war ich schon kreativ.)

»An wen?« sagte die Werbefrau.

»Meine alte Lehrerin, schicken Sie ihr ein Exemplar, ich werde signieren und vielleicht schreib' ich ein bißchen . . .« Ich war ganz aufgeregt, bis mich der Werbemann unterbrach und sagte, »wir dachten an jemand, der mehr im öffentlichen Leben steht.«

Sehr leise sagte ich, »Miss Roginski. Sie schicken ihr ein Exemplar, bitte, ja?«

»Ja doch«, sagte er, »unbedingt.«

Sie erinnern sich, daß ich ihres Tons wegen nicht gefragt hatte, für wen Churchill spielte. Denselben Ton muß ich da auch getroffen haben. Jedenfalls, etwas muß passiert sein, denn er schrieb sich sofort ihren Namen auf und fragte, ob mit *ski* oder *sky*. »Mit i«, sagte ich ihm und schweifte schon durch die Jahre, um eine herrliche Widmung für sie zu finden, klug und bescheiden und brillant und vollendet, Sie wissen schon.

»Vorname?«

Das holte mich schnell wieder zurück. Ihren Vornamen wußte ich nicht. Ich hatte sie immer nur »Miss« genannt. Ihre Adresse wußte ich auch nicht, nicht einmal, ob sie überhaupt noch lebte. Ich war seit zehn Jahren nicht mehr in Chicago gewesen; ich war ein Einzelkind, meine Eltern gab es beide nicht mehr; wen kümmerte schon Chicago?

»Schicken Sie es an die Grammar School in Highland Park«, sagte ich, und zuerst dachte ich, ich sollte schreiben »Für Miss Roginski, eine Rose von Ihrem Spätblüher«, aber dann fand ich das zu eingebildet, und entschied, »Für Miss Roginski, ein Halm von Ihrem Spätblüher« wäre schlichter, aber das war wieder zu schlicht, fand ich als nächstes, und damit war es zu Ende mit meinen guten Ideen für diesen Tag. Nichts fiel mir mehr ein. Dann dachte ich: Wie, wenn sie sich gar nicht mehr an mich erinnert? Hunderte von Schülern im Lauf der Jahre, wie sollte sie? So schrieb ich schließlich aus Verzweiflung hin: »Für Miss Roginski von William Goldman — Billy nannten Sie mich und Sie sagten, ich sei ein Spätblüher. Dieses Buch ist für Sie, und ich hoffe, Sie mögen es. Ich war im dritten, vierten und fünften Jahr in Ihrer Klasse, herzlichen Dank. William Goldman.«

Das Buch erschien und wurde verrissen; ich blieb zu Hause und verriß es auch, um mich dran zu gewöhnen. Es machte mir nicht nur keinen Namen als die frischeste Sache seit Kit Marlowe, es wurde auch von keinem Menschen gelesen. Nicht doch, jede Menge Leute haben es gelesen, Leute, die ich alle kannte. Ich glaube, ich darf aber sagen, keinem Fremden hat es je gefallen. Es war eine belämmernde Erfahrung, und ich reagierte, wie oben angezeigt. Als schließlich Miss Roginskis Karte kam — sie kam spät, denn sie ging an Knopf, und die ließen sich Zeit —, hatte ich eine Aufmunterung nötig.

»Lieber Mr. Goldman, danke für das Buch. Ich hatte noch keine Zeit, es zu lesen, aber ich bin sicher, es ist eine schöne Leistung. Natürlich erinnere ich mich noch an Sie. Ich erinnere mich an alle meine Schüler. Mit herzlichem Gruß, Ihre Antonia Roginski.«

War das ein Tritt! Sie erinnerte sich überhaupt nicht mehr. Ich saß da mit der Karte, ganz erschlagen. An mich erinnern die Leute sich nicht. Wirklich nicht, das hat gar nichts mit Paranoia zu tun; ich hab' einfach diese Angewohnheit, durch die Gedächtnisse durchzurutschen. Es macht mir nicht viel aus. Wenn es nur nicht gelogen wäre, es macht mir schon etwas aus. Aus irgendeinem Grund kriege ich immer sehr hohe Punktwerte auf der Skala der Vergeßbarkeit.

Als Miss Roginski mir also jene Karte schickte, womit sie sich zu einem Irgendjemand machte, war ich froh, daß sie nie geheiratet hatte, ich hatte sie sowieso nie gemocht, sie war immer eine miserable Lehrerin gewesen, und es geschah ihr recht, daß sie mit Vornamen Antonia hieß.

»Ich hab' es nicht so gemeint«, sagte ich gleich darauf laut vor mich hin. Ich war allein in meinem möblierten Zimmer in der glamourösen Weststadt von Manhattan und sprach zu mir selbst. »Es tut mir leid«, fuhr ich fort, »es tut mir leid, Miss Roginski, Sie müssen es mir glauben.«

Natürlich hatte ich zuletzt doch das Postscriptum gesehen. Es stand auf der Rückseite und lautete: »Idiot. Nicht einmal der unsterbliche S. Morgenstern könnte mehr elterliche Gefühle hegen als ich.«

S. Morgenstern! *The Princess Bride. Die Brautprinzessin.* Sie erinnerte sich.

Rückblende.

1941, Herbst. Ich bin ein bißchen kribbelig, weil ich im Radio das Football-Match nicht hereinbekomme, Northwestern gegen Notre Dame; es fängt um eins an, und eine halbe Stunde nach eins habe ich das Spiel immer noch nicht. Musik, Nachrichten, Seifenopern, alles, nur nicht das Spiel. Ich rufe meine Mutter. Sie kommt; ich sage ihr, das Radio ist hin, ich finde Northwestern–Notre Dame nicht. Sie sagt, du meinst Football? Ja, ja, ja, sage ich. Es ist doch Freitag, sagt sie, ich dachte, die spielen Samstag.

Ich Idiot!

Ich lehne mich zurück, höre dem Gequassel zu, und nach einer Weile versuche ich es noch einmal und kriege alle Sender von Chicago in das blöde Ding, bloß nicht das Spiel. Ich tobe jetzt richtig, und meine Mutter schaut wieder herein. Ich schmeiß dieses Radio aus dem Fenster, sag' ich; es tut's nicht, es tut's nicht, ich krieg' es doch nicht rein. Was denn rein? sagt sie. *Das Spiel,* sag' ich, bist du denn doof, das *Spiiiiel.* Samstag, und hüte deine Zunge, junger Mann, sagt sie, ich hab' dir schon mal gesagt, heute ist Freitag. Sie geht wieder.

Hast du schon so einen Trottel gesehen?

Gedemütigt drehe ich an dem guten alten Ding herum und versuche, das Football-Spiel zu finden. Es war zum Erbarmen, ich lag da und schwitzte, im Bauch war mir komisch, und ich schlug von oben auf das Gerät ein, damit es richtig gehen sollte, und so entdeckten sie die Lungenentzündung und daß ich delirierte.

Lungenentzündung ist heute nicht mehr das, was sie früher war, besonders damals, als ich sie hatte. So etwa zehn Tage im Krankenhaus und dann zu Hause, während der langen Genesungszeit. Ich glaube, ich lag noch drei Wochen im Bett, vielleicht auch einen Monat. Keine Energie, nicht einmal zum Spielen, bloß noch ein Häufchen Elend, das wieder zu Kräften kommen sollte, Punkt.

Sie müssen sich vorstellen, so stand es um mich, als ich an die *Brautprinzessin* geriet.

Ich war den ersten Abend zu Hause, noch ganz schlaff, ein krankes Huhn. Mein Vater kam herein, ich dachte, um gute Nacht zu sagen. Er setzte sich ans Fußende meines Bettes. »Erstes Kapitel. Die Braut«, sagte er.

Erst jetzt blickte ich auf und sah, er hatte ein Buch in der Hand. Das allein war schon überraschend. Mein Vater war beinah Analphabet, im Englischen. Er kam aus Florin, wo die *Brautprinzessin* spielt, und dort hatte er nicht zu den Dummen gehört. Er sagte einmal, dort wäre er irgendwann Rechtsanwalt geworden, und kann sein, daß es stimmte. Tatsache war aber, daß ihm mit sechzehn die Idee kam, nach Amerika zu gehen. Er setzte auf das Land der Möglichkeiten und verlor. Er war unansehnlich, sehr klein und schon früh kahlköpfig, und er lernte mühsam. Wenn er etwas einmal begriffen hatte, saß es fest, aber bis es in seinen Kopf hineinging, das dauerte unglaublich lange. Er behielt immer sein komisches Einwanderer-Englisch, und das machte es auch nicht eben leichter für ihn. Meine Mutter lernte er auf der Überfahrt kennen, später heirateten sie, und als sie dachten, sie könnten es sich leisten, kam ich. Er arbeitete ewig als die Nummer Zwei im schlechtestgehenden Friseurladen von Highland Park, Illinois. Gegen Ende pflegte er den ganzen Tag auf seinem Stuhl vor sich hin zu dösen, und so trat er auch ab. Er war schon eine Stunde hinüber, ehe die Nummer Eins es merkte; bis dahin hatte der andere gedacht, mein Vater mache ein Nickerchen. Vielleicht war das auch so. Vielleicht ist das überhaupt alles, was an all dem dran ist. Als ich davon hörte, traf es mich mächtig, aber zugleich dachte ich, für ihn sei dieser Abgang beinahe ein Existenzbeweis.

Jedenfalls, als er mit dem Buch kam, sagte ich, »Äh, was? Hab' nicht verstanden.« Ich war ganz schlapp und müde.

»Erstes Kapitel. Die Braut.« Er hielt das Buch hoch. »Ich lese es dir vor. Zur Aufheiterung.« Er rieb mir das Buch fast unter die Nase. »Von S. Morgenstern. Großer florinesischer Schriftsteller. *Die Brautprinzessin*. Er ist auch nach Amerika gekommen. S. Morgenstern. Ist jetzt gestorben, in New York. Das Englische ist von ihm. Er konnte acht Sprachen.« Hier legte er das Buch hin und streckte alle Finger aus. »*Acht*. Einmal, in Florin, war ich in seinem Café.« Nun schüttelte er den Kopf; so machte er es immer, mein Vater, wenn er etwas falsch gesagt hatte, er schüttelte dann den Kopf. »Nicht in *seinem* Café. Er war drin, ich auch, zur gleichen Zeit. Ich sah ihn. S. Morgenstern. So einen Kopf, so groß«, und er zeigte mit seinen Händen, was für ein dicker Ballon es war. »Großer Mann in Florin, nicht so sehr in Amerika.«

»Kommt auch Sport drin vor?«

»Fechten. Ringkämpfe. Folter. Gift. Wahre Liebe. Haß. Rache. Riesen. Jäger. Böse Menschen. Gute Menschen. Bildschöne Damen. Schlangen. Spinnen. Wilde Tiere jeder Art und in mannigfaltigster Beschreibung. Schmerzen. Tod. Tapfere Männer. Feige Männer. Bärenstarke Männer. Verfolgungsjagden. Entkommen. Lügen. Wahrheiten. Leidenschaften. Wunder.«

»Klingt gut«, sagte ich und machte ein bißchen die Augen zu. »Ich will sehen, daß ich wach bleibe ... aber ich bin furchtbar schläfrig, Papa ...«

Wer kann es wissen, wenn seine Welt sich ändern soll? Wer kann es sagen, bevor es geschehen ist, daß alles, was er zuvor erlebt hat, all die Jahre, nur eine Vorbereitung war auf ... nichts. Stellen Sie sich nun dies vor: Ein alter Mann, fast ein Analphabet, im Kampf mit einer feindlichen Sprache, ein kleiner Junge, fast ganz erschöpft, im Kampf mit dem Schlaf. Und zwischen ihnen nichts als die Worte eines anderen Ausländers, mühsam aus heimischen in fremde Laute übersetzt. Wer hätte ahnen können, daß am nächsten Morgen ein anderes Kind aufwachte? Was mich angeht, so erinnere ich mich nur noch, wie ich gegen die Müdigkeit ankämpfte. Eine Woche später war mir immer noch nicht klar, was an jenem Abend begonnen hatte, welche Türen hinter mir zugefallen und welche aufgegangen waren. Vielleicht müßte ich es wenigstens schon ein bißchen gewußt haben, vielleicht auch nicht; wer kann schon die Offenbarung aus dem Wind lesen?

Es geschah einfach dies: Ich wurde süchtig nach der Geschichte.

Zum erstenmal in meinem Leben interessierte ich mich wirklich für ein *Buch*. Ich, der Sportfan, der einzige Zehnjährige in ganz Illinois, der einen Haß auf das Alphabet hatte, ich wollte wissen, *wie es weiterging*.

Was wurde aus der schönen Butterblume und aus dem armen Westley und aus Inigo, dem größten Fechter der Weltgeschichte? Und wie stark war Fezzik wirklich, und wie weit ging die Grausamkeit Vizzinis, des teuflischen Sizilianers?

Jeden Abend las mein Vater mir vor, Kapitel für Kapitel, immer heftig bemüht, die Wörter richtig auszusprechen, den Sinn festzunageln. Und ich lag da, die Augen halb geschlossen, und mein Körper begann langsam wieder Kräfte zu sammeln. Es dauerte, wie schon gesagt, wohl einen Monat, und in dieser Zeit las er mir die *Brautprinzessin* zweimal vor. Auch als ich schon selber lesen konnte, blieb dieses Buch immer das seine. Ich hätte nie daran gedacht, es aufzuschlagen. Ich wollte es mit seiner Stimme und seiner Aussprache. Später, Jahre später noch sagte ich manchmal, »Wie wär's mit dem Duell auf den Klippen,

Inigo und der Schwarze«, und mein Vater brummte und brubbelte etwas und holte das Buch, leckte sich den Daumen und blätterte, bis der große Kampf begann. Ich liebte das. Auch heute noch, wenn ich an meinen Vater denke, stelle ich ihn mir so vor. Vorgebeugt und blinzelnd und über einzelne Wörter stolpernd, gab er mir Morgensterns Meisterwerk, so gut er konnte. *Die Brautprinzessin* gehörte meinem Vater.

Alles andere gehörte mir.

Keine Abenteuergeschichte war vor mir sicher. »Ach, Stevenson«, sagte ich einmal zu Miss Roginski, als ich wieder gesund war, »immer sagen Sie Stevenson, den bin ich durch, wer kommt jetzt?«, und sie sagte, »na dann versuch's mal mit Scott, ob der dir gefällt«, und also nahm ich den alten Sir Walter vor, und er gefiel immerhin so gut, daß ich im Dezember ein halbes Dutzend Bücher von ihm durchschmökerte (größtenteils in den Weihnachtsferien, als es nichts gab, weshalb ich die Lektüre hätte unterbrechen müssen, nur ab und zu ein bißchen zu essen). »Und wer jetzt?« »Vielleicht Cooper«, sagte sie dann, und ich machte mich über den *Wildtöter* her und über die ganzen Lederstrumpf-Sachen, und dann, eines Tages, stieß ich, der eignen Nase folgend, auf Dumas und d'Artagnan, und diese Burschen brachten mich über den größten Teil des Februars. »Du bist ja unter meinen Augen eine Leseratte geworden«, sagte Miss Roginski. »Ist dir klar, daß du jetzt mehr Zeit mit Lesen verbringst als früher mit Spielen? Weißt du, daß deine Noten im Rechnen immer schlechter werden?« Ich machte mir nichts daraus, wenn sie mir zusetzte. Wir waren allein im Schulzimmer, und ich wollte von ihr, daß sie mir wieder jemand Gutes zum Verschlingen nannte. Sie schüttelte den Kopf. »Jetzt blühst du aber wirklich auf, Billy, unter meinen Augen. Ich weiß bloß nicht, was daraus wird.«

Ich blieb einfach stehen und wartete, daß sie mir sagte, wen ich lesen sollte.

»Du bist unmöglich, wie du dastehst und wartest.« Sie überlegte eine Sekunde. »Also, versuch's mal mit Hugo. *Der Glöckner von Notre Dame.*«

»Hugo, Glöckner«, sagte ich, »danke«, und wandte mich ab

und startete zu meinem Spurt in die Bücherei. Als ich mich in Bewegung setzte, hörte ich noch, wie sie hinter mir herseufzte:

»Das geht doch nicht so weiter. Das kann doch nicht so weitergehn!«

Aber es ging so weiter.

Und es geht noch immer so weiter. Heute wie damals bin ich dem Abenteuer ergeben, und das wird nie aufhören. Mein erstes Buch, ich erwähnte es schon, *The Temple of Gold* — wissen Sie wo der Titel her ist? Aus dem Film *Gunga Din*, ich habe ihn sechzehnmal gesehen und glaube immer noch, es ist der größte Abenteuerfilm, der je gedreht wurde. (Wahre Geschichte betreffend *Gunga Din:* Als ich aus der Armee entlassen wurde, schwur ich einen Eid, nie wieder eine Kaserne zu betreten. Keine große Sache, bloß so ein Eid auf Lebzeiten. Also, ich bin zu Hause, am Tag nach der Entlassung, und in der Nähe, in Fort Sheridan wohnt ein Kumpel, und ich besuche ihn, um mich wieder zu melden, und er sagt, »he, rate mal, was es heute abend im Garnisonskino gibt? *Gunga Din.*« »Da gehn wir hin«, sag ich. »Ist kitzlig«, sagt er, »du bist Zivilist.« Ergebnis: Am ersten Abend nach der Entlassung zog ich die Uniform wieder an und schmuggelte mich in die Garnison, um diesen Film zu sehen. Wieder eingeschlichen. Dieb in der Nacht. Herzklopfen, Schweiß und alles weitere.) Ich bin süchtig nach Action/Kolportage/Abenteuer/Egal-wie-man's-nennt, auf jeden Fall Form usw. Ich habe keinen Film mit Alan Ladd versäumt, keinen mit Errol Flynn, und ich versäume heute noch keinen mit John Wayne.

Mein wirkliches Leben fing an, als mein Vater mir den Morgenstern vorlas, als ich zehn war. Eine Tatsache: *Butch Cassidy and the Sundance Kid* ist ohne Zweifel das Bekannteste, womit ich je zu tun hatte. Wenn mir die *Times* bei meinem Tod einen Nachruf widmet, dann wegen *Butch.* Klar, und welches ist nun *die* Szene, von der alles spricht, der kurze Augenblick, der für Sie und mich und für die Massen lebendig bleibt? Antwort: der Sprung von der Klippe. Ich weiß noch, als ich das schrieb, da dachte ich, diese Klippen seien die Klippen des Wahnsinns, die in der *Brautprinzessin* alle hinaufklettern wollen. Im Geiste versetzte ich mich, als ich *Butch* schrieb, tiefer und tiefer in meine Erinnerung zurück; ich erinnerte mich, wie mir mein Vater die Klettertour mit dem Seil vorlas, die Klippen des Wahnsinns hinauf, mit dem Tod, der dicht dahinter lauerte.

Dieses Buch war das Beste, was mir je passiert ist (tut mir leid, Helen! Helen ist meine Frau, die berühmte Kinderpsychiaterin), und lange bevor ich überhaupt verheiratet war, wußte ich, daß ich es an meinen Sohn weitergeben würde. Ich wußte auch, daß ich einen Sohn haben würde. Als daher Jason geboren wurde (wenn er ein Mädchen geworden wäre, hieße er Pamby — ist es denn zu glauben, daß eine Kinderpsychiaterin ihren eigenen Kindern solche Namen gibt?), jedenfalls, als Jason geboren wurde, machte ich mir im Geiste eine Notiz, daß ich ihm zu seinem zehnten Geburtstag ein Exemplar der *Brautprinzessin* kaufen wollte.

Worauf ich die Sache prompt vergaß.

Vorblende: Das Beverly Hills Hotel im letzten Dezember. Ich bin am Durchdrehen wegen der Konferenzen über Ira Levins *The Stepford Wives*, die ich für den Silver Screen bearbeite. Ich rufe um die Mittagszeit meine Frau in New York an, das mache ich immer — es gibt ihr das Gefühl, wichtig zu sein —, und wir sprechen, und gegen Ende sagt sie, »Weißt du, wir schenken Jason ein Rad mit zehn Gängen. Ich hab es heute gekauft. Ich finde, das paßt doch, nicht?«

»Warum paßt es?«

»Also versteh schon, Willy, zehn Jahre, zehn Gänge.«

»Er wird zehn morgen? Das ist mir ganz entfallen.«

»Ruf uns morgen abend an, da kannst du ihm gratulieren.«

»Helen«, sagte ich dann, »hör mal, du kannst was für mich tun. Ruf den Neun-Neun-Neun-Buchladen an, und laß dir *Die Brautprinzessin* schicken.«

»Wart' mal, ich hol mir einen Stift«, und sie ist eine Weile weg. »Also, noch mal, die was?«

»*Brautprinzessin*. Von S. Morgenstern. Es ist ein Kinderbuch-Klassiker. Sag ihm, ich frag ihn darüber aus, wenn ich nächste Woche zurück bin, und es muß ihm nicht gefallen oder so, aber wenn es ihm nicht gefällt, sag ihm, dann bring ich mich um. Mach ihm das bitte ganz klar, ich möchte ihn nicht gern besonders unter Druck setzen oder so.«

»Küss' mich, du Affe!«

»Mmmm-ppah.«

»Und keine Starlets jetzt.« Das war immer ihr Schlußzeichen, wenn ich mich allein im sonnigen Kalifornien herumtrieb.

»Die sind ausgestorben, Dummchen.« Das war mein Schluß. Wir legten auf.

Am folgenden Nachmittag nun, so begab es sich, tauchte von irgendwoher tatsächlich ein lebendes, sonnengebräuntes und tiefatmendes Starlet auf. Ich räkele mich am Swimming Pool, und sie kommt vorbei, in einem Bikini, und sie ist prachtvoll. Ich habe für den Nachmittag nichts vor, ich kenne keine Seele, und so mache ich mir einen Sport daraus, herauszufinden, wie ich dieses Mädchen ansprechen kann, ohne daß sie mich auslacht. Ich tu niemand was, aber auch Äugen ist ein Sport, und da bin ich Spitze. Mir fällt nichts Brauchbares ein, wie ich an sie herankommen kann, und so fange ich an, meine Runden zu schwimmen. Ich schwimme eine Viertelmeile pro Tag, weil ich unten an der Wirbelsäule einen Bandscheibenschaden habe.

Hin und zurück, hin und zurück, achtzehnmal, und wie ich fertig bin hänge ich noch im Tiefen am Beckenrand und schnappe nach Luft, und vorbei schwimmt dieses Starlet. Sie hängt sich auch an den Rand, vielleicht zwei Handbreit neben mir, die Haare ganz naß, glitzernd, ihr Körper ist unter Wasser, aber man weiß, daß er da ist, und sie sagte (so geschah es nun), »Verzeihung, aber sind Sie nicht der William Goldman, der *Boys and Girls Together* geschrieben hat? Das ist sozusagen mein Lieblingsbuch.«

Ich umklammere die Randleiste und nicke; ich weiß nicht mehr genau, was ich gesagt habe. (Gelogen, ich weiß es *genau,* nur ist es zu blöd, um es hinzuschreiben; mein Gott, und ich bin vierzig Jahre alt. »Goldman, ja Goldman, ich bin Goldman« — das kam alles wie in einem einzigen Wort heraus, so daß sie womöglich raten mußte, in welcher Sprache ich antwortete.)

»Ich bin Sandy Sterling«, sagte sie. »Tag.«

»Tag, Sandy Sterling«, brachte ich heraus – ganz schön schlagfertig, jedenfalls für meine Verhältnisse; ich würde es in derselben Situation wieder sagen.

Dann wurde mein Name ausgerufen. »Die Zanucks lassen mir doch keine Ruhe«, sage ich, und sie bricht in Gelächter aus; ich eile ans Telefon und denke, ob das wirklich so schlau war, und wie ich dort ankomme, entscheide ich, ja, es war schlau, und das sage ich in den Hörer, »schlau«, nicht »Hallo« und nicht »Bill Goldman«, sondern ich sage »schlau«.

»Hast du gesagt ›schlau‹, Willy?« Es ist Helen.

»Ich bin in einer Drehbuchkonferenz, Helen, und wir sprechen doch heute abend. Warum rufst du denn jetzt an?«

»Aggressiv, aggressiv.«

Streiten Sie nie mit Ihrer Frau über Aggressivität, wenn sie eine diplomierte Freudianerin ist. »Bloß weil sie mich verrückt machen mit ihren blöden Ideen in dieser Konferenz. Was ist denn los?«

»Nichts weiter, bloß der Morgenstern ist vergriffen. Bei Doubleday hab ich auch schon gefragt. Du hast dich gestern so angehört, als ob es wichtig sein könnte, darum wollte ich dir nur sagen, Jason wird mit seinem Zehngangrad, was ja sehr gut paßt, zufrieden sein müssen.«

»Nicht so wichtig«, sagte ich. Sandy Sterling lächelte, vom tiefen Ende des Bassins her, direkt zu mir. »Trotzdem danke.« Ich wollte schon auflegen, dann sagte ich, »aber wenn du schon mal dabei bist, ruf doch Argosy in der Neunundfünfzigsten Straße an, die sind auf vergriffene Sachen spezialisiert.«

»Argosy. Neunundfünfzigste. Hab's. Wir sprechen heut abend.« Sie legte auf.

Ohne zu sagen, »keine Starlets jetzt.« Bei jedem Anruf sagt sie das zum Schluß, und jetzt nicht. Kann ich mich durch irgendetwas in meinem Ton verraten haben? Helen ist darin sehr wetterfühlig, weil sie doch eine Psych ist und so. Meine Schuld begann Blasen zu schlagen wie ein Pudding auf dem Herd.

Ich ging zurück zu meinem Liegestuhl. Allein.

Sandy Sterling schwamm ein paar Runden. Ich nahm meine *New York Times* auf. Ein gewisses Maß an sexueller Spannung in der Nachbarschaft. »Fertig mit Schwimmen?« fragt sie. Ich lege die Zeitung weg. Sie war nun am Beckenrand, nächst meinem Stuhl.

Ich nicke und starre sie an.

»Welcher Zanuck, Dick oder Darryl?«

»Es war meine Frau«, sagte ich, mit dem Ton auf dem letzten Wort.

Schüchterte sie nicht ein. Sie kam heraus und legte sich in den Stuhl nebenan. Etwas oberlastig, aber goldbraun. Wenn einem so etwas gefällt, mußte einem Sandy Sterling gefallen. Mir gefällt so etwas.

»Sie sind hier wegen der Levin, nicht? *Stepford Wives?*«

»Ich mache das Drehbuch.«

»Das Buch hat mir wirklich gefallen. Das ist sozusagen mein Lieblingsbuch. Ich wär' wirklich gern in so einem Film. Und von Ihnen geschrieben. Ich tät alles, wenn ich da rankäme.«

Da war es also. Sie sagte es einfach so heraus, gleich zur Sache.

Natürlich rückte ich ihr gleich den Kopf zurecht. »Nun hören Sie mal zu«, sagte ich, »solche Sachen tu ich nicht. Wenn ich so etwas täte, dann würde ich's tun, denn Sie sind ein Prachtweib, das brauch' ich Ihnen nicht erst zu sagen, und ich wünsche Ihnen Glück, aber das Leben ist auch ohne solche Sachen schon kompliziert genug.«

Das war, wovon ich *dachte,* daß ich es sagen würde. Aber dann sagte ich mir, Moment mal, wo steht denn geschrieben, daß ich der Puritaner vom Dienst in der Filmbranche sein muß? Ich habe schon mit Leuten zu tun gehabt, die über solche Sachen Karteien führen. (Ist wahr, fragen Sie Joyce Haber.) »Haben Sie schon viel in Filmen gespielt?« hörte ich mich fragen. Sie können sich nun vorstellen, mit welcher Spannung ich der Antwort entgegensah.

»Nichts, was echt meine Grenzen erweitert hat, verstehen Sie?«

»Mr. Goldman?«

Es war der zweite Bademeister.

»Noch einmal für Sie.« Er gab mir das Telefon.

»Willy?« Schon der Klang ihrer Stimme erfüllte mich durch und durch mit schlimmen Ahnungen.

»Ja, Helen?«

»Du hörst dich so komisch an.«

»Was ist denn, Helen?«

»Nichts, aber —«

»Es muß doch was sein, du rufst mich doch nicht wegen nichts an.«

»Was ist los, Willy?«

»*Nichts* ist los. Ich hab' versucht, logisch zu sein. Schließlich hast du angerufen. Ich hab' nur versucht herauszufinden, warum.« Ich kann ganz schön kühl sein, wenn ich will.

»Du verbirgst etwas.«

Nichts macht mich verrückter, als wenn mir Helen so kommt. Denn mit dieser scheußlichen Psychiatrie, die sie gelernt hat, beschuldigt sie mich immer nur dann, daß ich ihr etwas verberge, wenn ich ihr tatsächlich etwas verberge. *»Helen, ich bin mitten in einer Drehbuchkonferenz jetzt; nun sag schon, was du willst.«*

Da war es also noch einmal. Ich belog meine Frau über eine andere Frau, und die andere Frau wußte es.

Sandy Sterling in dem Stuhl neben mir lächelte mir unbeirrt in die Augen.

»Argosy hat das Buch nicht, niemand hat es, mach's gut, Willy.« Sie legte auf.

»Wieder Ihre Frau?«

Ich nickte und legte den Hörer auf den Tisch neben meinem Liegestuhl.

»Sie sprechen aber viel miteinander.«

»Ich weiß«, sagte ich ihr. »Es ist Mord, wenn man mal etwas schreiben will.«

Ich glaube, sie lächelte.

Ich wußte nicht, was ich machen sollte, damit mein Herz nicht so klopfte.

»Erstes Kapitel. Die Braut«, sagte mein Vater.

Ich muß herumgefuchtelt haben oder irgend etwas, denn sie sagte »hmm?«

»Mein Va-« fing ich an. »Ich dach-« fing ich wieder an. »Nichts«, sagte ich schließlich.

»Wird schon«, sagte sie und schenkte mir ein wahrhaft liebes Lächeln. Sie senkte ihre Hand auf meine Hand, nur für einen Augenblick, sehr sanft und begütigend. Ich fragte mich, war es denn möglich, daß sie auch noch verständnisvoll war? War das denn erlaubt? Ein Prachtweib *und* verständnisvoll? Helen war niemals verständnisvoll. Sie sagte immer, sie sei es — »ich verstehe, warum du das sagst, Willy« —, aber insgeheim stöberte sie meinen Neurosen nach. Nicht doch, ich glaube, Verständnis hatte sie schon, aber teilnahmsvoll, das war sie nicht. Und natürlich war sie auch nicht so ein Prachtweib. Dünn war sie und gescheit.

»Ich hab meine Frau auf der Universität kennengelernt«, sagte ich zu Sandy Sterling. »Sie machte gerade ihren Doktor.«

Sandy Sterling hatte etwas Mühe, meinen Gedankengängen zu folgen.

»Wir waren noch Kinder. Wie alt sind Sie?«

»Wollen Sie mein richtiges Alter wissen oder mein Baseball-Alter?«

Ich mußte wirklich lachen. Ein Prachtweib *und* verständnisvoll *und* auch noch witzig?

»Fechten. Ringkämpfe. Folter«, sagte mein Vater. »Wahre Liebe. Haß. Rache. Riesen. Schlangen. Spinnen. Wahrheiten. Leidenschaften. Wunder.«

Es war 12 Uhr 35, und ich sagte, »ein Telefongespräch bitte.«

»Ja.«

»New York City, die Auskunft«, sagte ich in die Muschel, und als sich jemand meldete, sagte ich: »Können Sie mir bitte die Namen von ein paar Buchläden in der Fourth Avenue geben? Es müssen etwa zwanzig dort sein.« Die Fourth Avenue ist das Zentrum des Antiquariats-Buchhandels für den englisch sprechenden Teil der zivilisierten Welt. Während die Telefonistin nachsah, wandte ich mich dem Geschöpf in dem Stuhl neben mir zu und sagte: »Mein Junge wird heute zehn, ich will sehen, daß er dieses Buch von mir bekommt, als Geschenk, dauert nur eine Sekunde.«

»Klar«, sagte Sandy Sterling.

»Ich finde eine Buchhandlung, die heißt Fourth Avenue Bookshop«, sagte die Telefonistin und gab mir die Nummer durch.

»Können Sie mir nicht auch noch ein paar von den andern nennen? Sie stehen alle da auf einem Haufen.«

»Wenn Sie mir die Namen sagen, kann ich Ihnen helfen«, sagte sie mit Ansagerstimme.

»Die eine reicht auch«, sagte ich und ließ die Telefonistin des Hotels für mich anrufen. »Hören Sie, ich rufe aus Los Angeles an«, sagte ich, »und ich brauche die *Brautprinzessin* von S. Morgenstern.«

»Nee, tut mir leid«, sagte der Bursche, und bevor ich noch sagen konnte: »Könnten Sie mir dann wohl die Namen der anderen Buchläden in der Gegend sagen?«, hatte er aufgelegt. »Bitte noch einmal dieselbe Nummer«, sagte ich zu der Hotelzentrale, und als der Mann wieder an den Apparat kam, sagte ich: »Ich bin Ihr Kunde aus Los Angeles; legen Sie diesmal nicht so rasch auf.«

»Ich hab's doch nicht, Mister.«

»Ich weiß. Was ich möchte, ist, weil ich in Kalifornien bin, ob Sie mir die Namen und Nummern von ein paar anderen Läden bei Ihnen dort durchgeben könnten. Vielleicht haben die es; das New Yorker Branchenverzeichnis liegt hier unten natürlich nicht überall herum.«

»Die helfen mir nicht, ich helf' denen nicht.« Er legte wieder auf.

Ich saß da, den Hörer in der Hand.

»Was ist das für ein Buch, was Besonderes?« fragte Sandy Sterling.

»Nicht so wichtig«, sagte ich und legte auf. Dann sagte ich, »doch, ist wichtig«, und nahm den Hörer wieder ab, kam schließlich durch zu meinem Verlag in New York, Harcourt Brace Jovanovich, und nach einigem weiteren Hin und Her las mir die Sekretärin meines Lektors die Namen und Nummern aller Buchläden in der Gegend der Fourth Avenue vor.

»Jäger«, sagte mein Vater nun. »Böse Menschen. Gute Menschen. Bildschöne Damen.« Er hatte sich in meinem Schädel festgesetzt, vorgebeugt, kahlköpfig und blinzelnd, wie er sich bemühte zu lesen, zu gefallen, seinen Sohn am Leben und die Wölfe fern zu halten.

Als ich die Liste komplett hatte und auflegte, war es 1 Uhr 10.

Dann fing ich an mit den Buchläden. »Hören Sie, ich rufe aus Los Angeles an, wegen des Buchs von Morgenstern, *Die Brautprinzessin*, und ...«

»... tut mir leid ...«

»... tut mir leid ...«

Besetztzeichen.

»... seit Jahren niemand mehr ...«

Wieder besetzt.

1 Uhr 35.

Sandy schwimmt. Sie wird auch ein bißchen ärgerlich. Sie muß gedacht haben, ich veralbere sie. Das war es nicht, aber sicherlich sah es so aus.

»... tut mir leid, das letzte Exemplar im Dezember ...«

»... kein Stück, tut mir leid ...«

»Dies ist eine automatische Ansage. Die Nummer, die Sie gewählt haben, ist zur Zeit nicht erreichbar. Bitte legen Sie auf und ...«

»... nee ...«

Sandy ist jetzt richtig böse. Sie schaut wütend drein, sammelt die Trümmer auf.

»... wer liest das heut noch? ...«

Sandy geht.

Wiedersehn, Sandy. Tut mir leid, Sandy.

»... tut mir leid, wir machen zu ...«

1 Uhr 55 jetzt. 4 Uhr 55 in New York.

Panik in Los Angeles.

Besetzt.

Niemand nimmt ab.

Niemand.

»Florinesisch, ich glaube, das hab' ich. Irgendwo da hinten.«

Ich setze mich auf in meinem Liegestuhl. Er sprach mit starkem Akzent. »Ich brauche die englische Übersetzung«, sagte ich.

»Wird nicht viel verlangt, der Morgenstern, heutzutage. Weiß nicht mehr so genau, was ich noch alles da hinten habe. Kommen Sie morgen vorbei, schauen Sie sich um.«

»Ich bin in Kalifornien«, sagte ich. »Es wäre mir sehr wichtig, wenn Sie jetzt mal nachschauen könnten.«

»Bleiben Sie solange dran? Ich bezahl' ja den Anruf nicht.«

»Lassen Sie sich Zeit«, sagte ich.

Er brauchte siebzehn Minuten. Ich blieb am Apparat und horchte. Ab und zu hörte ich einen Fußtritt, das Fallen von Büchern oder ein Knurren: »hnch – hnch«.

Endlich: »Also ich hab' die florinesische, wie ich gedacht hab'.«

So nahe dran. »Aber nicht die englische«, sagte ich.

Und plötzlich brüllte er mich an: »Was denn, sind Sie verrückt? Ich zerreiß mich, und er sagt, ich hab' sie nicht. Klar hab' ich sie, hier vor mir, und das kostet einen Groschen, können Sie mir glauben.«

»Großartig – wirklich, kein Witz, also hören Sie, was Sie jetzt tun, Sie nehmen sich ein Taxi und sagen dem Fahrer, er soll die Bücher nach –«

»Sie da, Mister Kalifornien, jetzt hören *Sie* mal, es gibt einen Schneesturm, und ich geh nirgends hin, und diese Bücher auch nicht ohne das Geld, sechsfünfzig auf den Tisch für jedes, und wenn sie die englische wollen, müssen sie auch die florinesische nehmen, und ich mache um 6 Uhr zu. Die Bücher kommen mir nicht aus dem Haus ohne dreizehn Dollar auf dem Tisch.«

»Bleiben Sie bitte noch da«, sagte ich und legte auf. Wen ruft man an, nach der Geschäftszeit und Weihnachten vor der Tür? Nur den Anwalt. »Charley«, sagte ich, als ich ihn hatte, »bitte tu folgendes für mich. Geh in die Fourth Avenue, zu Abromowitz, gib ihm dreizehn Dollar für zwei Bücher, dann nimm ein Taxi zu meinem Haus und sag dem Pförtner, er soll die Bücher zu meiner Wohnung bringen und, ja, ich weiß, es schneit, was hast du gesagt?«

»Das ist so ein bizarrer Wunsch, daß ich es wohl machen muß.«

Ich rief noch einmal Abromowitz an. »Mein Anwalt ist auf Ihrer Spur.«

»Keine Schecks«, sagte Abromowitz.

»Sie sind ein Herzchen!« Ich legte auf und fing an zu rechnen. Rund 120 Minuten Ferngespräche, je 1 Dollar 35 für die ersten drei Minuten, plus dreizehn Dollar für die Bücher, plus ungefähr zehn für Charleys Taxi, plus ungefähr sechzig für seine Zeit, zusammen ...? Vielleicht zweihundertfünfzig. Alles, damit mein Jason den Morgenstern bekam. Ich lehnte mich zurück und machte die Augen zu. Zweihundertfünfzig, nicht zu reden von zwei guten Stunden Pein und Folter, und nicht zu vergessen Sandy Sterling.

Schon ein Geschäft.

Um halb acht riefen sie mich an. Ich war in meinen Zimmern. »Das Rad gefällt ihm«, sagte Helen. »Er ist außer Rand und Band.«

»Prima«, sagte ich.

»Und deine Bücher sind auch gekommen.«

»Was für Bücher?« sagte ich. Chevalier konnte nicht beiläufiger sein.

»*Die Brautprinzessin*. In mehreren Sprachen, zum Glück auch Englisch.«

»Na, das ist ja schön«, sagte ich, immer noch nicht bei der Sache. »Ich hatte ganz vergessen, daß ich sie habe schicken lassen.«

»Wo hast du die denn aufgetrieben?«

»Ich hab' die Sekretärin von meinem Lektor angerufen und mir von ihr ein paar besorgen lassen. Vielleicht hatten sie welche bei Harcourt, wer weiß?« (Tatsächlich *hatten* sie welche bei Harcourt, ist das zu glauben? Warum, darauf komme ich noch auf den nächsten Seiten, wahrscheinlich.) »Gib mir mal den Jungen.«

»Tag«, sagte er eine Sekunde später.

»Hör mal, Jason«, sagte ich zu ihm, »wir haben dir zum Geburtstag erst ein Fahrrad schenken wollen, aber dann haben wir es uns anders überlegt.«

»Mann, da irrst du dich, ich hab' schon eins gekriegt.«

Jason hat von seiner Mutter die totale Humorlosigkeit geerbt. Ich weiß nicht, vielleicht versteht er Spaß und ich nicht. Mit Sicherheit sagen kann ich bloß: zusammen lachen wir nicht viel. Mein Sohn Jason sieht unglaublich aus, ein Fettwanst. Wenn man ihn gelb anmalte, könnte er bei den Sumo-Ringern auftreten. Andauernd stopft er Sachen in sich hinein. Ich achte auf meine Linie, und die gute Helen ist nur in Großaufnahme sichtbar, und obendrein ist sie noch die führende Kinderpsych in Manhattan, aber der Bengel kann schneller rollen als gehen. Helen sagt immer, »er drückt sich durch Essen aus. Seine Ängste. Wenn er das Gefühl hat, er kann das bewältigen, wird er schon dünner werden.«

»He, Jason, Mama sagt, dieses Buch ist heute angekommen, die Sache mit der Prinzessin? Ich fänd' es bestimmt gut, wenn du das mal lesen könntest, solange ich weg bin. Mir hat es gefallen, als ich ein Junge war, und irgendwie interessiert mich, was du dazu sagst.«

»Muß es mir auch gefallen?« Ganz die Mutter.

»Jason, nicht doch. Bloß die Wahrheit, genau was du denkst. Ich will wissen, was du meinst, du Genie. Wir sprechen darüber an deinem Geburtstag.«

»Mann, da irrst du dich, *heute* hab' ich Geburtstag.«

Wir alberten noch ein bißchen weiter, als es schon längst nicht mehr viel zu sagen gab. Dann dasselbe mit meiner Frau Gemahlin; ich versprach, binnen einer Woche zurückzukommen, und legte auf.

Es dauerte noch zwei Wochen.

Die Konferenzen schleppten sich hin, Produzenten hatten Inspirationen, die man sorgfältig abwürgen mußte, Regisseure brauchten Balsam für ihr Ich. Jedenfalls war ich länger als vermutet im sonnigen Kalifornien. Endlich aber wurde mir gestattet, in die Obhut der Familie zurückzukehren, und bevor es sich jemand wieder anders überlegen konnte, schwirrte ich ab zum Flughafen. Ich kam frühzeitig dort an, wie immer, bevor ich nach Hause fliege, denn ich mußte noch meine Taschen mit Kram und Spielzeug für Jason auffüllen. Immer wenn ich von einer Reise heimkomme, rennt (watschelt) er auf mich los und brüllt, »laßmasehn, laßmasehn, was du hast«, und dann wühlt er mir alle Taschen durch und nimmt sich sein Teil. Wenn er die Beute gezählt hat, umarmt er mich freundlich. Ist es nicht schauderhaft, was wir so tun auf dieser Welt, damit wir uns nicht überflüssig vorkommen?

»Laßmasehn, was du in den Taschen hast«, schrie Jason und kam durch den Vorraum auf mich zu. Es war Donnerstagabend, und während er sein Ritual abwickelte, tauchte Helen aus der Bibliothek auf, gab mir einen Kuß auf die Wange und brachte ihren Spruch von wegen »Was für einen toll aussehenden Burschen hab' ich da wieder«, was auch ein Ritual ist, und Jason, bepackt mit seinen Geschenken, drückte mich ein bißchen und zog (watschelte) ab in sein Zimmer. »Angelica macht gerade das Essen«, sagte Helen, »du könntest es nicht besser abgepaßt haben.«

»Angelica?«

Helen legte den Finger an die Lippen und flüsterte: »Sie ist erst den dritten Tag hier, aber ich glaube, sie kann eine Perle sein.«

Ich flüsterte zurück: »Was war denn nicht richtig mit der Perle, die wir hatten, als ich abgefahren bin? Die hatten wir doch damals auch erst eine Woche?«

»Sie hat sich als eine Enttäuschung erwiesen«, sagte Helen. Das war alles. (Helen ist eine gescheite Frau, mit allen erdenklichen Auszeichnungen vom College und von der Universität, wahrhaftig ein Intellekt von erstaunlicher Weite und Vollendung — nur ein Hausmädchen halten, das kann sie nicht. Erstens, glaube ich, hat sie Schuldgefühle, daß sie überhaupt ein Mädchen hat, weil die meisten, die heutzutage zu haben sind, entweder schwarz oder spanisch sind, und Helen ist ultrasuperliberal. Zweitens ist sie so tüchtig, daß sie die Mädchen einschüchtert.

Sie kann alles besser und sie weiß das und sie weiß auch, daß die Mädchen es wissen. Drittens, wenn sie sie erst einmal in Schrecken versetzt hat, versucht sie ihnen zu erklären, weil sie doch eine Analytikerin ist, warum sie keine Angst zu haben brauchen, und nach einer guten halben Stunde Selbsterforschung mit Helen haben sie dann *wirklich* Angst. Jedenfalls haben wir in den letzten Jahren im Durchschnitt vier »Perlen« gehabt.)

»Da haben wir wieder Pech gehabt, aber das wird sich ändern«, sagte ich, so beschwichtigend wie möglich. Früher zog ich sie mit dem Hausmädchenproblem gern auf, aber ich habe gelernt, daß das nicht unbedingt klug war.

Das Essen war etwas später fertig, und ich betrat das Eßzimmer, einen Arm um meine Frau, einen um meinen Sohn. In diesem Augenblick fühlte ich Sicherheit, Geborgenheit, all die schönen Dinge. Das Abendessen stand auf dem Tisch: Rahmspinat, Kartoffelbrei, Schmorbraten mit Soße; herrlich, nur daß ich keinen Schmorbraten mag, denn ich bin ein Steak-Mann, aber für Rahmspinat hab' ich was übrig, und so stand alles in allem eine mehr als nur eßbare Mahlzeit auf dem Tisch. Wir setzten uns. Helen legte das Fleisch auf, das übrige reichten wir herum. Mein Stück Braten war nicht eben saftig, aber die Soße machte das gut. Helen klingelte. Angelica tauchte auf. Vielleicht zwanzig oder achtzehn, dunkelhäutig, langsam in den Bewegungen. »Angelica«, begann Helen, »das hier ist Mr. Goldman«.

Ich lächelte, sagte »Tag« und winkte mit der Gabel. Sie nickte zurück.

»Angelica, dies ist nicht als Kritik zu verstehen, denn was passiert ist, ist *alles meine Schuld,* aber in Zukunft müssen wir beide uns *sehr viel* Mühe geben, daran zu denken, daß Mr. Goldman sein Roastbeef gern blutig ißt —«

»Das war Roastbeef?« sagte ich.

Helen schoß einen Blick auf mich ab. »Also, Angelica, es ist gar kein Problem, und *ich* hätte Ihnen eben öfter als nur einmal sagen müssen, wie es Mr. Goldman gerne hat, aber nächstes Mal, wenn wir das Rippenstück braten, wollen wir doch alle unser Bestes tun, damit es innen rosa ist, nicht?«

Angelica trat zurück in die Küche. Wieder ging eine »Perle« den Bach runter.

Man erinnere sich, zu Beginn dieser Mahlzeit waren wir alle drei guter Laune. Zwei von uns sind immer noch in diesem Zustand, Helen ist deutlich verstimmt.

Jason türmte mit geübten, stetigen Bewegungen Kartoffelbrei auf seinen Teller.

Ich lächelte zu dem Jungen hinüber. »He«, versuchte ich es, »Junge, übertreib's nicht.«

Er klatschte sich noch einen großen Löffel voll auf den Teller.

»Jason, das ist doch so schwer«, sagte ich dann.

»Ich hab aber wirklich Hunger, Papa«, sagte er, ohne mich anzusehen.

»Dann nimm doch noch von dem Fleisch, warum ißt du das denn nicht«, sagte ich. »Iß soviel Fleisch, wie du willst, da sag' ich kein Wort.«

»Ich eß' überhaupt nichts!« sagte Jason und schob seinen Teller weg und kreuzte die Arme und starrte ins Leere.

»Wenn ich eine Möbelverkäuferin wäre«, sagte Helen zu mir, »oder vielleicht ein Schalterfräulein in einer Bank, dann könnte ich das verstehen; aber wie kannst du bloß all die Jahre mit einer Psychiaterin verheiratet gewesen sein und so reden. Du bist aus dem Mittelalter, Willy.«

»Helen, der Junge hat Übergewicht. Ich hab doch nur vorgeschlagen, er könnte ein paar Kartoffeln für die hungernde Menschheit übriglassen und sich dafür mit diesem schönen, erstklassigen Schmorbraten vollstopfen, den deine Perle für meine triumphale Heimkehr hingehauen hat.«

»Willy, ich möchte dich nicht schockieren, aber Jason hat zufällig nicht nur einen ausgezeichneten Verstand, sondern auch außergewöhnlich gute Augen. Wenn er sich im Spiegel betrachtet, ich versichere dir, dann sieht er selber, daß er nicht schlank ist. Und zwar deshalb, weil er sich in dieser Phase nicht dafür *entscheidet*, schlank zu sein.«

»Es ist nicht mehr lange, dann geht es mit den Mädchen los, Helen, und was dann?«

»Jason ist zehn, mein Lieber, und in dieser Phase interessiert er sich nicht für Mädchen. In dieser Phase interessiert er sich für Raketen. Was macht einem Raketenfan schon ein bißchen Übergewicht aus? Wenn er sich dafür *entscheidet*, schlank zu sein, ich versichere dir, dann hat er sowohl die Intelligenz als auch die Willenskraft, schlank zu werden. Bis dahin frustriere du bitte in meiner Gegenwart das Kind nicht!«

Sandy Sterling in ihrem Bikini tanzte vor meinen Augen.

»Ich eß' gar nichts, und damit hat sich's«, sagte Jason nun.

»Mein liebes Kind«, sagte Helen zu dem Jungen, in jenem Ton, den sie auf dieser Erde allein solchen Augenblicken vorbehält, »sei doch logisch. Wenn *du* deine Kartoffeln nicht ißt, dann bist *du* ärgerlich und *ich* bin ärgerlich; dein Vater ist es offensichtlich jetzt schon. Wenn du deine Kartoffeln *ißt*, dann bin *ich* zufrieden, *du* bist zufrieden und dein Bäuchlein ist zufrieden. Deinem Vater können wir nicht helfen. Du hast es in der Hand, ob du uns alle ärgern willst oder nur den einen, dem wir, wie ich schon sagte, nicht helfen können. Die Folgerung sollte daher klar sein, aber ich vertraue auf deine Fähigkeit, selber dahin zu gelangen. Entscheide du, was du willst, Jason.«

Er begann, den Brei in sich hineinzustopfen.

»Du versaust den Jungen«, sagte ich, nur nicht laut genug, als daß es außer Sandy und mir jemand hätte hören können. Dann nahm ich einen tiefen, tiefen Atemzug, denn wann immer ich nach Hause komme, gibt es Ärger, und das kommt davon, sagt Helen, weil ich Spannung mitbringe, ich brauchte immer übermenschliche Beweise, daß ich vermißt worden sei, daß ich noch gebraucht, geliebt würde usw. Ich weiß nur, ich hasse es, fort zu sein, aber nach Hause zu kommen ist am schlimmsten. Es gibt eigentlich nie viel Aussicht auf ein bißchen Geplauder, was sich so getan hat, während ich weg war, denn mit Helen spreche ich ja sowieso jeden Abend.

»Ich wette, du bist ein As auf deinem Rad«, sagte ich dann. »Vielleicht machen wir mal eine Tour dieses Wochenende.«

Jason blickte auf von seinen Kartoffeln. »Das Buch hat mir wirklich gefallen, Papa. Es war prima.«

Ich war überrascht, daß er das sagte, denn natürlich fing ich gerade erst an, mich zu diesem Thema vorzutasten. Aber nun, wie Helen immer sagt, Jason ist nicht so dumm. »Na das freut mich«, sagte ich. Und ob es mich freute.

Jason nickte. »Vielleicht ist es sogar das beste, das ich je in meinem Leben gelesen hab'.«

Ich stocherte in meinem Spinat herum. »Welche Stelle hat dir am besten gefallen?«

»Kapitel eins. Die Braut«, sagte Jason.

Das überraschte mich nun wirklich. Nicht daß Kapitel eins nichts taugte, aber so viel passiert darin nicht, im Vergleich zu den unglaublichen Sachen später. Butterblume wächst auf, das ist so gut wie alles. »Wie fandest du, wie sie die Klippen des Wahnsinns raufklettern?« fragte ich nun. Das ist im fünften Kapitel.

»Oh, prima«, sagte Jason.

»Und die Beschreibung von Prinz Humperdincks Todeszoo?« Das ist im zweiten Kapitel.

»Noch besser«, sagte Jason.

»Was mich dabei umgeschmissen hat«, sagte ich, »war, daß es nur so eine ganz kurze Passage über den Todeszoo ist, und doch weiß man irgendwie schon, daß er später noch eine Rolle spielen wird. Hattest du auch den Eindruck?«

»Hmm—hmm.« Jason nickte. »Prima.«

Inzwischen wußte ich, er hatte es nicht gelesen.

»Er hat versucht, es zu lesen«, schaltete Helen sich ein. »Das erste Kapitel hat er gelesen. Das zweite war unmöglich für ihn, und als er einen anständigen Versuch gemacht hatte, hab' ich ihm gesagt, er solle aufhören. Die Geschmäcker sind verschieden. Ich hab' ihm gesagt, du würdest das verstehen, Willy.«

Natürlich, ich verstand. Ich fühlte mich bloß so im Stich gelassen.

»Es gefiel mir nicht, Papa. Ich wollte.«

Ich lächelte ihm zu. Wie konnte es ihm nicht gefallen? Leidenschaft. Duelle. Wunder. Riesen. Wahre Liebe.

»Ißt du den Spinat auch nicht mehr?« sagte Helen.

Ich stand auf. »Zeiten ändern sich; keinen Hunger.« Sie sagte nichts, bis sie hörte, daß ich die Haustür aufmachte. »Wo gehst du hin?« rief sie dann. Wenn ich es gewußt hätte, hätte ich geantwortet.

Ich lief durch den Dezember, ohne Mantel. Ich merkte nicht, daß ich fror. Ich wußte nur, ich war vierzig Jahre alt, und ich hatte nicht vorgehabt, mit vierzig hier zu sein, angebunden an diese geniale Psychofrau und diesen Wanst von einem Sohn. Es muß 9 Uhr gewesen sein, als ich mitten im Central Park saß, allein, niemand war in der Nähe, keine andere Bank war besetzt.

Da hörte ich das Rascheln im Gebüsch. Es hörte auf. Dann wieder, ganz leicht, näher. Ich fuhr herum: *»Kommen Sie mir nicht zu nah!«* Was es auch war, Freund, Feind oder Einbildung, ich flüchtete. Ich hörte mich rennen, und mir wurde eines klar: jetzt, in diesem Augenblick, war ich gefährlich.

Dann wurde es kalt. Ich ging nach Hause. Helen ging im Bett noch ein paar Notizen durch. Sonst sagte sie meistens noch etwas, daß ich doch schon ein bißchen alt sei für juveniles Verhalten. Aber die Gefahr muß mir noch anzusehen gewesen sein; ich konnte es sehen in ihren schlauen Augen. »Er hat es wirklich versucht«, sagte sie schließlich.

»Ich hab' es nie bezweifelt«, antwortete ich. »Wo ist das Buch?«

»In der Bibliothek, glaube ich.«

Ich drehte mich um, im Begriff zu gehen.

»Kann ich dir etwas bringen?«

Ich sagte nein. Dann ging ich in die Bibliothek, schloß mich ein und suchte die *Brautprinzessin* hervor. Das Buch war recht gut erhalten, stellte ich fest, als ich mir den Einband ansah, und dabei sah ich auch, daß es in meinem Verlag, Harcourt Brace Jovanovich, erschienen war. Jedoch früher, damals hießen sie noch nicht einmal Harcourt, Brace & World, einfach nur Harcourt, Brace, Punkt. Ich schlug die Titelseite auf, was komisch war, denn ich hatte es noch nie getan; es war immer mein Vater gewesen, der das Buch in der Hand hatte. Ich mußte lachen, als ich den vollen Titel sah, denn da stand:

DIE BRAUTPRINZESSIN

S. Morgensterns
klassische Erzählung von
wahrer Liebe
und edlen Abenteuern

Einen, der sein eigenes Buch klassisch nannte, noch bevor es erschienen war und irgendwer es hatte lesen können, mußte man schon bewundern. Vielleicht dachte er sich, wenn er das nicht selber täte, so täte es niemand, oder vielleicht wollte er auch einfach den Rezensenten ein bißchen auf die Sprünge helfen, ich weiß es nicht. Ich überflog das erste Kapitel, und es war ziemlich genau so, wie ich es im Gedächtnis hatte. Dann fing ich das zweite Kapitel an, das über Prinz Humperdinck, mit der kleinen, einen irgendwie auf die Folter spannenden Beschreibung des Todeszoos.

Und hier begann mir das Problem klar zu werden.

Nicht daß die Beschreibung nicht dagewesen wäre. Sie war da und war auch ziemlich genau so, wie ich mich erinnerte. Aber bevor man soweit war, mußte man durch rund sechzig Seiten Text hindurch, die davon handelten, wer Prinz Humperdincks Vorfahren waren und wie sie die Herrschaft über Florin erlangt hatten, wer wen heiratete und welche Kinder zeugte, die dann wieder jemand anders heirateten, und dann blätterte ich zum dritten Kapitel weiter, der Brautwerbung, und da kam alles über die Geschichte von Guldern und wie dieses Land seinen Platz in der Welt gefunden hatte. Je mehr ich weiterblätterte, desto mehr wurde mir klar: Morgenstern schrieb gar kein Kinderbuch, er schrieb eine Art satirische Geschichte seines Landes und des Verfalls der Monarchie in der westlichen Zivilisation.

Aber mein Vater hatte mir nur die Kolportage vorgelesen, die spannenden Teile. Um die ernsthaften Teile hatte er sich überhaupt nie gekümmert.

Gegen zwei Uhr morgens rief ich Hiram in Martha's Vineyard an. Hiram Haydn ist seit einem Dutzend Jahre mein Lektor, seit *Soldier in the Rain*, und wir haben schon viel zusammen durchgemacht, aber Telefonanrufe um zwei Uhr morgens gab es noch nie. Ich weiß, er versteht bis auf den heutigen Tag noch nicht, warum ich nicht wenigstens bis zur Frühstückszeit warten konnte. »Bist du sicher, daß dir nichts fehlt, Bill?« sagte er immer wieder.

»He, Hiram«, fing ich an, nachdem es etwa sechsmal geläutet hatte. »Hör mal, ihr Brüder habt kurz nach dem Ersten Weltkrieg ein Buch herausgebracht. Meinst du, es wäre eine gute Idee, daß ich es kürze, und wir bringen es dann neu heraus?«

»Bist du sicher, daß dir nichts fehlt, Bill?«

»Überhaupt nichts, mir geht's gut, und paß auf, ich würde bloß die spannenden Teile benutzen. Ich würde eine Art Überleitungen schreiben, wo in der Erzählung etwas ausgelassen wird, und nur die spannenden Teile übriglassen. Was meinst du?«

»Bill, hier ist es jetzt zwei Uhr morgens. Bist du noch in Kalifornien?«

Ich tat so, als wäre ich ganz überrascht und erschrocken. Er sollte nicht denken, ich spinne. »Das tut mir leid, Hiram. Mein Gott, bin ich ein Idiot; in Beverly Hills ist es erst elf. Aber meinst du, du könntest Mr. Jovanovich mal danach fragen?«

»Du meinst, *jetzt*?«

»Morgen oder übermorgen, nicht so wichtig.«

»Ich frag' ihn schon, ich bin nur nicht recht sicher, ob ich richtig begriffen habe, was du willst. Bist du sicher, daß dir nichts fehlt, Bill?«

»Morgen bin ich wieder in New York. Ich ruf dich dann wegen der Einzelheiten an, ja?«

»Kannst du das ein bißchen früher, während der Geschäftszeit machen, Bill?«

Ich lachte, und wir legten auf, und ich rief Zig in Kalifornien an. Evarts Ziegler ist seit etwa acht Jahren mein Filmagent, er hat das Geschäft mit *Butch Cassidy* für mich gemacht. Auch ihn klingelte ich wach. »He, Zig, könntest du für mich einen Aufschub für die *Stepford Wives* herausholen? Da ist eine andere Sache, die mir dazwischen kommt.«

»Du hast einen Vertrag, daß du jetzt anfangen mußt. Wie lang soll der Aufschub sein?«

»Kann ich nicht sicher sagen, es ist eine Neubearbeitung, etwas, was ich noch nie gemacht habe. Sag mir einfach, was du denkst, was sie machen werden.«

»Ich denke, wenn es ein langer Aufschub ist, würden sie mit einer Klage drohen, und du verlierst am Ende den Job.«

Es ging beinahe so aus, wie er sagte; sie drohten mit einer Klage, ich verlor ein bißchen Geld und fast auch den Job und machte mir keine Freunde in der »Branche«.

Aber die Kurzfassung kam zustande, und Sie halten sie in der Hand. Die Ausgabe der »spannenden Teile«.

Warum habe ich das alles gemacht?

Helen setzte mir mächtig zu, ich sollte mir eine Antwort überlegen. Sie hatte das Gefühl, es sei wichtig, nicht unbedingt, daß *sie* es wisse, aber daß *ich* es wisse. »Denn du hast dich irre aufgeführt, Willy«, sagte sie. »Du hast mir richtig Angst gemacht.«

Also warum?

In Selbstergründung war ich noch nie stark. Alles, was ich schreibe, ist Impuls. Das kommt mir richtig vor, das hört sich falsch an — so ähnlich. Ich kann nicht analysieren, schon gar nicht, was ich selber tue.

Ich weiß, ich erwarte nicht, daß dies jemandes Leben so ändert, wie es mein Leben geändert hat.

Aber die Worte im Titel, »wahre Liebe und edle Abenteuer« — daran habe ich einmal *geglaubt.* Ich dachte, mein Leben würde in jenen Bahnen verlaufen, ich betete darum. Natürlich kam es nicht so, aber ich glaube auch nicht, daß es irgendwo noch das edle Abenteuer gibt. Niemand holt heutzutage ein Schwert hervor und schreit: »Tag, mein Name ist Inigo Montoya. Du hast meinen Vater getötet, mach dich gefaßt zu sterben!«

Und die wahre Liebe können wir auch vergessen. Ich weiß nicht, ob ich noch irgendetwas richtig liebe außer dem Porterhouse-Steak bei Peter Lueger und der Käse-Enchilada im El Parador. (Entschuldigung, Helen.)

Hier jedenfalls ist die Ausgabe der »spannenden Teile«. S. Morgenstern hat sie geschrieben, und mein Vater hat sie mir vorgelesen. Und nun überreiche ich sie Ihnen. Was Sie damit anfangen, wird für uns alle von mehr als flüchtigem Interesse sein.

New York City
Dezember 1972

Erstes Kapitel: Die Braut

In dem Jahr, als Butterblume geboren wurde, war die schönste Frau der Welt ein französisches Küchenmädchen namens Annette. Annette arbeitete in Paris für den Herzog und die Herzogin von Guiche, und es entging der Aufmerksamkeit des Herzogs nicht, daß jemand Außergewöhnliches ihnen die Zinnteller putzte. Die Aufmerksamkeit des Herzogs wiederum entging nicht der Aufmerksamkeit der Herzogin, die weder sehr schön noch sehr reich, aber enorm gescheit war. Die Herzogin machte sich daran, Annette zu studieren, und schnell fand sie die tragische Schwäche ihrer Gegnerin heraus.

Schokolade.

So gerüstet, ging die Herzogin ans Werk. Das Palais de Guiche verwandelte sich in ein Süßwarenparadies. Wohin man auch sah, gab es Bonbons. In den Salons lagen haufenweise Pralinen, in den Vorzimmern standen Körbe mit schokoladeüberzogenem Nougat.

Annette hatte überhaupt keine Chance. Binnen einer Saison schwoll ihre zarte Figur gewaltig an, und der Herzog konnte nie mehr in ihre Richtung blicken, ohne daß eine traurige Verwirrung ihm die Augen umwölkte. (Annette, so wäre anzumerken, wurde nur um so vergnügter, je mehr sie sich ausdehnte. Sie heiratete schließlich den Chefkonditor, und beide aßen noch viele gute Dinge, bis das Alter sie abberief. Nicht so vergnüglich, wie ebenfalls anzumerken wäre, erging es der Herzogin. Aus unerforschlichen Gründen entbrannte der Herzog nunmehr für seine Schwiegermutter, womit er der Herzogin Magengeschwüre bereitete, nur daß man damals noch keine Magengeschwüre hatte. Genauer gesagt, Magengeschwüre existierten, und die Leute hatten welche, aber sie hießen nicht »Magengeschwüre«. Die medizinische Wissenschaft jener Zeit nannte sie »Bauchschmerzen« und befand, die beste Kur sei Kaffee mit einem Schuß Kognak, zweimal täglich, bis die Schmerzen nachließen. Die Herzogin nahm ihre Medizin gewissenhaft ein und sah all die Jahre hindurch zu, wie ihr Gatte und ihre Mutter sich hinter ihrem Rükken Kußhände zuwarfen. Es überrascht nicht, daß die Übellaunigkeit der Herzogin legendär wurde, wie Voltaire so glänzend berichtet hat. Nur war dies vor Voltaire.)

In dem Jahr, als Butterblume zehn wurde, war die schönste Frau die Tochter eines erfolgreichen Teegroßhändlers in Bengalen. Der Name dieses Mädchens war Aluthra, und ihre Haut war von einer dunkel schimmernden Vollkommenheit, wie man sie in Indien seit achtzig Jahren nicht gesehen hatte. (In ganz Indien gab es nur elf Fälle von vollkommener Hauttönung seit Beginn zuverlässiger Aufzeichnungen.) Aluthra war neunzehn in dem Jahr, als in Bengalen die Pockenseuche ausbrach. Das Mädchen überstand sie, ihre Haut nicht.

Als Butterblume fünfzehn war, galt Adela Terrell aus Sussex an der Themse unumstritten als das schönste Geschöpf. Adela war zwanzig, und sie ließ alle Welt so weit hinter sich, daß es gewiß schien, sie würde noch über viele, viele Jahre hin die Schönste sein. Aber dann, eines Tages, rief einer ihrer Verehrer aus (sie hatte deren 104), ohne jeden Zweifel sei Adela das erhabenste Exemplar der weiblichen Gattung. Geschmeichelt begann Adela über die Wahrheit dieses Urteils nachzusinnen. In jener Nacht, als sie allein in ihrem Zimmer war, untersuchte sie sich Pore für Pore vor dem Spiegel. (Spiegel gab es schon.) Die Inspektion dauerte fast bis in die Morgendämmerung, dann aber war ihr klar, daß der junge Mann sie völlig richtig eingeschätzt hatte: Sie war vollkommen, ohne daß sie selbst etwas dafür konnte.

Als sie durch die Rosengärten ihrer Familie schlenderte und zusah, wie die Sonne aufging, fühlte sie sich glücklicher als je zuvor. »Ich bin nicht nur vollkommen«, sagte sie sich, »ich bin wohl auch das erste vollkommene Geschöpf in der ganzen langen Geschichte des Universums. Kein Teil an mir ließe sich verbessern, was hab' ich für ein Glück, daß ich vollkommen bin und reich und begehrt und gefühlvoll und jung und . . .«

Jung?

Nebel erhoben sich um Adela, als sie nachzudenken begann. Gefühlvoll werde ich natürlich *immer* sein, dachte sie, und reich auch immer, aber ich weiß nicht recht, wie ich es machen soll, daß ich immer jung bleibe. Und wenn ich nicht mehr jung bin, wie soll ich da vollkommen bleiben? Und wenn ich nicht vollkommen bin, was ist dann? Was dann? Adela furchte die Stirn in verzweifeltem Nachdenken. Es war das erste Mal in ihrem Leben, daß ihre Stirn sich hatte furchen müssen, und Adela stöhnte, als ihr klar wurde, was passiert war, erschrocken über den möglicherweise dauernden Schaden, den sie sich zugefügt hatte. Sie eilte zurück zu ihrem Spiegel, wo sie den Morgen verbrachte, und obwohl es ihr gelang, sich davon zu überzeugen, daß sie immer noch so vollkommen war wie zuvor, war sie ohne Zweifel nicht mehr ganz so glücklich wie noch eben.

Sie hatte angefangen sich zu sorgen.

Binnen vierzehn Tagen tauchten die ersten harten Linien auf, nach einem Monat die ersten Fältchen, und ehe das Jahr um war, hatte sie jede Menge Falten. Bald darauf heiratete sie eben jenen Mann, der sie der Erhabenheit bezichtigt hatte, und machte ihm viele schöne Jahre lang die Hölle heiß.

Butterblume wußte natürlich mit fünfzehn von all dem nichts. Und hätte sie davon gewußt, sie hätte es völlig unbegreiflich gefunden. Wie konnte eine sich darum kümmern, ob sie nun die schönste Frau der Welt war oder nicht? Was machte es für einen Unterschied, wenn man bloß die drittschönste war? Oder die sechste? Butterblume rangierte zu dieser Zeit noch nicht entfernt so hoch, kaum unter den ersten zwanzig, und das auch nur wegen ihrer Anlagen und gewiß nicht, weil sie sich besonders gepflegt hätte. Sie wusch sich sehr ungern das Gesicht und schon gar nicht die Gegend hinter den Ohren, sie hielt nichts davon, sich zu kämmen, und tat es so selten wie möglich. Was sie gern tat, vor allem anderen, war, auf ihrem Pferd zu reiten und den Stalljungen zu drangsalieren.

Butterblumes Pferd hieß »Pferd« (mit ihrer Phantasie war es nicht weit her); es kam, wenn sie es rief, ging, wohin sie es lenkte, und tat, was sie ihm befahl. Auch der Stalljunge tat, was sie ihm befahl. Er war nun eigentlich schon eher ein junger Mann, aber er war ein Waisenkind und als Stalljunge zu ihrem Vater gekommen, und Butterblume redete ihn immer noch so an. »Stalljunge, hol mir dies, bring mir das, und mach ein bißchen schnell, du faules Stück, oder ich sag's meinem Vater.«

»Wie du wünschst.«

Das war alles, was er je zur Antwort gab. »Wie du wünschst.«

Er hauste in einem Schuppen, nahe bei den Tieren, und nach Aussage von Butterblumes Mutter hielt er den Schuppen sauber. Er las sogar manchmal, wenn er eine Kerze hatte.

»Ich werde dem Jungen in meinem Testament einen Morgen Land vermachen«, pflegte Butterblumes Vater zu sagen. (Morgen kannte man schon.)

»Du verwöhnst ihn noch«, antwortete Butterblumes Mutter dann immer.

»Er hat viele Jahre geschuftet; harte Arbeit muß belohnt werden.« Dann, statt den Zank fortzusetzen (Zank gab es auch schon), nahmen beide ihre Tochter aufs Korn:

»Du hast wieder nicht gebadet«, sagte ihr Vater.

»Doch, hab ich«, sagte Butterblume.

»Aber nicht mit Wasser«, fuhr er fort. »Du stinkst wie ein Hengst.«

»Ich bin den ganzen Tag geritten«, erklärte Butterblume.

»Du mußt baden, Butterblume«, mischte sich ihre Mutter ein. »Die Burschen mögen das nicht, wenn ihre Mädchen nach Stall riechen.«

»Die Burschen!« Butterblume platzte fast. »Was gehn mich ›die Burschen‹ an? Pferd mag mich, und das reicht mir völlig, danke.«

Diese Rede hielt sie laut, und sie hielt sie noch oft.

Aber ob es ihr paßte oder nicht, es gab allmählich Geschichten.

Kurz vor ihrem sechzehnten Geburtstag fiel ihr auf, daß es schon über einen Monat her war, seit sie zuletzt mit einem Mädchen aus dem Dorf gesprochen hatte. Sie war nie sehr mit Mädchen befreundet gewesen, die Veränderung war daher nicht kraß, aber zumindest hatte man sich früher doch zugenickt, wenn sie durch das Dorf oder die Karrenwege entlang ritt. Jetzt aber, ohne Grund, gab es das nicht mehr. Wenn sie näher kam, blickte man rasch fort, das war alles. Eines morgens, beim Schmied, stellte Butterblume Cornelia zur Rede, was das Schweigen zu bedeuten habe. »Ich möchte meinen, nach dem, was du getan hast, könntest du die Freundlichkeit haben, nicht noch so scheinheilig zu fragen«, sagte Cornelia. »Und was hab' ich getan?« »Was? *Was?* ... Du hast sie gestohlen.« Damit suchte Cornelia das Weite, aber Butterblume hatte begriffen; es war ihr klar, wer »sie« waren.

Die Dorfburschen.

Diese Hohlschädel, Wasserköpfe, Pickelglatzen, Rotzhirne von *Burschen!*

Wie konnte jemand ihr vorwerfen, *die* zu stehlen? Wieso sollte irgendwer die denn haben wollen? Wozu taugten die denn? Die taten nichts als einen ärgern, stören, anöden. »Kann ich dir dein Pferd striegeln, Butterblume?« »Danke, der Stalljunge macht das schon.« »Reiten wir zusammen, Butterblume?« »Danke, ich reite lieber allein.« »Du denkst wohl, du bist zu gut für alle andern, was, Butterblume?« »Nein, denk' ich nicht, ich reite bloß gern allein, das ist alles.«

Aber im Laufe ihres sechzehnten Lebensjahrs verlor sich selbst diese Art von Gesprächen in verlegenem Gestotter und Erröten, bestenfalls noch in Fragen nach dem Wetter. »Meinst du, es wird Regen geben, Butterblume?« »Ich glaube nicht, der Himmel ist blau.« »Na, es könnte aber doch regnen?« »Ja, möglich.« »Du denkst wohl, du bist zu gut für alle andern, was, Butterblume?« »Nein, ich glaube bloß nicht, daß es Regen gibt, das ist alles.«

Abends kamen sie nicht selten in der Dunkelheit unter ihrem Fenster zusammen und machten sich über sie lustig. Sie ignorierte das. Gewöhnlich wurden aus den Späßen bald Beschimpfungen. Wenn es zu schlimm wurde, sorgte der Stalljunge für Ordnung, indem er stillschweigend aus seinem Schuppen hervorkam, ein paar von ihnen verdrosch und den übrigen Beine machte. Sie versäumte nie, ihm dafür zu danken. »Wie du wünschst«, war alles, was er zur Antwort gab.

Als sie fast siebzehn war, kam ein Mann in einer Kutsche in den Ort gefahren und beobachtete sie, wie sie zum Einkaufen ausritt. Als sie zurückkam, war er immer noch da und glotzte. Sie kümmerte sich nicht um ihn. Für sich allein genommen, war er ja auch nicht wichtig. Aber er bezeichnete einen Wendepunkt. Männer machten Umwege, um sie zu Gesicht zu bekommen, und manche fuhren deshalb sogar zwanzig Meilen weit, wie dieser. Der springende Punkt ist, dies war der erste Reiche, der erste Adlige, der sich die Mühe gemacht hatte. Und dieser Mann, dessen Namen uns die Geschichte nicht überliefert hat, erwähnte Butterblume gegenüber dem Grafen.

Das Königreich Florin lag zwischen den Gegenden, wo später Schweden und Deutschland feste Grenzen annahmen. (Dies alles war noch vor Europa.) Theoretisch wurde es von König Lotharon und seiner zweiten Frau, der Königin, regiert. Faktisch aber war der König nicht mehr ganz da; er konnte kaum noch Tag und Nacht unterscheiden und murmelte die meiste Zeit über Unverständliches vor sich hin. Er war sehr alt, jedes Organ seines Körpers hatte ihn schon lange im Stich gelassen, und seine Regierungsentscheidungen waren von einer gewissen Beliebigkeit, die vielen tonangebenden Bürgern bedenklich erschien.

In Wirklichkeit lief alles über Prinz Humperdinck. Wenn es Europa schon gegeben hätte, wäre er der mächtigste Mann darin gewesen. Aber auch so gab es weit und breit niemanden, der sich mit ihm hätte anlegen mögen.

Der Graf war Prinz Humperdincks einziger Vertrauter. Sein Familienname war Rugen, aber der wurde nie gebraucht, denn er war der einzige Graf im Lande. Der Titel war ihm vor ein paar Jahren von dem Prinzen als Geburtstagsgeschenk verliehen worden, ein Ereignis, das sich ganz zwanglos bei einer Party der Gräfin ergeben hatte.

Die Gräfin war wesentlich jünger als ihr Gatte. Sie ließ alle ihre Kleider aus Paris kommen (Paris gab es schon) und sie besaß einen süperben Geschmack. (Geschmack gab es auch schon, aber noch nicht lange. Und weil dies etwas so ganz Neues war und weil die Gräfin als einzige Dame in ganz Florin es besaß, nimmt es da Wunder, daß sie die führende Gastgeberin des Landes war?) Ihre Leidenschaft für Damenoberbekleidung und Kosmetik ließ sie schließlich in Paris ihren ständigen Wohnsitz nehmen, wo sie den einzigen Salon von internationaler Bedeutung führte.

Bis jetzt gab sie sich noch damit zufrieden, in seidenen Betten zu schlafen und von goldenen Tellern zu essen und die am meisten gefürchtete und bewunderte Frau in der Geschichte von Florin zu sein. Sollte ihre Figur nicht ganz fehlerlos gewesen sein, so verbargen es ihre Kleider; sollte ihr Gesicht nicht ganz göttlich gewesen sein, so konnte man das kaum noch sagen, sobald sie ihre Emulsionen aufgetragen hatte. (Richtigen Glamour gab es noch nicht, aber ohne solche Damen wie die Gräfin wäre es niemals nötig geworden, ihn zu erfinden.)

Alles in allem waren die Rugens in Florin das Paar der Woche, und das schon seit vielen Jahren. . . .

Ich bin's. Alle Kommentare und Anmerkungen zur Kürzung werden rot gedruckt, damit Sie's sehen. Wenn ich zu Anfang gesagt habe, ich hätte dieses Buch nie gelesen, so ist das die Wahrheit. Mein Vater hatte es mir vorgelesen, und als ich die Kurzfassung machte, habe ich es nur schnell überflogen und ganze Abschnitte gestrichen; sonst habe ich alles so gelassen, wie es bei Morgenstern steht.

Dieses Kapitel ist völlig unversehrt. Wenn ich mich hier zu Wort melde, dann wegen der Art, wie Morgenstern mit den Klammern umgeht. Die Korrektorin bei Harcourt schrieb die Fahnenränder voller Fragen: »Wie kann das vor Europa sein, wenn es Paris schon gibt?« »Wie ist das möglich, daß es Glamour noch nicht gibt, wo doch Glamour ein uralter Begriff ist? Vgl. ›glamer‹ im Oxford English Dictionary!« Und schließlich: »Ich werd' verrückt! Was soll ich von diesen Klammern halten? Wann spielt dieses Buch? Ich versteh' überhaupt nichts mehr. Hilllfe!!!« Denise, die Korrektorin, hat alle meine Bücher seit *Boys and Girls Together* gemacht, und noch nie hat sie mir so emotionale Sachen in die Fahnen geschrieben.

Ich konnte ihr nicht helfen.

Morgenstern hat das entweder ernst gemeint oder nicht. Oder vielleicht hat er auch nur manche Klammern ernst gemeint und manche nicht, aber welche ernst gemeint sind, hat er nie gesagt. Oder vielleicht war es auch einfach seine Art, dem Leser stilistisch zu verstehen zu geben, »dies ist nicht wirklich, es ist nie so geschehen«. So, glaube ich, wird es sein, obwohl, wenn man in der florinesischen Geschichte nachliest, dann ist es tatsächlich so geschehen. Die Fakten jedenfalls sind da; über die tatsächlichen Beweggründe kann niemand etwas sagen. Ich kann nur raten: Wenn die Klammern Sie stören, dann lesen Sie sie nicht mit.

»Schnell, schnell, kommt doch mal.« Butterblumes Vater in seinem Bauernhaus starrte aus dem Fenster.

»Wieso denn?« sagte die Mutter. Wenn es ums Gehorchen ging, vergab sie sich nichts.

Der Vater zeigte rasch mit dem Finger hinaus. »Da sieh –«

»Sieh selber, hast ja Augen.« Das Verhältnis zwischen Butterblumes Eltern war nicht gerade, was man eine glückliche Ehe nennen könnte. Dauernd träumten sie davon, sich zu trennen.

Butterblumes Vater zuckte die Achseln und ging wieder zum Fenster. »Ahhhh«, sagte er nach einer Weile. Und etwas später noch einmal: »Ahhhh«.

Butterblumes Mutter blickte kurz von ihrem Kochtopf auf.

»Was für Reichtümer!« sagte Butterblumes Vater. »Grandios.«

Butterblumes Mutter zögerte, dann legte sie den Löffel hin und wandte sich von ihrem Eintopf weg. (Eintopf gab es schon, aber den gab es schon immer. Am Tage, als der erste Mensch aus dem Urschleim an Land kroch und sich dort einrichtete, gab es abends Eintopf.)

»Das Herz schwillt mir bei solchem Glanz«, brummte Butterblumes Vater sehr laut.

»Was ist denn eigentlich los, Dicker?« wollte Butterblumes Mutter wissen.

»Sieh doch selber, hast ja Augen«, antwortete er bloß. (Das war an jenem Tag ihr dreiunddreißigster Schlagabtausch — Wortgefechte gab es schon lange —, und er lag dreizehn zu zwanzig zurück, aber seit dem Mittagessen, als es noch siebzehn zu zwei gegen ihn stand, hatte er stark aufgeholt.)

»Esel«, sagte die Mutter und trat auch ans Fenster. Einen Augenblick später sagten sie beide »ahhhh«, wie aus einem Munde.

Da standen sie alle beide, ganz klein vor Ehrfurcht.

Butterblume, die den Abendtisch deckte, sah ihnen zu.

»Die wollen bestimmt irgendwo Prinz Humperdinck treffen«, sagte Butterblumes Mutter.

Der Vater nickte. »Zur Jagd. Der jagt dauernd, der Prinz.«

»Was haben wir ein Glück, daß wir sie gesehen haben, wie sie hier vorbeikamen«, sagte Butterblumes Mutter und nahm ihren Gatten bei der Hand.

Der alte Mann nickte. »Nun kann ich sterben.«

Sie blickte ihn an. »Nicht doch.« Ihr Ton war überraschend zärtlich, und sie spürte wohl, wie wichtig er ihr doch war, denn als er zwei Jahre später wirklich starb, folgte sie ihm gleich nach, und die meisten Leute, die sie gut gekannt hatten, waren sich einig, es sei das plötzliche Fehlen des Widerparts gewesen, was sie umgebracht hatte.

Butterblume kam herbei, stellte sich hinter die beiden und schaute über sie hinweg, und bald schnappte auch sie nach Luft, denn der Graf und die Gräfin kamen mit all ihren Pagen und Soldaten und Dienern und Höflingen und Vorreitern und Kutschen den Karrenweg vor ihrem Bauernhof entlang.

Die drei standen still da, während die Prozession daherkam. Butterblumes Vater war ein Männlein, das immer davon geträumt hatte, so zu leben wie der Graf. Er war einmal nur zwei Meilen von der Stelle entfernt gestanden, wo der Graf und der Prinz jagten, und das war bis zu diesem Augenblick der Höhepunkt seines Lebens gewesen. Er war ein erbärmlicher Landwirt und auch kein sehr viel besserer Ehemann. Es gab wirklich nicht viel auf dieser Welt, womit er glänzen konnte, und er wurde sich nie so recht klar, wieso ausgerechnet er diese Tochter gezeugt hatte, aber zutiefst wußte er, daß dabei irgendein wunderbarer Fehler unterlaufen sein mußte, den aufklären zu wollen ihm fernlag.

Butterblumes Mutter war eine runzlige alte Vettel, bissig und übellaunig, die immer davon geträumt hatte, irgendwie nur einmal so berühmt zu sein, wie man es der Gräfin nachsagte. Sie war eine erbärmliche Köchin und im übrigen Haushalt noch schlechter. Wie Butterblume aus ihrem Leib herausgekommen war, davon hatte sie natürlich keine Ahnung; sie war aber dagewesen, als es geschah, und das genügte ihr.

Butterblume selbst, die ihre Eltern um einen halben Kopf überragte, immer noch die Teller in der Hand hielt und immer noch nach Pferd roch, wünschte sich nur, die große Prozession wäre nicht so weit weg, damit sie sehen könnte, ob die Kleider der Gräfin wirklich so herrlich waren.

Wie zur Antwort auf ihren Wunsch machte die Prozession kehrt und kam auf ihren Hof gefahren.

»Hierher?« stieß Butterblumes Vater hervor. »Mein Gott, warum denn?«

Butterblumes Mutter fuhr ihn an: »Hast du vergessen, die Steuern zu zahlen?« (Steuern gab es schon, gab es schon immer, schon vor dem Eintopf.)

»Auch dann würden sie doch nicht all *das* brauchen, um sie sich zu holen.« Er wies aufgeregt in den Hof vor dem Haus, wo nun der Graf und die Gräfin mit all ihren Pagen und Soldaten und Dienern und Höflingen und Vorreitern und Kutschen näher und näher kamen. »Wonach können sie mich denn bloß fragen wollen?« sagte er.

»Geh hin, wirst ja sehen«, befahl ihm Butterblumes Mutter.

»Geh du bitte.«

»Nein, du bitte.«

»Wir gehen beide.«

Sie gingen beide hinaus, zitternd ...

»Kühe«, sagte der Graf, als sie zu seiner goldenen Kutsche kamen. »Ich möchte mit euch über eure Kühe reden.« Er sprach aus dem Wageninnern, und sein dunkles Gesicht wurde durch den Schatten noch mehr verdunkelt.

»Meine Kühe?« sagte Butterblumes Vater.

»Ja. Ich denke daran, selbst eine kleine Molkerei zu eröffnen, und da deine Kühe überall als die schönsten in ganz Florin gelten, dachte ich, ich könnte dich vielleicht ein wenig nach deinen Geheimnissen ausfragen.«

»Meine Kühe«, konnte Butterblumes Vater gerade noch wiederholen, in der Hoffnung, nicht verrückt zu werden. Die ihm wohlbekannte Wahrheit nämlich war, daß er ganz erbärmliche Kühe hatte. Seit Jahren nichts als Klagen von den Kunden im Dorf! Hätte irgend sonst jemand Milch zu verkaufen gehabt, er wäre sofort aus dem Geschäft gewesen. Zugegeben, es war besser geworden, seit der Stalljunge für ihn schuftete – der Bursche verstand etwas, ohne Zweifel, und mit den Klagen war es so gut wie vorbei –, aber deshalb waren seine Kühe noch lange nicht die schönsten in ganz Florin. Dennoch, mit dem Grafen konnte man nicht streiten. Butterblumes Vater wandte sich zu seiner Frau: »Was würdest du sagen, meine Gute, was ist mein Geheimnis?«, fragte er sie.

»Ach, da ist so vieles«, sagte sie. Wenn es um die Qualität ihrer Haustiere ging, wußte sie Bescheid.

»Ihr beiden seid kinderlos, nicht wahr?«, fragte der Graf nun.

»Nein, Herr«, antwortete die Mutter.

»Dann laßt sie mich sehen«, fuhr der Graf fort, »vielleicht ist sie mit den Antworten schneller als ihre Eltern.«

»Butterblume«, rief der Vater und wandte sich um, »komm heraus, bitte«.

»Woher wußtet Ihr denn, daß wir eine Tochter haben?« wunderte sich Butterblumes Mutter.

»Geraten. Ich nahm an, es müßte entweder Sohn oder Tochter sein. Manche Tage hab' ich mehr Glück als — « Dann hörte er einfach auf zu reden.

Denn Butterblume kam ins Blickfeld, wie sie aus dem Haus zu ihren Eltern lief.

Der Graf stieg aus seiner Kutsche. Elegant setzte er die Füße auf den Boden und stand ganz still. Er war ein großer Mann, mit schwarzem Haar und schwarzen Augen und mächtigen Schultern, in einem schwarzen Cape und mit schwarzen Handschuhen.

»Mach einen Knicks«, flüsterte Butterblumes Mutter.

Butterblume tat ihr Bestes.

Und der Graf konnte nicht aufhören, sie anzusehen.

Wohlgemerkt, sie rangierte noch kaum unter den ersten zwanzig; ihr Haar war ungewaschen und ungekämmt; sie war gerade erst siebzehn, daher gab es an manchen Stellen noch Reste von Babyspeck. Gar nichts war noch aus dem Kind gemacht worden. Es gab eigentlich noch nichts zu sehen, nur gute Anlagen.

Aber der Graf konnte seine Augen immer noch nicht losreißen.

»Der Herr Graf möchte gern die Geheimnisse wissen, wie es kommt, daß unsere Kühe so hervorragend sind — verstehe ich richtig, Herr?« sagte Butterblumes Vater.

Der Graf nickte bloß und schaute.

Sogar Butterblumes Mutter merkte, daß eine gewisse Spannung in der Luft lag.

»Fragt den Stalljungen, er versorgt sie«, sagte Butterblume.

»Und ist das dort der Stalljunge?« kam eine neue Stimme aus dem Wageninnern. Dann erschien das Gesicht der Gräfin im Rahmen der Wagentür.

Ihre Lippen waren tiefrot bemalt, ihre grünen Augen in schwarze Linien gefaßt. In ihrem Kleid waren alle Farben der Welt aufeinander abgestimmt. Butterblume wollte sich die Augen bedecken vor solchem Glanz.

Butterblumes Vater blickte zurück zu der einzelnen Gestalt, die dort um die Ecke des Hauses lugte. »Das ist er.«

»Bringt ihn mir her!«

»Er ist nicht anständig angezogen für so einen Anlaß«, sagte Butterblumes Mutter.

»Ich habe schon mehr Männer ohne Hemd gesehen«, erwiderte die Gräfin. Dann rief sie »du da!« und zeigte auf den Stallburschen, »komm *her*«. Bei »her« schnalzte sie mit den Fingern.

Der Stallbursche tat, wie ihm geheißen.

Und als er nahegekommen war, stieg die Gräfin aus dem Wagen.

Ein paar Schritte hinter Butterblume blieb er stehen, den Kopf geneigt, wie es sich gehörte. Er schämte sich wegen seines Aufzugs, abgetragene Stiefel und zerrissene Blue Jeans (Blue Jeans wurden wesentlich früher erfunden, als die meisten Leute glauben) und er preßte die Hände zusammen, in einer nahezu flehenden Geste.

»Hast du einen Namen, Stalljunge?«

»Westley, Frau Gräfin.«

»Also, Westley, vielleicht kannst du uns bei unserem Problem weiterhelfen.« Sie trat zu ihm hinüber. Der Stoff ihres Kleides streifte seine Haut. »Wir alle hier nehmen leidenschaftliches Interesse an der Rinderzucht, und die Wißbegier läßt uns keine Ruhe. Warum, Westley, glaubst du, sind die Kühe ausgerechnet auf diesem Hofe die schönsten in ganz Florin? Was machst du mit ihnen?«

»Ich füttere sie bloß, Frau Gräfin.«

»Da haben wir's, es ist heraus, das Rätsel ist gelöst; wir alle können ausruhen. Westley füttert sie, das ist der ganze Zauber. Zeigst du mir, wie du es machst, ja, Westley?«

»Wie ich die Kühe füttere, Frau Gräfin?«

»Richtig, mein Junge.«

»Wann?«

»Sofort, wenn nicht noch früher.« Und sie hielt ihm den Arm hin. »Führe mich, Westley!«

Westley hatte keine andere Wahl, als ihren Arm zu nehmen, sehr behutsam. »Es ist hinter dem Haus, Gnädigste; es ist furchtbar dreckig da hinten. Ihr Kleid wird hin sein.«

»Ich trag sie nur einmal, Westley, und ich brenne darauf, dich an der Arbeit zu sehen.«

Und fort gingen sie zu dem Kuhstall.

Während alldem hatte der Graf immerzu Butterblume angeschaut.

»Ich werde dir helfen«, rief Butterblume Westley hinterher.

»Vielleicht ist es das Beste, ich sehe mir auch an, wie er es macht«, entschied der Graf.

»Seltsame Dinge geschehen«, sagten Butterblumes Eltern und gingen als letzte hinterdrein, um die Fütterung der Kühe zu besichtigen. Sie beobachteten den Grafen, der ihre Tochter beobachtete, welche die Gräfin beobachtete.

Und die beobachtete Westley.

»Ich hab nicht gesehen, was er so Besonderes gemacht hat«, sagte Butterblumes Vater. »Er hat sie einfach gefüttert.« Das war jetzt nach dem Abendessen, und die Familie war wieder unter sich.

»Sie müssen ihn persönlich lieben. Ich hatte auch einmal eine Katze, die wuchs nur, wenn ich sie fütterte. Vielleicht ist das auch so eine Sache.« Butterblumes Mutter kratzte die Reste von dem Eintopf in eine Schüssel. »Hier«, sagte sie zu ihrer Tochter. »Westley wartet an der Hintertür, bring ihm sein Abendbrot.«

Butterblume nahm die Schüssel und öffnete die Hintertür.

»Nimm«, sagte sie.

Er nickte, nahm die Schüssel ab und wollte zu seinem Baumstumpf gehen, um zu essen.

»Ich habe dich noch nicht entlassen, Stalljunge«, begann Butterblume. »Ich bin gar nicht damit zufrieden, was du mit Pferd machst, aber was du *nicht* machst, ist noch schlimmer. Ich wünsche, daß du ihn säuberst. Heute abend noch. Ich wünsche, daß du ihm die Hufe polierst, heute abend. Ich möchte, daß du ihm den Schwanz flichtst und ihm die Ohren massierst, aber bitte heute noch. Und sein Stall muß tadellos sauber sein, jetzt gleich. Er muß nur so funkeln, und wenn du die ganze Nacht dazu brauchst, dann brauchst du eben die ganze Nacht.«

»Wie du wünschst.«

Sie knallte die Tür zu und ließ ihn im Dunkeln essen.

»Ich dachte, Pferd hat doch eigentlich schon sehr ordentlich ausgesehen«, sagte ihr Vater.

Butterblume sagte nichts.

»Hast du gestern doch selber gesagt«, erinnerte ihre Mutter sie.

»Ich muß übermüdet sein«, brachte sie heraus. »Diese ganze Aufregung.«

»Dann ruh dich aus«, warnte ihre Mutter. »Fürchterliches kann dir geschehen, wenn du übermüdet bist. Ich war übermüdet an dem Abend, als dein Vater um mich anhielt.« Vierunddreißig zu zweiundzwanzig, Endstand.

Butterblume ging in ihre Kammer. Sie legte sich auf das Bett. Sie machte die Augen zu.

Und die Gräfin starrte Westley an.

Butterblume stand wieder auf. Sie zog ihre Kleider aus, wusch sich ein bißchen, zog ihr Nachthemd an. Sie schlüpfte zwischen die Laken, kuschelte sich ein, machte die Augen zu.

Die Gräfin starrte Westley immer noch an.

Sie stieß die Decken weg, machte die Tür auf. Sie ging zum Wasser neben dem Ofen und goß sich einen Becher voll. Sie trank ihn leer. Sie goß sich noch einen Becher voll und rollte sich die kühle Wand des Gefäßes über die Stirn. Das fiebrige Gefühl blieb da.

Wieso Fieber? Sie fühlte sich gesund. Sie war siebzehn und nicht gerade hohlwangig. Sie goß das Wasser entschlossen aus, wandte sich um, ging wieder in ihre Kammer, machte die Tür fest zu und legte sich wieder ins Bett. Sie machte die Augen zu.

Die Gräfin wollte nicht aufhören, Westley anzustarren!

Warum nur? Warum in aller Welt konnte die einzige Frau in der Geschichte von Florin, die in jeder Hinsicht vollkommen war, sich für den Stallburschen interessieren? Butterblume wälzte sich im Bett herum. Und anders konnte man diesen Blick einfach nicht erklären — sie war interessiert. Butterblume machte die Augen ganz fest zu und studierte die Gräfin, so wie sie sich an sie erinnerte. Kein Zweifel, irgendetwas an dem Stallburschen interessierte sie. Tatsache war Tatsache. Aber *was*? Der Stallbursche hatte Augen wie die See vor dem Sturm, aber wen interessierten schon Augen? Und strohblondes Haar hatte er, gut, wenn man das mochte ... Und einigermaßen breite Schultern, aber auch nicht so viel breiter als der Graf. Und sicher, er war muskulös, aber wer würde das nicht sein, wenn er den ganzen Tag schuftete? Und seine Haut war rein und gebräunt, aber das kam auch bloß vom Schuften; wer wäre nicht braun, wenn er den ganzen Tag in der Sonne herumliefe? Und viel größer als der Graf war er auch nicht, nur daß sein Bauch flacher war, aber der Stallbursche war eben jünger.

Butterblume setzte sich im Bett auf. Seine Zähne, das mußte es sein. Der Stallbursche hatte gute Zähne, alles was recht war! Weiß und ebenmäßig, besonders gegen das braune Gesicht.

Konnte es noch etwas anderes sein? Butterblume konzentrierte sich. Die Mädchen im Dorf liefen dem Stallburschen nach, wenn er etwas abliefern ging; aber diese Idiotinnen, wem liefen die nicht nach? Und er kümmerte sich nie um sie, denn wenn er den Mund aufgemacht hätte, hätten sie gemerkt, daß die schönen Zähne auch alles waren, er war nämlich außerordentlich blöd.

Es war schon sehr sonderbar, daß so eine schöne und schlanke und geschmeidige und graziöse Frau, ein so perfekt gebautes und so erlesen gekleidetes Geschöpf wie die Gräfin sich so viel aus Zähnen machen sollte. Butterblume zuckte die Achseln. Die Leute waren ganz schön kompliziert. Aber nun hatte sie alles diagnostiziert und erklärt. Sie schloß wieder die Augen, kuschelte sich ein und machte es sich bequem, und *so wie die Gräfin den Stallburschen angesehen hat, so sieht man jemanden doch nicht bloß wegen seiner Zähne an.*

»Oh«, keuchte Butterblume, »oh, oh, Liebster.«

Jetzt starrte der *Stallbursche* die Gräfin an. Er fütterte die Kühe, und seine Muskeln spielten unter seiner braunen Haut, wie immer, und Butterblume stand da und sah zu, wie der Stallbursche zum erstenmal der Gräfin tief in die Augen blickte.

Butterblume sprang aus dem Bett und fing an, im Zimmer hin und her zu laufen. Wie konnte er? Ach, es war nichts dabei, wenn er sie ansah, aber er sah sie nicht bloß an, er *sah sie an.*

»Die ist schon so alt«, murmelte Butterblume und fing an, ein bißchen zu wüten. Die Gräfin würde die Dreißig nicht noch einmal erleben, das war doch Tatsache. Und ihr Kleid sah lächerlich aus im Kuhstall, und das war auch Tatsache.

Butterblume fiel aufs Bett und drückte das Kissen an die Brust. Das Kleid war überhaupt lächerlich, nicht erst im Kuhstall. Die Gräfin sah gräßlich aus, von dem Augenblick an, als sie aus dem Wagen gestiegen war, mit ihrem zu großen bemalten Mund und ihren kleinen bemalten Schweinsäuglein und ihrer gepuderten Haut und ... und ... und ...

Butterblume drosch auf das Kissen ein, weinte und schüttelte sich und weinte noch ein bißchen. Drei schwere Fälle von Eifersucht sind bekannt, seit David von Galiläa erstmals von dieser Gefühlsregung befallen wurde, als er nicht mehr mitansehen konnte, wie der Kaktus seines Nachbarn Saul seinen eigenen überragte. (Ursprünglich erstreckte sich die Eifersucht ausschließlich auf Pflanzen, anderer Leute Kakteen oder Gummibäume, später, nachdem es Gras gab, auch auf Gras, und deshalb sagen wir bis auf den heutigen Tag, jemand sei grün vor Eifersucht.) Butterblumes Fall war guter Vierter in der Rangliste aller Zeiten.

Die Nacht war sehr lang und sehr grün.

Schon vor Anbruch der Dämmerung stand sie vor seinem Schuppen. Drinnen konnte sie ihn hören, er war schon wach. Sie klopfte. Er kam und stand in der Tür. Hinter ihm konnte sie eine winzige Kerze und aufgeschlagene Bücher sehen. Er wartete. Sie sah ihn an. Dann sah sie weg.

Er war zu schön.

»Ich liebe dich«, sagte Butterblume. »Ich weiß, das muß dir ein bißchen überraschend kommen, denn ich habe dich immer nur verlästert und heruntergemacht und gequält, aber jetzt liebe ich dich schon seit mehreren Stunden, und jede Sekunde mehr. Vor einer Stunde dachte ich, ich liebe dich mehr als je eine Frau einen Mann geliebt hat, aber eine halbe Stunde später wußte ich, daß meine Gefühle vorhin nichts waren gegen meine Gefühle jetzt. Aber wieder zehn Minuten später begriff ich, meine Liebe vorhin war nur wie eine Pfütze im Vergleich zu der hohen See vor dem Sturm. So sind deine Augen, wußtest du das? Ja, so sind sie. Wie weit war ich gekommen, bis vor zwanzig Minuten? Hatte ich meine Gefühle schon so beschrieben, wie sie vor zwanzig Minuten waren? Es ist nicht wichtig.« Butterblume konnte ihn immer noch nicht ansehen. Hinter ihr ging jetzt die Sonne auf; sie fühlte die Wärme im Rücken, und das gab ihr Mut. »Ich liebe dich so viel mehr jetzt als vor zwanzig Minuten, daß es nicht zu vergleichen ist. Ich liebe dich so viel mehr jetzt als eben, wie du die Tür aufmachtest, daß es nicht zu vergleichen ist. In meinem Leib ist für nichts Platz als für dich. Meine Arme lieben dich, meine Ohren beten dich an, meine Knie zittern vor blinder Leidenschaft. Meine Seele bittet dich, etwas zu verlangen, damit sie gehorchen kann. Willst du, daß ich dir folge für den Rest deiner Tage? Ich werde es tun. Willst du, daß ich auf dem Boden krieche? Ich werde kriechen. Ich werde für dich still sein oder für dich singen, oder wenn du hungrig bist, dann laß mich dir zu essen bringen, oder wenn du Durst hast und nichts kann ihn stillen als arabischer Wein, dann geh ich nach Arabien, auch wenn es um die ganze Welt ist, und hol dir eine Flasche zu Mittag. Was ich für dich tun kann, werde ich für dich tun; was ich nicht für dich tun kann, werde ich noch lernen. Ich weiß, mit der Gräfin kann ich nicht mithalten an Gewandtheit, Klugheit oder Reiz, und ich habe gesehen, wie sie dich angeblickt hat. Und ich habe gesehen, wie du sie angeblickt hast. Aber bitte, denk daran, daß sie schon alt ist und andere Interessen hat, während ich siebzehn bin, und für mich gibt es nur dich. Liebster Westley — ich hab dich noch nie so genannt, nicht? — Westley, Westley, Westley, Westley, Westley, mein Liebling Westley, mein angebeteter Westley, süßer, unübertrefflicher Westley, flüstere mir zu, daß ich eine Chance habe, deine Liebe zu gewinnen.« Und mit diesen Worten wagte sie das Kühnste, was sie je getan hatte, sie sah ihm geradezu in die Augen.

Er machte ihr die Tür vor der Nase zu.

Ohne ein Wort.

Ohne ein Wort.

Butterblume rannte. Sie fuhr herum und stürmte davon, und bittere Tränen kamen ihr; sie konnte nichts sehen, sie stolperte, prallte gegen einen Baumstamm, fiel hin, stand auf, rannte weiter; die Schulter tat ihr weh, wo sie sich an dem Baum gestoßen hatte, und der Schmerz war heftig, aber nicht heftig genug, um von ihrem zertrümmerten Herzen abzulenken. Zurück in ihr Zimmer flüchtete sie, zurück zu ihrem Kissen. In Sicherheit, hinter der verriegelten Tür, ertränkte sie die Welt in Tränen.

Auch nicht *ein* Wort. Soviel Anstand hatte er nicht gehabt. »Bedaure«, hätte er sagen können. Hätte ihm das denn geschadet, wenn er »bedaure« gesagt hätte? »Zu spät«, hätte er sagen können.

Warum hatte er nicht wenigstens irgendetwas sagen können?

Butterblume dachte einen Augenblick sehr scharf nach. Und plötzlich hatte sie die Antwort: Er hatte nichts gesagt, denn wenn er den Mund aufmachte, war alles klar. Sicher war er hübsch, aber wie blöd? Sobald er seine Zunge gebraucht hätte, wäre alles vorbei gewesen.

»Dhhhh . . .«

Das hätte er gesagt. Das war so, was Westley sagte, wenn er sich wirklich stark fühlte. »Dhdhdhdh . . . dhanke, Butterblume.«

Sie trocknete ihre Tränen und fing an zu lächeln. Sie atmete einmal tief ein und stieß einen Seufzer aus. Das gehörte alles mit zum Erwachsenwerden. Man bekommt solche kleinen, schnellen Anfälle, man zwinkert einmal, und sie sind fort. Man vergibt Fehler, findet Vollkommenheit, verliebt sich irrsinnig; dann, am nächsten Tag, geht die Sonne auf, und es ist vorbei. Schreib es dir hinter die Ohren, Mädchen, und dann sehen wir weiter. Butterblume stand auf, machte ihr Bett, zog sich um, kämmte ihr Haar, lächelte, und dann brach sie von neuem in Tränen aus. Denn es hatte eine Grenze, wieweit sie sich belügen konnte.

Westley war nicht blöd.

Oh, sie konnte so tun, als wäre er's. Sie konnte lachen über seine Schwierigkeiten mit der Sprache. Sie konnte sich selbst die Torheit vorwerfen, in diesen Deppen vernarrt zu sein. Die Wahrheit war einfach, er hatte auch einen Kopf auf den Schultern, mit einem Gehirn darin, das um nichts schlechter war als seine Zähne. Er hatte seinen Grund, warum er nichts gesagt hatte; mit seinen grauen Zellen hatte das nichts zu tun. Er hatte nichts gesagt, weil es für ihn einfach nichts zu sagen gab.

Er liebte sie eben nicht, und das war alles.

Die Tränen, die Butterblume den Rest des Tages über Gesellschaft leisteten, waren ganz anders als die Tränen, die sie geblendet hatten, als sie gegen den Baum rannte. Das waren laute und heiße Tränen gewesen; sie pulsierten. Diese jetzt flossen leise und stetig dahin; sie erinnerten sie nur daran, daß sie nicht gut genug war. Sie war siebzehn, und jedes männliche Wesen, das sie je gekannt hatte, war ihr zu Füßen gelegen, und es bedeutete ihr nichts. Das eine Mal, wo es darauf ankam, da war sie nicht gut genug. Reiten war eigentlich alles, was sie konnte, und wie sollte das einen Mann interessieren, wenn dieser Mann von der Gräfin angeschaut worden war?

Es wurde schon dunkel, als sie Schritte vor ihrer Tür hörte. Dann klopfte es. Butterblume trocknete sich die Augen. Es klopfte noch einmal. »Wer ist denn da?« Sie gähnte nun endlich.

»Westley.«

Butterblume räkelte sich auf dem Bett. »Westley?« sagte sie. »Ich kenn doch keinen West-, ach, *Stalljunge*, du bist es, wie drollig!« Sie ging zur Tür, schloß auf und sagte in dem launigsten Ton, der ihr zur Verfügung stand: »Da bin ich aber froh, daß du hereinschaust; ich kam mir ganz gemein vor nach dem kleinen Scherz von heute morgen. Du weißt natürlich, ich hab das keine Sekunde ernst gemeint, oder ich dachte wenigstens, das wüßtest du, aber dann, als du die Tür zumachtest, da dachte ich für einen trüben Augenblick, ich habe den kleinen Ulk vielleicht ein bißchen zu überzeugend gemacht und du, lieber armer Kerl, du könntest gedacht haben, ich meine, was ich sage, wo wir doch beide natürlich wissen, wie total unmöglich es ist, daß das je passiert.«

»Ich komme, um mich zu verabschieden.«

Butterblume stockte das Herz, aber sie blieb noch in ihrem launigen Ton. »Du meinst, du gehst schlafen, und willst mir Gutenacht sagen? Wie feinfühlig von dir, Stalljunge, mir zu zeigen, daß du mir meinen kleinen Morgenspaß verzeihst; ich weiß es gewiß zu schätzen, daß du so rücksichtsvoll bist und — «

Er schnitt ihr das Wort ab. »Ich reise ab.«

»Du reist ab?« Der Boden begann Wellen zu schlagen. Sie hielt sich am Türrahmen fest. »Jetzt?«

»Ja.«

»Weil ich das heute morgen gesagt habe?«

»Ja.«

»Ich hab dich vergrault, nicht? Ich könnte mir die Zunge abbeißen.« Sie schüttelte den Kopf, immerzu. »Also, es ist vorbei, du hast dich entschieden. Merk dir nur dies: Ich nehm dich nicht mehr, wenn sie mit dir fertig ist, es nützt dir auch nichts, wenn du bittest.«

Er sah sie bloß an.

Sie sprach eilig weiter. »Bloß weil du so schön und vollkommen bist, wirst du eingebildet. Du glaubst, die Leute könnten deiner nicht müde werden, aber da irrst du dich, sie können es, und sie wird dich auch bald satt haben, außerdem bist du zu arm.«

»Ich gehe nach Amerika. Um mein Glück zu machen.« (Amerika gab es erst seit kurzem, Glücksritter schon lange.) »Ein Schiff geht bald von London ab. In Amerika hat man große Möglichkeiten. Ich werde sie nutzen. Ich habe mich geschult. In meinem Schuppen. Ich habe trainiert, ohne Schlaf auszukommen. Nur ein paar Stunden. Ich nehme einen Job mit Zehnstundentag und dann noch einen Job mit Zehnstundentag, und von dem Geld spare ich jeden Pfennig, außer den paar, die ich fürs Essen brauche, damit ich bei Kräften bleibe, und wenn ich genug zusammen habe, dann kaufe ich eine Farm und baue ein Haus und zimmere ein Bett, das groß genug ist für zwei.«

»Du bist verrückt, wenn du glaubst, sie wird glücklich sein auf irgendeiner heruntergekommenen Farm in Amerika. Nicht bei dem Geld, was die für Kleider ausgibt.«

»Jetzt hör endlich auf, von der Gräfin zu reden! Tu mir den Gefallen. Bevor du mich *verrrrrückt* machst.«

Butterblume sah ihn an.

»Verstehst du denn gar nicht, was los ist?«

Butterblume schüttelte den Kopf.

Westley schüttelte seinen auch. »Die Schlaueste bist du nie gewesen, glaub' ich.«

»Liebst du mich, Westley? Meinst du das?«

Er konnte es nicht fassen. »Ob ich dich liebe? Meine Güte, wenn deine Liebe ein Sandkorn ist, dann ist meine ein Universum von Sandstränden. Wenn deine Liebe — «

»Das erste versteh ich noch nicht«, unterbrach ihn Butterblume. Sie kam jetzt sehr in Erregung. »Das möchte ich klar wissen. Sagst du, meine Liebe ist von der Größe eines Sandkorns, und deine ist diese andere Sache da? Bilder verwirren mich immer so — ist diese Geschichte mit dem Universum größer als mein Sandkorn? Hilf mir, Westley, es kommt mir so vor, als ob wir vor etwas furchtbar Wichtigem stünden.«

»Ich bin diese Jahre über in meinem Schuppen geblieben, deinetwegen. Ich habe im Selbstunterricht Sprachen gelernt, deinetwegen. Ich habe meinen Körper trainiert, weil ich dachte, ein starker Mann könnte dir gefallen. Mein Lebtag hab ich gebetet, daß du eines Morgens plötzlich einmal zu mir hinblickst. Es gab keinen Augenblick in Jahren, wo mir dein Anblick das Herz nicht im Brustkorb schlingern ließ. Es gab keine Nacht, wo dein Antlitz mich nicht in den Schlaf begleitet hat. Es gab keinen Morgen, wo du beim Aufwachen nicht hinter meinen Augenlidern schimmertest ... Kapierst du etwas von all dem, Butterblume, oder soll ich noch ein bißchen weitermachen?«

»Hör nie mehr auf.«

»Es gab keinen — «

»Wenn du mich veralberst, Westley, bring' ich dich um.«

»Wie kannst du auch nur träumen, ich könnte dich veralbern?«

»Du hast noch nicht einmal gesagt, du liebst mich.«

»Ist das alles, was dir fehlt? Werden wir gleich haben. Ich liebe dich. Gut? Lauter? *Ich liebe dich.* Soll ich es buchstabieren? I-zeh-ha ell-ih-eh-be-eh de-ih-zeh-ha. Auch noch rückwärts? Dich liebe ich.«

»Jetzt veralberst du mich aber, nicht?«

»Ein bißchen vielleicht; ich hab' es schon immer zu dir gesagt, du hast bloß nicht zugehört. Jedesmal wenn du gesagt hast, ›Stalljunge, mach mir mal dies‹, hast du gedacht, ich antworte ›Wie du wünschst‹, aber das war nur, weil du falsch gehört hast. ›Ich liebe dich‹, hab' ich gesagt, aber du hörtest und hörtest nicht.«

»Jetzt hör' ich es, und ich verspreche dir eines: Ich werde nie einen anderen lieben. Nur Westley. Bis ich sterbe.«

Er nickte und trat einen Schritt zurück. »Ich hole dich bald, glaub mir.«

»Könnte mein Westley je lügen?«

Er trat noch einen Schritt zurück. »Es ist spät. Ich muß fort. Es ist scheußlich, aber ich muß. Das Schiff geht bald ab, und London ist weit.«

»Ich verstehe.«

Er streckte die rechte Hand aus.

Butterblume fiel das Atmen sehr schwer.

»Adieu.«

Es gelang ihr, die rechte Hand bis zu seiner zu heben.

Händedruck.

»Adieu«, sagte er noch einmal.

Sie nickte leicht.

Er trat einen dritten Schritt zurück, ohne sich umzudrehen. Sie beobachtete ihn.

Er drehte sich um.

Da brachen die Worte aus ihr heraus: *»Ohne einen Kuß?«* Sie fielen sich in die Arme.

Fünf große Küsse hat es gegeben seit 1642 v. Chr., als sich Saul und Delilah Korns zufällige Entdeckung über die westliche Welt auszubreiten begann. (Vorher hakten die Pärchen die Daumen ineinander.) Und die genaue Einstufung der Küsse ist eine riesig schwierige Angelegenheit, bei der oft große Kontroversen entstehen, denn wenn auch über die Formel Leidenschaft mal Keuschheit mal Intensität mal Dauer alle einig sind, so hat doch jeder eine etwas andere Meinung darüber, wieviel Gewicht jedes dieser Elemente erhalten sollte. Aber egal nach welchem System, bei fünf Küssen herrscht allgemeine Übereinstimmung, daß sie vollwertig waren.

Und dieser eine nun übertraf sie alle.

Am ersten Morgen nach Westleys Abreise hielt sich Butterblume für berechtigt, nichts zu tun als dazusitzen und vor sich hin zu schluchzen und sich leid zu tun. Schließlich war ja ihre große Liebe auf und davon, das Leben hatte keinen Sinn, wie sollte man da der Zukunft ins Auge sehen, undsoweiter.

Aber nach etwa zwei Sekunden wurde ihr klar, daß Westley nun in die Welt hinaus war, daß er London näher und näher kam. Und was, wenn ein schönes Großstadtmädchen ihm in die Augen stach, während sie hier vor sich hin welkte? Oder, noch schlimmer, wenn er nach Amerika käme, seine Jobs erledigte, seine Farm baute und ihr Bett zimmerte und sie nachkommen ließe, und wenn sie dann käme, würde er sie anschauen und sagen: »Fahr wieder zurück, das Geflenne hat deine Augen verdorben und das Selbstmitleid deine Haut, du siehst aus wie eine Schlampe; ich heirate ein Indianermädchen; sie wohnt in einem Tipi in der Nähe und ist immer in bester Form.«

Butterblume rannte zu dem Spiegel in ihrem Schlafzimmer. »O Westley«, sagte sie, »ich darf dich nie enttäuschen«, und eilte die Treppe hinunter zu ihren Eltern, die sich angifteten (sechzehn zu dreizehn, schon beim Frühstück). »Ich brauche euren Rat«, sagte sie. »Was kann ich tun, um mein Aussehen zu verbessern?«

»Erst einmal baden«, sagte ihr Vater.

»Und tu auch etwas für dein Haar, wenn du schon dabei bist«, sagte ihre Mutter.

»Schaufle dir den Dreck hinter den Ohren weg.«

»Und vergiß nicht die Knie.«

»Das reicht wohl für den Anfang«, sagte Butterblume. Sie schüttelte den Kopf. »Lieber Himmel, das ist aber nicht so leicht, sauber zu sein.« Unverzagt machte sie sich an die Arbeit.

Jeden Morgen stand sie nach Möglichkeit schon in der Dämmerung auf und erledigte sofort ihre Arbeiten auf dem Hof. Es gab nun viel zu tun, seit Westley fort war, und dazu kam noch, daß seit dem Besuch des Grafen alle Leute in der Umgegend ihre Milchbestellungen erhöht hatten. So hatte sie erst am Nachmittag Zeit, sich zu pflegen.

Aber dann begann die eigentliche Arbeit. Zuerst ein ordentliches kaltes Bad. Dann, während ihr Haar trocknete, machte sie sich an den Fehlern ihrer Figur zu schaffen (ein Ellbogen war zu knochig, das Handgelenk am anderen Arm nicht knochig genug). Und sie bearbeitete die Stellen, wo noch Reste von Babyspeck saßen (viel war nicht mehr übrig, sie war nun fast achtzehn). Und immerzu bürstete und bürstete sie ihr Haar.

Ihr Haar war herbstfarben und noch nie geschnitten worden; es tausendmal durchzubürsten dauerte also seine Zeit, aber das störte sie nicht, denn Westley hatte es noch nie so sauber gesehen und würde sicher staunen, wenn sie in Amerika an Land ging. Ihre Haut war weiß wie Neuschnee, und sie scheuerte jeden Zentimeter so lange, bis es glänzte. Ein Vergnügen war das nicht, aber würde sich Westley nicht freuen, daß sie so sauber war, wenn sie in Amerika an Land ging?

Und sehr schnell nun begannen ihre Anlagen sich zu verwirklichen. Vom zwanzigsten Rang stieß sie binnen zwei Wochen auf den fünfzehnten vor, eine unerhörte Veränderung in so kurzer Zeit. Wieder drei Wochen später war sie schon Neunte und immer noch auf dem Vormarsch. Die Konkurrenz war nun sehr scharf, aber am Tage, nachdem sie Neunte geworden war, kam ein drei Seiten langer Brief von Westley aus London, und als sie ihn durchgelesen hatte, war sie auf Platz acht. Das war's, was bei ihr mehr bewirkte als alles andere — ihre Liebe zu Westley wuchs und wuchs, und die Leute waren ganz durcheinander, wenn sie morgens die Milch ausfuhr. Manche konnten sie nur angaffen, aber viele redeten auch mit ihr, und diese fanden, sie sei jetzt wärmer und sanfter als früher. Sogar die Mädchen aus dem Dorf nickten und lächelten ihr nun wieder zu, und manche erkundigten sich nach Westley, was falsch war, es sei denn man hatte sehr viel Zeit, denn wenn man Butterblume fragte, wie Westley denn sei — da kam sie ins Erzählen. Er war mindestens außerordentlich, man mußte ihn gesehen haben, er war einmalig und fabelhaft. So ging das stundenlang. Manchmal wurde es ein bißchen anstrengend für die Zuhörerinnen, aber sie gaben sich alle Mühe, aufmerksam zu bleiben, weil sie ihn doch so ganz und gar liebte.

Und darum setzte Westleys Tod ihr so zu.

Er hatte ihr noch kurz vor der Abfahrt nach Amerika geschrieben. Mein Schiff heißt *Queen's Pride,* und ich liebe dich. (So gingen seine Sätze immer: Heute regnet es, und ich liebe dich. Meine Erkältung ist besser geworden, und ich liebe dich. Grüß Pferd von mir, und ich liebe dich. So oder ähnlich.)

Dann kamen keine Briefe mehr, aber das war begreiflich, er war auf See. Dann erfuhr sie es. Sie kam vom Milchausfahren nach Hause, und ihre Eltern waren wie aus Holz. »Vor der Küste von Carolina«, flüsterte ihr Vater.

Ihre Mutter flüsterte auch: »Ohne Warnung, in der Nacht.«

»Was?« kam von Butterblume.

»Piraten«, sagte ihr Vater.

Butterblume dachte, es wäre besser, wenn sie sich hinsetzte.

»Und, ist er gefangen?« brachte sie heraus.

Ihre Mutter mimte ein »Nein«.

»Roberts war es«, sagte ihr Vater. »Der Greuelpirat Roberts.«

»Oh«, sagte Butterblume, »der, bei dem nie einer am Leben bleibt.«

»Ja«, sagte ihr Vater.

Es war still im Zimmer.

Plötzlich redete Butterblume sehr schnell: »Wurde er erdolcht? ... Ist er ertrunken? ... Haben sie ihm im Schlaf die Kehle durchgeschnitten? ... Oder haben sie ihn erst geweckt, was meint ihr? ... Vielleicht haben sie ihn totgepeitscht ...«

Dann stand sie auf. »Verzeiht, ich werde kindisch.« Sie schüttelte den Kopf. »Als ob es darauf ankäme, wie sie es gemacht haben. Entschuldigt mich bitte.« Dann lief sie in ihre Kammer.

Dort blieb sie viele Tage. Zuerst versuchten ihre Eltern sie herauszulocken, aber sie kam nicht. Schließlich stellten sie ihr das Essen vor die Tür, und sie nahm ab und zu einen Bissen, genug, um am Leben zu bleiben. Drinnen war nie Lärm, kein Gejammer und keine Schmerzenslaute.

Und als sie schließlich herauskam, waren ihre Augen trokken. Ihre Eltern, die stumm beim Frühstück saßen, starrten zu ihr hinauf. Beide wollten gleich aufstehen, aber sie streckte die Hand aus, daß sie sitzen blieben. »Bitte, ich versorg' mich schon selbst«, und sie nahm sich etwas zu essen. Die Eltern beobachteten sie genau.

Tatsächlich, sie hatte noch nie so gut ausgesehen. Als sie in ihr Zimmer gegangen war, war sie einfach ein unglaublich hübsches Mädchen. Die Frau, die wieder herauskam, war eine Idee dünner, sehr viel klüger und um einen Ozean trauriger. Diese Frau kannte die Natur des Schmerzes, und hinter dem Glanz ihrer Züge standen ein Charakter und die sichere Kenntnis des Leidens.

Sie war achtzehn und die schönste Frau seit hundert Jahren. Es schien sie nicht zu kümmern.

»Geht es dir gut?« fragte ihre Mutter.

Butterblume schlürfte ihren Kakao. »Prima«, sagte sie.

»Bestimmt?« wunderte sich ihr Vater.

»Ja«, antwortete Butterblume. Es gab eine lange Pause. »Aber ich darf nie wieder lieben.«

Sie liebte nie wieder.

Zweites Kapitel: Der Bräutigam

Dies ist meine erste größere Streichung. Kapitel eins, die Braut, handelt fast ausschließlich von der Braut. In Kapitel zwei, Der Bräutigam, kommt Prinz Humperdinck erst auf den letzten paar Seiten vor.

Bei diesem Kapitel hat mein Sohn Jason aufgehört zu lesen, und man kann ihn schlechterdings nicht tadeln. Denn was macht Morgenstern? Er eröffnet das Kapitel mit sechsundsechzig Seiten florinesischer Geschichte, genauer, Geschichte der florinesischen Krone.

Langweilig? Und ob, nicht zu fassen.

Wie kann ein Meister der Erzählkunst seine Erzählung so abwürgen, bevor sie noch recht hat in Gang kommen können? Antwort unbekannt. Ich kann nur vermuten, daß für Morgenstern die Erzählung in Wirklichkeit nicht von Butterblume und all den bemerkenswerten Dingen handelt, die sie durchmacht, sondern vielmehr von der Geschichte der Monarchie und ähnlichem Zeug. Ich bin darauf gefaßt, daß bei Erscheinen dieser Version alle lebenden Floristen über mich herfallen werden. (Die Columbia Universität hat nicht nur die führenden Floristen Amerikas, sondern auch direkte Verbindungen zu der *New York Times Book Review*. Ich kann das nicht ändern, und ich hoffe nur, man wird verstehen, daß meine Absichten hier keinesfalls destruktiv gegen diejenigen Morgensterns gerichtet sind.)

Prinz Humperdinck hatte die Gestalt eines Fasses. Er hatte nicht einen Brustkorb, sondern ein großes Brustfaß, und seine Schenkel waren mächtige Schenkelfässer. Er war nicht groß, wog aber gegen 250 Pfund, steinhart. Er ging wie eine Krabbe, seitwärts, und hätte er Ballettänzer werden wollen, so wäre er zu einem elenden Leben endloser Mißerfolge verurteilt gewesen. Er wollte aber keineswegs Ballettänzer werden; er hatte es nicht einmal besonders eilig, König zu werden. Sogar der Krieg, worin er Ausgezeichnetes leistete, nahm unter seinen Interessen nur den zweiten Rang ein. Alles nahm nur den zweiten Rang ein.

Seine Leidenschaft war die Jagd.

Er hatte es sich zur Gewohnheit gemacht, keinen Tag vergehen zu lassen, ohne daß er irgendetwas tötete. Was es war, das war nicht so wichtig. Anfangs hatten ihn nur große Sachen gereizt, Elefanten oder Pythons, aber dann, als er geschickter wurde, begann er auch an den Leiden kleiner Tiere Gefallen zu finden. Er konnte vergnügt einen ganzen Nachmittag lang einem Flughörnchen durch die Wälder nachspüren oder eine Regenbogenforelle den Fluß hinab verfolgen. War der Prinz einmal entschieden und hatte er sich auf ein Objekt konzentriert, so war er unerbittlich. Er wurde nie müde, gab nie auf, aß nicht und schlief nicht. Es war Todesschach, und er war internationaler Großmeister.

Anfangs hatte er die Welt nach Gegnern durchsucht. Aber das Reisen, wie es nun einmal war, damals, zu Schiff und zu Pferde, verschlang Zeit, und es weckte Besorgnis in Florin, wenn er lange nicht da war. Es mußte immer ein männlicher Thronerbe da sein, und solange sein Vater noch lebte, gab es kein Problem. Aber eines Tages würde sein Vater sterben, der Prinz würde König werden und eine Königin wählen müssen, um für den Tag seines eigenen Todes einen Erben in Bereitschaft zu stellen.

Um also das Problem der langen Abwesenheiten zu umgehen, baute Prinz Humperdinck den Todeszoo auf. Er entwarf selber mit Graf Rugens Hilfe die Pläne und schickte seine Gewährsleute in alle Welt, um Bestände heranzuschaffen. Der Zoo wurde angefüllt mit lauter Objekten, die er jagen konnte, und er glich in Wahrheit keinem anderen Tiergehege irgendwo auf der Welt. Zunächst mal: es kamen niemals Besucher. Nur ein Albino sorgte als Wärter dafür, daß die Tiere richtig gefüttert wurden und daß keine Krankheiten oder Schwächlichkeiten auftraten.

Weiter hatte es mit dem Zoo die Bewandtnis, daß er unterirdisch war. Den Ort hatte der Prinz selbst ausgesucht, im ruhigsten, entlegensten Winkel des Schloßgeländes. Und er hatte bestimmt, daß es fünf Geschosse geben mußte, jeweils mit allem Nötigen für seine persönlichen Feinde ausgestattet. Im ersten Geschoß ließ er die schnellen Feinde unterbringen: wilde Hunde, Geparden, Kolibris. Ins zweite Geschoß gehörten die starken Feinde: Anacondas, Rhinozerosse und Krokodile von über zwanzig Fuß Länge. Das dritte Geschoß war für die giftigen Feinde: giftspeiende Kobras, springende Spinnen und giftige Fledermäuse in Hülle und Fülle. Das vierte Geschoß war das Reich der gefährlichsten, der furchterweckenden Feinde: da hausten die kreischende Tarantel (die einzige Spinne, die Laute von sich geben kann), der Blutadler (der einzige Menschenfleisch fressende Vogel), und überdies, in einem eigenen schwarzen Teich, der blutsaugende Krake. Sogar der Albino zitterte bei den Fütterungen im vierten Geschoß.

Das fünfte Geschoß war leer.

Der Prinz hatte es gebaut in der Hoffnung, eines Tages etwas zu finden, was seiner wert war, etwas, das ebenso gefährlich und wild und stark war wie er selbst.

Es war unwahrscheinlich. Doch er war ein ewiger Optimist, und so hielt er den großen Käfig des fünften Geschosses immer in Bereitschaft.

Und es gab ja mehr als genug Tödliches in den anderen vier Geschossen, um einen Mann bei Laune zu halten. Manchmal wählte der Prinz seine Beute nach Zufall: Er hatte ein großes Rad mit einem Zeiger, und auf dem Rad waren alle Tiere aus seinem Zoo abgebildet, und nach dem Frühstück gab er dem Zeiger einen Stoß, und der Albino machte ein Tier von der Art fertig, die der Zeiger anwies. Manchmal wählte er auch nach Stimmung: »Heut fühl' ich mich schnell, hol mir einen Geparden«, oder: »Heut fühl' ich mich stark, mach mal ein Rhino los.« Und was immer er verlangte, das geschah natürlich.

Er war gerade dabei, einem Orang-Utan den Abgang zu bereiten, als die Sache mit der Gesundheit des Königs ihn zuguterletzt störte. Der Nachmittag war halb vorbei, und der Prinz hatte seit morgens mit dem riesigen Tier gerungen, und nach all den Stunden wurde der haarige Geselle nun endlich schwächer. Immer wieder versuchte er zu beißen, ein sicheres Zeichen, daß er in den Armen keine Kraft mehr hatte. Der Prinz wehrte die Bisse mühelos ab, und dem Affen ging jetzt schwer die Brust auf und nieder, wenn er verzweifelt nach Luft schnappte. Der Prinz machte einen Krabbenschritt seitwärts, dann noch einen, dann sprang er vorwärts, drehte sich das große Tier in seinen Armen zurecht und fing an, auf das Rückgrat zu drücken. (Dies alles spielte sich in der Affengrube ab, wo sich der Prinz immer mit den Primaten zu vergnügen pflegte.) Von oben unterbrach ihn nun Graf Rugens Stimme. »Ich habe Nachrichten«, sagte der Graf.

Aus dem Kampf heraus antwortete der Prinz: »Kann das nicht warten?«

»Wie lange?« fragte der Graf.

K
  R
    R
      R
        C
          K
            S

Der Orang-Utan fiel hin wie ein Stofftier. »Also, was ist denn nun?« antwortete der Prinz, stieg über das tote Tier hinweg und kletterte die Leiter hinauf, die aus der Grube herausführte.

»Dein Vater hat seine alljährliche Generaluntersuchung gehabt«, sagte der Graf, »und ich habe den Bericht.«

»Und?«

»Er stirbt.«

»Verflucht!« sagte der Prinz. »Das heißt, ich werde heiraten müssen.«

Drittes Kapitel: Die Brautschau

Zu viert trafen sie im großen Ratssaal des Schlosses zusammen, Prinz Humperdinck, sein Vertrauter, Graf Rugen, sein Vater, der alternde König Lotharon, und Königin Bella, die böse Stiefmutter.

Die Königin Bella hatte die Gestalt eines Gummibärchens und die Farbe einer Himbeere. Sie war bei weitem die beliebteste Person im ganzen Königreich, und sie hatte den König geheiratet, lange bevor er zu mummeln anfing. Prinz Humperdinck war damals noch ein Kind gewesen, und da er Stiefmütter nur aus Geschichten kannte, in denen sie immer böse waren, nannte er Bella immer »die böse Stiefmutter« oder kurz BS.

»Also«, sagte der Prinz, »wen soll ich heiraten? Wir wollen eine Braut finden, damit das erledigt ist.«

Der alternde König Lotharon sagte: »Ich hab' mir gedacht, es wird nun aber Zeit, daß Humperdinck sich eine Braut sucht.« In Wirklichkeit sagte er das nicht direkt, er mummelte es: »Ich hamambbbl mambbbl Humpmammmbl brmmambl.«

Königin Bella machte sich als einzige noch die Mühe, zu entschlüsseln, was er sagte. »Stimmt haargenau, Liebling«, sagte sie und tätschelte sein königliches Gewand.

»Was hat er gesagt?«

»Er sagt, wen immer wir nehmen, sie bekommt einen mächtig hübschen Prinzen als Lebensgefährten.«

»Sag ihm, er selbst sieht auch ganz gut aus«, gab der Prinz zurück.

»Wir haben gerade den Wunderheiler gewechselt«, sagte die Königin, »das erklärt, warum es ihm besser geht.«

»Heißt das, ihr habt den Wunder-Max gefeuert?« sagte Prinz Humperdinck. »Ich dachte, es gibt bloß noch den.«

»Nein, wir haben einen anderen gefunden, oben in den Bergen, und der ist ganz enorm. Alt natürlich, aber wer will schon einen jugendlichen Wunderheiler?«

»Erzähl' ihm, ich habe einen neuen Wunderheiler«, sagte König Lotharon. Es hörte sich so an: »Zähl mambl wumbl mambl.«

»Was hat er gesagt?« wollte der Prinz wissen.

»Er sagt, ein Mann in deiner Stellung kann nicht einfach *irgendeine* Prinzessin heiraten.«

»Stimmt«, sagte Prinz Humperdinck. Er seufzte tief, sehr tief. »Ich glaube, das heißt Norena.«

»Politisch wäre das sicher eine ideale Partie«, gestattete sich Graf Rugen zu bemerken. Prinzessin Norena war aus Guldern, dem Land am gegenüberliegenden Ufer des Kanals von Florin. (In Guldern sah man es anders, dort galt Florin als das Land am andern Ufer des Kanals von Guldern.) Jedenfalls hatten sich die beiden Länder über die Jahrhunderte hin hauptsächlich dadurch am Leben gehalten, daß sie einander bekriegten. Es hatte den Olivenkrieg gegeben, das Thunfisch-Embargo, bei dem beide Völker beinahe bankrott gegangen wären, die Römische Spaltung, in der tatsächlich beide insolvent wurden, zum Glück gefolgt von dem Smaragdenkonflikt, in dem sie wieder reich wurden, in erster Linie weil sie sich für kurze Zeit zusammenschlossen und mit vereinten Kräften alles ausplünderten, was zu Schiff erreichbar war.

»Ich wüßte nur gern, ob sie auch jagt«, sagte Humperdinck. »Ihr Charakter ist mir nicht so wichtig, doch mit dem Messer sollte sie umgehen können.«

»Ich habe sie vor ein paar Jahren gesehen«, sagte die Königin Bella. »Sie schien mir voller Liebreiz, allerdings kaum sehr kräftig. Ich würde sie eher als eine von den Stillen bezeichnen. Aber, noch einmal, voller Liebreiz.«

»Wie ist die Haut?« fragte der Prinz.

»Marmorig«, antwortete die Königin.

»Die Lippen?«

»Wie viele oder welche Farbe?«

»Farbe, BS?«

»Rosig. Wangen desgleichen. Augen madonnig, eins blau, eins grün.«

»Hmmm«, sagte Humperdinck. »Und die Figur?«

»Sanduhrförmig. Und immer aufs erlesenste gekleidet. Und natürlich berühmt in ganz Guldern wegen der größten Kollektion von Hüten in aller Welt.«

»Dann wollen wir sie doch mal kommen lassen, zu irgendeiner Staatsfeierlichkeit, und sie uns anschauen«, sagte der Prinz.

»Gibt es denn da keine Prinzessin in Guldern, die im richtigen Alter wäre?« sagte der König. Es klang: »Mam-zess Gulblambl mambl.«

»Du triffst doch immer gleich das Richtige«, sagte die Königin Bella und lächelte ihrem Herrscher in seine nachlassenden Augen.

»Was hat er gesagt?« wollte der Prinz wissen.

»Ich soll heute noch mit der Einladung abreisen«, erwiderte die Königin.

So kam es zu dem großen Staatsbesuch der Prinzessin Norena.

Ich bin's wieder. Von allen Streichungen in dieser Fassung ist, glaube ich, diese am besten gerechtfertigt. Ebenso wie in *Moby Dick* die Kapitel über den Walfang von allen außer den bestrafungssüchtigsten Lesern überschlagen werden können, so läßt man am besten die von Morgenstern hier detailliert geschilderten Einpack-Szenen auf sich beruhen. Denn das geschieht auf den nächsten sechsundfünfzigeinhalb Seiten: Packen. (Ich fasse Einpack- und Auspackszenen in eins zusammen.)

Dies ist der Gang der Handlung: Die Königin Bella packt den größten Teil ihrer Garderobe ein (11 Seiten) und reist nach Guldern (2 Seiten). In Guldern packt sie aus (5 Seiten), dann überbringt sie die Einladung an die Prinzessin Norena (1 Seite). Prinzessin Norena nimmt an (1 Seite). Dann packt die Prinzessin *alle* ihre Kleider und Hüte ein (23 Seiten), und die Prinzessin und die Königin reisen gemeinsam nach Florin, zum Jahrestag der Gründung der Stadt Florin (1 Seite). Sie kommen in König Lotharons Schloß an, wo der Prinzessin ihre Gemächer gezeigt werden (1/2 Seite), und dann packt sie alle die Kleider und Hüte wieder aus, die wir sie eben vor eineinhalb Seiten haben einpakken sehen (12 Seiten).

Es ist eine unbegreifliche Passage. Ich habe mit Professor Bongiorno von der Columbia-Universität gesprochen, dem Leiter der Abteilung für Florinistik, und er sagte, dies sei das köstlichste satirische Kapitel in dem ganzen Buch; Morgenstern gehe es offenbar darum, zu zeigen, daß, obwohl Florin sich für weitaus zivilisierter hielt als Guldern, in Wahrheit doch Guldern die feinere Lebensart besaß, was sich an der quantitativen und qualitativen Überlegenheit seiner Damengarderobe erweise. Mit einem Ordinarius gedenke ich nicht zu streiten, aber wenn Sie an einer wirklich hartnäckigen Schlaflosigkeit leiden, dann tun Sie sich etwas zugute und fangen Sie an, Kapitel drei der ungekürzten Fassung zu lesen.

Immerhin kommen die Dinge ein bißchen in Bewegung, wenn der Prinz und die Prinzessin einander kennenlernen und den Tag zusammen verbringen. Norena hatte tatsächlich, wie angepriesen, marmorige Haut, rosige Lippen und Wangen, madonnige Augen, eins blau, eins grün, und sie hatte die Form eines Stundenglases, und sie besaß entschieden die unerhörteste Kollektion von Hüten: Hüte mit breitem und mit schmalem Rand, kleine und große, ausgefallene und schlichte, bunte, gemusterte und einfarbige. Wie besessen wechselte sie die Hüte bei jeder Gelegenheit. Als sie dem Prinzen begegnete, trug sie den einen, als er sie zu einem kleinen Spaziergang einlud, entschuldigte sie sich und kam gleich darauf mit einem anderen, ebenso wohlgefälligen wieder. So ging es den ganzen Tag, aber mir scheint, für den heutigen Leser ist es ein bißchen zuviel der Hofetikette, und ich nehme daher den Originaltext erst beim Abendessen wieder auf.

Das Abendessen wurde im großen Festsaal von Lotharons Schloß aufgetragen. Normalerweise hätten alle im Speisezimmer gegessen, aber das war zu klein für ein Ereignis von solcher Bedeutung. So wurden die Tische quer durch den großen Festsaal aneinandergereiht, ein gewaltiger, zugiger Raum, wo es sogar im Sommer gewöhnlich kalt war. Er hatte viele Türen und riesige Pforten, und die Windstöße erreichten manchmal Sturmstärke.

Dieser Abend war nicht eben untypisch; die Winde pfiffen beständig herein, und die Kerzen mußten ständig neu angezündet werden, und manche der gewagter gekleideten Damen bibberten. Aber Prinz Humperdinck schien es nicht zu stören, und das bedeutete in Florin, daß es andere auch nicht störte.

Um 8 Uhr 23 schien alles für den Anfang eines dauerhaften Bündnisses zwischen Florin und Guldern zu sprechen.

Um 8 Uhr 24 waren die beiden Völker am Rande eines Krieges.

Geschehen war dies: Um 8 Uhr 23 und 5 Sekunden war der Hauptgang des Abends fertig zum Auftragen. Der Hauptgang war flambierter Schweinsextrakt, und davon braucht man eine ganze Menge für fünfhundert Leute. Um das Servieren zu beschleunigen, hatte man nun die riesige Doppeltür von der Küche in den großen Saal geöffnet. Die riesige Doppeltür war an der Nordseite des Raums. Sie blieb während der folgenden Geschehnisse offen.

Der zu flambiertem Schweinsextrakt passende Wein wurde hinter einer weiteren Doppeltür in Bereitschaft gehalten, über die man zum Weinkeller gelangte. Diese Doppeltür wurde um 8 Uhr 23 und 10 Sekunden geöffnet, damit das Dutzend Kellner die Fäßchen schnell zu den Gästen befördern konnte. Diese Doppeltür, so wäre zu bemerken, befand sich an der Südseite des Raumes.

Zu diesem Zeitpunkt war deutlich ein ungewöhnlich starker Seitenwind festzustellen. Prinz Humperdinck bemerkte nichts, weil er in diesem Moment mit der Prinzessin Norena von Guldern flüsterte. Er befand sich mit ihr Wange an Wange, mit seinem Kopf unter ihrem breitrandigen blaugrünen Hut, der die exquisiten Farben in ihren beiden madonnigen Augen hervorhob.

Um 8 Uhr 23 und 20 Sekunden erschien, etwas verspätet,

König Lotharon. Er kam jetzt immer mit Verspätung, schon seit Jahren, und es hieß, daß früher Leute verhungert seien, ehe er zu den Mahlzeiten kam. Neuerdings jedoch begann man schon zu speisen, bevor er da war, was ihm nichts ausmachte, denn sein neuer Wunderheiler hatte ihn ohnehin auf Fasten gesetzt. Der König betrat den Saal durch die Königspforte, die in gewaltigen Scharnieren hing und nur von mehreren Bediensteten in guter körperlicher Verfassung bewegt werden konnte. Es ist festzuhalten, daß die Königstür sich immer an der Ostseite eines Raumes befand, denn unter allen Menschen war der König der Sonne am nächsten.

Was nun geschah, ist verschiedentlich bald als eine Bö aus Norden, bald als ein Südwester beschrieben worden, je nachdem, wo man saß, als der Sturm in den Raum hineinfuhr; doch alle Augenzeugen stimmen in einem Punkt überein: Um 8 Uhr 23 und 25 Sekunden war es im großen Festsaal ziemlich stürmisch.

Die meisten Kerzen gingen aus und kippten um, was nur deshalb wichtig ist, weil ein paar auch, noch brennend, in die kleinen Petroleumbehälter fielen, die hier und da auf dem Banketttisch standen, damit der Schweinsextrakt beim Servieren richtig flambiert werden konnte. Von überallher stürzten Diener herein, um die Flammen zu löschen, und sie machten ihre Sache vorzüglich, wenn man bedenkt, was alles im Saal hin und her flog, Fächer, Halstücher, Schärpen und Hüte.

Insbesondere der Hut der Prinzessin Norena.

Er flog davon bis an die Wand hinter ihr, wo sie ihn rasch wieder einfing und sorgfältig aufsetzte. Das war um 8 Uhr 23 und 50 Sekunden. Es war zu spät.

Um 8 Uhr 23 und 55 Sekunden stand Prinz Humperdinck wutschnaubend auf. Die Adern an seinem dicken Hals traten hervor wie Taue. An manchen Stellen brannte es noch, und der rote Schein der Flammen rötete sein ohnehin blutgeschwelltes Gesicht. Wie er so dastand, sah er aus wie ein brennendes Faß. Dann sprach er zu Prinzessin Norena die sieben Worte, welche die Völker an den Rand des Krieges brachten:

»Madame, fühlen Sie sich frei zu türmen!«

Und damit stürmte er aus dem Saal. Die Zeit war 8 Uhr 24.

Prinz Humperdinck stieg wütend auf den Balkon über dem Festsaal und blickte auf das Chaos hinunter. Hier und da brannten noch rote Flammen, die Gäste strömten zu den Türen hinaus, und Prinzessin Norena wurde mit Hut und ohne Bewußtsein von ihren Dienern außer Sicht getragen.

Die Königin Bella holte den Prinzen schließlich ein, wie er, immer noch sichtlich außer Fassung, den Balkon entlang stürmte. »Ich wünschte, du wärest nicht gar so grob gewesen«, sagte sie.

Der Prinz fuhr sie an: »Ich heirate keine kahlköpfige Prinzessin, basta!«

»Niemand würde davon wissen«, erklärte die Königin Bella. »Sie hat Hüte sogar zum Schlafen.«

»*Ich* würde es wissen«, schrie der Prinz. »Hast du nicht gesehen, wie sich das Kerzenlicht auf ihrem Schädel spiegelte?«

»Aber mit Guldern wäre alles so schön gewesen«, sagte die Königin, halb zu dem Prinzen, halb zu Graf Rugen gewandt, der nun zu ihnen trat.

»Guldern kannst du vergessen. Ich erobere es irgendwann. Das wollte ich sowieso schon immer, seit ich klein war.« Er trat an die Königin heran. »Die Leute würden ja hinter meinem Rükken kichern, wenn ich eine kahlköpfige Frau hätte. Besten Dank, das kann ich nicht gebrauchen. Ihr werdet eben eine andere suchen müssen.«

»Und wen?«

»Sucht mir eine; sie braucht nur hübsch auszusehen, weiter nichts.«

»Die Norena hat keine Haare«, sagte König Lotharon, der den anderen keuchend nachgekommen war. »Nor-ambl mambl hambl.«

»Vielen Dank, Liebling, daß du darauf hinweist«, sagte die Königin Bella.

»Ich glaub' nicht, daß Humperdinck das gefällt«, sagte der König. »Grambl Hambl Mambl.«

Dann trat Graf Rugen vor. »Du willst eine, die hübsch aussieht, was aber, wenn sie aus dem gemeinen Volk wäre?«

»Je gemeiner, desto besser«, antwortete Prinz Humperdinck und rannte wieder herum.

»Was, wenn sie nichts von der Jagd versteht?« fuhr der Graf fort.

»Und wenn sie nicht schreiben kann, es ist mir egal«, sagte der Prinz. Plötzlich blieb er stehen und sah sie alle an. »Ich werde euch sagen, was ich will«, fing er an. »Ich will eine, die muß so schön sein, daß die Leute sagen, wenn sie sie sehen, ›Mann, der Humperdinck, das muß schon ein Knabe sein, daß der so eine Frau hat‹. Sucht das Land ab, sucht die Welt ab, aber findet mir so eine!«

Graf Rugen konnte nur lächeln. »Sie ist schon gefunden«, sagte er.

Es war in der Morgendämmerung, als die zwei Reiter auf dem Hügel haltmachten. Graf Rugen ritt einen prächtigen Rappen, groß, fehlerlos und stark. Der Prinz ritt einen seiner Schimmel, und daneben sah Rugens Pferd aus wie ein Ackergaul.

»Sie fährt morgens die Milch aus«, sagte Graf Rugen.

»Und sie ist ganz bestimmt und ohne allen Zweifel und jenseits jeden denkbaren Irrtums schön?«

»Sie war ein bißchen dreckig, als ich sie sah«, gab der Graf zu. »Aber die Anlagen waren überwältigend.«

»Ein Milchmädchen.« Der Prinz stieß die Worte abfällig hervor. »Ich kann mir nicht vorstellen, daß ich so eine heiraten könnte, nicht mal unter den günstigsten Umständen. Die Leute würden ja kichern: Das sei das Beste, wozu es bei mir gereicht habe.«

»Stimmt«, gab der Graf zu. »Wenn du willst, reiten wir wieder in die Stadt zurück, ohne zu warten.«

»Nun sind wir schon einmal da«, sagte der Prinz, »da können wir ebensogut wart — « Ihm blieb einfach die Stimme weg. »Die nehm' ich«, brachte er dann hervor, als Butterblume langsam unter ihnen vorbeiritt.

»Ich glaube, niemand wird kichern«, sagte der Graf.

»Ich muß jetzt um sie werben«, sagte der Prinz. »Laß uns mal für eine Minute allein.« Und er ritt seinen Schimmel gekonnt den Hügel hinunter.

Butterblume hatte noch nie ein so riesiges Tier gesehen. Und auch noch nie so einen Reiter.

»Ich bin dein Prinz, und du mußt mich heiraten«, sagte Humperdinck.

»Ich bin Eure Dienerin und lehne ab«, flüsterte Butterblume.

»Ich bin der Prinz, und du kannst nicht ablehnen.«

»Ich bin Eure sehr ergebene Dienerin, und ich habe eben abgelehnt.«

»Weigerung bedeutet Tod.«

»Dann tötet mich.«

»Ich bin der Prinz und so übel doch auch wieder nicht — wieso willst du lieber tot sein als mit mir verheiratet?«

»Weil«, sagte Butterblume, »zum Heiraten Liebe mit dazugehört, und das ist kein Zeitvertreib, auf den ich mich verstehe. Ich habe es einmal versucht, und es ging schlecht aus, und nun habe ich geschworen, nie mehr einen anderen zu lieben.«

»Liebe«, sagte Prinz Humperdinck, »wer redet denn von Liebe? Ich nicht, da kannst du beruhigt sein. Hör zu: Für den Thron von Florin muß immer ein männlicher Erbe dasein. Das bin jetzt ich. Wenn mein Vater einmal stirbt, ist kein Erbe mehr da, sondern bloß noch ein König. Das bin dann auch ich. Wenn das eintritt, heirate ich und zeuge solange Kinder, bis ein Sohn da ist. Du kannst mich also entweder heiraten und die reichste und mächtigste Frau auf tausend Meilen im Umkreis sein und allen Leuten zu Weihnachten Truthähne schenken und mir einen Sohn gebären, oder du mußt sterben, unter furchtbaren Schmerzen und in allernächster Zukunft. Entscheide dich!«

»Ich werde Euch nie lieben.«

»Das würde ich auch nicht wollen, und wenn ich's haben könnte.«

»Dann wollen wir also heiraten.«

Viertes Kapitel: Die Vorbereitungen

Ich wußte von diesem Kapitel nicht einmal, daß es existierte, bevor ich mit dieser Ausgabe der ›spannenden Teile‹ anfing. Mein Vater sagte an dieser Stelle bloß: ›So ergab das eine das andere, und drei Jahre gingen hin.‹ Dann erklärte er noch, wie der Tag kam, an dem Butterblume der Welt offiziell als die künftige Königin vorgestellt wurde, und wie der Große Platz in der Hauptstadt, wo die Leute auf die Vorstellung warteten, voll war wie noch nie, und schon war er bei der herrlichen Sache mit der Entführung.

Sollte man's glauben, daß im Original von Morgenstern dies das längste Kapitel des Buches ist?

Fünfzehn Seiten darüber, wieso Humperdinck keine Gemeine heiraten kann und wie sie mit den Adligen darüber rangeln und streiten, bis sie Butterblume schließlich zur Prinzessin von Hammerstiel machen, was irgendein kleines Stückchen Land im hintersten Winkel von König Lotharons Grundbesitz ist.

Dann fängt der Wunderheiler an, König Lotharon wieder in Form zu bringen, und achtzehn Seiten lang wird die Behandlung beschrieben. (Morgenstern haßte die Ärzte und war immer sehr bitter, wenn er darauf zu sprechen kam, wie sie gesetzliche Verfügungen gegen die Praxis der Wunderheiler in der Hauptstadt Florin erwirkten.)

Und dann kommen zweiundsiebzig Seiten — man zähle nach, zweiundsiebzig — über die Schulung einer Prinzessin. Morgenstern folgt Butterblume von Tag zu Tag und von Monat zu Monat, wie sie lernt, all die verschiedenen Varianten von Hofknicksen zu machen, Tee einzuschenken, durchreisende Nabobs zu begrüßen und dergleichen mehr. All dies natürlich mit satirischem Zungenschlag, denn die Monarchie haßte Morgenstern noch mehr als die Ärzte.

Aber was die Erzählung angeht, so sind dies 105 Seiten, in denen *nichts passiert*. Nur dies: ›So ergab das eine das andere, und drei Jahre gingen hin.‹

Fünftes Kapitel: Die Verlobung

Der Große Platz von Florin war voll wie noch nie; man wartete auf die Vorstellung der Prinzessin Butterblume von Hammerstiel, Prinz Humperdincks auserkorener Braut. Schon vor mehr als vierzig Stunden hatte die Menge sich zu sammeln begonnen, aber vierundzwanzig Stunden vorher waren noch keine tausend Leute da. Doch dann, als der Augenblick der Vorstellung näher rückte, strömten die Leute aus dem ganzen Lande zusammen. Niemand hatte die Prinzessin je gesehen, aber der Gerüchte über ihre Schönheit war kein Ende, und eines war immer unglaubhafter als das andere.

Zur Mittagsstunde erschien Prinz Humperdinck auf dem Balkon des väterlichen Schlosses und hob die Arme. Die Menschen, deren Menge nun nahezu gefährlich anwuchs, wurden langsam still. Es liefen Geschichten um, daß der König im Sterben liege, daß er schon seit langem tot sei, oder daß es ihm glänzend gehe.

»Mein Volk, meine geliebten Untertanen, aus denen wir all unsere Kraft schöpfen, heute ist ein Tag der Begrüßung. Wie ihr gehört haben werdet, ist die Gesundheit meines ehrwürdigen Vaters nicht mehr das, was sie einmal war. Natürlich, er ist siebenundneunzig, und wer wollte mehr verlangen. Und wie ihr auch wißt, Florin braucht einen männlichen Erben.«

Die Menge begann jetzt unruhig zu werden — man wollte diese Frau sehen, von der man so viel gehört hatte.

»In drei Monaten begeht unser Land seinen Fünfhundertsten Jahrestag. Zur Feier jenes Tages werde ich am selben Abend bei Sonnenuntergang die Prinzessin Butterblume von Hammerstiel zur Frau nehmen. Ihr kennt sie noch nicht, aber ihr sollt sie jetzt kennenlernen.« Und er machte eine ausladende Geste, die Balkontüren gingen weit auf, und Butterblume trat neben ihn heraus auf den Balkon.

Und die Menge schnappte buchstäblich nach Luft.

Die einundzwanzigjährige Prinzessin übertraf bei weitem die achtzehnjährige Leidtragende. Die Fehler ihrer Figur waren verschwunden. Der zu knochige Ellbogen hatte sich wohlgefällig mit Fleisch bedeckt, und das plumpe Handgelenk am anderen Arm hätte nun nicht schlanker sein können. Ihr Haar, das einmal herbstfarben gewesen war, war immer noch herbstfarben, nur hatte sie es früher selbst gepflegt, während sich jetzt fünf ganztags beschäftigte Coiffeure darum kümmerten. (Coiffeure gab es schon längst; es gab sie eigentlich schon, seit es Frauen gibt; Adam war der erste, wenn auch die Theologen sich alle Mühe geben, dies zu verdunkeln.) Ihre Haut war immer noch weiß wie Neuschnee, aber jetzt, wo für jede ihrer Extremitäten zwei und für den Rest ihrer Person vier Zofen verantwortlich waren, schien sie ihr bei bestimmten Lichtverhältnissen geradezu einen sanften Schimmer zu verleihen, der ihr auf Schritt und Tritt folgte.

Prinz Humperdinck nahm ihre Hand und streckte sie hoch, und die Menge jubelte. »Das genügt, übertreiben wir's nicht«, sagte der Prinz und wollte wieder ins Schloß zurücktreten.

»Sie haben gewartet, und manche schon so lange«, antwortete Butterblume. »Ich möchte gern unter ihnen umhergehen.«

»Wir laufen nicht unter Gemeinen herum, wenn es sich vermeiden läßt«, sagte der Prinz.

»Ich habe zu meiner Zeit eine ganze Menge Gemeine gekannt«, erklärte ihm Butterblume. »Ich glaube nicht, daß sie mir etwas tun werden.«

Und mit diesen Worten verließ sie den Balkon, erschien einen Augenblick später auf den Stufen vor dem Schloß und ging ganz allein und mit ausgebreiteten Armen in die Menge hinein.

Wo sie hinkam, machten die Leute Platz. Sie überquerte den Großen Platz und kam wieder zurück, und überall wichen die

Leute vor ihr auseinander, um sie durchzulassen. Sie schritt langsam weiter, lächelnd und allein wie ein Volksmessias.

Die meisten Leute konnten diesen Tag nie vergessen. Klar, niemand von ihnen war der Vollkommenheit jemals so nahe gewesen, und die große Mehrheit verehrte die Prinzessin augenblicklich. Gewiß, es gab auch ein paar, die sie zwar attraktiv genug fanden, mit dem Urteil über ihre Qualitäten als Königin aber noch zurückhielten. Und natürlich gab es auch einige, die schlankweg eifersüchtig waren. Nur sehr wenige haßten sie.

Und nur drei schmiedeten Pläne, sie zu ermorden.

Butterblume wußte freilich von all dem nichts. Sie lächelte um sich, und wenn die Leute ihr Kleid berühren wollten, gut, sollten sie, und wenn sie ihre Haut streifen wollten, gut, sollten sie auch das. Sie hatte lange geübt, sich majestätisch zu benehmen, und wollte unbedingt, daß es ihr jetzt gelinge. So achtete sie nur darauf, daß ihre Haltung aufrecht und daß ihr Lächeln huldvoll blieb, und wenn ihr jemand gesagt hätte, daß der Tod ihr so nahe war, so hätte sie das nur zum Lachen gebracht.

Aber—

—im entferntesten Winkel des Großen Platzes—

—im höchsten Gebäude des Landes—

—tief im tiefsten Schatten—

—da stand der Schwarze und wartete.

Seine Stiefel waren aus schwarzem Leder. Seine Hosen waren schwarz, sein Hemd war schwarz, seine Maske war schwarz, schwärzer als rabenschwarz. Aber am allerschwärzesten waren seine funkelnden Augen.

Funkelnd und grausam und tödlich . . .

Nach ihrem Triumph war Butterblume nicht wenig müde. Die Berührung mit den Massen hatte sie erschöpft, und so ruhte sie sich ein bißchen aus, und dann, gegen den Spätnachmittag zu, zog sie ihre Reitkleider an und ging, Pferd zu holen. In dieser einen Hinsicht hatte sich ihr Leben in den letzten Jahren nicht geändert. Sie ritt immer noch gern, und jeden Nachmittag, ob es das Wetter zulassen wollte oder nicht, ritt sie allein mehrere

Stunden lang in dem wilden Gelände hinter dem Schloß umher.

Dabei kamen ihr die besten Gedanken.

Nicht daß ihre Gedanken, auch die besten, besonders horizonterweiternd gewesen wären. Dennoch, so sagte sie sich, blöd war sie auch nicht, und solange sie ihre Gedanken für sich behielt, was konnten sie schaden?

Als sie nun durch Wald und Feld und Heide ritt, war ihr Gehirn in Aufruhr. Der Gang durch die Menge hatte sie höchst seltsam berührt. Denn wenn sie auch in den letzten drei Jahren nichts anderes mehr getan hatte, als sich darin zu schulen, wie man sich als Prinzessin und als Königin gab, so war dies heute doch der erste Tag, an dem sie richtig begriffen hatte, daß alles bald Wirklichkeit sein sollte.

Und ich mag einfach Humperdinck nicht, dachte sie. Nicht daß ich ihn hasse oder dergleichen. Ich *sehe* ihn bloß nie; er ist immer irgendwo anders oder spielt in seinem Todeszoo.

Für Butterblumes Denken gab es zwei Hauptprobleme: 1) War es falsch, ohne Liebe zu heiraten? und 2) wenn ja, war es zu spät, etwas daran zu ändern?

Die Antworten, die Butterblumes Denken erbrachte, als sie so dahinritt, lauteten: zu 1) nein, zu 2) ja.

Es war nicht falsch, jemanden zu heiraten, den man nicht mochte, nur war es auch nicht richtig. Wenn alle Welt das täte, schön wäre das nicht. Oder was sollte man dazu sagen, wenn im Lauf der Jahre so jeder jeden anknurren würde? Aber natürlich, es tat eben nicht jeder, und so konnte man das vergessen. Die Antwort zu 2) war noch leichter: Sie hatte ihm ihr Wort gegeben, sie würden heiraten, und das mußte genügen. Allerdings, er hatte ihr ganz ehrlich gesagt, wenn sie nein sagte, müßte er sie beseitigen lassen, um den Respekt vor der Krone gebührend hochzuhalten; dennoch, sie hätte nein sagen können, hätte sie es so beschlossen.

Seit sie eine Prinzessin-in-Ausbildung geworden war, hatten alle ihr gesagt, sie sei wahrscheinlich die schönste Frau der Welt. Nun sollte sie auch noch die reichste und die mächtigste werden.

Du darfst nicht zu viel erwarten vom Leben, sagte sich Butterblume, als sie so dahinritt. Du mußt lernen, zufrieden zu sein mit dem, was du hast.

Die Dämmerung war schon nahe, als Butterblume auf den Hügel gelangte. Sie war vielleicht eine halbe Stunde vom Schloß entfernt und hatte ihren täglichen Ritt schon zu drei Vierteln hinter sich. Plötzlich zügelte sie Pferd, denn vor ihr im trüben Licht stand das merkwürdigste Trio, das sie je gesehen hatte.

Der Mann vorn war dunkel, ein Sizilianer vielleicht, mit dem zartesten Gesicht, fast wie ein Engel. Er hatte ein verkürztes Bein und Ansätze zu einem Buckel, kam aber überraschend schnell und behend auf sie zu. Die andern zwei blieben stehen. Der zweite, ebenfalls dunkel, vermutlich ein Spanier, war so gerade und dünn wie die Stahlklinge, die er an der Seite trug. Der dritte, mit Schnurrbart, vielleicht ein Türke, war bei weitem das größte menschliche Wesen, das sie je gesehen hatte.

»Nur ein Wort«, sagte der Sizilianer und hob die Arme. Sein Lächeln war noch engelhafter als sein Gesicht.

Butterblume hielt an. »Sprich.«

»Wir sind arme Zirkuskünstler«, erklärte der Sizilianer. »Es wird dunkel, und wir haben uns verlaufen. Man hat uns gesagt, hier sei ein Dorf in der Nähe, wo man vielleicht für unsere Künste Interesse hätte.«

»Man hat euch falsch informiert«, sagte Butterblume zu ihm. »Hier ist kein Dorf, auf viele Meilen nicht.«

»Dann ist auch niemand da, der dich schreien hört«, sagte der Sizilianer und sprang sie mit erstaunlicher Behendigkeit an.

Das war alles, woran Butterblume sich erinnern konnte. Vielleicht schrie sie noch, aber wenn, dann vor Schreck, gewiß nicht vor Schmerz. Seine Hände berührten sachverständig gewisse Stellen an ihrem Hals, und sie wurde bewußtlos.

Als sie aufwachte, hörte sie Wasser plätschern.

Sie war in eine Decke gewickelt, und der riesige Türke legte sie auf den Boden eines Bootes. Einen Augenblick lang wollte sie etwas sagen, aber als die anderen zu sprechen anfingen, hielt sie es für besser, bloß zuzuhören. Und nachdem sie einen Augenblick zugehört hatte, konnte sie immer schlechter hören. Wegen des fürchterlichen Herzklopfens.

»Ich denke, du solltest sie gleich jetzt töten«, sagte der Türke.

»Je weniger du denkst, desto zufriedener werde ich mit dir sein«, antwortete der Sizilianer.

Sie hörte ein Geräusch von einem Tuch, das zerrissen wurde.

»Was ist das?« fragte der Spanier.

»Dasselbe, was ich auch an ihrem Sattel festgemacht habe«, antwortete der Sizilianer. »Stoff von der Uniform eines gulderanischen Offiziers.«

»Ich denke immer noch — «, fing der Türke an.

»Sie muß tot an der Grenze nach Guldern aufgefunden werden, oder wir bekommen den Rest unserer Gage nicht ausbezahlt. Ist das klar genug für dich?«

»Ich fühle mich einfach wohler, wenn ich weiß, was vorgeht, das ist alles«, murmelte der Türke. »Die Leute denken immer, ich bin blöd, weil ich so groß und stark bin und weil mir manchmal ein bißchen der Mund trielt, wenn ich mich aufrege.«

»Der Grund, warum die Leute denken, daß du blöd bist«, sagte der Sizilianer, »ist der, daß du tatsächlich blöd bist. Mit dem Trielen hat das nichts zu tun.«

Sie hörte Segel im Winde knattern. »Zieht die Köpfe ein«, warnte der Spanier, und dann fuhr das Boot. »Das Volk von Florin wird ihren Tod nicht gut aufnehmen. Sie ist sehr beliebt geworden.«

»Es gibt Krieg«, stimmte der Sizilianer zu, »und wir werden dafür bezahlt, daß wir ihn anzetteln. Das ist ein schönes Arbeitsgebiet für Spezialisten. Wenn wir das jetzt tadellos erledigen, wird die Nachfrage nach unseren Diensten anhalten.«

»So richtig gefällt mir das nicht«, sagte der Spanier. »Ehrlich, ich wünschte, du hättest abgelehnt.«

»Das Angebot war zu hoch.«

»Ich mag das nicht, ein Mädchen töten«, sagte der Spanier.

»Gott macht so was immerzu; wenn Ihn das nicht kümmert, kann es dir auch egal sein.«

Bei all dem hatte Butterblume sich nicht gerührt.

Der Spanier sagte, »Erzählen wir ihr doch, wir hätten sie wegen Lösegeld geraubt«.

Der Türke stimmte zu. »Sie ist so schön, und sie würde ganz verrückt, wenn sie wüßte.«

»Sie weiß schon«, sagte der Sizilianer. »Sie ist wach und hat jedes Wort gehört.«

Butterblume lag unter der Decke, ohne sich zu rühren. Wie kann er das wissen? wunderte sie sich.

»Wie kannst du da sicher sein?« fragte der Spanier.

»Der Sizilianer spürt alles«, sagte der Sizilianer.

Eingebildet, dachte Butterblume.

»Ja, sehr eingebildet«, sagte der Sizilianer.

Er muß ein *Gedankenleser* sein, dachte Butterblume.

»Hast du alle Segel gesetzt?« sagte der Sizilianer.

»So viel man wagen kann«, antwortete der Spanier vom Steuer her.

»Wir haben eine Stunde Vorsprung, also noch keine Risiken. Ihr Pferd braucht vielleicht siebenundzwanzig Minuten bis zum Schloß, dann brauchen sie dort noch ein paar Minuten, ehe sie begriffen haben, was passiert ist, und da wir ja eine unübersehbare Spur hinterlassen haben, müßten sie binnen einer Stunde hinter uns her sein. Wir müßten jetzt in fünfzehn Minuten bei den Klippen sein, und wenn wir auch nur ein bißchen Glück haben, sind wir in der Dämmerung an der Grenze nach Guldern, wo sie stirbt. Ihr Körper wird noch ganz warm sein, wenn der Prinz ihre verstümmelte Gestalt findet. Ich wünschte nur, wir können mitansehen, wie er trauert — es wird sicher homerisch.«

Warum läßt er mich seine Pläne erfahren? fragte sich Butterblume.

»Du schläfst jetzt noch etwas, Madame«, sagte der Spanier, und seine Finger berührten plötzlich ihre Schläfe, ihre Schulter und ihren Hals, und sie war wieder bewußtlos . . .

Sie wußte nicht, wie lange sie so gelegen hatte, aber sie waren noch in dem Boot, als sie, abgeschirmt durch die Decke, wieder blinzelte. Und dieses Mal, ohne daß sie sich getraute, etwas zu denken — der Sizilianer hätte es irgendwie erfahren —, warf sie die Decke beiseite und tauchte tief in den Kanal von Florin.

Sie blieb unter Wasser, solange es ging, dann kam sie hoch und fing an, mit aller Kraft, die ihr noch blieb, durch das mondlose Wasser zu schwimmen. Hinter sich in der Dunkelheit hörte sie Schreie.

»Hinein, hinein!« rief der Sizilianer.

»Ich kann nur hundepaddeln«, rief der Türke.

»Du bist besser als ich«, rief der Spanier.

Butterblume ließ sie weiter hinter sich. Die Arme schmerzten ihr vor Anstrengung, aber sie gönnte ihnen keine Ruhe. Ihre Füße schlugen das Wasser, und ihr Herz hämmerte.

»Ich kann ihren Beinschlag hören«, sagte der Sizilianer. »Links abgedreht!«

Butterblume ging in Brustlage über und schwamm leise weiter.

»Wo *ist* sie bloß?« kreischte der Sizilianer.

»Die Haie kriegen sie schon, keine Sorge«, beruhigte ihn der Spanier.

O mein Lieber, hättest du das bloß nicht erwähnt, dachte Butterblume.

»Prinzessin«, rief der Sizilianer, »weißt du, was mit den Haien passiert, wenn sie Blut im Wasser riechen? Sie werden verrückt. Nichts kann ihrer Wildheit dann standhalten. Sie beißen und fetzen und kauen und schlucken, und ich bin im Boot, Prinzessin, und im Moment ist noch kein Blut im Wasser, so daß wir beide ganz sicher sind, aber ich habe hier ein Messer in der Hand, Madame, und wenn du nicht gleich zurückkommst, dann schneide ich mich in die Arme und schneide mich in die Beine und fange das Blut in diesem Becher hier auf und werfe ihn so weit hinaus, wie ich kann, und die Haie riechen das Blut meilenweit, und du wirst nicht mehr lange schön sein.«

Butterblume zögerte und trat leise auf der Stelle. Um sich herum, obwohl es sicher nur ihre Einbildung war, schien es ihr jetzt, als hörte sie das Peitschen der riesigen Schwänze.

»Komm zurück, und zwar sofort, das ist die letzte Warnung.«

Butterblume dachte, wenn ich zurückkomme, töten sie mich sowieso, was ist da der Unterschied?

»Der Unterschied ist — «

Fängt er schon wieder damit an, dachte Butterblume. Er ist tatsächlich ein Gedankenleser.

» — wenn du jetzt zurückkommst«, fuhr der Sizilianer fort, »dann gebe ich dir mein Wort als Gentleman und Meuchelmörder, daß du völlig schmerzlos sterben wirst. Ich versichere dir, von den Haien bekommst du kein solches Versprechen.«

Die Geräusche der Fische in der Nacht waren jetzt näher.

Butterblume fing an zu zittern vor Angst. Sie schämte sich deshalb furchtbar vor sich selbst, aber so war es. Sie wünschte nur, sie könnte für einen Moment sehen, ob wirklich Haie da waren und ob er sich wirklich schneiden würde.

Der Sizilianer fluchte laut.

»Eben hat er sich in den Arm geschnitten, Prinzessin«, rief der Türke. »Jetzt fängt er das Blut in dem Becher auf. Es muß schon über einen Zentimeter hoch Blut drin stehen.«

Der Sizilianer fluchte noch einmal.

»Diesmal hat er sich ins Bein geschnitten«, fuhr der Türke fort. »Der Becher ist gleich voll.«

Ich glaub' ihnen nicht, dachte Butterblume. Im Wasser sind keine Haie, und in dem Becher ist kein Blut.

»Ich habe schon zum Wurf ausgeholt«, sagte der Sizilianer. »Ruf jetzt, wo du bist, oder nicht, die Entscheidung liegt bei dir.«

Ich sag keinen Mucks, entschied sich Butterblume.

»Adieu«, rief der Sizilianer.

Man hörte Flüssigkeit auf Flüssigkeit klatschen.

Dann kam eine Pause.

Dann wurden die Haie verrückt—

»Sie wird jetzt nicht von den Haien gefressen«, sagte mein Vater.

Ich sah zu ihm auf. »Was?«

»Du hast so ausgesehen, als ob du zu sehr mitgehen und dir Sorgen machen würdest, darum hab' ich gedacht, du solltest erst ausruhen.«

»Ach, Meinegüte, als ob ich ein Baby wär'! Was soll denn das?« Ich tat schwer beleidigt, aber, um die Wahrheit zu sagen, ich ging tatsächlich ein bißchen zu sehr mit und war froh, daß er es mir sagte. Ich meine, als Kind denkt man ja nicht, das Buch heißt die *Brautprinzessin* und hat eben erst angefangen, also wird der Autor doch nicht gleich seine Heldin an die Haie verfüttern. Als Junge verbiestert man sich in Dinge, und für alle Jungen, die es lesen, wiederhole ich daher einfach, was mein Vater sagte, denn er erreichte damit, daß ich mich beruhigte: ›Sie wird jetzt nicht von den Haien gefressen.‹

Dann wurden die Haie verrückt. Rings um sich her konnte Butterblume sie toben und grunzen und mit ihren mächtigen Schwänzen schlagen hören. Nichts kann mich retten, sagte sie sich. Ich bin schon so gut wie tot.

Zum Glück für alle Beteiligten, die Haie ausgenommen, kam ungefähr zu diesem Zeitpunkt der Mond zum Vorschein.

»Dort ist sie«, brüllte der Sizilianer, und blitzschnell hatte der Spanier das Boot gewendet, und als es nahe genug heran war, streckte der Türke einen seiner Riesenarme aus, und sie war wieder bei ihren Mördern in Sicherheit, während rings umher die Haie ganz wild vor Enttäuschung gegeneinander rannten.

»Halt sie warm«, sagte der Spanier vom Steuer her und warf dem Türken seinen Mantel hin.

»Damit du dir keine Erkältung holst«, sagte der Türke und wickelte Butterblume in den Mantel ein.

»So wichtig ist das nicht«, antwortete sie, »da ihr mich ja morgen früh tötet.«

»Er macht es«, sagte der Türke und zeigte auf den Sizilianer, der sich seine Schnittwunden verband. »Wir halten dich bloß fest.«

»Halt dein blödes Mundwerk«, befahl der Sizilianer.

Der Türke war sofort still.

»Ich glaube nicht, daß er so blöd ist«, sagte Butterblume. Und daß du so schlau bist, glaube ich auch nicht, trotz der Idee mit dem Blut. So berühmt war das nicht.«

»Es hat aber gewirkt. Du bist zurück, oder nicht?« Der Sizilianer kam zu ihr herüber. »Wenn Frauen erst einmal genug Angst haben, dann kreischen sie.«

»Aber ich habe nicht gekreischt, der Mond kam heraus«, antwortete sie ein bißchen triumphierend.

Der Sizilianer schlug sie.

»Genug davon«, sagte der Türke dann.

Der kleine Bucklige sah den Riesen scharf an. »Willst du Streit mit mir? Ich glaube nicht, daß du das willst.«

»Nein, Chef«, murmelte der Türke. »Nein. Aber bitte, keine Gewalt. Gewalt ist für mich. Schlag doch mich, wenn du das Bedürfnis hast, mir macht es nichts.«

Der Sizilianer kehrte wieder auf die andere Seite des Bootes zurück. »Sie *hätte* gekreischt«, sagte er. »Sie war *drauf und dran* zu schreien. Mein Plan war *ideal*, wie *alle* meine Pläne ideal sind. Es war nur der Mond, der zum falschen Zeitpunkt hervorkam, was mich um den perfekten Erfolg brachte.« Und er lugte übelnehmerisch zu der gelben Scheibe über ihnen hinauf. Dann sah er nach vorn. »Dort«, zeigte er, »die Klippen des Wahnsinns!«

Und da waren sie. Sie stiegen glatt und senkrecht aus dem Wasser, tausend Fuß hoch in die Nacht hinauf. Sie lagen auf dem kürzesten Weg von Florin nach Guldern, bloß nahm nie jemand diesen Weg, weil alle lieber den um viele Meilen längeren Weg um sie herum fuhren. Nicht daß es unmöglich war, die Klippen zu ersteigen; allein aus dem letzten Jahrhundert waren zwei Männer bekannt, die hinaufgekommen waren.

»Fahr direkt zu der steilsten Stelle«, kommandierte der Sizilianer.

Der Spanier sagte, »ich bin schon dabei.«

Butterblume verstand nicht. Die Klippen hinaufklettern, das war kaum zu machen, dachte sie, und von geheimen Durchgängen hatte sie nie etwas gehört. Trotzdem segelten sie hier immer näher an die mächtigen Felsen heran, die nun gewiß keine Viertelmeile mehr entfernt waren.

Zum ersten Mal gestattete der Sizilianer sich ein Lächeln. »Alles steht gut. Ich war schon besorgt, dein kleiner Abstecher ins Wasser würde mich zuviel Zeit kosten. Ich habe eine Stunde Sicherheitsabstand einkalkuliert, und davon müssen jetzt immer noch fünfzig Minuten übrig sein. Wir sind allen andern meilenweit voraus und vollkommen in Sicherheit.

»Niemand könnte jetzt schon hinter uns her sein?« fragte der Spanier.

»Niemand«, versicherte ihm der Sizilianer. »Es wäre undenkbar.«

»Absolut undenkbar?«

»Absolut und total und auch sonst undenkbar«, versicherte der Sizilianer. »Warum fragst du?«

»Nichts weiter«, antwortete der Spanier, »ich habe bloß zufällig eben nach hinten gesehen, und da ist etwas.«

Alle fuhren herum.

Tatsächlich, da war etwas. Weniger als eine Meile hinter ihnen im Mondlicht war ein anderes Segelboot, klein, sah aus wie schwarz gestrichen, mit einem gewaltigen Segel, das sich schwarz in die Nacht hinein blähte, und nur mit einem Mann am Steuer. Einem Mann in Schwarz.

Der Spanier blickte den Sizilianer an. »Es kann bloß irgendein Fischer aus der Gegend sein, der zu seinem Vergnügen nachts allein in diesen haiverseuchten Gewässern spazierenfährt.«

»Wahrscheinlich gibt es eine logischere Erklärung«, sagte der Sizilianer. »Aber da in Guldern noch niemand wissen kann, was wir getan haben, und da aus Florin noch niemand so schnell hierhergelangt sein kann, ist es keinesfalls so, daß er uns verfolgt, wie sehr es auch danach aussehen mag. Es ist einfach ein zufälliges Zusammentreffen und nichts weiter.«

»Er holt auf«, sagte der Türke.

»Auch das ist undenkbar«, sagte der Sizilianer. »Bevor ich dieses Boot gestohlen habe, in dem wir jetzt sitzen, habe ich viele Leute gefragt, welches das schnellste Boot im ganzen Kanal von Florin sei, und alle waren sich einig, es sei dieses hier.«

»Du hast recht«, stimmte der Türke zu, »er holt gar nicht auf, er kommt bloß näher, weiter nichts.«

»Es ist bloß unser Blickwinkel, weiter nichts«, sagte der Sizilianer.

Butterblume konnte die Augen nicht von dem großen schwarzen Segel abwenden. Gewiß, vor den drei Männern, mit denen sie hier zusammen war, fürchtete sie sich. Aber irgendwie, aus Gründen, von denen sie keine Ahnung hatte, fürchtete sie sich vor dem Schwarzen noch mehr.

»Alles klar, scharf aufgepaßt«, sagte der Sizilianer dann, mit einer Spur von Nervosität in der Stimme.

Die Klippen des Wahnsinns waren nun ganz nah.

Der Spanier manövrierte das Boot gekonnt hinein, was nicht leicht war, denn die Wellen brachen sich nun an den Felsen, und die Gischt nahm ihnen die Sicht. Butterblume schirmte ihre Augen ab und legte den Kopf ganz weit zurück. Sie starrte hinauf in die Dunkelheit um den Gipfel, der ganz verhüllt und unerreichbar zu sein schien.

Dann hüpfte der Bucklige vorwärts, und als das Boot den Rand der Klippe erreicht hatte, sprang er in die Höhe und hatte plötzlich ein Seil in der Hand.

Butterblume schaute in stummer Verwunderung zu. Das Seil war dick und stark, es schien die ganze Klippe hinaufzureichen. Der Sizilianer zog wieder und wieder daran, und es hielt. Es mußte oben an irgend etwas befestigt sein, an einem großen Felsen oder einem starken Baum.

»Macht schnell!« befahl der Sizilianer. »Wenn er uns verfolgt, was natürlich ganz außerhalb des Menschenmöglichen liegt, wenn es aber doch so ist, dann müssen wir den Gipfel erreichen und das Seil abschneiden, bevor er uns nachklettern kann.«

»Klettern?« sagte Butterblume. »Ich bin niemals imstande — «

»Still!« befahl ihr der Sizilianer. »Mach dich fertig!« befahl er dem Spanier. »Versenk das Boot!« befahl er dem Türken.

Und nun wurden alle geschäftig. Der Spanier nahm ein Seil und band Butterblume die Hände und die Füße. Der Türke hob eines seiner Riesenbeine und stampfte es in die Mitte des Bootes, das sofort nachgab und zu sinken begann. Dann trat der Türke an das Seil und nahm es in die Hände.

»Ladet auf!« sagte der Türke.

Der Spanier hob Butterblume hoch und schlang ihren Leib um die Schultern des Türken. Dann band er sich selbst am Gürtel des Türken fest. Dann sprang der Sizilianer auf und klammerte sich an den Hals des Türken.

»Alles an Bord«, sagte der Sizilianer.

Und nun begann der Türke zu klettern. Es waren mindestens tausend Fuß, und er trug die drei anderen, aber das störte ihn nicht. Wo es auf Kraft ankam, störte ihn gar nichts. Wenn man ihn auf Lesen ansprach, bekam er Magengeschwüre, wenn er schreiben sollte, brach ihm der kalte Schweiß aus, und fragte man ihn nach Kopfrechnen oder gar nach Dezimalteilung, so wechselte er sofort das Thema.

Aber mit der Kraft hatte er noch nie Probleme gehabt. Ein Pferd konnte ihn gegen die Brust treten, ohne daß er nach hinten fiel. Er konnte einen Zentnersack Mehl zwischen seinen Schenkeln zerdrücken, ohne sich etwas dabei zu denken. Er hatte einmal einen Elefanten hochgehoben, nur mithilfe seiner Rükkenmuskeln.

Seine wahre Stärke aber lag in seinen Armen. Niemals, nicht in tausend Jahren, hatte es Arme gegeben wie die Fezziks. (Denn so hieß er.) Seine Arme waren nicht nur fabelhaft dick, total gehorsam und überraschend schnell, sie waren auch, und deshalb machte er sich nie Sorgen, unermüdlich. Wenn man ihm eine Axt in die Hand gedrückt und ihn gebeten hätte, einen Wald zu fällen, so hätten womöglich seine Beine sein Gewicht nicht solange tragen können, oder die Axt wäre an der Strafe kaputt gegangen, so viele Bäume umlegen zu müssen, aber Fezziks Arme wären morgen so frisch wie heute.

Auch mit dem Sizilianer an seinem Hals und der Prinzessin um die Schultern und dem Spanier an seinem Gürtel fühlte sich

Fezzik nicht im mindesten überfordert. Er war sogar ganz zufrieden, denn nur wenn man ihn von seiner Kraft Gebrauch machen ließ, hatte er das Gefühl, nicht bloß allen Menschen zur Last zu fallen.

Hinauf ging es, Arm über Arm, Arm über Arm, zweihundert Fuß über dem Wasser nun und noch achthundert bis zum Gipfel.

Mehr als die drei anderen hatte der Sizilianer Angst vor Höhen. Alle seine Albträume, und die waren nie fern, wenn er schlief, drehten sich um das Fallen. So war dieser fürchterliche Aufstieg für ihn am schwierigsten, zusammengekauert, wie er da an dem Hals des Riesen hing. Oder er hätte für ihn am schwierigsten sein müssen.

Aber das ließ er nicht zu.

Von Anfang an, schon als Kind, als er begriffen hatte, daß er mit seinem verkrüppelten Körper niemals die Welt erobern würde, verließ er sich auf seinen Verstand. Er trainierte ihn, quälte ihn, machte ihn gefügig. Daher zitterte er nicht, obwohl er hätte zittern müssen, wie er jetzt dreihundert Fuß hoch in der Nacht hing, und immer noch höher ging es hinauf.

Stattdessen dachte er nach über den Mann in Schwarz.

Es war nicht möglich, daß jemand so schnell auf ihrer Spur hätte sein können, und doch war aus wer weiß welcher Hölle heraus plötzlich dieses große schwarze Segel aufgetaucht. Wie nur, wie? Der Sizilianer marterte sein Gehirn, um eine Antwort zu finden, aber er fand nichts als Ratlosigkeit. In wildem Groll atmete er tief ein und blickte, trotz seiner furchtbaren Angst, zurück auf das dunkle Wasser.

Der Schwarze war immer noch da; er segelte wie der Blitz auf die Klippen zu. Er konnte jetzt nicht mehr weiter als eine Viertelmeile entfernt sein.

»Schneller«, kommandierte der Sizilianer.

»Tut mir leid«, antwortete der Türke sanftmütig. »Ich dachte, ich wäre schon schneller.«

»Sei nicht so faul«, spornte ihn der Sizilianer an.

»Ich werde nie besser werden«, antwortete der Türke, aber

seine Arme begannen sich schneller zu bewegen als zuvor. »Ich kann nicht viel sehen, weil du die Füße um mein Gesicht verschränkt hast«, fuhr er fort, »kannst du mir daher bitte sagen, ob wir schon die Hälfte hinter uns haben?«

»Ein bißchen mehr schon, würde ich meinen«, sagte der Spanier aus seiner Position am Gürtel des Riesen. »Du kommst wunderbar voran, Fezzik.«

»Danke«, sagte der Riese.

»Und er ist jetzt gleich an den Klippen«, fügte der Spanier hinzu.

Wer »er« war, brauchte er niemandem zu erklären.

Sechshundert Fuß waren es nun. Die Arme arbeiteten weiter, Griff für Griff. Sechshundertzwanzig Fuß. Sechshundertfünfzig. Jetzt noch schneller. Siebenhundert.

»Er hat sein Boot zurückgelassen«, sagte der Spanier. »Er ist an unser Seil gesprungen und klettert uns nach.«

»Ich kann ihn spüren«, sagte Fezzik, »sein Gewicht am Seil.«

»Er wird uns nie einholen«, rief der Sizilianer, »undenkbar!«

»Dieses Wort gebrauchst du ständig«, warf der Spanier ein. »Ich glaube nicht, daß es sagt, was du sagen willst.«

»Wie schnell klettert er denn?« fragte Fezzik.

»Ich bin verblüfft«, antwortete der Spanier.

Der Sizilianer nahm noch einmal seinen Mut zusammen und sah hinunter.

Der Schwarze schien beinahe zu fliegen. Schon hatte er hundert Fuß von ihrem Vorsprung aufgeholt, vielleicht sogar mehr.

»Ich habe gehört, du sollst stark sein«, schrie der Sizilianer. »Ich dachte, du wärst so ein großer, mächtiger Kerl, und jetzt holt der auf.«

»Ich trage drei Personen«, erklärte Fezzik, »er nur sich selbst und — «

»Feiglinge flüchten sich in Entschuldigungen«, unterbrach ihn der Sizilianer. Er sah noch einmal hinunter. Der Schwarze hatte weitere hundert Fuß aufgeholt. Dann sah er nach oben. Die Gipfel der Klippen begannen in Sicht zu kommen. Vielleicht noch einhundertfünfzig Fuß, und sie waren in Sicherheit.

Gebunden an Händen und Füßen und krank vor Furcht, war Butterblume sich nicht klar, welchen Ausgang des Geschehens sie herbeiwünschen sollte. Nur eines wußte sie: So etwas wollte sie nicht noch einmal durchmachen.

»Los, Fezzik!« kreischte der Sizilianer. »Noch hundert Fuß.«

Fezzik flog. Er wischte sich alles aus dem Kopf außer Seil und Arme und Finger, und seine Arme zogen, und seine Finger griffen, und das Seil hielt, und —

»Er hat jetzt über die halbe Strecke«, sagte der Spanier.

»Die halbe Strecke zur Hölle, die hat er«, sagte der Sizilianer. »Wir sind bis fünfzig Fuß unter dem Gipfel, und sobald wir oben sind, und ich binde das Seil los . . .« Er gestattete sich ein Lachen.

Vierzig Fuß.

Fezzik zog.

Zwanzig.

Zehn.

Es war vorbei, Fezzik hatte es geschafft. Sie hatten den Gipfel der Klippen erreicht. Als erster sprang der Sizilianer ab, dann machte der Türke die Prinzessin los, und der Spanier blickte, während er sich losband, die Klippen hinunter.

Der Schwarze war nur noch dreihundert Fuß unter ihnen.

»Es ist ein Jammer«, sagte der Türke, der neben dem Spanier hinabsah. »So ein Kletterer hätte es besser verdient als — « Hier hörte er auf zu sprechen.

Der Sizilianer hatte das Seil von der Eiche gelöst, an der es festgebunden war. Das Seil schien lebendig zu werden, die größte aller Wasserschlangen auf dem Rückweg in ihr Element. Es wirbelte um die Klippen und fiel in Spiralen in den mondhellen Kanal.

Der Sizilianer lachte schallend, so lange, bis der Spanier sagte: »Er hat aufgepaßt.«

»Was hat er?« Der Bucklige kam an den Rand der Klippe getrippelt.

»Das Seil rechtzeitig losgelassen«, sagte der Spanier. »Siehst du?« Er zeigte hinunter.

Der Schwarze hing im Raum, an die nackte Felswand geklammert, siebenhundert Fuß über dem Wasser.

Der Sizilianer sah fasziniert hinab. »Ihr wißt ja«, sagte er, »ich habe den Tod und das Sterben studiert und bin ein Fachmann auf diesem Gebiet. Vielleicht interessiert es euch, wenn ich euch sage, daß er längst tot sein wird, bevor er noch unten ankommt. Der Fall macht es, nicht der Aufprall.«

Der Schwarze baumelte hilflos in der Luft und hielt sich mit beiden Händen an der Klippe fest.

»Oh, wie unhöflich wir sind«, sagte der Sizilianer und wandte sich zu Butterblume. »Sicher möchtest du auch gern zuschauen.« Er ging zu ihr und brachte sie, die immer noch an Händen und Füßen gebunden war, an den Rand der Klippe, damit sie den letzten Leidenskampf des Schwarzen dreihundert Fuß unter ihnen mitansehen konnte.

Butterblume schloß die Augen und wandte sich ab.

»Sollen wir nicht weiter?« fragte der Spanier. »Ich glaube, du sagtest vorhin etwas, wie wichtig die Zeit sei.«

»Stimmt«, sagte der Sizilianer. »Aber so einen Tod wie diesen kann ich einfach nicht versäumen. Wenn ich so etwas jede Woche inszenieren könnte und Eintrittskarten verkaufen, dann könnte ich mich von der Meuchelmörderei ganz zurückziehen. Da, seht ihn euch an — glaubt ihr, daß sein Leben jetzt noch einmal an seinen Augen vorüberzieht? So steht es in den Büchern.«

»Er hat sehr starke Arme«, kommentierte Fezzik, »sonst könnte er sich nicht so lange halten.«

»Viel länger hält er es nicht mehr aus«, sagte der Sizilianer. »Er muß bald fallen.«

In diesem Augenblick begann der Schwarze zu klettern. Natürlich nicht schnell und nicht ohne große Anstrengung. Und doch war kein Zweifel, er stieg aufwärts, trotz der Glätte des Felsens.

»Undenkbar!« rief der Sizilianer.

Der Spanier fuhr ihn an. *»Hör endlich auf mit diesem Wort!* Es war undenkbar, daß uns jemand verfolgen könnte, aber als wir uns umblickten, war der Schwarze da. Es war undenkbar, daß jemand so schnell segeln könnte wie wir, und doch holte er auf. Und das hier ist jetzt auch wieder undenkbar, aber da, seht« — und er zeigte durch die Nacht —, »seht, wie er steigt!«

Und tatsächlich, der Schwarze stieg. Irgendwie, fast war es ein Wunder, fanden seine Finger Halt in den Felsritzen, und er war nun schon etwa fünfzehn Fuß näher am Gipfel und weiter weg vom Tode.

Der Sizilianer ging auf den Spanier los, seine wilden Augen funkelten den Unbotmäßigen an. »Ich habe den schärfsten Verstand, der je für außergesetzliche Projekte eingesetzt worden ist«, begann er, »wenn ich dir also etwas sage, so sind das keine Spekulationen, es sind Tatsachen! Und es ist Tatsache, daß der Schwarze *nicht* hinter uns her ist. Eine logischere Erklärung wäre, daß er einfach ein gewöhnlicher Matrose ist, der sich in seiner Freizeit ein bißchen mit Bergsteigen befaßt und der zufällig gerade zu dem gleichen Ziel hin unterwegs ist wie wir. Das ist gewiß eine befriedigende Erklärung, jedenfalls für mich und für dich hoffentlich auch. Dennoch können wir auf keinen Fall das Risiko eingehen, daß er uns mit der Prinzessin sieht, und daher muß einer von euch beiden ihn töten.«

»Soll ich es machen?« wollte der Türke wissen.

Der Sizilianer schüttelte den Kopf. »Nein, Fezzik«, sagte er schließlich. »Dich brauche ich mit deiner Kraft, damit du das Mädchen trägst. Nimm sie jetzt und laß uns machen, daß wir weiterkommen!« Er wandte sich zu dem Spanier. »Wir gehen jetzt direkt zur Grenze nach Guldern. Komm nach, so schnell du kannst, wenn er tot ist.«

Der Spanier nickte.

Der Sizilianer humpelte davon.

Der Türke lud sich die Prinzessin auf und begann dem Buckligen nachzugehen. Kurz bevor er den Spanier aus den Augen verlor, drehte er sich um und brüllte: »Komm schnell nach!«

»Mach ich das nicht immer?« Der Spanier winkte. »Lebwohl, Fezzik.«

»Lebwohl, Inigo«, antwortete der Türke. Dann war er fort, und der Spanier war allein.

Inigo ging an den Rand der Klippe und kniete mit der ihm eigenen raschen Grazie nieder. Der Schwarze setzte nun zweihundertfünfzig Fuß unter ihm seinen mühsamen Aufstieg fort. Inigo legte sich flach auf den Boden und sah hinunter. Er versuchte, die Mondnacht zu durchdringen und das Geheimnis des Kletterers zu ergründen. Eine ganze Weile rührte er sich nicht. Inigo lernte gut, aber nicht besonders schnell, er mußte erst genau hinsehen. Endlich begriff er, daß der Schwarze die Fäuste ballte und sie auf irgendeine geheimnisvolle Weise so in den Felsen einkeilte, daß sie ihn trugen. Mit der einen Hand griff er nach oben, bis er eine Ritze gefunden hatte, dann keilte er die Faust dort ein. Wo er Halt für seine Füße fand, nutzte er ihn, aber hauptsächlich waren es die eingekeilten Fäuste, die ihm das Klettern ermöglichten.

Inigo staunte. Welch ein wahrhaft außergewöhnlicher Abenteurer mußte dieser Schwarze sein! Er war nun so nahe, daß Inigo erkennen konnte, daß er maskiert war, außerdem verhüllte eine schwarze Kapuze alles bis auf das Gesicht. Auch ein Gesetzloser? Vielleicht. Warum und wozu sollten sie dann kämpfen? Inigo schüttelte den Kopf. Es war ein Jammer, daß dieser Bursche sterben mußte, aber er hatte seine Befehle. Manchmal gefielen ihm die Aufträge des Sizilianers überhaupt nicht, aber was sollte er tun? Ohne das Gehirn des Sizilianers wäre er, Inigo, niemals in der Lage, mit Aufträgen in dieser Größenordnung fertigzuwerden. Der Sizilianer war ein Meister der Planung. Inigo war ein Geschöpf des Augenblicks. Der Sizilianer hatte gesagt, »töte ihn«, warum also Sympathie an den Schwarzen verschwenden? Irgendwann würde irgendjemand Inigo töten, und die Welt würde nicht den Atem anhalten, um ihn zu betrauern.

Er stand nun auf, sprang rasch auf die Füße; sein degenschlanker Körper war bereit zur Tat. Nur war der Schwarze noch viele Fuß weit weg. Er konnte nichts tun als warten. Inigo haßte das Warten. So, um sich die Zeit zu vertreiben, zog er aus der Scheide seine große, seine einzige Liebe.

Das Sechsfingerschwert.

Wie es im Mondschein tanzte! Wie schön und wahr! Inigo

führte es an die Lippen, und mit aller Inbrunst seines großen spanischen Herzens küßte er das Metall . . .

INIGO

In den Bergen Mittelspaniens, hoch in den Hügeln um Toledo, lag das Dorf Arabella. Es war ein sehr kleines Dorf, und die Luft war immer sehr rein. Das war alles, was man über Arabella Gutes sagen konnte: eine herrliche Luft, man konnte meilenweit sehen.

Aber es gab keine Arbeit, die Hunde streunten in großer Zahl auf den Straßen herum, und niemals gab es genug zu essen. Die Luft, wenn auch rein, war bei Tag zu heiß und bei Nacht zu kalt. Was Inigos Leben anging, so war er immer ein bißchen hungrig, er hatte keine Brüder oder Schwestern, und seine Mutter war im Kindbett gestorben.

Er war phantastisch glücklich.

Wegen seines Vaters. Domingo Montoya sah komisch aus und war ein Kauz, ungeduldig und geistesabwesend, und er lächelte niemals.

Inigo liebte ihn, total. Fragen Sie nicht, warum. Es gab wirklich keinen bestimmten Grund, den man hätte nennen können. Ja, vermutlich liebte Domingo ihn ebenfalls, aber Liebe, das ist vielerlei und nichts davon ist logisch.

Domingo Montoya machte Degen. Wenn Sie einen sagenhaften Degen wollten, gingen Sie dann zu Domingo Montoya? Wenn Sie ein edles, ausgewogenes Stück Arbeit wollten, fuhren Sie dann in die Berge hinter Toledo? Wenn Sie ein Meisterstück wollten, ein Schwert für die Jahrhunderte, pilgerten Sie dann nach Arabella?

Von wegen.

Sie fuhren nach Madrid, denn dort lebte der berühmte Yeste, und wenn Sie Geld und er Zeit hatten, dann bekamen Sie Ihre Waffe. Yeste war fett und jovial, einer der reichsten und angesehensten Bürger der Stadt. Und das mit Recht, denn er machte wunderbare Degen, und die Adligen prahlten damit, wenn sie einen echten Yeste besaßen.

Aber manchmal — nicht oft, wohlgemerkt, vielleicht einmal im Jahr, vielleicht auch seltener — ging eine Bestellung für eine Waffe ein, die über das hinausging, was selbst Yeste liefern konnte. Und was sagte Yeste, wenn das vorkam? Sagte er dann, »schade, tut mir leid, das kann ich nicht«?

Von wegen.

Er sagte: »Aber natürlich, mit Vergnügen, fünfzig Prozent Anzahlung bitte, den Rest bei Lieferung, bitte kommen Sie in einem Jahr wieder, vielen Dank für Ihren Auftrag.«

Am nächsten Tag dann pflegte er sich aufzumachen nach den Hügeln hinter Toledo.

»Tag, Domingo«, rief Yeste, wenn er bei der Hütte von Inigos Vater ankam.

»Tag, Yeste«, antwortete Domingo von der Tür her.

Dann umarmten sich die beiden Männer, und Inigo kam gelaufen, und Yeste zauste ihm das Haar, und dann machte Inigo Tee, während die beiden redeten.

»Ich brauch dich«, pflegte Yeste anzufangen.

Domingo knurrte.

»Grad diese Woche habe ich einen Auftrag angenommen, einen Degen für ein Mitglied des italienischen Hochadels zu machen. Der Griff soll mit Juwelen besetzt sein, und die Juwelen müssen die Initialen seiner derzeitigen Mätresse bilden und — «

»Nein.«

Bloß dies eine Wort und nichts weiter. Wenn Domingo Montoya nein sagte, meinte er nein.

Inigo, der sich mit dem Tee zu schaffen machte, wußte, was nun kam.

Yeste ließ seinen Charme spielen.

»Nein.«

Yeste brachte zur Geltung, wie reich er war.

»Nein.«

Dann kamen sein Witz, seine wunderbare Überredungsgabe zum Einsatz.

»Nein.«

Dann kamen Bitten, Flehen, Versprechen, Schwüre.

»Nein.«

Beleidigungen, Drohungen.

»Nein.«

Zuletzt echte Tränen.

»Nein. Willst du noch Tee, Yeste?«

»Vielleicht noch eine Tasse, danke ...« Dann, laut: »WARUM WILLST DU NICHT?«

Inigo beeilte sich, ihnen Tee nachzuschenken, damit er kein Wort versäumte. Er wußte, sie waren zusammen aufgewachsen, kannten sich seit sechzig Jahren, es gab keine Zeit, wo sie sich nicht innig geliebt hätten, und es wühlte ihn auf, wenn er zuhören konnte, wie sie stritten. Das war das Merkwürdige: Streiten war alles, was sie je miteinander taten.

»Warum? Dieser Fettwanst fragt mich, warum. Da sitzt er auf seinem Weltklassehintern und hat die Stirn, mich zu fragen, warum. Yeste! Wenn du doch einmal mit etwas Neuem kämst, nur einmal! Wenn du einmal hier vorgefahren kommst und sagst: ›Domingo, ich brauch' einen Degen, mit dem ein Achtzigjähriger ein Duell bestehen kann‹, dann werde ich dich küssen und ja schreien. Denn das wäre schon etwas, einen Degen zu machen, mit dem ein Achtzigjähriger ein Duell überlebt. Die Waffe müßte stark genug sein, damit er gewinnen kann, aber doch so leicht, daß seine Arme nicht ermüden. Ich müßte alles aufbieten, um vielleicht ein unbekanntes Metall zu finden, das hart, aber sehr leicht wäre, oder eine neue Formel für ein bekanntes, vielleicht etwas Bronze mit etwas Eisen und etwas Luft gemischt, in einem seit tausend Jahren noch nicht dagewesenen Verhältnis. Deine stinkenden Füße würde ich dir küssen für so eine Chance, mein dicker Yeste. Aber einen stupiden Degen mit stupiden Juwelen in Form stupider Initialen, damit ein Idiot von einem Italiener vor seiner stupiden Mätresse wichtigtun kann? Nein, das mach' ich nicht.«

»Ich frage dich zum letztenmal. Bitte.«

»Und ich sage dir zum letztenmal, tut mir leid, nein.«

»Ich habe mein Wort gegeben, der Degen werde angefertigt«, sagte Yeste. »Ich kann ihn nicht machen. Niemand auf der Welt kann es, nur du, und du sagst nein. Das heißt, ich habe meine Ehre verloren. Das heißt, da Ehre das einzige auf der Welt ist, worauf ich halte, und da ich ohne Ehre nicht leben kann, muß ich sterben. Und weil du mein liebster Freund bist, kann ich auch gleich jetzt sterben, hier bei dir, im warmen Schein deiner Zuneigung.« Und nun pflegte Yeste das Messer zu ziehen. Es war ein schönes Stück, ein Geschenk Domingos zu Yestes Hochzeit.

»Adieu, kleiner Inigo«, sagte Yeste dann immer. »Gott gebe dir deine Portion Glück.«

Inigo durfte nicht unterbrechen.

»Adieu, kleiner Domingo«, sagte Yeste nun. »Wenn ich auch in deiner Hütte sterbe und wenn es auch deine Sturheit ist, die mein Ende verursacht, mit anderen Worten, wenn du mich auch umbringst, bereue dennoch nichts. Ich liebe dich und habe dich immer geliebt, und Gott möge deinem Gewissen verbieten, dir Kummer zu bereiten.« Er riß seinen Mantel auf und führte das Messer näher und näher. *»Der Schmerz ist noch schlimmer, als ich dachte«*, schrie Yeste.

»Wie kann es denn weh tun, wenn die Spitze noch einen Zoll von deinem Bauch weg ist?« fragte Domingo.

»Es ist die Vorerwartung, laß mich in Ruh, quäle mich nicht noch im Sterben!« Er setzte die Spitze auf seine Haut und drückte.

Domingo nahm ihm das Messer weg. »Eines Tages laß ich dich noch weitermachen«, sagte er. »Inigo, noch einen Teller mehr zum Abendessen.«

»Was gibt's denn heute?«

»Mehlsuppe, wie üblich.«

»Inigo, sieh doch mal nach, ob nicht zufällig etwas in meinem Wagen draußen ist.«

In der Kutsche wartete immer ein Festmahl.

Und nach dem Essen und nach den Geschichten kam die Abfahrt, und vor der Abfahrt kam immer noch das Angebot. »Wir wären Partner«, sagte Yeste, »in Madrid. Mein Name natürlich vor deinem auf dem Firmenschild, aber sonst gleichberechtigte Partner in jeder Hinsicht.«

»Nein.«

»Gut, also dann dein Name zuerst. Du bist der größte Schwertschmied, du verdienst den ersten Platz.«

»Komm gut heim.«

»WARUM WILLST DU NICHT?«

»Deshalb, mein Freund Yeste: Du bist sehr reich und berühmt, und mit Recht, denn du machst wunderbare Waffen. Aber du mußt sie für jeden Idioten machen, der dir über den Weg läuft. Ich bin arm, und mich kennt niemand auf der Welt außer dir und Inigo, aber ich brauche nicht unter den Idioten zu leiden.«

»Du bist ein Künstler«, sagte Yeste.

»Nein, noch nicht. Bloß ein Handwerker. Aber ich wäre sehr gern ein Künstler. Ich bete, daß ich eines Tages einmal, wenn ich sorgfältig genug arbeite, wenn ich sehr, sehr viel Glück habe, eine Waffe machen werde, die ein Kunstwerk ist. Dann kannst du mich einen Künstler nennen, und ich werde einverstanden sein.«

Yeste stieg in seine Kutsche. Domingo kam ans Fenster und flüsterte: »Ich erinnere nur an eines. Wenn du diesen Degen mit den Juwelen und Initialen bekommst, sag, daß er von dir sei. Erzähl niemand, daß ich etwas damit zu tun hatte.«

»Dein Geheimnis ist bei mir sicher.«

Umarmungen, Winken. Die Kutsche fuhr ab. Und so war das Leben vor dem Sechsfingerschwert.

Inigo erinnerte sich noch genau an den Augenblick, als es anfing. Er war dabei, das Mittagessen zu bereiten — seit er sechs Jahre alt war, ließ sein Vater ihn kochen —, als jemand heftig an die Tür der Hütte pochte. »Ihr da drinnen«, dröhnte eine Stimme, »macht ein bißchen schnell.«

Inigos Vater öffnete die Tür. »Ergebenster Diener«, sagte er.

»Du bist ein Schwertschmied«, dröhnte die Stimme, »und zwar einer von Rang. Ich habe gehört, daß es so ist.«

»Wenn es doch stimmte«, antwortete Domingo. »Aber ich

kann nicht viel. Ich mache hauptsächlich Reparaturen. Wenn Ihr eine stumpfe Dolchklinge habt, dann kann ich Euch vielleicht helfen. Aber was darüber hinausgeht, ist zu viel für mich.«

Inigo schlich sich hinter seinem Vater zur Tür und lugte hinaus. Die dröhnende Stimme gehörte einem kräftigen Mann mit dunklem Haar und breiten Schultern, der auf einem eleganten braunen Pferd saß. Eindeutig ein Adliger, aber Inigo konnte nicht sagen, aus welchem Lande.

»Ich wünsche, das herrlichste Schwert seit Excalibur für mich angefertigt zu bekommen.«

»Ich hoffe, Eure Wünsche gehen in Erfüllung«, sagte Domingo, »aber jetzt, wenn Ihr erlaubt, unser Essen ist fast fertig und — «

»Ich habe dir nicht erlaubt, dich von der Stelle zu rühren. Du bleibst da, wo du stehst, oder du riskierst meinen Zorn, und der kann ganz beträchtlich sein, wie ich dir nur gleich sagen will. Ich bin ein bißchen mordlustig, das ist so mein Temperament. Also, was hast du eben da von deinem Essen gesagt?«

»Ich sagte, es dauert noch Stunden, bis es gar ist; ich habe nichts zu tun, und würde nie daran denken, mich von der Stelle zu rühren.«

»Es gibt Gerüchte«, sagte der Adlige, »in den entlegensten Hügeln hinter Toledo soll ein Genie leben, der größte Schwertschmied der Welt.«

»Er kommt hier manchmal zu Besuch — deshalb wohl Euer Irrtum. Aber er heißt Yeste und wohnt in Madrid.«

»Ich zahle fünfhundert Goldstücke für mein Begehren«, sagte der breitschultrige Edelmann.

»Das ist mehr Geld als alle Männer in diesem Dorf je in ihrem Leben verdienen werden«, sagte Domingo. »Bestimmt, ich würde Euer Angebot liebend gern annehmen. Aber ich bin nicht der, den Ihr sucht.«

»Diese Gerüchte bewogen mich zu glauben, daß Domingo Montoya mein Problem lösen würde.«

»Welches ist Euer Problem?«

»Ich bin ein großer Fechter, aber ich finde keine Waffe, die zu meiner Besonderheit paßt, und daher bleibt es mir versagt, meine höchsten Fähigkeiten zu erreichen. Wenn ich eine Waffe hätte, die zu meinen Besonderheiten paßte, käme niemand auf der Welt mir gleich.«

»Was sind das für Besonderheiten, von denen Ihr sprecht?«

Der Edelmann hielt seine rechte Hand hoch.

Domingo begann in Aufregung zu geraten.

Der Mann hatte sechs Finger.

»Siehst du?« begann er.

»Natürlich«, unterbrach Domingo, »die Balance ist falsch für Euch, weil sie immer auf fünf Finger berechnet wird. Eure Hand verkrampft sich an jedem Griff, denn er ist für fünf gebaut. Einem normalen Fechter würde es nichts ausmachen, aber ein großer Fechter, ein Meister, würde schließlich Schwierigkeiten haben. Und der größte Fechter der Welt muß einen bequemen Zugriff haben. Der Griff seiner Waffe muß ihm so natürlich sein und darf ihn nicht mehr Gedanken kosten als ein Augenzwinkern.

»Du verstehst offenbar die Schwierigkeiten —«, begann der Edelmann wieder.

Aber Domingo war für die Worte anderer Menschen nicht mehr erreichbar. Inigo hatte seinen Vater noch nie in solcher Erregung gesehen. »Die Maße ... natürlich ... jeden Finger und den Umfang des Handgelenks und die Entfernung vom sechsten Nagel zum Zeigefingerballen ... so viele Maße ... und nun Euer Stil ... Schlagt oder stoßt Ihr lieber? Beim Schlagen, zieht Ihr die Rechts-Links-Bewegung vor oder vielleicht die Parallele? ... Wenn Ihr stoßt, habt Ihr es gern von unten nach oben? Und wieviel Druck soll aus der Schulter kommen, und wieviel aus dem Handgelenk? ... Und wie soll die Spitze geschliffen sein, so daß sie glatt penetriert, oder ist es Euch lieber, wenn Ihr den Gegner zusammenzucken seht? ... So viel zu tun, noch so viel ...« und das ging so weiter, bis der Edelmann abstieg und ihn fast bei den Schultern packen mußte, um ihn zu beruhigen.

»Ihr seid der Mann der Gerüchte.«

Domingo nickte.

»Und Ihr werdet das herrlichste Schwert seit Excalibur für mich anfertigen.«

»Ich werde mich körperlich für Euch ruinieren. Vielleicht gelingt es mir nicht. Aber niemand wird sich mehr anstrengen.«

»Und die Bezahlung?«

»Wenn Ihr den Degen bekommt, bezahlt Ihr. Nun laßt mich mit den Messungen anfangen. Inigo, meine Instrumente.«

Inigo eilte in den dunkelsten Winkel der Hütte.

»Ich bestehe darauf, eine Anzahlung dazulassen.«

»Es ist nicht nötig, vielleicht gelingt es mir nicht.«

»Ich bestehe darauf.«

»Gut, dann zahlt ein Goldstück an. Aber nun behelligt mich nicht mehr mit Eurem Geld, wo es doch noch so viel zu tun gibt.«

Der Edelmann nahm ein Goldstück heraus.

Domingo tat es in eine Schublade, ohne auch nur einen Blick darauf zu werfen. »Streckt jetzt die Finger aus«, befahl er. »Jetzt die Hände stark aneinander reiben, jetzt die Finger schütteln — Ihr werdet erregt sein im Kampf, und der Griff muß Euch in der Hand liegen, wenn Ihr erregt seid; wenn ich in ruhigem Zustand messen würde, machte das einen Unterschied von etwa einem tausendstel Zoll, und es paßte nicht mehr vollkommen. Und das ist es, was ich will. Vollkommenheit. Mit weniger gebe ich mich nicht zufrieden.«

Der Edelmann mußte lächeln. »Und wie lange werdet Ihr dazu brauchen?«

»Kommt in einem Jahr wieder«, sagte Domingo, und damit machte er sich an die Arbeit.

War das ein Jahr!

Domingo schlief nur, wenn er vor Erschöpfung umfiel. Er aß nur, wenn Inigo ihn dazu zwang. Er mühte sich ab, quälte sich, schimpfte. Er hätte den Auftrag nie annehmen sollen; es war unmöglich. Am nächsten Tag war er ausgelassen: Er hätte den Auftrag nie annehmen sollen; es war zu einfach, um seiner Kunst wert zu sein. Freude, dann Verzweiflung, dann wieder Freude, dann Verzweiflung, so ging es Tag für Tag, Stunde für

Stunde. Manchmal wachte Inigo auf und fand ihn in Tränen. »Was ist denn, Vater?« »Es ist, daß ich es nicht schaffe. Ich bringe das Schwert nicht fertig. Ich bringe meine Hände nicht dazu, daß sie mir gehorchen. Ich möchte mich umbringen, aber was machst du dann?« »Geh doch schlafen, Vater.« »Nein, ich brauch' keinen Schlaf. Versager brauchen keinen Schlaf. Ich hab' doch gestern geschlafen.« »Bitte Vater, ein kurzes Schläfchen!« »Gut, ein paar Minuten, damit du Ruhe gibst.«

Manchmal wachte Inigo nachts auf und sah ihn tanzen. »Was ist denn, Vater?« »Ich habe die Fehler gefunden und korrigiert.« »Dann wird es bald fertig sein, Vater?« »Morgen wird es fertig, und es wird ein Wunder.« »Du bist großartig, Vater.« »Ich bin mehr als großartig, beleidige mich nicht.«

Aber, in der folgenden Nacht, erneut Tränen. »Was ist denn jetzt, Vater?« »Das Schwert, das Schwert, ich schaff' es nicht.« »Aber gestern nacht hast du doch gesagt, du hättest die Fehler gefunden?« »Ich habe mich geirrt, heute habe ich neue gefunden, schlimmere. Ich bin die erbarmlichste aller Kreaturen. Sag mal, es macht dir doch nichts, wenn ich mich umbringe, damit das hier ein Ende hat?« »Doch Vater, das macht mir viel; ich liebe dich, und ich würde sterben, wenn du nicht mehr schnauftest.« »Du liebst mich überhaupt nicht, du bemitleidest mich bloß.« »Wer könnte den größten Schwertschmied der Weltgeschichte bemitleiden?« »Danke, Inigo, danke.« »Du bist schon richtig, Vater.« »Ich liebe dich auch, Inigo.« »Schlaf jetzt, Vater.« »Ja, schlafen.«

So ging es ein ganzes Jahr lang. Ein Jahr, wo mal der Griff stimmte, aber die Balance nicht, dann stimmte die Balance, aber die Schneide war zu stumpf, dann wurde die Schneide geschliffen, und das warf die Balance um, dann kam die Balance wieder, aber nun war die Spitze zu dick, dann gewann die Spitze ihre Schärfe zurück, nur war jetzt die ganze Klinge zu kurz, und alles war hin und mußte weggeworfen und von vorn angefangen werden. Noch einmal und noch einmal. Domingos Gesundheit begann ihn im Stich zu lassen. Er hatte nun ständig Fieber, aber er quälte seinen gebrechlichen Körper weiter, denn dies mußte das herrlichste Schwert seit Excalibur werden. Domingo kämpfte mit der Legende, und sie machte ihn kaputt.

So ein Jahr war das.

Eines nachts wachte Inigo auf und sah seinen Vater still dasitzen. Er schaute, ganz ruhig. Inigo folgte seinem Blick.

Das Sechsfingerschwert war fertig.

Es gleißte, sogar in der dunklen Hütte.

»Endlich«, flüsterte Domingo. Er konnte die Augen nicht abwenden von der Pracht der Waffe. »Nach einem ganzen Leben, Inigo. Inigo, ich bin ein Künstler.«

Der breitschultrige Adlige war anderer Ansicht. Als er wiederkam, um das Schwert abzuholen, schaute er es kaum einen Augenblick lang an. »Nicht das Warten wert«, sagte er.

Inigo stand in der Ecke der Hütte, sah zu und hielt den Atem an.

»Ihr seid enttäuscht?« Domingo brachte die Worte kaum heraus.

»Ich sage nicht, es ist Tineff, versteh mich« fuhr der Edelmann fort. »Aber fünfhundert Goldstücke ist es sicher nicht wert. Ich gebe dir zehn, soviel wird es wohl wert sein.«

»Ihr irrt«, rief Domingo. »Zehn ist es nicht wert. Nicht einmal eines. Da!« Und er riß die Schublade auf, wo das eine Goldstück unberührt das Jahr über gelegen hatte. »Das Gold gehört Euch, alles. Ihr habt keinen Verlust.« Er nahm das Schwert zurück und wandte sich ab.

»Ich nehme das Schwert«, sagte der Edelmann. »Ich habe nicht gesagt, ich würde es nicht nehmen. Ich habe nur gesagt, ich zahle, was es wert ist.«

Domingo fuhr ihn an, mit glänzenden Augen: »Ihr wolltet Euch herausreden. Ihr wolltet feilschen. Hier ging es um Kunst, und Ihr habt nur an Geld gedacht. Da hattet Ihr die Schönheit, Ihr konntet sie mitnehmen, und Ihr habt nur an Eure dicke Börse gedacht. Ihr habt hier nichts verloren; es gibt keinen Grund für Euch, noch hierzubleiben. Bitte geht!«

»Das Schwert«, sagte der Edelmann.

»Das Schwert gehört meinem Sohn«, sagte Domingo. »Ich

schenke es ihm jetzt. Es ist für immer seines. Auf Wiedersehn.«

»Du bist ein Bauer und ein Verrückter, und ich will mein Schwert.«

»Ihr seid ein Feind der Kunst, und ich bemitleide Eure Ignoranz«, sagte Domingo.

Das waren die letzten Worte, die er je sprach.

Der Edelmann tötete ihn ohne jede Vorwarnung; sein Schwert blitzte einmal auf, und Domingos Herz war zerfetzt.

Inigo schrie. Er konnte es nicht fassen; es war nicht geschehen. Er schrie noch einmal. Sein Vater war wohlauf, sie würden gleich Tee trinken. Er konnte nicht aufhören zu schreien.

Das Dorf hörte es. Zwanzig Männer standen an der Tür. Der Edelmann bahnte sich durch sie hindurch seinen Weg. »Dieser Mann hat mich angegriffen. Seht ihr, er hat ein Schwert in der Hand. Er hat mich angegriffen, und ich habe mich verteidigt. Nun macht, daß ihr mir aus dem Weg kommt!«

Natürlich wußten alle, daß es gelogen war. Aber er war ein Adliger, was konnte man da tun? Sie wichen zurück, und der Edelmann bestieg sein Pferd.

»Feigling.«

Der Edelmann fuhr herum.

»Schwein.«

Die Menge wich noch einmal beiseite.

Da stand Inigo und hielt das Sechsfingerschwert. Er wiederholte: »Feigling. Schwein. Mörder.«

»Kümmere sich jemand um das Baby, bevor es sich überhebt«, sagte der Edelmann zu der Menge.

Dann rannte Inigo vorwärts, stand vor dem Pferd des Edelmanns und versperrte den Weg. Er hob das Sechsfingerschwert mit beiden Händen und rief: »Ich, Inigo Montoya, fordere dich, du Feigling, Schwein, Mörder, Arschloch, Idiot, zum Kampfe.«

»Schafft ihn mir aus dem Weg, bringt den Säugling weg!«

»Der Säugling ist zehn und bleibt hier«, sagte Inigo.

»*Ein* Toter aus deiner Familie ist genug für heute, sei zufrieden«, sagte der Edelmann.

»Wenn du mich um dein Leben anbettelst, dann bin ich zufrieden. *Steig ab!*«

Der Edelmann stieg ab.

»Zieht!«

Der Edelmann zog seine Mordwaffe.

»Deinen Tod widme ich meinem Vater«, sagte Inigo. »Fang an!«

Sie fingen an.

Es war kein Kampf, natürlich nicht. In weniger als einer Minute war Inigo entwaffnet. Aber die ersten fünfzehn Sekunden etwa war der Edelmann unsicher. In diesen fünfzehn Sekunden gingen ihm seltsame Dinge durch den Kopf. Denn schon im Alter von zehn Jahren ließ Inigo etwas von seinem Genie erkennen.

Als er entwaffnet war, stand Inigo ganz gerade da. Er sagte kein Wort, bat um nichts.

»Ich werde dich nicht töten«, sagte der Edelmann. »Denn du hast Talent, und du bist tapfer. Aber Manieren hast du keine, und das wird dich in Schwierigkeiten bringen, wenn du nicht aufpaßt. Und um dir auf deinem weiteren Lebensweg zu helfen, will ich dir ein Andenken hinterlassen, das dich daran erinnert, daß du schlechte Manieren vermeiden mußt.« Und bei diesen Worten blitzte sein Schwert auf, zweimal.

Und Inigos Gesicht begann zu bluten. Zwei Blutbäche flossen von seiner Stirn zum Kinn, einer über jede Wange. Alle, die zuschauten, wußten nun, der Junge war fürs Leben gezeichnet.

Inigo wollte nicht umfallen. Die Welt wurde weiß vor seinen Augen, aber er ging nicht zu Boden. Das Blut floß weiter. Der Edelmann steckte sein Schwert wieder ein, stieg zu Pferd und ritt davon.

Dann erst ließ Inigo zu, daß die Dunkelheit ihn umfing.

Als er erwachte, war Yestes Gesicht da.

»Ich bin besiegt worden«, flüsterte Inigo. »Ich habe ihn enttäuscht.«

»Schlaf«, konnte Yeste nur sagen.

Inigo schlief. Die Blutung hörte nach einem Tag auf, der

Schmerz nach einer Woche. Domingo wurde begraben, und Inigo verließ zum erstenmal und für immer Arabella. Mit bandagiertem Gesicht fuhr er in Yestes Kutsche mit nach Madrid, wo er in Yestes Haus lebte und Yestes Anordnungen gehorchte. Nach einem Monat wurden ihm die Verbände abgenommen, aber die Narben waren immer noch tiefrot. Später verblaßten sie etwas, blieben aber immer die Hauptmerkmale von Inigos Gesicht: zwei riesige Narben, die parallel von den Schläfen zum Kinn über beide Wangen liefen. Zwei Jahre lang sorgte Yeste für ihn.

Dann, eines Morgens, war Inigo fort. In seinem Zimmer fanden sich drei Worte auf einem Zettel, der an sein Kissen gesteckt war: »Ich muß lernen.«

Lernen? Was denn lernen? Was gab es denn außerhalb Madrids, das der Junge seinem Gedächtnis hätte einverleiben müssen? Yeste zuckte die Achseln und seufzte. Das war zu hoch für ihn. Diese Kinder waren nicht mehr zu verstehen. Alles änderte sich allzu schnell, und die Jugend war so anders. Zu hoch für ihn, zu hoch, das Leben war ihm zu hoch, die Welt war ihm zu hoch, das konnte man laut sagen, es war zu hoch für ihn. Er war ein dicker Mann, der Degen machte. Das jedenfalls konnte er.

Also machte er immer mehr Degen und wurde noch dicker, und die Jahre vergingen. Mit seinem Leibesumfang wuchs auch sein Ruhm. Aus aller Welt kamen Leute und beknieten ihn wegen seiner Degen, daher verdoppelte er die Preise, denn er wollte nicht mehr soviel arbeiten, er wurde langsam alt, aber als sich bei Herzog und Prinz und König die Nachricht verbreitete, Yeste habe seine Preise verdoppelt, wurde die Nachfrage nur noch heißer. Die Lieferzeit für einen Degen betrug nun zwei Jahre, und die Königshäuser standen in einer endlosen Schlange auf seiner Warteliste, und Yeste wurde es müde und verdoppelte die Preise noch einmal, und als auch das sie nicht abschreckte, beschloß er, die bereits zweimal verdoppelten Preise zu verdreifachen, außerdem mußte nun jede Arbeit im voraus in Juwelen bezahlt werden, und die Wartezeit betrug drei Jahre, aber nichts konnte die Leute bremsen. Es mußte ein Degen von Yeste sein oder gar keiner, und obgleich die Spitzenerzeugnisse längst nicht mehr das waren, was sie einmal gewesen waren (Domingo konnte ihm schließlich nicht mehr helfen) — die einfältigen Reichen merkten davon nichts. Alles, was sie wollten, waren die Waffen von Yeste, und sie purzelten übereinander mit ihren Juwelen für ihn.

Yeste wurde sehr reich.

Jeder Teil seines Leibes wurde schwer. Als einziger in ganz Madrid hatte er sogar fette Daumen. Das Ankleiden dauerte eine Stunde, ebenso das Frühstück, alles ging langsam.

Aber Degen machen konnte er immer noch. Und die Leute wollten sie immer noch haben. »Tut mir leid«, sagte er zu dem jungen Spanier, der eines Morgens seinen Laden betrat, »die Wartezeit beträgt jetzt vier Jahre, und der Preis ist mir selbst peinlich. Lassen Sie sich Ihre Waffe bei einem anderen machen.«

»Ich habe meine Waffe«, sagte der Spanier.

Und er warf das Sechsfingerschwert auf Yestes Werkbank.

Diese Umarmung!

»Geh nie wieder fort«, sagte Yeste. »Ich esse zuviel, wenn ich einsam bin.«

»Ich kann nicht dableiben«, sagte Inigo. »Ich bin nur gekommen, um dir eine Frage zu stellen. Du weißt, ich habe die letzten zehn Jahre damit zugebracht zu lernen. Jetzt möchte ich, daß du mir sagst, ob ich fertig bin.«

»Fertig? Wozu? Was in aller Welt hast du denn gelernt?«

»Degen.«

»Verrückt!«, sagte Yeste. »Du hast zehn volle Jahre bloß damit zugebracht, fechten zu lernen?«

»Nein, nicht *bloß* fechten habe ich gelernt«, antwortete Inigo. »Ich habe auch noch vieles andere getan.«

»Erzähl.«

»Nun«, fing Inigo an, »zehn Jahre, das ist wieviel? Rund dreitausendsechshundert Tage. Und das sind wieder — ich habe es einmal ausgerechnet, daher weiß ich es noch ziemlich genau — rund sechsundachtzigtausend Stunden. Ich habe immer Wert darauf gelegt, vier Stunden pro Nacht zu schlafen, das wären insgesamt vierzehntausend Stunden, bleiben also vielleicht zweiundsiebzigtausend Stunden, über die zu berichten ist.«

»Also, du hast geschlafen, soweit verstanden. Und was noch?«

»Also, Steine gedrückt.«

»Entschuldige, ich höre manchmal nicht gut. Hast du gesagt, du hättest Steine gedrückt?«

»Um meine Handgelenke zu stärken. Damit ich das Schwert in die Gewalt bekam. Steine etwa wie Äpfel, in der Größe. Ich drückte etwa zwei Stunden pro Tag, in jeder Hand einen. Und noch einmal zwei Stunden pro Tag Springen, Ausweichen und schnelle Beinarbeit, damit meine Füße mich in Position bringen können, um den Stoß richtig anzusetzen. Das macht zusammen wieder vierzehntausend Stunden, bleiben noch achtundfünfzigtausend. Zwei Stunden jeden Tag bin ich gerannt, so schnell ich konnte, damit meine Beine nicht nur schnell, sondern auch stark würden. Und damit bleiben also noch rund fünfzigtausend Stunden.«

Yeste musterte den jungen Mann, der vor ihm stand. Dünn wie ein Degen, sechs Fuß groß, gerade wie eine junge Tanne, straff, mit lebhaften Augen; sogar wenn er sich nicht bewegte, wirkte er schnell wie ein Windhund. »Und die letzten fünfzigtausend Stunden? Die hast du auf das Studium des Degens verwandt?«

Inigo nickte.

»Wo?«

»Überall, wo ich einen Lehrmeister finden konnte, in Venedig, Brüssel, Budapest.«

»Ich hätte dich hier unterrichten können.«

»Stimmt. Aber du nimmst zuviel Anteil an mir, du wärst nicht rücksichtslos genug gewesen. Du hättest gesagt, ›schöne Parade, Inigo; nun genug für heute, laß uns essen gehen‹.

»Das sähe mir ähnlich«, gab Yeste zu. »Aber warum war das so wichtig? Warum war es dir soviel von deinem Leben wert?«

»Weil ich ihn nicht noch einmal enttäuschen darf.«

»Wen enttäuschen?«

»Meinen Vater. Ich habe mich all diese Jahre darauf vorbereitet, den Mann mit den sechs Fingern zu finden und ihn im Duell zu töten. Aber er ist ein Meister, Yeste. Er sagte selbst etwas davon, und ich habe gesehen, wie schnell er mit dem Degen auf Domingo losging. Ich darf das Duell nicht verlieren, wenn ich ihn finde, und deshalb bin ich jetzt zu dir gekommen. Du verstehst etwas von Degen und von Fechtern. Bitte belüg' mich nicht. Bin ich fertig? Wenn du sagst, ich sei es, dann werde ich ihn in aller Welt suchen. Wenn du sagst, ich sei es nicht, dann lerne ich noch zehn Jahre, und dann noch einmal zehn, wenn es sein muß.«

So gingen sie in Yestes Hof. Es war spät am Vormittag und heiß. Yeste brachte seinen Körper in einem Stuhl unter, und der Stuhl stand im Schatten. Inigo stand wartend im Sonnenschein. »Deine Antriebsstärke brauchen wir nicht zu testen, und wir wissen auch, daß du hinreichend motiviert bist, den Todesstoß anzubringen«, sagte Yeste. »Wir brauchen daher nur deine Kenntnisse, deine Schnelligkeit und Ausdauer zu prüfen. Dazu bedarf es keines Gegners. Den Gegner hat man immer im Kopf. Stell ihn dir vor.«

Inigo zog das Schwert.

»Der Sechsfingrige macht sich über dich lustig«, rief Yeste. »Zeig, was du kannst.«

Inigo begann im Hof herumzuspringen, und das große Schwert blitzte.

»Er benutzt die Agrippa-Verteidigung«, brüllte Yeste.

Sofort wechselte Inigo die Position und wurde schneller.

»Jetzt überrascht er dich mit dem Bonetti-Angriff.«

Aber Inigo war nicht lange überrascht. Wieder wechselte er die Fußstellung, und auch sein Körper bewegte sich nun anders. Der Schweiß strömte an seiner hageren Gestalt hinunter, und das große Schwert funkelte nur so. Yeste rief ihm immer neue Anweisungen zu, und Inigo wechselte immer von neuem. Das Schwert kam nicht zur Ruhe.

Um drei Uhr nachmittags sagte Yeste: »Genug, ich bin erschöpft vom Zuschauen.«

Inigo steckte das Sechsfingerschwert in die Scheide und wartete.

»Du willst wissen, ob ich meine, daß du fertig bist für das Duell mit einem Mann, der brutal genug ist, daß er deinen Vater töten konnte, reich genug, um sich Schutz zu erkaufen, älter und erfahrener als du, ein anerkannter Meister.«

Inigo nickte.

»Ich will dir die Wahrheit sagen, und du mußt sehen, wie du damit fertig wirst. Zunächst mal: einen Meister, der so jung gewesen wäre wie du, hat es noch nie gegeben. Dreißig Jahre sind das mindeste, bevor jemand diesen Rang erreicht, und du bist keine zweiundzwanzig. Also, die Wahrheit ist, du bist ein hitzköpfiger Junge, den der Irrsinn vorwärts treibt, und du bist jetzt kein Meister und wirst nie einer sein.«

»Danke für deine Aufrichtigkeit«, sagte Inigo. »Ich muß dir sagen, ich hatte bessere Nachrichten erhofft. Es fällt mir sehr schwer, jetzt etwas zu sagen, daher entschuldige mich bitte, ich werde auf meinem — «

»Ich war noch nicht fertig«, sagte Yeste.

»Was gibt es da noch zu sagen?«

»Ich liebte deinen Vater sehr, das weißt du, aber dies hast du nicht gewußt: Als wir beide noch sehr jung waren, keine zwanzig, haben wir einmal mit eigenen Augen eine Demonstration des Hexers von Korsika, Bastia, gesehen.«

»Ich weiß nichts von einem Hexer.«

»Es ist der Rang über dem Meister im Fechten«, sagte Yeste. »Bastia war der letzte, den man so bezeichnete. Er starb auf See, lange vor deiner Geburt. Seither hat es keinen Hexer mehr gegeben, und ihn hättest du nie im Leben geschlagen. Aber eines sag ich dir auch: Nie im Leben hätte er dich geschlagen.«

Inigo stand lange stumm da. »Dann bin ich also fertig?«

»Ich möchte nicht in der Haut des Sechsfingrigen stecken«, war alles, was Yeste zur Antwort gab.

Am nächsten Morgen begann Inigo mit der Suche. Im Kopf hatte er alles sorgfältig vorbereitet. Er würde den Mann mit den sechs Fingern finden. Er würde zu ihm gehen und einfach sagen:

»Tag, mein Name ist Inigo Montoya. Du hast meinen Vater getötet, mach dich gefaßt, zu sterben«, und dann, ja, dann das Duell.

Es war wirklich ein schöner Plan, einfach, direkt, ohne alles Getue. Anfangs hatte Inigo allerlei wilde Rache-Ideen gehabt, aber nach und nach erschien ihm Schlichtheit als das Bessere. Zuerst waren da etliche kleine Szenen in seinem Kopf: Der Gegner würde heulen und um Gnade betteln, katzbuckeln, schluchzen, ihm Geld anbieten, ihn zu rühren versuchen und sich in jeder Weise unmännlich aufführen. Aber schließlich setzte sich die Schlichtheit in seinen Gedanken gegen dies alles durch: Der Gegner würde einfach sagen: »Montoya? Ach ja, ich erinnere mich, ich hab' ihn getötet; es wird mir ein Vergnügen sein, dich auch zu töten.«

Inigo hatte nur ein Problem. Er konnte seinen Feind nicht finden.

Er hatte nie daran gedacht, daß dies im mindesten schwierig sein könnte. Wie viele Edelmänner gab es denn schon, die an der rechten Hand sechs Finger hatten? Wo immer er sein mochte, gewiß wäre in seiner Nachbarschaft davon die Rede. Ein paar Erkundigungen würden genügen: »Verzeihung, ich bin nicht verrückt, aber haben Sie in letzter Zeit irgendwelche Adligen mit sechs Fingern gesehen?« Früher oder später mußte die Antwort einmal »ja« sein.

Aber diese Antwort kam nicht früher, und auf später war auch nicht mehr viel zu geben.

Der erste Monat war noch gar nicht so entmutigend. Inigo reiste in Spanien und Portugal herum. Im zweiten Monat ging er nach Frankreich und verbrachte dort den Rest des Jahres. Das nächste war Inigos italienisches Jahr, dann kamen Deutschland und die ganze Schweiz.

Erst nach guten fünf Jahren Mißerfolg begann er sich Sorgen zu machen. Inzwischen hatte er alle Balkanländer und den größten Teil von Skandinavien gesehen, Florin und Guldern besucht, war hinein nach Mütterchen Rußland gereist und dann südlich, Schritt für Schritt ums ganze Mittelmeer.

Nun wußte er, was geschehen war. Zehn Jahre Lernen waren zehn Jahre zuviel gewesen. Der Sechsfingrige führte inzwischen womöglich Krieg in Asien oder machte ein Vermögen in Amerika oder war Eremit in Ostindien geworden oder . . . oder . . .

Oder tot?

Mit siebenundzwanzig fing Inigo an, abends ein paar Gläser Wein mehr zu trinken, damit er besser schlafen konnte. Mit achtundzwanzig brauchte er ein paar Gläser, damit er die Mittagsmahlzeit besser verdauen konnte. Mit neunundzwanzig brauchte er den Wein schon, damit er morgens aufstehen konnte. Seine Welt brach um ihn zusammen. Nicht nur lebte er jeden Tag im Mißerfolg, allmählich trat auch noch etwas beinahe ebenso Fürchterliches ein:

Das Fechten fing an, ihn zu langweilen.

Er war einfach zu gut. Auf seinen Reisen verdiente er seinen Unterhalt damit, daß er, wo er auch war, den einheimischen Lokalmatador aufsuchte, sich mit ihm duellierte, ihn entwaffnete und die Beträge kassierte, die gesetzt worden waren. Und von diesen Gewinnen bezahlte er Unterkunft, Essen und Wein.

Aber diese Lokalmatadoren waren Nullen. Auch die lokalen Meister in den Großstädten waren Nullen. Auch die Meister in den Hauptstädten waren Nullen. Es gab keine Konkurrenz, nichts, woran er sich in Form halten konnte. Sein Leben begann ihm zwecklos zu erscheinen, seine Suche war zwecklos, alles, alles ohne Sinn.

Mit dreißig gab er sich auf. Er hörte auf mit seiner Suche, vergaß zu essen, schlief nur noch gelegentlich. Er hatte seine Flasche als Gesellschaft, und das genügte ihm.

Er war eine Ruine. Die größte Fechtmaschine seit dem Hexer von Korsika rührte den Degen kaum noch an.

In der Verfassung war er, als der Sizilianer ihn fand.

Zuerst versorgte der kleine Bucklige ihn nur mit noch stärkeren Getränken. Dann aber, mit einer Kombination von Lob und Spott, begann der Sizilianer ihn von der Flasche wegzubringen. Denn der Sizilianer hatte einen Traum: Mit seiner Gerissenheit plus der Stärke des Türken plus dem Degen des Spaniers konnten sie zur tüchtigsten Verbrecherorganisation der zivilisierten Welt werden.

Und genau das wurden sie.

An dunklen Orten waren ihre Namen geschätzt und gefürchtet; wer irgend schwer erfüllbare Wünsche hatte, kam zu ihnen. Der Sizilianische Haufe (zwei Leute waren Gesellschaft, drei ein Haufe, auch damals schon) wurde immer berühmter und immer reicher. Nichts war ihnen zu hoch und nichts zu niedrig. Inigos Klinge schlug wieder ein wie der Blitz, und der Türke gewann von Monat zu Monat erstaunlichere Kräfte.

Aber der Bucklige war ihr Führer, daran bestand nie ein Zweifel. Inigo wußte, wo er ohne ihn wäre: Am Eingang zu irgendeinem Altstadtgäßchen, im Dreck liegend und um einen Schluck Wein bettelnd. Das Wort des Sizilianers war nicht nur Gesetz, es war das Evangelium.

Deshalb, wenn der Sizilianer gesagt hatte: »Bring den Schwarzen um«, so hörten alle anderen Möglichkeiten auf zu existieren. Der Schwarze mußte sterben ...

Inigo ging am Rand der Klippe auf und ab und schnalzte mit den Fingern. Der Schwarze war nun fünfzig Fuß unter ihm und kletterte immer noch. Inigos Ungeduld begann überzukochen. Er sah hinunter auf die langsamen Fortschritte. Eine Spalte suchen, die Hand einkeilen, noch eine Spalte suchen, die andere Hand einkeilen, und noch achtundvierzig Fuß. Inigo schlug an den Griff seines Schwertes, und sein Fingerschnalzen ging jetzt schneller. Er musterte den maskierten Kletterer, in der schwachen Hoffnung, er hätte vielleicht sechs Finger, aber nein, der hatte den üblichen Satz von fünf.

Siebenundvierzig Fuß jetzt noch.

Jetzt sechsundvierzig.

»Hallo da unten«, rief Inigo, als er nicht länger warten konnte.

Der Schwarze blickte auf und knurrte.

»Ich hab' dir zugeschaut.«

Der Schwarze nickte.

»Geht ziemlich langsam«, sagte Inigo.

»Hör mal, ich möchte nicht unhöflich sein«, sagte der Schwarze endlich, »aber ich habe noch ein bißchen zu tun hier, deshalb versuche bitte, mich nicht abzulenken.«

»Entschuldigung«, sagte Inigo.

Der Schwarze knurrte wieder.

»Ich sag' ja gar nicht, du könntest schneller machen«, sagte Inigo.

»Wenn du schon so drauf aus bist, daß es schneller geht«, sagte der Schwarze, nun deutlich wütend, »dann könntest du vielleicht ein Seil oder einen Ast herunterlassen oder dich sonstwie nützlich machen.«

»Das könnte ich«, stimmte Inigo zu. »Aber ich glaube nicht, daß du meine Hilfe annehmen wirst, denn ich warte hier oben bloß, um dich zu töten.«

»Das kühlt freilich unsere Beziehung ab«, sagte der Schwarze. »Ich fürchte, du wirst noch warten müssen.«

Noch dreiundvierzig Fuß.

Einundvierzig.

»Ich könnte dir mein Wort als Spanier geben«, sagte Inigo.

»Nicht gut«, antwortete der Schwarze. »Ich habe schon zu viele Spanier gekannt.«

»Ich werd' aber verrückt hier oben«, sagte Inigo.

»Wenn du die Plätze tauschen willst, jederzeit.«

Neununddreißig Fuß.

Ruhepause.

Der Schwarze hing frei in der Luft, die Füße baumelnd, und sein ganzes Körpergewicht wurde nur von den in die Felsspalten eingekeilten Händen getragen.

»Nun komm schon, mach weiter«, bat Inigo.

»Das war eine ganz schöne Tour«, erklärte der Schwarze, »und ich bin müde. So in einer Viertelstunde bin ich wieder zu sprechen.«

Noch eine Viertelstunde — undenkbar! »Hör doch, wir haben noch ein Stück Seil hier oben, das wir bei unserem Aufstieg vorhin nicht gebraucht haben. Ich lasse es hinunter, du packst es, ich ziehe, und — «

»Nicht gut«, wiederholte der Schwarze. »Vielleicht ziehst du, aber vielleicht läßt du es auch sausen, und da du es ja so eilig hast, mich zu töten, wäre die Arbeit damit gewiß schnell getan.«

»Aber du hättest nie erfahren, daß ich dich töten will, wenn ich es dir nicht selbst gesagt hätte. Überzeugt dich das nicht, daß du mir trauen kannst?«

»Offen gesagt, und ich hoffe, du bist nicht beleidigt, nein.«

»Keine Möglichkeit, daß du mir traust?«

»Mir fällt nichts ein.«

Plötzlich hob Inigo die rechte Hand hoch auf: »Ich schwöre bei der Seele von Domingo Montoya, daß du den Gipfel lebend erreichst.«

Der Schwarze blieb eine Weile stumm. Dann blickte er auf. »Deinen Domingo kenn' ich nicht, aber etwas in deiner Stimme sagt mir, daß ich dir glauben muß. Laß das Seil herunter.«

Inigo band es schnell um einen Felsen und ließ es hinunter. Der Schwarze bekam es zu fassen und hing daran frei im Raum. Inigo zog. Einen Augenblick später war der Schwarze neben ihm.

»Danke«, sagte der Schwarze und sank auf den Felsen nieder.

Inigo setzte sich neben ihn. »Wir warten, bis du soweit bist«, sagte er.

Der Schwarze atmete heftig. »Noch einmal, danke.«

»Warum bist du uns gefolgt?«

»Ihr habt wertvolles Gepäck.«

»Wir haben nicht die Absicht, zu verkaufen«, sagte Inigo.

»Das ist eure Angelegenheit.«

»Und deine?«

Der Schwarze gab keine Antwort.

Inigo stand auf und ging fort; er sah sich das Gelände an, auf dem sie kämpfen würden. Es war ein prächtiges Plateau, wirklich, voller Bäume, die man umgehen konnte, und Wurzeln, wo man stolpern konnte, und kleinen Felsbrocken, auf denen man das Gleichgewicht verlieren konnte, und großen Blöcken, um herunterzuspringen, wenn man schnell genug war, um hinaufzuklettern, und dies alles, das ganze Fleckchen, in Mondlicht gebadet. Eine bessere Arena konnte man für ein Duell nicht verlangen, fand Inigo. Es war einfach alles da, nicht zuletzt auch die wundervollen Klippen an der einen Seite mit dem wundervollen Eintausend-Fuß-Abgrund, Dinge, die man sich merken mußte, wenn man seine Taktik plante. Es war vollkommen. Der Platz war vollkommen.

Vorausgesetzt, der Schwarze konnte fechten.

Wirklich fechten.

Inigo tat nun, was er immer vor einem Duell tat: Er zog das große Schwert aus der Scheide und führte die flache Klinge zweimal an sein Gesicht, einmal längs der einen Narbe, einmal längs der anderen.

Dann musterte er den Schwarzen. Ein fähiger Seemann, ja, ein enormer Bergsteiger, sicher, ein verwegener Bursche, ohne jeden Zweifel.

Aber konnte er fechten?

Wirklich fechten?

Bitte, dachte Inigo. Es ist schon so lange her, daß mich keiner mehr gefordert hat, bitte, laß dies einen sein, der mich fordert. Laß ihn einen grandiosen Fechter sein. Bitte, laß ihn sowohl schnell wie auch gewandt sein, gerissen und stark. Gib ihm einen unvergleichlichen Sinn für Taktik, eine Ausbildung gleich meiner eigenen. Bitte, bitte, es ist schon so lange her, laß ... ihn ... einen ... *Meister* ... sein!

»Ich habe nun verschnauft«, sagte der Schwarze von dem Felsen her. »Danke, daß du mir die Pause gestattet hast.«

»Dann fangen wir am besten an«, antwortete Inigo.

Der Schwarze stand auf.

»Du scheinst ein anständiger Kerl zu sein«, sagte Inigo. »Ich töte dich nicht gern.«

»Du scheinst auch ein anständiger Kerl zu sein«, antwortete der Schwarze. »Ich sterbe nicht gern.«

»Aber einer von uns beiden muß«, sagte Inigo. *»Fang an!«* Und mit diesen Worten zog er das Sechsfingerschwert.

Und nahm es in die linke Hand.

Er hatte in letzter Zeit alle seine Duelle linkshändig begonnen. Es war eine gute Übung für ihn, und wenn er mit seiner gewohnten Hand, der rechten, der einzige lebende Hexer auf der Welt war, so war er auch mit der linken noch mehr als achtbar. Vielleicht gab es dreißig Männer, die ihm gleichkamen, wenn er die Linke gebrauchte, vielleicht auch fünfzig, vielleicht auch nur zehn.

Der Schwarze kämpfte ebenfalls linkshändig, und das freute Inigo, es machte die Sache fairer. Seine schwache Hand gegen die starke des anderen. Alles sehr vielversprechend.

Sie kreuzten die Klingen, und der Schwarze ging sofort in die Agrippa-Verteidigung, was Inigo bei dem felsigen Boden vernünftig fand, denn die Agrippa ließ die Füße zunächst einmal unbewegt und verringerte die Gefahr, daß man strauchelte. Natürlich entgegnete er mit Capo Ferro, was den Schwarzen überraschte, aber er verteidigte sich gut, wechselte schnell aus der Agrippa heraus und ging selbst zum Angriff über, nach den Prinzipien von Thibault.

Inigo mußte lächeln. So lange hatte schon keiner mehr gegen ihn attackiert, es war sensationell! Er ließ den Schwarzen vorgehen, ließ ihn Mut fassen, während er selbst sich gewandt in Richtung auf ein paar Bäume zurückzog. Seine Bonetti-Verteidigung schützte ihn sicher vor jedem Schaden.

Dann wirbelten seine Beine, und er war hinter dem nächsten Baum, und der Schwarze war darauf nicht gefaßt gewesen und reagierte langsam. Inigo stieß sofort unter dem Baum heraus vor, griff nun an, und der Schwarze wich zurück, stolperte, fand das Gleichgewicht wieder und ging immer weiter zurück.

Inigo war beeindruckt, wie schnell er das Gleichgewicht wiedergefunden hatte. Die meisten Männer, die so groß waren wie der Schwarze, wären zu Boden gegangen, mindestens aber auf eine Hand gefallen. Nicht so der Schwarze; er machte einfach ein paar rasche, kurze Schritte, hielt den Körper aufrecht und focht weiter.

Sie bewegten sich jetzt parallel zu den Klippen, und die meisten Bäume waren hinter ihnen. Der Schwarze wurde langsam zu einer Gruppe großer Felsblöcke hingedrängt, denn Inigo wollte unbedingt sehen, wie beweglich er war, wenn es eng wurde, wenn man beim Stoßen und Parieren keinen völlig freien Spielraum hatte. Er drängte weiter, und dann waren die Felsen um sie herum. Inigo warf sich plötzlich gegen den nächsten Block, prallte wuchtig davon zurück und fiel mit unglaublicher Geschwindigkeit nach vorn aus.

Das erste Blut war für ihn.

Er hatte dem Schwarzen einen rosa Fleck gemacht, nur einen Kratzer über dem linken Handgelenk. Aber es blutete.

Sofort zog sich der Schwarze eiligst zurück, hinaus aus den Felsen und ins offene Gelände. Inigo folgte ihm, er machte sich nicht die Mühe, in die Flucht hinein nachzustoßen; dazu war später immer noch Zeit.

Dann startete der Schwarze seinen stärksten Angriff. Er kam ohne Vorwarnung und war von bestürzender Kraft und Schnelligkeit. Seine Klinge blitzte im Mondlicht hin und her, und Inigo war fürs erste nur allzu bereit, zu retirieren. Der Stil der Attacke war ihm nicht völlig vertraut; es war überwiegend McBone, aber mit Einsprengseln von Capo Ferro, und Inigo zog sich weiter zurück, während er sich auf den Gegner konzentrierte und sich überlegte, wie dem Angriff am besten zu begegnen war.

Der Schwarze drang weiter vor, und Inigo war klar, daß hinter ihm nun der Rand der Klippen näher und näher kam, aber nichts konnte ihn weniger bekümmern. Worauf es ankam, war, den Gegner zu studieren, seine Schwächen herauszufinden, während man ihm seinen großen Augenblick gönnte.

Plötzlich, als die Klippen immer näher kamen, begriff Inigo, welches der Fehler in der Attacke war, die da über ihn herfuhr; ein simples Thibault-Manöver würde sie völlig zuschanden machen, aber das mochte er noch nicht so früh preisgeben. Sollte der andere seinen Triumph noch einen Moment genießen, das Leben gönnte einem ja so wenige.

Die Klippen waren nun ganz dicht hinter ihm.

Inigo ging weiter zurück, der Schwarze ging weiter vor.

Dann brachte Inigo den Thibault im Gegenstoß.

Und der Schwarze wehrte ihn ab.

Er wehrte ab!

Inigo wiederholte den Thibault, und wieder gelang er nicht. Er wechselte auf Capo Ferro über, versuchte es mit Bonetti, dann mit Fabri; verzweifelt begann er einen Schrittwechsel, der erst zweimal von Sainct angewandt worden war.

Nichts gelang.

Der Schwarze attackierte immer noch.

Und nun waren sie fast an den Klippen.

Inigo geriet niemals in Panik, nicht entfernt. Aber jetzt traf er ein paar sehr rasche Entscheidungen, denn für langes Besinnen war keine Zeit, und was er entschied, war, daß der Schwarze zwar in der Reaktion auf Manöver hinter Bäumen etwas langsam und zwischen Felsen, bei eingeschränktem Bewegungsspielraum, überhaupt nicht gut war, aber hier im Freien, wo er Raum hatte, war er ein Teufel. Ein linkshändiger, schwarz maskierter Teufel. »Du bist ganz ausgezeichnet«, sagte er. Sein rückwärtiger Fuß stand nun am Rand der Klippe. Weiter zurück ging es nicht.

»Danke«, antwortete der Schwarze. »Es hat viel Mühe gekostet.«

»Du bist besser als ich«, gab Inigo zu.

»So scheint es. Aber wenn dem so ist, warum lächelst du jetzt?«

»Weil«, antwortete Inigo, »weil ich etwas weiß, was du nicht weißt.«

»Und was ist das?« fragte der Schwarze.

»Ich bin kein Linkshänder«, antwortete Inigo, und mit diesen Worten packte er das Sechsfingerschwert mit der Rechten, und das Blatt wendete sich.

Der Schwarze wich zurück vor dem Ansturm des großen Schwertes. Er versuchte auszuweichen, versuchte zu parieren, versuchte alles, um dem Verhängnis, das nun unausweichlich wurde, zu entgehen. Aber nichts half. Er konnte fünfzig Stöße abwehren, der einundfünfzigste rutschte durch, und nun blutete sein linker Arm. Er konnte dreißig Riposten vereiteln, aber nicht die einunddreißigste, und nun blutete seine Schulter.

Die Wunden waren noch nicht schwer, aber es kamen neue dazu, als sie sich quer über das Plateau bewegten, und dann sah der Schwarze sich wieder zwischen den Bäumen, und das war schlecht für ihn, und so riß er beinahe aus vor Inigos Angriff und war wieder im offenen Gelände, aber Inigo kam schon wieder, nichts konnte ihn aufhalten, und dann war der Schwarze wieder zwischen den Felsen, und das war noch schlimmer für ihn als die Bäume, und er brüllte vor Wut und rannte praktisch davon, dorthin, wo der Raum wieder frei war.

Aber nichts half gegen den Hexer, und langsam wurden nun wieder die tödlichen Klippen ein Faktor im Kampf, nur war es diesmal der Schwarze, der zum Abgrund gedrängt wurde. Er war tapfer, und er war stark, und die Wunden ließen ihn nicht um Gnade bitten, und er zeigte keine Furcht hinter seiner schwarzen Maske. »Du bist ganz erstaunlich«, rief er, als Inigo das ohnehin schon atemberaubende Tempo seiner Klinge noch steigerte.

»Danke. Es ist mir nicht ohne Mühe zugefallen.«

Der Augenblick der Tötung war nun zum Greifen nahe. Immer wieder stieß Inigo vor, und immer wieder bekam der Schwarze es fertig abzuwehren, aber es wurde jedesmal schwerer, und die Kraft in Inigos Handgelenk kannte kein Ende, und er attackierte nur um so heftiger, und bald wurde der Schwarze schwächer. »Du kannst es nicht sehen«, sagte er dann, »weil ich Kapuze und Maske trage, aber jetzt lächle ich.«

»Warum?«

»Weil ich auch kein Linkshänder bin«, sagte der Schwarze.

Und auch er wechselte die Hände, und nun begann erst der Kampf.

Und Inigo begann zurückzuweichen.

»*Wer bist du?*« schrie er.

»Niemand Besonderes. Auch ein Freund der Klinge.«

»Ich muß es wissen.«

»Gewöhn dich an Enttäuschungen.«

Sie wirbelten nun über das offene Plateau dahin, und beide Klingen waren nicht mehr zu sehen, aber ach, die Erde bebte, und ach, die Himmel wankten, und Inigo war am Unterliegen. Er versuchte, es zu den Bäumen zu schaffen, aber davon wollte der Schwarze nichts wissen. Er versuchte, sich zu den Felsen zurückzuziehen, aber auch das wurde ihm verweigert.

Und im offenen Gelände, so undenkbar es war, war der Schwarze überlegen. Nicht sehr, aber in vielerlei unscheinbaren Belangen war er ein klein wenig besser. Um ein Haar schneller, eine Idee stärker, eine Spur gewandter. Eigentlich überhaupt kein großer Unterschied.

Aber es genügte.

In der Mitte des Plateaus trafen sie zum letzten Gang aufeinander. Keiner gab im geringsten nach. Der Ton von Metall auf Metall schwoll an. Ein letzter Strom von Energie floß durch Inigos Adern, und er versuchte alles, bemühte jeden Trick und jede Stunde eines jeden Tages seiner jahrelangen Erfahrungen. Und er wurde abgewehrt, von dem Schwarzen. Er wurde gezähmt, von dem Schwarzen. Er wurde düpiert, widerlegt, beherrscht.

Besiegt.

Von dem Schwarzen.

Ein letzter Ausfall, und das große Sechsfingerschwert flog ihm aus der Hand. Inigo stand hilflos da. Dann fiel er auf die Knie und neigte den Kopf. »Mach schnell«, sagte er.

»Eher sollen mir die Hände abfallen, als daß ich einen Künstler wie dich töte«, sagte der Schwarze. »Ebensogut könnte ich einen Leonardo zerstören. Jedoch« — und dabei schlug er Inigo den Knauf seines Degens über den Kopf — »da es mir auch nicht paßt, wenn du mir folgst, so versteh' bitte, daß ich den höchsten Respekt vor dir hege.« Er schlug noch einmal zu, und der Spanier verlor das Bewußtsein. Der Schwarze band rasch Inigos Hände um einen Baum und ließ ihn für den Augenblick hilflos und ohne Besinnung dort liegen.

Dann steckte er seinen Degen in die Scheide und rannte auf der Spur des Sizilianers davon in die Nacht . . .

»Er hat Inigo besiegt«, sagte der Türke, nicht ganz sicher, ob er es glauben sollte, aber in der Gewißheit, daß es eine traurige Nachricht war. Er mochte Inigo. Inigo war der einzige, der ihn nicht auslachte, wenn er Reime machen wollte.

Sie eilten den Gebirgspfad entlang der Grenze nach Guldern zu. Der Pfad war eng und mit Steinen besät, die groß wie Kanonenkugeln waren, und der Sizilianer hatte gewaltige Mühe, schrittzuhalten. Fezzik trug Butterblume bequem auf den Schultern; sie war immer noch an Händen und Füßen gebunden.

»Ich hab' dich nicht verstanden, sag's nochmal«, rief der Sizilianer, und Fezzik wartete, bis er nachgekommen war.

»Siehst du?« Fezzik zeigte ihm die Richtung. Ganz weit unten, wo der Bergpfad anfing, sah man den Schwarzen rennen. »Inigo ist besiegt.«

»Undenkbar«, explodierte der Sizilianer.

Fezzik riskierte nie Streit mit dem Buckligen. »Ich bin so blöd«, nickte Fezzik, »Inigo hat nicht verloren, er hat den Schwarzen besiegt. Und um das zu beweisen, hat er seine schwarzen Kleider und die Maske und die Kapuze und die Stiefel angezogen und achtzig Pfund zugenommen.«

Der Sizilianer blinzelte hinunter auf die rennende Gestalt. »Du Esel«, schrie er den Türken an, »kannst du nach all den Jahren Inigo nicht erkennen, wenn du ihn siehst? Das ist nicht Inigo.«

»Ich werde es nie lernen«, gab der Türke zu. »Wonach du mich auch fragst, du kannst dich drauf verlassen, daß ich das Falsche sage.«

»Inigo muß ausgerutscht sein oder reingelegt oder auf andere Weise unfair besiegt worden sein. Das ist die einzig denkbare Erklärung.«

Denkbar, verrenkbar, dachte der Riese. Nur hütete er sich, es laut zu sagen. Nicht dem Sizilianer. Er hätte es spät am Abend vielleicht Inigo zugeflüstert, aber das war, als Inigo noch nicht tot war. Vielleicht hätte er auch schwenkbar – lenkbar – henkbar geflüstert, aber weiter kam er nicht, denn der Sizilianer fing wieder an zu sprechen, und das bedeutete immer, daß Fezzik sehr scharf aufpassen mußte. Nichts brachte den Buckligen so schnell in Zorn, als wenn er Fezzik beim Denken ertappte. Da er sich kaum vorstellen konnte, daß jemand wie Fezzik des Denkens fähig war, fragte er nie danach, was in seinem Kopf vorging; nichts war ihm gleichgültiger. Wenn er herausbekommen hätte, daß Fezzik Reime machte, so hätte er gelacht und alsbald neue Wege gefunden, um ihn zu quälen.

»Binde ihr die Füße los«, befahl der Sizilianer.

Fezzik stellte die Prinzessin zu Boden und zerriß die Schnüre, mit denen ihre Beine gefesselt waren. Dann rieb er ihr die Knöchel, damit sie gehen konnte.

Der Sizilianer packte sie sofort und zerrte sie vorwärts. »Komm schnell nach«, sagte der Sizilianer.

»Anweisungen?« schrie Fezzik, beinahe entsetzt. Er haßte es, so wie jetzt sich selbst überlassen zu werden.

»Gib's ihm, mach ihn fertig.« Der Sizilianer wurde ärgerlich. »Du mußt es schaffen, denn Inigo hat versagt.«

»Aber ich kann nicht fechten, ich hab doch keine Ahnung—«

»Mach es, wie *du* es kannst.« Der Sizilianer konnte sich kaum mehr beherrschen.

»Oh ja, gut, wie ich es kann, danke Vizzini«, sagte Fezzik zu dem Buckligen. Dann nahm er allen Mut zusammen: »Ich brauche aber einen Tip.«

»Du sagst doch immer, du verstündest etwas von Gewalt, die Gewalt sei deine Sache. Nun wende sie doch an, wie, ist mir egal. Warte dahinter auf ihn« — er wies auf eine scharfe Biegung des Pfades — »und schmeiß ihm den Schädel ein.« Er zeigte auf die kanonenkugelgroßen Steine am Boden.

»Ja, das könnte ich machen«, nickte Fezzik. Er war hervorragend im Werfen mit schweren Objekten. »Es kommt mir nur nicht sehr sportlich vor, nicht?«

Wenn der Sizilianer die Beherrschung verlor, war er zum Fürchten. Die meisten Leute kreischen dann und brüllen und stampfen. Anders Vizzini: Er wurde ganz ruhig, und seine Stimme klang so, als käme sie aus einem Grab. Und seine Augen begannen zu glühen. »Ich sag' dir eines, und ich sag' es nur einmal:

Mach den Schwarzen hin, ein für alle Mal. Wenn du versagst, gibt es keine Entschuldigung. Ich finde auch einen anderen Riesen.«

»Bitte, laß mich nicht im Stich«, sagte Fezzik.

»Dann tu, was ich dir gesagt habe.« Vizzini packte Butterblume von neuem und humpelte den Pfad hinauf und verschwand aus dem Blickfeld.

Fezzik sah hinunter auf die Gestalt, die den Weg heraufgerannt kam. Noch ein gutes Stück entfernt. Zeit genug, um etwas zu üben. Fezzik hob einen Stein von der Größe einer Kanonenkugel auf und zielte nach einer Spalte im Felsen, dreißig Meter entfernt.

Swusssch.

Volltreffer.

Er nahm einen größeren Stein und warf ihn nach einer doppelt so weit entfernten Schattenlinie.

Nicht ganz swusssch.

Zwei Zoll zu weit rechts.

Fezzik war einigermaßen zufrieden. Bei zwei Zoll daneben ginge der Kopf immer noch zu Bruch, wenn man auf die Mitte zielte. Er wühlte ein bißchen herum und fand einen vollkommenen Stein zum Werfen; er paßte genau in seine Hand. Dann ging er zu der scharfen Wegbiegung und trat in den dichtesten Schatten. Unsichtbar, still und geduldig wartete er mit dem tödlichen Stein in der Hand und zählte die Sekunden, die der Schwarze noch zu leben hatte . . .

FEZZIK

Die türkischen Frauen sind berühmt für die Größe ihrer Babies. Das einzige gesunde Neugeborene, das je beim Eintritt in die Welt mehr als vierundzwanzig Pfund gewogen hat, war das Erzeugnis eines südtürkischen Paares. Die türkischen Krankenhausstatistiken weisen insgesamt elf Kinder auf, die bei der Geburt über zwanzig Pfund wogen, sowie fünfundneunzig weitere, die zwischen fünfzehn und zwanzig Pfund wogen. Nun taten aber alle diese 106 Pausbackengelchen, was Kinder nach der Geburt meistens tun, sie nahmen etliche Gramm ab und brauchten den größten Teil der ersten Woche, bis sie ihr anfängliches Gewicht wiedererlangt hatten. Genauer, 105 von ihnen nahmen kurz nach der Geburt zunächst einmal ab.

Nicht so Fezzik.

Am ersten Nachmittag nahm er schon ein Pfund zu. (Weil er bloß fünfzehn wog und seine Mutter zwei Wochen zu früh niedergekommen war, machten sich die Ärzte weiter keine Sorgen. »Das ist nur, weil er zwei Wochen zu früh da war«, erklärten sie Fezziks Mutter. »Das ist die Erklärung.« In Wahrheit erklärte das natürlich gar nichts, aber immer, wenn Ärzte in einer Sache ratlos sind, was tatsächlich so oft vorkommt, daß es besser ist, sich darüber keine Gedanken zu machen, dann haschen sie nach irgend einem Begleitumstand und sagen, »das ist die Erklärung«. Wäre Fezziks Mutter zu spät niedergekommen, so hätten sie gesagt, »klar, Sie sind zu spät drangewesen, das ist die Erklärung«. Oder: »Klar, es hat geregnet während der Entbindung, diese Gewichtszunahme ist einfach Feuchtigkeit, das ist die Erklärung.«)

Ein gesunder Säugling verdoppelt sein Gewicht in etwa sechs Monaten und verdreifacht es in einem Jahr. Als Fezzik ein Jahr alt war, wog er fünfundachtzig Pfund. Er war nicht dick, wohlgemerkt. Er sah aus wie ein völlig normales, kräftiges Fünfundachtzig-Pfund-Kind. Aber ganz so normal auch wieder nicht, er war ganz schön behaart für einen Einjährigen.

Als er in den Kindergarten kam, war er so weit, daß er sich rasieren mußte. Er war jetzt so groß wie ein normaler Mann, und die anderen Kinder machten ihm das Leben schwer. Zuerst hatten sie natürlich eine Heidenangst (auch damals sah Fezzik schon bedrohlich aus), aber sobald sie herausgefunden hatten, daß er noch mehr Angst hatte, konnten sie sich so eine Gelegenheit nicht entgehen lassen.

»Riese, Riese«, ärgerten sie Fezzik während der Joghurt-Pause am Vormittag.

»Bin ich gar nicht«, sagte Fezzik laut. (Für sich dachte er »Wiese, Wiese«. Er hätte nie gewagt, sich als einen Dichter zu betrachten, denn er war nichts dergleichen, er liebte bloß die Reime. Auf alles, was laut gesagt wurde, machte er für sich Reime. Manchmal gaben die Reime einen Sinn, manchmal nicht. Fezzik kümmerte sich nie viel um den Sinn, es kam ihm nur auf den Klang an.)

»Feige.«

Geige. »Bin ich gar nicht.«

»Dann wehr dich doch«, sagte nun vielleicht einer, und holte aus und drosch Fezzik alles, was er hergeben konnte, in den Bauch, in der Gewißheit, daß Fezzik nichts tun würde als dastehn und »Aua« schreien, denn Fezzik schlug nie zurück, egal was man mit ihm machte.

»Aua.«

Noch ein Schwinger, und noch einer. Vielleicht eine schöne gestreckte Gerade zur Leber oder ein Tritt in die Kniekehlen. So ging es, bis Fezzik in Tränen ausbrach und wegrannte.

Eines Tages, zu Hause, rief ihn sein Vater, »komm mal her«.

Fezzik gehorchte, wie immer.

»Wisch dir die Tränen ab«, sagte seine Mutter.

Zwei Kinder hatten ihn eben bös verdroschen. Er gab sich alle Mühe, nicht mehr zu weinen.

»Fezzik, so geht das nicht weiter«, sagte seine Mutter. »Die müssen aufhören, dich zu schikanieren.«

Rasieren. »Soviel macht es mir doch nicht aus«, sagte Fezzik.

»Es sollte dir aber etwas ausmachen«, sagte sein Vater. Er war Tischler und hatte große Hände. »Komm mal mit nach draußen. Ich werde dir zeigen, wie man sich wehrt.«

»Bitte, ich mag nicht — «

»Gehorch' deinem Vater!«

Sie gingen hinaus auf den Hof.

»Mach mal eine Faust«, sagte sein Vater.

Fezzik gab sich alle Mühe.

Sein Vater sah seine Mutter an, dann sah er zum Himmel auf. »Er kann nicht mal eine Faust machen«, sagte er.

»Er gibt sich doch solche Mühe, er ist ja erst sechs; sei nicht so hart mit ihm.«

Fezziks Vater nahm viel Anteil an seinem Sohn, und er versuchte, sanft zu ihm zu sprechen, damit er nicht gleich wieder zu weinen anfing. Aber leicht war das nicht. »Schau her, mein Kleiner«, sagte Fezziks Vater, »wenn du eine Faust machst, steckst du den Daumen nicht *innen* zwischen die Finger, sondern du läßt den Daumen schön *draußen*, denn wenn du den Daumen *innen* hast und du haust jemand, dann passiert, daß du dir den Daumen brichst, und das ist nicht gut, denn der ganze Sinn, wenn du jemanden haust, ist doch, daß du ihm wehtust und nicht dir selber.«

Kälber. »Ich mag aber doch niemandem wehtun, Papa.«

»Ich *will* auch gar nicht, daß du jemandem wehtust, Fezzik. Aber wenn du weißt, wie du dich wehren kannst, und wenn die andern wissen, du weißt es, dann lassen sie dich in Ruhe.«

Schuhe. »Soviel macht mir das doch nicht aus.«

»Aber uns macht es etwas aus«, sagte seine Mutter. »Sie dürfen dich nicht schikanieren, Fezzik, bloß weil du dich schon rasieren mußt.«

»Jetzt noch einmal das mit der Faust«, sagte sein Vater. »Haben wir nun gelernt, wie wir das machen?«

Fezzik machte wieder eine Faust, diesmal mit dem Daumen draußen.

»Er lernt so leicht«, sagte seine Mutter. Sie nahm ebenso Anteil an ihm wie sein Vater.

»Und nun schlag mich«, sagte Fezziks Vater.

»Nein, das mag ich nicht.«

»Hau den Vati, Fezzik!«

»Vielleicht weiß er nicht, wie man das macht«, sagte Fezziks Vater.

»Vielleicht nicht.« Fezziks Mutter schüttelte traurig den Kopf.

»Schau her, Kleiner«, sagte Fezziks Vater, »es ist ganz einfach, siehst du? Wir machen eine Faust, wie wir es ja nun schon können, und dann ziehen wir den Arm ein bißchen zurück, zielen auf die Stelle, wo wir landen wollen, und dann los!«

»Zeig mal dem Vati, wie leicht du lernst«, sagte Fezziks Mutter. »Gib ihm ein Püfferchen, tüchtig!«

Fezzik stieß einmal nach dem Arm seines Vaters.

Fezziks Vater sah wieder frustriert zum Himmel auf.

»Beinah hätt' er deinen Arm getroffen«, sagte Fezziks Mutter rasch, ehe das Gesicht ihres Sohnes sich trüben konnte. »Das war sehr schön für den Anfang, Fezzik. Sag ihm, was für ein schöner Anfang das war«, sagte sie zu ihrem Mann.

»Die Richtung stimmte ungefähr«, rang sich Fezziks Vater ab. »Wenn ich bloß einen Schritt weiter westlich gestanden hätte, wäre es perfekt gewesen.«

»Ich bin so müde«, sagte Fezzik. »Wenn man so viel lernt in so kurzer Zeit, wird man so müde, ich jedenfalls. Bitte, kann ich jetzt gehen?«

»Noch nicht«, sagte Fezziks Mutter.

»Kleiner, bitte, schlag doch mal zu, hau mich richtig, versuch's mal, du bist doch so ein aufgeweckter Junge, hau mir ordentlich eine rein«, flehte Fezziks Vater.

»Morgen, Papa, ich versprech dir's«. Ihm begannen Tränen zu kommen.

Sein Vater explodierte. »Mit Heulen kommst du bei mir nicht durch, Fezzik, bei mir nicht und bei deiner Mutter auch nicht; du tust jetzt, was ich dir sage, und ich sage dir, du sollst mir eine reinhauen, und wenn es die ganze Nacht dauert, dann bleiben wir so lange hier stehen, und wenn es die ganze Woche dauert, dann bleiben wir so lange hier stehen, und wenn es — «

S

P

L

A

T

T

S

C

H

!!!

(Damals gab es noch keine Unfallkliniken, und das war schade, jedenfalls für Fezziks Vater, denn so wußte man nicht, wohin mit ihm, nachdem Fezzik zugeschlagen hatte, außer in sein Bett, wo er anderthalb Tage lang die Augen nicht mehr aufmachte, außer als der Milchmann kam, um ihm den gebrochenen Kiefer zu richten — Ärzte gab es schon, aber in der Türkei waren sie noch nicht so weit, daß sie sich auch mit Knochen abgaben; die Knochen blieben Sache der Milchmänner, mit der Begründung, daß Milch so gut sei für die Knochen — wer sollte also mehr von Knochenbrüchen verstehen als der Milchmann?)

Als Fezziks Vater die Augen wieder so weit aufmachen konnte, wie er wollte, hatten die drei eine Familienaussprache.

»Du bist sehr stark, Fezzik«, sagte sein Vater. (Das stimmt nicht ganz. Sein Vater *meinte*, »Du bist sehr stark, Fezzik«. Anhören tat es sich eher so: »Zz zzzz zzzz zzzzz, Zzzzzz.« Seit der Milchmann seinen Kiefer verdrahtet hatte, brachte er nur noch den Laut z heraus. Aber er hatte ein sehr ausdrucksvolles Gesicht, und seine Frau verstand ihn vollkommen.)

»Er sagt, du bist sehr stark, Fezzik.«

»Ich hab' es mir schon gedacht«, antwortete Fezzik. »Im letzten Jahr, einmal, als ich sehr wütend war, habe ich gegen einen Baum geschlagen, und er krachte um. Es war nur ein kleiner Baum, aber ich hab' mir doch gedacht, das müsse etwas zu bedeuten haben.«

»Zzz zzzz zzz zzz zzz Zzzzzzzzzz, Zzzzzz.«

»Er sagt, er hört auf mit der Tischlerei, Fezzik.«

»Ach nein«, sagte Fezzik. »Du bist doch bald wieder gesund, Papa. Der Milchmann hat es mir so gut wie versprochen.«

»Zzz zzzz zzzzzzz zzz zzz Zzzzzzzzzz, Zzzzzz.«

»Er *will* aufhören mit der Tischlerei, Fezzik.«

»Aber was will er dann machen?«

Diese Frage beantwortete Fezziks Mutter selbst; sie und ihr Mann waren die halbe Nacht aufgeblieben, um die Entscheidung zu diskutieren. »Er wird dein Manager, Fezzik. Ringen ist der Nationalsport der Türken. Wir werden alle reich und berühmt.«

»Aber Mammi, Papa, ich mag doch nicht ringen.«

Fezziks Vater streckte die Hand aus und tätschelte seinem Sohn besänftigend das Knie. »Zzzz zzzzzzzzz zzzz'z«, sagte er.

»Ganz *wunderbar* wird's«, übersetzte seine Mutter.

Fezzik fing bloß an zu weinen.

Sein erster Profi-Kampf war in dem Dorf Sandiki, an einem glühendheißen Sonntag. Seine Eltern hatten furchtbare Mühe, ihn in den Ring zu bringen. Sie waren absolut siegesgewiß, denn sie hatten schwer gearbeitet. Gut drei Jahre lang hatten sie Fezzik geschult, ehe sie übereinstimmend befanden, daß er nun soweit sei. Fezziks Vater sorgte für Taktik und Ringstrategie, während seine Mutter sich mehr um die Diät und das Training kümmerte, und sie waren noch nie so glücklich gewesen.

Fezzik war noch nie so elend gewesen. Er war verängstigt und eingeschüchtert und erschrocken, alles auf einmal. Wie sehr sie ihm auch zuredeten, er wollte nicht in die Arena steigen. Denn er wußte eines: Auch wenn er äußerlich wie zwanzig aussah und sein Schnurrbart schon kräftig sproßte, innerlich war er immer noch der Neunjährige, der am liebsten Sachen reimte.

»Nein«, sagte er. »Ich will nicht, ich will nicht, und ihr könnt mich nicht zwingen.«

»Nach all dem, was wir in den drei Jahren geschuftet haben«, sagte sein Vater. (Sein Kiefer war nun wieder so gut wie neu.)

»Er wird mir *wehtun«*, sagte Fezzik.

»Das Leben ist Schmerz«, sagte seine Mutter. »Wer dir etwas anderes erzählt, will dir was vormachen.«

»Bitte, ich bin doch noch nicht soweit. Ich vergeß' die Griffe immer, ich bin nicht gewandt genug und falle dauernd hin. Ist doch wahr.«

Es war so. Ihre einzige echte Befürchtung war, ob sie ihn nicht zu sehr drängten. »Wenn das Leben hart wird, werden die Harten lebendig«, sagte Fezziks Mutter.

»Nun geh schon, Fezzik«, sagte sein Vater.

Fezzik gab nicht nach.

»Hör mal, wir wollen dir nicht drohen«, sagten Fezziks Eltern mehr oder weniger wie aus einem Munde. »Wir nehmen viel zu viel Anteil an dir, um so etwas zu machen. Wenn du nicht kämpfen willst, niemand wird dich zwingen. Wir lassen dich dann einfach für immer allein. (Fezzik stellte sich die Hölle so vor, daß man dort für immer allein war. Er hatte es ihnen erzählt, als er fünf war.)

Sie schritten nun in die Arena, um sich dem Meister von Sandiki zu stellen.

Der war Meister schon seit elf Jahren, denn er war vierundzwanzig. Er war sehr gewandt und breit und sechs Fuß groß, nur einen halben Fuß kleiner als Fezzik.

Fezzik hatte keine Chance.

Er war zu plump; er fiel andauernd hin oder setzte seine Griffe verkehrt herum an, so daß sie überhaupt keine Griffe waren. Der Meister von Sandiki spielte mit ihm. Fezzik wurde andauernd zu Boden geworfen, wenn er nicht von allein fiel, stolperte oder purzelte. Er stand immer wieder auf und versuchte es noch einmal, aber der Meister von Sandiki war viel zu schnell für ihn, viel zu schlau und viel, viel zu erfahren. Die Menge lachte, aß Baklava und freute sich über das ganze Schauspiel.

Bis Fezzik seine Arme um den Meister von Sandiki herumbekam.

Da wurde die Menge ganz still.

Fezzik hob ihn hoch.

Kein Geräusch.

Fezzik drückte.

Und drückte.

»Das reicht jetzt«, sagte Fezziks Vater.

Fezzik legte den anderen zu Boden. »Danke«, sagte er. »Du bist ein wunderbarer Ringer, und ich habe bloß Glück gehabt.«

Der Exmeister von Sandiki knurrte irgendetwas.

»Du mußt die Arme hochrecken, du bist der Sieger«, erinnerte ihn seine Mutter.

Fezzik stand in der Mitte des Rings, die Arme erhoben.

»BUUUUUH«, sagte die Menge.

»Viech!«

»Affe!«

»Go-*rilla!*«

»BUUUUUUUUUUUH!!!«

Ihres Bleibens war nicht lange in Sandiki. Tatsächlich waren von da an lange Aufenthalte nirgendwo mehr ratsam. Sie kämpften gegen den Meister von Ispir. »BUUUUUUUUUUUH!!!« Gegen den Meister von Simal. »BUUUUUUUUUUUH!!!« Sie kämpften in Bolu. Sie kämpften in Zile.

»BUUUUUUUUUUUH!!!«

»Ich kümmere mich nicht darum, was die Leute sagen«, erklärte Fezziks Mutter ihrem Sohn eines Winternachmittags. »Du bist mein Sohn, und du bist wunderbar.« Es war ein grauer, dunkler Tag, und sie waren gerade dabei, sich so schnell wie möglich aus Konstantinopel zu verdrücken, wo Fezzik soeben den Meister ruiniert hatte, bevor noch die meisten Leute ihre Plätze eingenommen hatten.

»Ich bin gar nicht wunderbar«, sagte Fezzik. »Sie haben recht, daß sie mich beschimpfen. Ich bin zu groß. Wenn ich gegen einen kämpfe, sieht es immer so aus, als ob ich ihn schikanierte.«

»Vielleicht«, begann Fezziks Vater ein wenig zögernd, »vielleicht, wenn du einfach hier und da einen Kampf irgendwie verlieren würdest, dann würden sie uns vielleicht nicht mehr so viel ausbuhen.«

Fezziks Mutter fuhr ihren Gatten an: »Der Junge ist erst elf, und schon willst du, daß er Kämpfe verlorengibt?«

»Das doch nicht, reg' dich nicht gleich so auf. Aber vielleicht, wenn er nur so tun könnte, als ob er auch ein bißchen zu leiden hätte, vielleicht würden sie dann versöhnlicher.«

»Ich habe zu leiden«, sagte Fezzik. (Das hatte er in der Tat.)

»Laß es dir ein bißchen mehr anmerken.«

»Ich werde es versuchen, Papa.«

»Du bist ein guter Junge.«

»Ich kann doch nichts daran ändern, daß ich so stark bin; es ist wirklich nicht meine Schuld. Ich trainiere noch nicht einmal.«

»Ich glaube, es ist Zeit, daß wir nach Griechenland gehen«, sagte Fezziks Vater nun. »In der Türkei haben wir schon alle geschlagen, die gegen uns antreten könnten, und Griechenland ist die Wiege des Sports. Niemand weiß ein Talent so zu würdigen wie die Griechen.«

»Ich kann das einfach nicht mehr hören, wie sie ›BUUUUUUUUUUH!!!‹ machen«, sagte Fezzik. (So war es. Seine persönliche Vorstellung von der Hölle war jetzt, daß man dort für immer allein war und daß alle Leute einem »BUUUUUUUUUUH!!!« zubrüllten.)

»In Griechenland werden sie dich lieben«, sagte Fezziks Mutter.

Sie kämpften in Griechenland.

»AARRRGGGGH!!!« (AARRRGGGGH!!! heißt griechisch BUUUUUUUUUUH!!!)

Bulgarien.

Jugoslawien.

Tschechoslowakei. Rumänien.

»BUUUUUUUUUUH!!!«

Sie versuchten es im Fernen Osten. Der Jiujitsu-Meister von Korea. Der Karate-Meister von Siam. Der Kung-fu-Meister von Indien.

»SSSSSSSSSSS!!!« (Vergleiche Anmerkung zu AARRRGGGGH!!!)

In der Mongolei starben seine Eltern. »Wir haben für dich getan, was wir konnten, Fezzik, viel Glück weiterhin«, sagten sie, und weg waren sie. Es war eine schreckliche Geschichte, eine Seuche, die alles dahinraffte. Fezzik wäre auch gestorben, nur wurde er von Natur aus nie krank. Allein zog er weiter, durch die Wüste Gobi, manchmal mit vorüberkommenden Karawanen, die ihn mitnahmen. Und hier lernte er, was er tun mußte, damit die Leute mit dem BUUUUUUUUUUH!!!en aufhörten.

Er kämpfte mit Gruppen.

Es fing in der Gobi an, als der Leiter der Karawane sagte: »Ich wette, meine Kameltreiber schaffen dich.« Es waren nur drei Mann, darum sagte Fezzik, »schön«; er wollte es versuchen, und das tat er auch, und natürlich gewann er.

Und alle schienen ganz zufrieden.

Fezzik war begeistert. Er kämpfte nie mehr bloß gegen einen, wenn es sich vermeiden ließ. Eine Zeitlang reiste er von Ort zu Ort und kämpfte mit allerlei Banden für die örtlichen Wohltätigkeitsvereine, aber er hatte keinen Sinn fürs Geschäftliche, und außerdem war das Einzelgängerdasein jetzt, wo er auf die zwanzig zuging, für ihn noch weniger verlockend als vorher.

Er schloß sich einem Wanderzirkus an. Alle anderen Artisten murrten über ihn, weil er, so sagten sie, beim Essen mehr nahm, als ihm zustand. So blieb er meistens für sich allein, außer bei der Arbeit.

Aber dann, eines Abends, als er gerade zwanzig geworden war, bekam er den Schock seines Lebens verpaßt. Das BUUUUUUUUUH!!! war wieder da. Er hatte gerade ein halbes Dutzend Männer zu Boden gedrückt und einem weiteren halben Dutzend die Köpfe zerbeult. *Was wollte man bloß von ihm?*

Die Wahrheit war einfach: Er war zu stark geworden. Er maß sich nie, aber alle tuschelten, er müsse über sieben Fuß groß sein, und er ließ sich nie wiegen, aber die Leute behaupteten, er wiege vier Zentner. Und nicht nur das, er war jetzt auch noch schnell. All die Lehrjahre hatten ihn nahezu unmenschlich gemacht. Er kannte alle Tricks und wußte allen Griffen zu begegnen.

»Viech!«

»Affe!«

»Go-*rilla*!«

»BUUUUUUUUUUH!!!«

An diesem Abend, als er allein in seinem Zelt war, weinte Fezzik. Er war tatsächlich ein Ungeheuer (Hundesteuer — Reime liebte er immer noch). Ein zweibeiniges, aufrechtgehendes Ungeheuer (Wasserstreuer — wie seine halbgeschlossenen Augen, aus denen die Tränen tropften). Am nächsten Morgen hatte er sich wieder in der Gewalt. Zumindest war er ja immer noch unter seinen Freunden vom Zirkus.

In derselben Woche noch setzte ihn der Zirkus auf die Straße. Die Menge BUUUUUUUUUUH!!!te jetzt auch den Zirkus aus, und die Kunstreiterin drohte mit Streik, die Liliputaner waren wütend auf ihn, und das war das Aus für Fezzik.

Dies war mitten in Grönland, und wie jedermann weiß, war Grönland damals wie heute die einsamste Gegend der Erde. In Grönland gibt es nur einen Menschen pro zwanzig Quadratmeilen Grund und Boden. Vermutlich war es recht dumm von dem Zirkus, dort aufzutreten, aber darum geht es nicht.

Es geht darum, daß Fezzik allein war.

Auf dem einsamsten Fleck der Welt.

Da saß er so auf einem Stein und sah zu, wie der Zirkus das Weite suchte.

Da saß er auch noch am nächsten Tag, als Vizzini der Sizilianer ihn fand. Vizzini schmeichelte sich bei ihm ein, er versprach, die BUUUUUUUUUUHS fernzuhalten. Vizzini brauchte Fezzik, aber nicht halb so dringend, wie Fezzik Vizzini brauchte. Solange Vizzini da war, war man nicht allein. Was Vizzini sagte, tat Fezzik. Und wenn es sein mußte, daß er dem Schwarzen den Schädel zertrümmerte ...

Dann mußte es sein.

Aber nicht aus dem Hinterhalt. Nicht wie ein Feigling. Nichts Unsportliches. Seine Eltern hatten ihn immer gelehrt, sich an die Regeln zu halten. Fezzik stand im Schatten, den großen Stein fest in seiner großen Hand. Er konnte die Schritte des Schwarzen näherkommen hören, immer näher.

Fezzik sprang aus seinem Versteck und warf den Stein mit unerhörter Wucht und vollkommen treffsicher. Er schlug einen Fuß vor dem Gesicht des Schwarzen in einen Felsen. »Das war Absicht«, sagte Fezzik, hob einen zweiten Stein auf und hielt ihn wurfbereit. »Ich mußte nicht danebenzielen.«

»Ich glaube dir«, sagte der Schwarze.

Sie standen einander auf dem engen Bergpfad gegenüber.

»Und nun?« fragte der Schwarze.

»Wir treten so an, wie Gott es gewollt hat«, sagte Fezzik. »Keine Tricks, keine Waffen, nur Können gegen Können.«

»Du meinst, du legst deinen Stein weg und ich meinen Degen, und dann versuchen wir, uns gegenseitig umzubringen wie gebildete Menschen?«

»Wenn dir das lieber ist, kann ich dich auch gleich jetzt töten«, sagte Fezzik freundlich und hob den Stein zum Wurf. »Ich gebe dir eine Chance.«

»Das stimmt, und ich nehme an«, sagte der Schwarze und begann, den Degen abzuschnallen. »Allerdings, offen gesagt, ich finde, daß du im Kampf mit bloßen Händen leichte Vorteile hast.«

»Ich sage dir nur, was ich den Leuten immer sage«, erklärte Fezzik. »Ich kann es nicht ändern, daß ich der Größte und Stärkste bin; es ist nicht meine Schuld.«

»Ich mache dir keinen Vorwurf«, sagte der Schwarze.

»Dann laß uns zur Sache kommen«, sagte Fezzik und ließ seinen Stein fallen und ging in Kampfstellung und sah, wie sich der Schwarze langsam auf ihn zubewegte. Für einen Augenblick kamen Fezzik fast Bedenken. Der hier war offenbar ein feiner Kerl, auch wenn er Inigo getötet hatte. Er jammerte nicht und versuchte nicht, um Gnade zu betteln oder ihn zu bestechen. Er nahm sein Schicksal einfach hin. Keine Klage, nichts dergleichen. Offenbar ein Verbrecher mit Charakter. (War er aber ein Verbrecher? fragte sich Fezzik. Gewiß, die Maske sprach dafür. Oder vielleicht noch schlimmer? War er verunstaltet, womöglich das Gesicht von Säure zerfressen? Oder von Geburt an entstellt?)

»Warum trägst du Maske und Kapuze?« fragte Fezzik.

»Ich glaube, das wird bald überall Mode«, war die Antwort. »Es ist so bequem.«

Sie standen einander auf dem Bergpfad gegenüber. Es war einen Moment Pause. Dann nahmen sie den Kampf auf. Fezzik ließ den Schwarzen ein bißchen herumspielen und prüfte dabei seine Kräfte, die für jemanden, der kein Riese war, ganz beachtlich waren. Er ließ den Schwarzen antäuschen und sich wegdrehen und hier einen Griff und da einen Griff probieren. Dann, als er ganz sicher war, daß der Schwarze nicht unvorbereitet vor seinen Schöpfer treten würde, schloß Fezzik die Arme dicht um ihn.

Fezzik hob ihn empor.

Und drückte.

Und drückte.

Dann nahm er die Überreste des Schwarzen, hieb ihn hierhin und dorthin, drosch ihm die eine Hand in den Hals, die andere unten gegen die Wirbelsäule, zog ihm die Beine unterm Kinn zusammen, wickelte die schlaffen Arme um sie herum und warf dann das ganze Bündel, das einmal ein Mensch gewesen war, in die nächste Felsspalte.

So jedenfalls die Theorie.

Tatsächlich passierte dies:

Fezzik hob ihn hoch.

Und drückte.

Und der Schwarze wand sich los.

Hmmm, dachte Fezzik, das war schon eine Überraschung. Ich dachte doch, ich hätte ihn ganz sicher. »Du bist sehr schnell«, lobte Fezzik den Schwarzen.

»Und auch sonst ein lieber Mensch«, sagte der Schwarze.

Dann griffen sie wieder an. Diesmal ließ Fezzik dem Schwarzen keine Chance zu fintieren. Er griff ihn sich einfach, schwang ihn sich ein-, zweimal um den Kopf, schmetterte seinen Schädel gegen den nächsten Felsen, hämmerte mit den Fäusten auf ihm herum, drückte zum Abschluß sicherheitshalber noch die Luft aus ihm heraus und schmiß die Überreste dessen, was da einmal lebendig gewesen war, in die nächste Felsspalte.

Das jedenfalls waren seine Absichten.

In Wirklichkeit kam er nicht einmal mit dem Zugreifen so recht erfolgreich zu Rande. Denn kaum hatten Fezziks große Hände zugelangt, als sich der Schwarze auch schon fallen ließ und herumwirbelte und abdrehte und aus dem Griff war und frei und immer noch ganz lebendig.

Ich versteh' überhaupt nichts mehr, dachte Fezzik. Kann es sein, daß meine Kraft schwindet? Gibt es hier womöglich eine Bergkrankheit, die einem die Kraft raubt? Es war eine Wüstenkrankheit, die meinen Eltern die Kraft raubte. Das muß es sein, ich muß mir eine Seuche geholt haben. Aber wenn es das ist, warum ist er nicht auch schwach? Nein, das ist es nicht, ich muß wohl immer noch so stark sein, es muß etwas anderes sein, aber was denn bloß?

Plötzlich wußte er. Er hatte so lange nicht mehr gegen einen Einzelnen gekämpft, daß er fast vergessen hatte, wie man es machte. So viele Jahre über hatte er immer gegen Gruppen und Banden und Haufen gekämpft, daß die Idee, es nur mit einem einzigen Gegner zu tun zu haben, nur langsam zu ihm durchdrang. Denn gegen Gruppen kämpfte man ganz anders. Wenn man zwölf gegen sich hatte, machte man bestimmte Schritte, probierte bestimmte Griffe und tat bestimmte Dinge. Wenn es nur einer war, mußte man sich völlig umstellen. Rasch ging Fezzik durch die Jahre zurück. Wie hatte er doch damals gegen den Meister von Sandiki gekämpft? Er überflog in der Erinnerung noch einmal jenen Kampf, dann erinnerte er sich an all die anderen Siege gegen die anderen Meister, die Männer von Ispir und Simal und Bolu und Zile. Er erinnerte sich, wie sie aus Konstantinopel geflüchtet waren, weil er den Meister so schnell besiegt hatte. So einfach. Ja, dachte Fezzik, natürlich. Und plötzlich stellte er seinen Stil um auf das, was er einmal gewesen war.

Aber inzwischen hatte der Schwarze ihn an der Kehle.

Der Schwarze war hinten aufgesprungen, und seine Arme riegelten sich um Fezziks Luftröhre, einer von vorn, einer von hinten. Fezzik griff hinter sich, aber der Schwarze war schlecht zu packen. Fezzik bekam die Arme nicht auf den Rücken, um den Feind wegzureißen. Er rannte gegen einen Felsen und wirbelte im letzten Augenblick herum, so daß der Schwarze das meiste von dem Aufprall abbekam. Es war ein gewaltiger Stoß; Fezzik wußte es.

Aber die Klammer um seine Luftröhre wurde immer fester.

Fezzik rannte wieder gegen den Felsen, wirbelte wieder herum und wußte wieder, wie stark der Stoß war, den der Schwarze hatte nehmen müssen. Aber die Klammer blieb immer noch da. Fezzik zerrte an den Armen des Schwarzen. Er hämmerte mit seinen Riesenfäusten dagegen.

Nun hatte er keine Luft mehr.

Fezzik kämpfte weiter. Er hatte jetzt ein hohles Gefühl in

den Beinen; er konnte sehen, wie die Welt zu verblassen anfing. Aber er gab nicht auf. Er war der starke Fezzik, der Freund der Reime, und du gibst nicht auf, egal was. Jetzt war der Hohlraum in seinen Armen, und die Welt wurde Schnee.

Fezzik ging in die Knie.

Er schlug noch um sich, aber kraftlos. Er kämpfte noch, aber seine Schläge hätten jetzt keinem Kind mehr geschadet. Keine Luft. Es gab keine Luft mehr. Nichts gab es mehr, nicht für Fezzik, nicht auf dieser Welt. Ich bin besiegt, ich sterbe jetzt, dachte er, kurz bevor er auf den Bergpfad fiel.

Er hatte nur halb Unrecht.

Zwischen Bewußtlosigkeit und Tod ist ein kurzer Moment, und als der Riese auf den steinigen Pfad hinschlug, trat dieser Moment ein, und kurz bevor er eintrat, ließ der Schwarze los. Er stand taumelnd auf und lehnte sich an einen Felsen, bis er wieder gehen konnte. Fezzik lag lang ausgestreckt da und atmete schwach. Der Schwarze sah sich nach einem Strick um, um den Riesen zu binden, gab aber die Suche, kaum daß er sie begonnen hatte, sogleich wieder auf. Was nützten Stricke gegen solche Kräfte? Der würde sie einfach sprengen. Der Schwarze ging zurück zu der Stelle, wo er seinen Degen abgelegt hatte, und schnallte ihn wieder um.

Zwei waren geschafft, blieb noch einer (der Gefährlichste) . . .

Vizzini erwartete ihn.

Er hatte sogar für ein kleines Picknick gedeckt. Aus dem Rucksack, den er immer bei sich trug, hatte er ein kleines Taschentuch hervorgeholt und zwei Weinkelche darauf gestellt. In der Mitte stand ein kleiner lederner Weinbehälter, daneben lagen etwas Käse und ein paar Äpfel. Er hätte keinen hübscheren Platz wählen können, an einem hochgelegenen Punkt des Bergpfades, mit einer herrlichen Aussicht auf den ganzen Weg zurück bis zum Kanal von Florin. Butterblume lag hilflos neben dem Picknick, gefesselt, geknebelt und die Augen verbunden. Vizzini setzte ihr sein langes Messer an die weiße Kehle.

»Willkommen«, rief Vizzini, als der Schwarze näher kam.

Der Schwarze blieb stehen, um die Situation zu überblicken.

»Du hast meinen Türken besiegt«, sagte Vizzini.

»Sieht so aus.«

»Und jetzt bleiben nur noch du — und ich.«

»Sieht auch so aus«, sagte der Schwarze und bewegte sich einen halben Schritt näher an das lange Messer des Buckligen heran.

Lächelnd drückte der Bucklige das Messer fester gegen Butterblumes Kehle. Gleich mußte Blut kommen. »Wenn du willst, daß sie stirbt, dann komm nur näher«, sagte Vizzini.

Der Schwarze erstarrte.

»Besser«, nickte Vizzini.

Jetzt war kein Laut mehr unter dem Mondlicht.

»Ich durchschaue völlig, was du willst«, sagte der Sizilianer schließlich, »und ich möchte ganz klar sagen, daß ich dein Verhalten mißbillige. Du versuchst, sie zu kidnappen, während ich sie rechtmäßig entführt habe. Ich finde das ziemlich unehrenhaft.«

»Laß mich erklären — «, begann der Schwarze und wollte wieder näher heran.

»Du bringst sie um«, schrie der Sizilianer und drückte das Messer fester hinein. Jetzt erschien ein Tropfen Blut an Butterblumes Hals, rot auf weiß.

Der Schwarze trat zurück. »Laß mich erklären«, sagte er noch einmal, aber nun aus sicherem Abstand.

Wieder unterbrach ihn der Bucklige. »Du kannst mir nichts sagen, was ich nicht schon weiß. Ich bin nicht so gebildet wie manche Leute, aber von allem, was nicht in den Büchern steht, davon weiß kein Mensch auf der Welt annähernd so viel wie ich. Die Leute sagen, ich könne Gedanken lesen, aber, ehrlich gesagt, das ist nicht richtig. Ich sage bloß die Wahrheit voraus, mit Hilfe von Logik und Verstand, und ich sage, du bist ein Kidnapper, gib es zu!«

»Ich gebe nur zu, als Lösegeld-Objekt hat sie ihren Wert, weiter nichts.«

»Ich habe bestimmte Anweisungen, was ich mit ihr machen soll. Es ist sehr wichtig, daß ich mich an meine Anweisungen halte. Wenn ich sie richtig ausführe, bin ich mein Leben lang ein gefragter Experte. Und in meinen Anweisungen heißt es nicht Lösegeld, sondern Tod. Also sind deine Erklärungen sinnlos; wir beide können nicht miteinander ins Geschäft kommen. Du willst sie lebend wegen des Lösegelds, während es für mich furchtbar wichtig ist, daß sie in allernächster Zeit aufhört zu schnaufen.«

»Hast du auch bedacht, was für Mühen, Unkosten und persönliche Opfer ich auf mich genommen habe, um bis zu diesem Punkt zu gelangen?« sagte der Schwarze. »Und wie erzürnt ich sein könnte, wenn mir jetzt etwas dazwischen kommt? Und, wenn sie in allernächster Zeit aufhört zu schnaufen, wie sehr wahrscheinlich es dann ist, daß du dir dieselbe tödliche Krankheit holst?«

»Ich habe keinen Zweifel, daß du mich töten kannst. Ein Mann, der mit Inigo und Fezzik fertig wird, dürfte keine Mühe haben, mich abzutun. Hast du nun aber bedacht, daß dann keiner von uns bekommt, was er will — du verlierst dein Lösegeld-Objekt, ich mein Leben?«

»Da sind wir also in einer Sackgasse«, sagte der Schwarze.

»Ich fürchte auch«, sagte der Sizilianer. »Ich kann es mit dir körperlich nicht aufnehmen, du nicht mit meinem Gehirn.«

»So gescheit bist du?«

»Es gibt keine Worte, in denen sich mein Verstand richtig fassen ließe. Ich bin so gerissen, gerieben und durchtrieben, so voller Betrug, Hinterlist und Verrat, so ein Schuft, ein Fuchs, ausgekocht, berechnend, so diabolisch wie gemein, so verlogen wie tückisch . . . also, ich hab' ja gleich gesagt, die Wörter sind noch nicht erfunden, die beschreiben, was mein Gehirn leistet, aber ich will es einfach so ausdrücken: Die Welt ist etliche Millionen Jahre alt, und etliche Milliarden Menschen sind zu der einen oder anderen Zeit auf ihr herumgelaufen, doch ich, Vizzini der Sizilianer, ich bin, freimütig, aber bescheiden gesprochen, das schlimmste, verschlagenste und schleimigste Schlitzohr, das je aufgetreten ist.«

»In diesem Falle«, sagte der Schwarze, »fordere ich dein Gehirn zum Zweikampf.«

Vizzini mußte lächeln. »Um die Prinzessin?«

»Du liest meine Gedanken.«

»Das scheint nur so, ich habe es dir schon gesagt. Es ist alles nur Logik und Verstand. Bis zum Tode?«

»Abermals richtig.«

»Ich nehme an«, rief Vizzini. »Eröffne den Kampf!«

»Schenk den Wein ein«, sagte der Schwarze.

Vizzini füllte die beiden Becher mit der dunkelroten Flüssigkeit.

Der Schwarze zog aus seinen schwarzen Kleidern ein Päckchen und reichte es dem Buckligen. »Mach auf und riech daran, aber gib acht, daß du es nicht berührst.«

Vizzini nahm das Päckchen und befolgte die Anweisung. »Ich rieche nichts.«

Der Schwarze nahm das Päckchen wieder an sich. »Was du da nicht riechen kannst, heißt Jokan-Pulver. Es ist geruchlos, geschmacklos und löst sich sofort in jederlei Flüssigkeit auf. Außerdem ist es zufällig das tödlichste Gift, das Menschen kennen.«

Vizzini begann in Erregung zu kommen.

»Ich nehme an, du willst mir die Kelche nicht reichen?« sagte der Schwarze.

Vizzini schüttelte den Kopf. »Nimm sie dir selbst. Mein langes Messer geht ihr nicht von der Kehle.«

Der Schwarze beugte sich hinunter, nahm die Kelche und wandte sich ab.

Vizzini kicherte laut aus Vorfreude.

Der Schwarze machte sich für einen langen Augenblick zu schaffen. Dann wandte er sich wieder um, einen Kelch in jeder Hand. Sehr behutsam stellte er den Kelch in seiner Rechten vor Vizzini hin und den in seiner Linken auf die gegenüberliegende Seite des Tuches. Er setzte sich vor den Kelch, den er in der Linken getragen hatte, und warf das leere Jokan-Päckchen neben den Käse.

»Nun rate«, sagte er. »Wo ist das Gift?«

»*Raten?*« rief Vizzini. »Ich rate nicht. Ich denke. Ich wäge ab.

Ich deduziere. Und dann entscheide ich mich. Aber raten tu ich niemals.«

»Das Duell der Intelligenzquotienten hat begonnen«, sagte der Schwarze. »Es endet damit, daß du dich entscheidest und daß wir den Wein trinken und feststellen, wer Recht hat und wer tot ist. Ich muß hinzufügen, wir trinken natürlich genau zur gleichen Zeit unsere Kelche leer.«

»Es ist alles so einfach«, sagte der Bucklige. »Ich brauche nur zu deduzieren; aus dem, was ich über dich weiß, folgere ich, wie dein Verstand arbeitet. Was für eine Art Mensch bist du, einer, der das Gift in sein eigenes Glas tun würde, oder einer, der es in das Glas seines Feindes täte?«

»Du willst Zeit gewinnen«, sagte der Schwarze.

»Ich genieße es, das ist alles«, antwortete der Sizilianer. »Seit Jahren hat mich niemand mehr intellektuell gefordert, und ich habe solchen Spaß daran ... Übrigens, darf ich mal an beiden Kelchen riechen?«

»Greif nur zu. Achte bloß darauf, daß du sie wieder so hinstellst, wie sie gestanden haben.«

Der Sizilianer schnüffelte an seinem Glas, dann langte er über das Tuch nach dem Glas des Schwarzen und schnüffelte daran. »Wie du gesagt hast, geruchlos.«

»Wie ich auch schon gesagt habe, du schindest Zeit.«

Der Sizilianer lächelte und starrte die Kelche an. »Also, ein großer Dummkopf«, fing er an, »würde sich das Gift in den eigenen Becher tun, denn er wüßte, daß nur ein anderer großer Dummkopf als erstes nach dem greifen würde, was man ihm hingestellt hat. Ich bin natürlich kein großer Dummkopf, daher werde ich sicher nicht deinen Wein nehmen.«

»Ist das deine endgültige Entscheidung?«

»Nein. Denn du wußtest ja, daß ich kein großer Dummkopf bin, also wußtest du auch, daß ich nie auf einen solchen Trick hereinfallen würde. Darauf hast du gesetzt. Also werde ich sicher meinen Wein auch nicht nehmen.«

»Mach nur weiter«, sagte der Schwarze.

»Ich habe es vor.« Der Sizilianer dachte einen Augenblick

nach. »Wir haben nun entschieden, daß der Giftbecher höchstwahrscheinlich vor dir steht. Aber das Gift ist ein Pulver, das aus Jokan gewonnen wird, und Jokan kommt nur aus Australien, und Australien ist, wie jedermann weiß, mit Kriminellen bevölkert, und Kriminelle sind es gewohnt, daß die Leute ihnen nicht trauen, so wie ich dir nicht traue, was bedeutet, daß ich keinesfalls deinen Wein wählen kann.«

Der Schwarze fing an, nervös zu werden.

»Aber du mußt dir wiederum gedacht haben, daß ich weiß, wo das Jokan herkommt, also hast du auch gewußt, daß ich über Kriminelle und kriminelles Verhalten Bescheid weiß, und daher kann ich keinesfalls den Wein nehmen, der vor mir steht.«

»Wahrhaftig, dein Intellekt ist betäubend«, flüsterte der Schwarze.

»Du hast meinen Türken besiegt, was bedeutet, du bist außergewöhnlich stark, und außergewöhnlich starke Männer sind überzeugt, sie seien zu kräftig, um jemals zu sterben, nicht einmal durch Jokan-Pulver, daher könntest du es in deinen Becher getan haben, im Vertrauen darauf, daß deine Stärke dich rettet; also kann ich keinesfalls den Becher vor dir wählen.«

Der Schwarze war jetzt sehr nervös.

»Aber du hast auch meinen Spanier besiegt, was bedeutet, du mußt das Fechten studiert haben, denn er hat es viele Jahre lang studiert, um so hervorragend zu werden, und wenn du das studiert hast, dann bist du jedenfalls nicht bloß stark; du weißt, wie sterblich wir alle sind, und du willst nicht sterben; also hättest du das Gift von dir so fern wie möglich gehalten; daher kann ich keinesfalls den Wein vor mir wählen.«

»Du willst mit all dem Geschwätz bloß erreichen, daß ich etwas verrate«, sagte der Schwarze wütend. »Es wird dir nicht gelingen. Von mir erfährst du nichts, das versprech' ich dir.«

»Ich habe schon alles von dir erfahren«, sagte der Sizilianer. »Ich weiß, wo das Gift ist.«

»Nur ein Genie könnte das erkannt haben.«

»Was hab' ich ein Glück, daß ich eines bin«, sagte der Bucklige, der sich nun immer mehr amüsierte.

»Du kannst mir keine Angst machen«, sagte der Schwarze, doch die Angst war aus seiner Stimme zu hören.

»Sollen wir nun trinken?«

»Nimm jetzt endlich, wähle, hör auf, es hinauszuschieben, du weißt es nicht, du kannst es nicht wissen.«

Der Sizilianer lächelte nur über diesen Ausbruch. Dann ging ein seltsamer Zug über sein Gesicht und er zeigte weg, hinter den Schwarzen. »Was in aller Welt kann das sein?« fragte er.

Der Schwarze wandte sich um und blickte umher. »Ich sehe nichts.«

»Ach ja, ich hätte schwören können, da war etwas, na, macht nichts.« Der Sizilianer fing an zu lachen.

»Ich versteh' nicht, was hier so komisch ist«, sagte der Schwarze.

»Ich sag' es dir gleich«, sagte der Bucklige. »Aber erst laß uns trinken.«

Und er nahm den Becher, der vor ihm stand. Der Schwarze nahm ebenfalls seinen eigenen Becher. Sie tranken.

»Du hast falsch geraten«, sagte der Schwarze.

»Du *denkst* nur, ich hätte falsch geraten«, sagte der Sizilianer und lachte nun schallend. »Das ist so komisch hier. Ich habe die Gläser vertauscht, als du den Rücken gewendet hast.«

Der Schwarze konnte nichts mehr sagen.

»Dummkopf!« rief der Bucklige, »du bist das Opfer eines der klassischen Fehler. Vor dem berühmtesten warnt das Sprichwort: ›Laß dich nie auf einen Landkrieg in Asien ein‹; aber fast ebenso bekannt ist die Mahnung: ›Leg dich nie mit einem Sizilianer an, wenn's auf den Tod geht.‹«

Er war ganz fröhlich, bis das Jokan seine Wirkung tat.

Der Schwarze stieg schnell über die Leiche hinweg, dann riß er grob der Prinzessin die Binde von den Augen.

»Ich hab' alles gehört, was gesch—«, begann Butterblume, und dann sagte sie »oh«, weil sie noch nie zuvor so nahe bei einem Toten gewesen war. »Du hast ihn getötet«, flüsterte sie schließlich.

»Ihn habe ich lachend sterben lassen«, sagte der Schwarze.

»Bete nur, daß ich dir auch so weit entgegenkomme.« Er hob sie auf, zerschnitt ihre Fesseln, stellte sie auf die Füße und wollte sie mit sich fortziehen.

»Bitte«, sagte Butterblume, »laß mir einen Augenblick, um mich zu erholen.« Der Schwarze ließ sie los.

Butterblume rieb sich die Handgelenke, dann die Fußknöchel. Sie warf einen letzten Blick auf den Sizilianer. »Wenn man bedenkt, daß es die ganze Zeit dein Becher war, der vergiftet war«, murmelte sie.

»Sie waren beide vergiftet«, sagte der Schwarze. »Ich habe die letzten zwei Jahre damit zugebracht, mich gegen Jokan-Pulver zu immunisieren.«

Butterblume sah zu ihm auf. Er war beängstigend für sie mit seiner Maske und seiner Kapuze, gefährlich; seine Stimme war gespannt und hart. »Wer bist du?« fragte sie.

»Jemand, mit dem nicht zu spaßen ist«, erwiderte der Schwarze. »Das ist alles, was du wissen mußt.« Und damit riß er sie hoch. »Du hast deinen Augenblick nun gehabt.« Wieder zog er sie hinter sich her, und diesmal konnte Butterblume nicht umhin, ihm zu folgen.

Sie schritten den Bergpfad entlang. Das Mondlicht war sehr hell, und überall lagen Steine, und Butterblume schien alles tot und gelb wie der Mond. Sie hatte mehrere Stunden mit drei Männern verbracht, die offen davon sprachen, sie zu töten. Wie kam es, fragte sie sich, daß sie jetzt noch mehr Angst hatte als vorhin? Wer war dieser entsetzliche Maskierte, daß er ihr eine solche Angst einjagte? Was konnte denn schlimmer sein als zu sterben? »Ich werde dir ein schönes Stück Geld dafür zahlen, wenn du mich freiläßt«, brachte sie schließlich heraus.

Der Schwarze blickte sie an. »Du bist also reich?«

»Ich werde es sein«, sagte Butterblume. »Wieviel Lösegeld du auch verlangst, ich verspreche dir, ich werde es auftreiben, wenn du mich gehen läßt.«

Der Schwarze lachte bloß.

»Ich habe nicht im Scherz gesprochen.«

»Du versprichst etwas? *Du*? Ich soll dich freilassen gegen dein

Versprechen? Was ist das denn wert? Das Wort einer Frau? Das ist schon komisch, Hoheit, ob im Scherz oder nicht.« Der Bergpfad führte jetzt in offenes Gelände. Der Schwarze hielt an. Eine Million Sterne war zu sehen; sie wetteiferten miteinander, und für einen Augenblick schien der Schwarze nichts anderes im Sinn zu haben, als sie alle zu studieren. Butterblume sah, wie seine Augen hinter der Maske von einem Sternbild zum anderen schweiften.

Dann, ohne Ankündigung, wandte er sich vom Pfade weg und stürmte querfeldein vorwärts und zog sie hinter sich her.

Sie stolperte; er stellte sie wieder auf die Füße; sie fiel wieder hin; er hob sie wieder auf.

»Ich kann nicht so schnell.«

»Du kannst, und du wirst! Oder du sollst etwas erleben. Glaubst du, daß ich unangenehm werden kann?«

Butterblume nickte.

»Dann *lauf!*« rief der Schwarze und rannte selbst los, sprang im Mondlicht über Steine, die Prinzessin hinter sich herziehend.

Sie gab sich alle Mühe, Schritt zu halten. Sie hatte Angst, was er ihr antun könnte, daher wagte sie nicht mehr hinzufallen.

Nach fünf Minuten hielt der Schwarze plötzlich an.

»Luft holen!« befahl er.

Butterblume nickte, schnappte nach Luft und versuchte, ihr Herzklopfen zu beruhigen. Aber schon ging es weiter, ohne Ankündigung; sie jagten durch das hügelige Gelände, in Richtung ...

»Wohin ... bringst du mich?« keuchte Butterblume, als er ihr wieder eine Pause gönnte.

»Auch jemand, der so arrogant ist wie du, kann da wohl von mir keine Antwort erwarten.«

»Es ist egal, ob du es mir sagst oder nicht. Er findet dich ja doch.«

»Er, Hoheit?«

»Prinz Humperdinck. Es gibt keinen größeren Jäger. Er kann einen Falken bei bewölktem Himmel aufspüren. Er findet auch dich.«

»Du hoffst wohl zuversichtlich, dein Liebster wird dich retten, was?«

»Daß er mein Liebster ist, hab' ich nie gesagt, aber retten wird er mich, das weiß ich.«

»Du gibst zu, daß du deinen künftigen Gatten nicht liebst. Nicht zu fassen, eine ehrliche Frau! Du bist ein seltenes Exemplar, Hoheit.«

»Der Prinz und ich, wir haben uns von Anfang an nichts vorgemacht. Er weiß, daß ich ihn nicht liebe.«

»Der Liebe nicht fähig bin, meinst du.«

»Ich kann wohl lieben«, sagte Butterblume.

»Halt den Mund!«

»Ich habe tiefer geliebt, als ein Killer wie du es sich überhaupt vorstellen kann.«

Er gab ihr eine Ohrfeige.

»Das zur Strafe für die Lüge, Hoheit. Da, wo ich herkomme, wird eine Frau bestraft, wenn sie lügt.«

»Aber ich habe die Wahrheit gesagt, ich — « Butterblume sah, wie er die Hand zum zweitenmal hob, also hörte sie auf und wurde ganz stumm.

Dann fingen sie wieder an zu rennen.

Stundenlang sprachen sie nicht mehr. Sie rannten nur, und, als ob er es hätte erraten können, wenn sie nicht mehr konnte, hielt er an und ließ ihre Hand los. Sie versuchte dann, etwas Luft zu holen, denn sie war sicher, der nächste Spurt kam bestimmt. Ohne einen Ton packte er sie wieder, und weiter ging es.

Die Morgendämmerung war nahe, als sie die Armada erblickten.

Sie rannten den Kamm über einer tiefen Schlucht entlang. Sie schienen fast auf dem Gipfel der Welt zu sein. Als sie hielten, sank Butterblume zu Boden, um sich zu erholen. Der Schwarze stand stumm über ihr. »Dein Liebster kommt, und nicht allein«, sagte er.

Butterblume verstand nicht.

Der Schwarze zeigte zurück in die Richtung, aus der sie gekommen waren.

Butterblume sah hin. Das Wasser des Kanals schien so voller Lichter, wie der Himmel voller Sterne war.

»Er muß jedes Schiff in Florin hinter dir hergeschickt haben«, sagte der Schwarze. »So etwas hab' ich noch nicht gesehen.« Er starrte auf all die Laternen auf all den Schiffen, wie sie sich vorwärts bewegten.

»Du wirst ihm nie entkommen«, sagte Butterblume. »Wenn du mich freigibst, verspreche ich dir, daß dir nichts geschieht.«

»Du bist zu großmütig, das könnte ich nie annehmen.«

»Ich verspreche dir das Leben, das ist großmütig genug.«

»Hoheit!« sagte der Schwarze, und plötzlich waren seine Hände an ihrer Kehle, »wenn hier einer etwas über das Leben zu sagen hat, dann ich.«

»Du wirst mich nicht töten. Du hast mich doch nicht den Mördern geraubt, um mich selbst zu ermorden.«

»Du bist so klug wie voller Liebe«, sagte der Schwarze. Er zerrte sie hoch, und sie rannten weiter den Kamm über der großen Schlucht entlang. Die Schlucht war mehrere hundert Fuß tief, voller Felsen und Bäume, und von unten stiegen Schatten herauf. Plötzlich hielt der Schwarze an und sah zurück auf die Armada. »Um ehrlich zu sein«, sagte er, »ganz so viele hatte ich nicht erwartet.«

»Was mein Prinz tun wird, kann man nie voraussagen; deshalb ist er auch der größte Jäger.«

»Ich frage mich«, sagte der Schwarze, »werden sie alle zusammen bleiben, oder wird er sie aufteilen, so daß einige die Küstenlinie absuchen, während andere unsere Spur an Land verfolgen? Was meinst du?«

»Ich weiß nur, er wird mich finden. Und wenn du mir bis dahin nicht die Freiheit gegeben hast, wird er dich nicht sehr zuvorkommend behandeln.«

»Er hat doch sicher mit dir über solche Dinge gesprochen? Über die Jagd und den Kitzel dabei? Was hat er in der Vergangenheit gemacht, wenn er viele Schiffe dabei hatte?«

»Wir sprechen nicht über die Jagd, das kann ich dir versichern.«

»Über die Jagd nicht, über die Liebe nicht, über was denn dann?«

»Wir sehen überhaupt nicht so viel voneinander.«

»Glückliches Paar.«

Butterblume konnte spüren, wie in ihr der Ärger aufstieg. »Wir sind immer sehr aufrichtig gegeneinander. Nicht jeder kann das von sich sagen.«

»Darf ich dir bitte etwas sagen, Hoheit? Du bist sehr kalt – «

»Bin ich nicht–«

» – sehr kalt und sehr jung, und wenn du alt wirst, glaube ich, wirst du ein Eiszapfen – «

»*Warum ärgerst du mich?* Ich bin mir über mein Leben klar, und das ist meine Sache – ich schwöre, ich bin nicht kalt, aber ich habe mich in manchen Dingen entschieden. Es ist das Beste für mich, keine Gefühle zu kennen; ich habe damit kein Glück gehabt – « Ihr Herz war ein verborgener Garten, von sehr hohen Mauern umgeben. »Ich war einmal verliebt«, sagte Butterblume einen Augenblick später. »Es ist nicht gut ausgegangen.«

»Auch ein Reicher, was? Ja, und der hat dich verlassen wegen einer noch reicheren Frau.«

»Nein, arm war er, arm, und das hat ihn umgebracht.«

»Tat es dir leid? Hast du sehr gelitten? Gib zu, du hast nichts gespürt – «

»Spotte nicht über meinen Kummer! *Ich bin gestorben an jenem Tag.*«

Die Armada begann Signalkanonen abzufeuern. Die Explosionen hallten in den Bergen wider. Der Schwarze beobachtete, wie die Schiffe ihre Formation zu ändern begannen.

Und während er auf die Schiffe sah, gab ihm Butterblume einen Stoß, mit aller Kraft, die sie noch hatte.

Einen Augenblick lang schwankte der Schwarze am Rande der Schlucht. Seine Arme drehten sich wie Windmühlenflügel, als er um das Gleichgewicht rang. Sie schwangen herum, griffen in die Luft, und dann rutschte er weg.

Abwärts ging es mit dem Schwarzen.

Er versuchte, auf den Beinen zu bleiben, stolperte, stieß an, griff um sich, um die Abfahrt aufzuhalten, aber der Hang war zu steil, und nichts war zu machen.

Abwärts, abwärts.

Er rollte über Steine, überschlug sich, es gab kein Halten mehr.

Butterblume starrte hinunter, was sie da getan hatte.

Schließlich blieb er tief unter ihr liegen, still und ohne Bewegung. *»Du kannst meinetwegen auch sterben«*, sagte sie, dann wandte sie sich weg.

Worte kamen ihr nach, geflüstert von weit her, schwach, warm und vertraut. »Wie . . . du . . . wünschst . . .«

Der Morgen dämmerte in den Bergen. Butterblume wandte sich zurück zu dem Ursprung der Laute und sah unten, im ersten Morgenlicht, wie sich der Schwarze bemühte, seine Maske herunterzureißen.

»Oh, mein lieber Westley«, sagte Butterblume. »Was habe ich dir jetzt nur getan?«

Vom Grunde der Schlucht kam nur Schweigen.

Butterblume zögerte keine Sekunde. Abwärts ging es, ihm nach. Sie hielt sich auf den Füßen, so gut es ging, und zuerst dachte sie, sie höre ihn, wie er etwas rief und rief, aber sie konnte die Worte nicht verstehen, denn in ihr war nun der Donner der einstürzenden Mauern, und das war Lärm genug.

Außerdem hatte sie bald das Gleichgewicht verloren, und der Abhang hatte sie. Sie fiel schnell, und sie fiel hart, aber was machte das, wäre sie doch mit Freuden tausend Fuß tief auf ein Nagelbett gefallen, wenn Westley unten auf sie wartete.

Abwärts, abwärts.

Durchgerüttelt, sich überschlagend, aufprallend, zerrissen, ohne jeden Halt rollend und wirbelnd und radschlagend stürzte sie ihrem Geliebten nach, oder dem, was von ihm noch übrig war . . .

Von seiner Position an der Spitze der Armada sah Prinz Humperdinck die Klippen des Wahnsinns hinauf. Dies war genau wie jede andere Jagd. Er zwang sich, nicht an das Wild zu denken. Ob man nun hinter einer Antilope oder einer Braut her war, die Verfahren waren dieselben. Erst Informationen sammeln, dann handeln; erst denken, dann tun. Wenn man nicht gründlich analysierte, würden höchstwahrscheinlich auch die Handlungen zu spät kommen. Man mußte sich Zeit lassen. Und so schaute er, in Gedanken versunken, ohne sich zu rühren, weiter die nackte Felswand der Klippen hinauf.

Offensichtlich war hier vor kurzem jemand hinaufgestiegen. Die ganze Strecke hinauf, in einer geraden Linie, waren Kratzspuren von Füßen zu sehen, was mit Sicherheit bedeutete, hier war ein Seil gehangen, ein tausend Fuß langes Seil, an dem jemand Arm über Arm hochgehangelt war, mit gelegentlichen Fußtritten, um die Balance zu halten. Ein solcher Aufstieg erforderte sowohl Kraft als auch Planung, und der Prinz machte sich im Geist zwei Notizen: mein Feind ist stark; mein Feind ist nicht unbedacht.

Jetzt gelangten seine Augen zu einem Punkt etwa dreihundert Fuß unterhalb des Gipfels. Hier fing es an, interessant zu werden. Die Kratzspuren von den Füßen waren hier tiefer, dichter, und sie verliefen nicht mehr direkt aufwärts. Entweder hatte jemand dreihundert Fuß unter dem Gipfel absichtlich das Seil fahrenlassen, was keinen Sinn gab, oder das Seil war abgeschnitten worden, während dieser Jemand noch dreihundert Fuß vom sicheren Gipfel entfernt war. Denn eindeutig war dieser letzte Teil des Aufstiegs über die nackte Felswand gegangen. Aber wer hatte so ein Talent? Und warum hatte er zu einer so verteufelten Zeit davon Gebrauch machen müssen, siebenhundert Fuß über dem Unheil?

»Ich muß den Gipfel der Klippen untersuchen«, sagte der Prinz, ohne daß er sich die Mühe machte, sich umzuwenden.

Hinter ihm sagte Graf Rugen nur »wird gemacht« und wartete auf weitere Instruktionen.

»Schick die Hälfte der Flotte nach Süden die Küste entlang, die andere nach Norden. Sie müßten sich in der Abenddämmerung in der Nähe des Feuersumpfs treffen. Unser Schiff fährt zu der ersten Landemöglichkeit, und du folgst mir mit den Soldaten. Macht die Schimmel fertig.«

Graf Rugen verständigte den Kanonier, und die Anweisungen des Prinzen donnerten über die Klippen. Binnen weniger Minuten hatte die Armada begonnen, sich zu teilen, und nur das riesige Schiff des Prinzen segelte so nahe wie möglich an der Küste, auf der Suche nach einem Landeplatz.

»Dorthin!« befahl der Prinz einige Zeit später, und sein Schiff begann in eine Bucht hinein zu manövrieren, um einen sicheren Ankerplatz zu finden. Das dauerte seine Zeit, doch nicht lange, weil der Kapitän sein Handwerk verstand und, mehr noch, weil der Prinz leicht die Geduld verlor, was niemand riskieren mochte.

Humperdinck sprang vom Schiff an Land; eine Planke wurde hinübergelegt, und die Schimmel wurden an Land geführt. Von all seinen Leistungen freute den Prinzen keine so sehr wie die Zucht dieser Pferde. Eines Tages würde er ein ganzes Heer davon besitzen, aber die Stammbäume vollkommen zu machen war ein langwieriges Geschäft. Gegenwärtig hatte er vier, und diese waren einander gleich, schneeweiße, unermüdliche Riesen von zwanzig Handbreit Schulterhöhe. Im Flachland konnte niemand sie einholen, und selbst in hügeligem und felsigem Gelände kamen allenfalls Araber ihnen annähernd gleich. Wenn der Prinz es eilig hatte, ritt er alle vier, ungesattelt, wie er immer ritt; er saß auf dem einen, führte die drei andern am Zügel und wechselte mitten im Trab, damit keines der Tiere sein Gewicht bis zur Ermüdung tragen mußte.

Nun stieg er auf, und fort war er.

Es dauerte bei weitem keine Stunde, bis er den Gipfel der Klippen des Wahnsinns erreichte. Er stieg ab, ließ sich auf die Knie nieder, begann das Gelände zu untersuchen. Um eine große Eiche war ein Seil geschlungen gewesen. Die Rinde am Fuß des Baumes war zerbrochen und abgescheuert; also hatte vermutlich derjenige, der zuerst den Gipfel erreicht hatte, das Seil losgebunden, und derjenige, der in diesem Moment noch am Seil hing, war dreihundert Fuß unter dem Gipfel gewesen und hatte irgendwie den Aufstieg geschafft.

Ein Wirrwarr von Fußspuren bereitete ihm Kopfzerbrechen;

es ließ sich schwer feststellen, was vorgegangen war. Vielleicht eine Unterredung, denn zwei Paar Fußspuren schienen wegzuführen, während ein Paar am Rand der Klippe auf und ab führte. Dann waren da zwei Füße am Rand der Klippe. Humperdinck untersuchte die Spuren, bis er über zweierlei Gewißheit hatte: 1) Ein Degenduell hatte stattgefunden; 2) beide Gegner waren Meister. Die Schrittlängen, die Schnelligkeit der angetäuschten Fußbewegungen, die sein untrüglicher Blick deutlich erkannte, ließen ihn seine zweite Folgerung noch einmal überprüfen. Die beiden waren mindestens Meister. Wahrscheinlich noch besser.

Dann schloß er die Augen und konzentrierte sich auf Blutgerüche. Sicherlich mußte in einem Kampf von solcher Heftigkeit Blut geflossen sein. Jetzt kam es darauf an, seinen ganzen Körper dem Geruchssinn unterzuordnen. Der Prinz hatte dies viele Jahre lang geübt, seitdem ihn einmal eine verwundete Tigerin von einem Baum herunter überrascht hatte, als er ihr nachspürte. Er hatte die Augen auf der Blutspur gehalten, und das hätte ihn beinahe das Leben gekostet. Jetzt vertraute er nur noch seinen Geruchsnerven. Wenn im Umkreis von hundert Schritten irgendwo Blut war, würde er es finden.

Er öffnete die Augen und ging ohne Zögern zu einer Gruppe großer Felsblöcke, bis er die Blutstropfen fand. Es waren nur wenige, und sie waren trocken. Aber keine drei Stunden alt. Humperdinck lächelte. Wenn man die Schimmel unter sich hatte, waren drei Stunden kein nennenswerter Rückstand.

Er ging nun noch einmal den Spuren des Duells nach, denn es verwirrte ihn. Sie schienen sich vom Rand der Klippe bis weit über das Gelände zu erstrecken und dann wieder zur Klippe zurückzukehren. Und manchmal schien der linke Fuß zu führen, manchmal der rechte, was logisch überhaupt keinen Sinn gab. Gewiß wechselten Fechter manchmal die Hände, aber warum sollte ein Meister das tun, wenn nicht sein stärkerer Arm bis zur Unbrauchbarkeit verletzt war, und das war eindeutig nicht der Fall gewesen, denn eine so tiefe Wunde hätte Blutspuren hinterlassen, und es gab einfach nicht genug Blut im Gelände, das darauf hätte schließen lassen.

Merkwürdig, merkwürdig. Humperdinck setzte seinen Rundgang fort. Noch merkwürdiger, der Kampf konnte nicht mit dem Tod geendet haben. Er kniete neben dem Abdruck eines Körpers nieder. Offenbar hatte hier ein Mann bewußtlos gelegen. Aber auch hier kein Blut.

»Hier hat es ein mächtiges Duell gegeben«, sagte Prinz Humperdinck. Seine Bemerkung war an Graf Rugen gerichtet, der nun endlich nachgekommen war, mit einem Trupp von hundert bewaffneten Reitern. »Ich würde vermuten . . .« Und für einen Augenblick hielt der Prinz inne und sah den Fußspuren nach. »Vermuten, daß derjenige, der hier hingefallen ist, nach dort davongerannt ist«, und er zeigte in die eine Richtung, »und daß der Sieger den Bergpfad entlang in fast genau der entgegengesetzten Richtung davongerannt ist. Ich bin außerdem der Ansicht, daß der Sieger den Pfad nahm, den auch die Prinzessin gegangen ist.«

»Sollen wir beide verfolgen?« fragte der Graf.

»Ich glaube nicht«, antwortete Prinz Humperdinck. »Derjenige, der hier davongerannt ist, ist nicht so wichtig, denn wir sind hinter dem her, der die Prinzessin hat. Und da wir nicht wissen, in was für eine Falle wir gelockt werden könnten, müssen wir alle Bewaffneten, die wir haben, auf einem Haufen beisammen halten. Dies ist eindeutig von Leuten aus Guldern geplant worden, und denen ist alles zuzutrauen.«

»Du glaubst also, daß dies eine Falle ist?« fragte der Graf.

»Ich halte immer alles für eine Falle, solange das Gegenteil nicht erwiesen ist«, antwortete der Prinz. »Deshalb bin ich noch am Leben.«

Und damit war er wieder auf dem Rücken eines Schimmels und galoppierte davon.

Als er auf dem Bergpfad an die Stelle kam, wo der Ringkampf ausgetragen worden war, stieg er nicht einmal ab. Was es zu sehen gab, war auch vom Pferd aus gut sichtbar.

»Jemand hat einen Riesen besiegt«, sagte er, als der Graf nahe genug heran war. »Dort ist der Riese davongerannt, siehst du?«

Der Graf sah natürlich bloß Steine und den Bergpfad. »Ich würde nie bezweifeln, was du sagst.«

»Und sieh dort!« rief der Prinz aus, denn nun sah er zum erstenmal im Geröll des Bergpfades die Fußspuren einer Frau. »Die Prinzessin ist am Leben.«

Und wieder donnerten die Schimmel über den Berg.

Als der Graf ihn erneut einholte, kniete der Prinz über dem leblosen Körper eines Buckligen. Der Graf stieg ab. »Riech mal«, sagte der Prinz und reichte ihm einen Becher hinauf.

»Nichts«, sagte der Graf. »Überhaupt kein Geruch.«

»Jokan«, antwortete der Prinz. »Ich würde mein Leben darauf wetten. Ich kenne nichts sonst, was so leise tötet.« Er stand nun auf. »Die Prinzessin war noch am Leben; ihre Spuren sind auf dem Pfad.« Den hundert Berittenen schrie er zu: »Guldern kann etwas erleben, wenn sie stirbt.« Zu Fuß rannte er nun den Bergpfad entlang, den Fußspuren nach, die nur er sehen konnte. Und als die Spuren vom Pfade ab ins unwegsame Gelände hinein führten, folgte er ihnen immer noch. In einer langhingezogenen Reihe hinter ihm versuchten der Graf und die Soldaten nach besten Kräften Schritt zu halten. Männer stolperten, Pferde stürzten, und selbst der Graf strauchelte ab und zu. Prinz Humperdinck geriet nie aus dem Rhythmus. Er rannte stetig, mechanisch, seine Beinfässer trugen ihn wie ein Uhrwerk dahin.

Es war zwei Stunden nach Sonnenaufgang, als er den steilen Abhang erreichte.

»Komisch«, sagte er zu dem Grafen, der schon übel mitgenommen war.

Der Graf fuhr nur fort, tief einzuatmen.

»Zwei Körper sind in die Schlucht hinuntergefallen und nicht wieder heraufgekommen.«

»Schon komisch«, brachte der Graf heraus.

»Nein, was komisch ist, ist nicht dies«, verbesserte ihn der Prinz. »Klar, der Entführer ist nicht wieder heraufgestiegen, weil der Abhang zu steil ist, und unsere Kanonen müssen ihm gesagt haben, daß wir ihnen dicht auf den Fersen sind. Seine Entscheidung, der ich nur beipflichten kann, war, daß er mehr

Zeit gewinnt, wenn er auf dem Grund der Schlucht weiter rennt.«

Der Graf wartete, daß der Prinz weiterredete.

»Komisch ist bloß, daß ein Mann, der ein meisterhafter Fechter ist, ein Riesenbezwinger und ein Experte im Umgang mit Jokan-Pulver, nicht wissen sollte, in was ihn diese Schlucht hineinführt.«

»Und was ist das?« fragte der Graf.

»Der Feuersumpf«, sagte Prinz Humperdinck.

»Dann haben wir ihn«, sagte der Graf.

»Genau.« Es war ein allbekanntes Merkmal des Prinzen, daß er nur lächelte, wenn er kurz davor stand, seine Beute zu töten. Sein Lächeln kam jetzt sehr deutlich heraus . . .

Westley hatte tatsächlich nicht die leiseste Ahnung, daß sie direkt in den Feuersumpf hineinrannten. Er wußte nur, nachdem Butterblume erst einmal neben ihm auf dem Grunde der Schlucht lag, daß es zu viel Zeit kosten würde, wieder hinaufzuklettern — ganz wie Prinz Humperdinck angenommen hatte. Westley bemerkte, daß der Grund der Schlucht ebener Felsboden war und etwa in die Richtung führte, die er einschlagen wollte. So rannten Butterblume und er die Schlucht entlang. Beiden war nur allzu klar, daß gigantische Kräfte hinter ihnen her und zweifellos im Begriff waren, ihren Vorsprung zu verringern.

Die Schlucht wurde immer steiler, je weiter sie kamen, und Westley begriff bald, daß es nun nicht mehr, wie noch zu Anfang, möglich war, daß er Butterblume half, wieder hinaufzuklettern. Er hatte seine Wahl getroffen, und keine Änderung war mehr möglich: Wo immer die Schlucht hinführte, dort war ihr Ziel, so war es nun einmal.

(An dieser Stelle der Geschichte legt meine Frau Wert darauf, mitzuteilen, daß sie sehr heftig das Gefühl hat, um die Versöhnungsszene zwischen den Liebenden auf dem Grunde der Schlucht betrogen worden zu sein. Meine Antwort ist einfach —

Ich bin's, und ich will keine Verwirrung stiften, aber dieser Absatz, in den ich mich jetzt einschalte, ist wörtlich von Morgenstern; in der ungekürzten Fassung erwähnt er andauernd seine Frau, etwa daß ihr der nächste Abschnitt besonders gut gefallen habe, oder daß sie das Buch alles in allem außerordentlich brillant finde. Mrs. Morgenstern ließ es an Wohlwollen für ihren Mann kaum je fehlen, ganz anders als manche Ehefrauen, die ich nennen könnte (Entschuldigung, Helen), aber ich muß es doch sagen: Ich habe fast alle diese Einschübe, in denen er uns sagt, was sie denkt, getilgt. Ich finde nicht, daß es viel bringt, und außerdem macht sich Morgenstern über seine Frau immerzu selbst Komplimente, wo wir doch heute wissen, daß allzu viel Propaganda mehr schadet als nützt, wie einem jeder unterlegene Wahlkandidat bestätigen wird, wenn er seine Fernsehrechnungen bezahlt. Die Sache ist die, ich habe diese eine Stelle dringelassen, weil ich diesmal zufällig ganz und gar mit Mrs. Morgenstern übereinstimme. Ich finde, es war unfair, die Wiedervereinigung nicht zu bringen. Daher habe ich selbst eine geschrieben, meine Version dessen, was Butterblume und Westley gesagt haben könnten, aber Hiram, mein Lektor, meinte, damit wäre ich hier ebenso unfair wie Morgenstern. Wenn man ein Buch im Text des Autors kürzt, kann man nicht seinen eigenen Text hineinschreiben. So sah es Hiram, und wir redeten hin und her und stritten, glaube ich, einen Monat lang herum, persönlich, in Briefen oder am Telefon. Schließlich einigten wir uns auf den folgenden Kompromiß: Was Sie hier schwarzgedruckt lesen, ist strikt Morgenstern. Wörtlich. Gekürzt ja, verändert nein. Aber Hiram machte mir das Zugeständnis, daß Harcourt, der Verlag, meine Szene – es sind ganze drei Seiten, große Sache – jedenfalls drucken würde, und wenn nun jemand von Ihnen sehen möchte, was dabei herauskam, dann schicken Sie einen Brief oder eine Karte an Hiram Haydn, Harcourt Brace Jovanovitch, 757 Third Avenue, New York City, nur des Inhalts, Sie möchten die Wiedervereinigungs-Szene. *Vergessen Sie nicht*, Ihre Adresse anzugeben; sie würden staunen, wie viele Leute wegen irgendetwas schreiben, aber den Absender nicht angeben. Harcourt war einverstanden, für die Portokosten gradezustehen, Ihre gesamten Ausgaben sind also die für Brief, Karte oder was auch immer. Es würde mich wirklich ärgern, sollte sich herausstellen, daß ich der einzige moderne amerikanische Schriftsteller bin, der den Eindruck erweckt, er sei bei einem großzügigen Verlag (sie taugen alle nichts — Entschuldigung, Mr. Jovanovich), daher möchte ich hier bloß hinzufügen, der Grund, warum sie so großzügig diese riesigen Portokosten bezahlen wollen, ist der, daß sie ganz und gar nicht erwarten, daß irgendwer schreibt. Wenn es Sie daher auch nur ein bißchen interessiert, oder sogar wenn es Sie nicht interessiert, fordern Sie meine Wiedervereinigungs-Szene an. Sie müssen sie ja nicht lesen — das verlange ich nicht —, ich würde nur gern diese Verlagsgenies ein paar Dollar kosten, denn, es muß gesagt werden, an Werbung für meine Bücher geben sie nicht viel aus. Ich will Ihnen noch einmal die Adresse aufschreiben:

Hiram Haydn
Harcourt Brace Jovanovich
757 Third Avenue
New York, New York 10017

Bitten Sie einfach um ein Exemplar der Wiedervereinigungs-Szene. Dies ist nun etwas länger geworden, als ich vorhatte, darum wiederhole ich noch einmal den Abschnitt von Morgenstern, den ich unterbrochen habe; es liest sich so besser. Also, fertig.

(An dieser Stelle der Geschichte legt meine Frau Wert darauf, mitzuteilen, daß sie sehr heftig das Gefühl hat, um die Versöhnungsszene zwischen den Liebenden auf dem Grunde der Schlucht betrogen worden zu sein. Meine Antwort ist einfach dies: a) Jedes Geschöpf Gottes, von den niedersten an aufwärts, hat Anrecht zumindest auf ein paar Momente absoluten Ungestörtseins. b) Was tatsächlich gesagt wurde, war zwar für die Beteiligten zu jener Zeit bewegend genug, wird aber, vertraut man es zur späteren Lektüre dem Papier an, so fad wie Zahnpasta: »mein Liebstes«, »mein Einziger«, »was für ein Glück«

und so weiter. c) Es wurde nichts unbedingt Wissenswertes mitgeteilt, denn jedesmal, wenn Butterblume anfing: »Erzähl mir von dir«, unterbrach Westley sie: »Später, Liebste, jetzt ist nicht die Zeit«. Um allen gerecht zu werden, ist jedoch zu berichten, 1) daß er weinte, 2) daß ihre Augen auch nicht gerade trocken blieben, 3) es fand mehr als eine Umarmung statt, 4) beide Beteiligten gaben ohne alle Einschränkungen zu, daß sie nicht wenig froh waren, einander zu sehen. Außerdem 5) hatten sie binnen einer Viertelstunde Streit. Das fing ganz unschuldig an, als sie beide voreinander knieten und Westley ihr vollkommenes Gesicht in seinen fixen Händen hielt. »Als ich von dir fortging, warst du schon schöner als alles, wovon ich zu träumen wagte. In den Jahren, wo wir getrennt waren, habe ich, so gut ich konnte, versucht, mir deine Vollkommenheit weiter fortgeschritten vorzustellen. Nachts stand mir dein Gesicht immer vor Augen. Und nun sehe ich, daß jenes Bild, das mir in meiner Einsamkeit Gesellschaft leistete, eine Schlampe gewesen ist gegen die Schönheit, die ich nun vor mir habe.«

»Genug von meiner Schönheit«, sagte Butterblume. »Alle Leute reden immerzu davon, wie schön ich bin. Ich hab' auch Verstand, Westley. Sprich darüber.«

»In alle Ewigkeit werd' ich genau das tun«, sagte er zu ihr. »Aber jetzt haben wir keine Zeit.« Er stand mühsam auf. Der Sturz in die Schlucht hatte ihn durchgeschüttelt und zerschlagen, aber alle seine Knochen hatten die Talfahrt heil überstanden. Er half Butterblume auf die Beine.

»Westley«, fing Butterblume nun an, »ehe ich dir nachgekommen bin, hier herunter, als ich noch da oben war, hast du irgendetwas gesagt, aber die Worte waren so undeutlich.«

»Ich weiß nicht mehr, was es war.«

»Elender Lügner.«

Er lächelte sie an und küßte sie auf die Wange. »Es ist nicht wichtig, glaub' mir, vorbei ist vorbei.«

»Wir sollten nicht damit anfangen, daß wir Geheimnisse voreinander haben.« Sie meinte, was sie sagte.

Er konnte es sehen. »Vertrau mir doch«, versuchte er es.

»Ich vertraue dir. Darum erzähl mir auch, was du gesagt hast, oder du gibst mir Grund, dir nicht zu trauen.«

Westley seufzte. »Was ich versuchte, dir klar zu machen, meine teure Liebste, was ich dir sogar zubrüllte, so laut ich noch konnte, war: ›Was du auch tust, bleib da oben! Komm nicht hier herunter, bitte nicht!‹«

»Du wolltest mich nicht sehen.«

»Natürlich wollte ich dich sehen. Bloß nicht *hier unten*.«

»Warum denn nicht?«

»Weil wir jetzt mehr oder weniger gefangen sind, mein Schatz. Ich kann hier nicht herausklettern und dich mitnehmen, ohne daß es den ganzen Tag dauert. Ich allein komme höchstwahrscheinlich heraus, ohne daß es so lange dauert, aber wenn noch dein liebliches Gewicht dazukommt, geht es nicht.«

»Unsinn, du bist die Klippen des Wahnsinns hinaufgeklettert, und das hier ist längst nicht so steil.«

»Und das hat mich ein bißchen ausgepumpt, kannst du mir glauben. Und nach dieser kleinen Tour habe ich es mit einem Burschen zu tun bekommen, der ganz schön was vom Fechten verstand. Und danach hatte ich ein paar frohe Augenblicke im Ringkampf mit einem Riesen. Und danach mußte ich einen Sizilianer totschwindeln, wobei jeder Fehler bedeutet hätte, daß du sein Messer in die Kehle bekamst. Und danach habe ich mir ein paar Stunden lang die Lungen aus dem Hals gerannt. Und danach wurde ich zweihundert Fuß tief einen Felshang heruntergestoßen. Butterblume, ich bin müde, verstehst du, müde? Ich habe mir eine ganze Nacht um die Ohren geschlagen, das ist es, was ich dir begreiflich machen möchte.«

»Ich bin nicht blöd, weißt du.«

»Hör jetzt auf zu quengeln.«

»Und hör du auf, so patzig zu sein.«

»Wann hast du wohl das letzte Mal ein Buch gelesen? Sag die Wahrheit. Bilderbücher zählen nicht — ich meine, etwas mit richtigen gedruckten Buchstaben darin?«

Butterblume ließ ihn stehen. »Es gibt anderes zu lesen als Gedrucktes«, sagte sie. »Und die Prinzessin von Hammerstiel ist ungehalten über dich und denkt ernstlich daran, nach Hause zu gehen.« Ohne weitere Worte warf sie sich dann in seine Arme und sagte: »O Westley, ich hab's nicht so gemeint, bestimmt nicht, keinen Tonus.«

Nun wußte Westley zwar, daß sie hatte sagen wollen »keinen Ton«, denn ein Tonus, das war ganz etwas anderes, aber er verstand eine Entschuldigung anzunehmen, wenn er eine hörte, und so hielt er sie sehr fest in den Armen und schloß seine verliebten Augen und flüsterte: »Ich wußte, es war falsch, glaub' mir, jeder Tonus.«

Und nachdem dies aus dem Weg geräumt war, begannen sie, so schnell sie konnten, über den flachen Felsboden die Schlucht entlang zu rennen.

Westley, wie nicht weiter verwunderlich, merkte wesentlich früher als Butterblume, daß sie in den Feuersumpf hineinliefen. Ob es eine Spur von Schwefelgeruch in einem Windstoß gewesen war, oder ob er weit voraus im Tageslicht eine gelbe Flamme hatte flackern sehen, konnte er nicht mit Sicherheit sagen. Aber sobald er begriffen hatte, was ihnen bevorstand, begann er so unauffällig wie möglich nach einem Ausweg zu suchen. Ein rascher Blick die senkrechten Wände der Schlucht hinauf beseitigte jeden Gedanken an die Möglichkeit, mit Butterblume hinaufzuklettern. Er ließ sich zu Boden fallen, wie er es alle paar Minuten tat, um sich über das Tempo ihrer Verfolger zu vergewissern. Jetzt schätzte er, daß sie keine halbe Stunde mehr hinter ihnen waren und weiter aufholten.

Er stand auf und rannte mit ihr weiter, noch schneller. Beide verausgabten sie keinen Atemzug für Konversation. Es war nur eine Frage der Zeit, bis auch sie verstehen würde, wo sie nun hineingerieten, daher beschloß er, ihr auf jede nur mögliche Weise die Angst zu nehmen. »Ich glaube wir können jetzt ein bißchen langsamer machen«, sagte er ihr und lief langsamer. »Sie sind noch ein ganzes Stück zurück.«

Butterblume holte tief und erleichtert Atem.

Westley tat so, als ob er die Umgebung musterte. Dann setzte er sein strahlendstes Lächeln auf.

»Wenn wir auch nur ein bißchen Glück haben«, sagte er, »müßten wir bald sicher und wohlbehalten im Feuersumpf sein.«

Butterblume hörte natürlich, was er sagte. Aber sie nahm es alles andere als gefaßt auf ...

Ein paar Worte nun über zwei miteinander verwandte Themen: 1) über Feuersümpfe im allgemeinen und 2) über den Florin/Guldern-Feuersumpf im besonderen.

1) Die Bezeichnung »Feuersümpfe« ist natürlich völlig irreführend. Wie es zu dieser Bezeichnung gekommen ist, weiß niemand, obgleich vermutlich die Farbigkeit der beiden zusammengefügten Wörter schon zur Erklärung ausreicht. Es sind einfach Sümpfe, die einen hohen Prozentsatz an schwefligen und anderen Gasen enthalten, die ständig in Blasen aufsteigen und sich entzünden. Sie sind mit dichtbelaubten Riesenbäumen bedeckt, welche den Boden in Schatten hüllen, so daß die Ausbrüche der Flammen besonders dramatisch aussehen. Weil sie dunkel sind, sind sie fast immer auch ziemlich feucht, und deshalb ziehen sie die üblichen Kulturen von Insekten und Alligatoren an, die ein feuchtes Klima lieben. Mit anderen Worten: ein Feuersumpf ist einfach ein Sumpf, Punktum; der Rest ist Ausschmückung.

2) Der florinesisch-gulderanische Feuersumpf hatte und hat in der Tat manche besonders merkwürdige Eigenschaften: das Vorkommen von a) Schneesand und b) NiuFs, auf die wir etwas später zu sprechen kommen. Schneesand wird oft, wiederum irrtümlich, mit Glühsand gleichgesetzt. Nichts ist weniger zutreffend. Glühsand ist feucht und führt grundsätzlich zum Tod durch Ertrinken. Schneesand ist feinpuderig wie Talkum und tötet durch Ersticken.

Insbesondere aber diente der florinesisch-gulderanische Feuersumpf zum Erschrecken von Kindern. In beiden Ländern gab es auch nicht ein Kind, dem nicht bei der einen oder anderen Gelegenheit, wenn es sich sehr schlecht benommen hatte, die Aussetzung im Feuersumpf angedroht worden wäre. »Mach das noch einmal, und du kommst in den Feuersumpf«, war ebenso gebräuchlich wie »Iß deinen Teller leer, in Indien müssen die Kinder hungern«. Und wenn die Kinder größer wurden, wuchsen mit ihrer Phantasie auch die Gefahren des Feuersumpfes. Natürlich ging nie jemand tatsächlich in den Feuersumpf; nur etwa alle Jahre kam ein krankes NiuF vor dem Verenden herausgeirrt, und wenn es entdeckt wurde, so vermehrten Mythen und Greuelgeschichten sich weiter. Der größte bekannte Feuersumpf ist natürlich jener, den man in einer Tagesfahrt von Perth aus erreichen kann. Er ist undurchdringlich und mißt über fünfundzwanzig Quadratmeilen. Der zwischen Florin und Guldern hatte kaum ein Drittel dieser Größe. Niemand war je imstande gewesen herauszufinden, ob er undurchdringlich war oder nicht.

Butterblume starrte auf den Feuersumpf. Als Kind hatte sie einmal ein ganzes Jahr voller Albträume in dem Glauben gelebt, daß sie dort sterben müsse. Nun konnte sie keinen Schritt weiter. Die riesigen Bäume schwärzten den Boden vor ihr. Von überallher züngelten plötzlich Flammen. »Das kannst du nicht von mir verlangen«, sagte sie.

»Ich muß es.«

»Ich habe einmal geträumt, ich würde hier sterben.«

»Ich auch, alle haben wir das geträumt. Warst du da acht Jahre? So alt war ich.«

»Acht oder sechs, ich weiß nicht mehr.«

Westley nahm ihre Hand.

Sie konnte nicht vorwärts. »Müssen wir?«

Westley nickte.

»Warum?«

»Jetzt ist nicht die Zeit.« Er zog sie sanft.

Sie konnte immer noch nicht.

Westley nahm sie in die Arme. »Kind, liebstes Kind! Ich habe ein Messer, ich habe meinen Degen. Ich bin nicht durch die ganze Welt hierhergekommen, um dich jetzt zu verlieren.«

Butterblume suchte nach einem bißchen Mut. Offenbar fand sie ihn in seinen Augen.

Jedenfalls traten sie Hand in Hand in die Schatten des Feuersumpfes hinein.

Prinz Humperdinck riß die Augen auf. Er saß auf einem der Schimmel und musterte die Fußspuren am Boden der Schlucht. Es gab einfach keine andere Folgerung: Der Entführer hatte seine Prinzessin dort hineingeschleppt.

Graf Rugen ritt neben ihm. »Sind sie tatsächlich da hinein?«

Der Prinz nickte.

Der Graf betete um ein Nein, ehe er fragte: »Meinst du, wir sollten ihnen folgen?«

Der Prinz schüttelte den Kopf. »Sie werden da drinnen entweder am Leben bleiben oder sterben. Wenn sie sterben, habe ich nicht den Wunsch, mich ihnen anzuschließen, wenn sie am Leben bleiben, begrüße ich sie auf der anderen Seite.«

»Es ist zu weit, um den Sumpf herum«, sagte der Graf.

»Nicht für meine Schimmel.«

»Wir folgen dir, so schnell wir können«, sagte der Graf. Er stierte noch einmal in den Feuersumpf. »Er muß sehr verzweifelt oder sehr verängstigt oder sehr dumm oder sehr mutig sein.«

»Sehr viel von all dem, würde ich meinen«, antwortete der Prinz.

Westley ging voran. Butterblume blieb dicht hinter ihm, und sie kamen von Anfang an sehr gut vorwärts. Sie begriff, daß es die Hauptsache war, ihre Kinderträume zu vergessen, denn der Feuersumpf war zwar tatsächlich schlimm, aber nicht *so* schlimm. Der Gestank der ausströmenden Gase, der zuerst völlig unerträglich schien, nahm bald ab, wenn man sich an ihn gewöhnte. Den plötzlich ausbrechenden Flammen war leicht auszuweichen, denn kurz vorher hörte man von der Stelle her, wo die Flamme auftauchen würde, eine Art dumpfes Knallen.

Westley trug den Degen in der Rechten, sein langes Messer in der Linken, in Erwartung des ersten NiuFs, doch keines kam. Er hatte ein sehr langes Stück von einer starken Ranke abgeschnitten; er trug es zusammengerollt über der einen Schulter und bearbeitete es eifrig, während sie dahingingen. »Wenn ich das hier fertighabe«, sagte er zu ihr, während er stetig unter den riesigen Bäumen voranging, »werden wir uns zusammenbinden, damit wir beieinander bleiben, egal wie dunkel es wird. Eigentlich glaube ich, das ist mehr Vorsicht als nötig, denn, um die Wahrheit zu sagen, ich bin beinahe enttäuscht; dieser Ort hier ist schon schlimm, ja, aber *so* schlimm nun auch wieder nicht. Findest du nicht auch?«

Butterblume wollte ihm zustimmen, ganz und gar, und sie hätte auch zugestimmt, aber inzwischen hatte sie der Schneesand.

Westley drehte sich rechtzeitig um und sah gerade noch, wie sie verschwand.

Butterblume hatte ihre Aufmerksamkeit nur für einen Moment abschweifen lassen; der Boden schien fest genug, und sie hatte ohnehin keine Ahnung, wie Schneesand aussah. Sobald aber ihr vorderer Fuß einzusinken begann, konnte sie nicht mehr zurück, und ehe sie auch nur schreien konnte, war sie fort. Es war so, als ob man durch eine Wolke fiel. Der Sand war der feinste Sand der Welt; er bot keinerlei Widerstand und fühlte sich zuerst nicht unangenehm an. Sie fiel einfach sanft durch diese weiche pudrige Masse, fiel weiter und weiter weg von allem, was wie das Leben aussah, aber sie durfte sich nicht erlauben, in Panik zu kommen. Westley hatte ihr gesagt, wie sie sich verhalten mußte, wenn dies geschah, und sie befolgte nun seine Worte: Sie breitete die Arme aus und spreizte die Finger und zwang sich in eine ähnliche Position wie die des Toten-Manns beim Schwimmen, all das, weil Westley es ihr so gesagt hatte, denn je breiter sie sich spreizen konnte, desto langsamer würde sie sinken. Und je langsamer sie sank, desto schneller konnte er sie erreichen, wenn er ihr nachtauchte. Butterblumes Ohren waren nun vom Schneesand verstopft, ebenso ihre Nase, beide Nasenlöcher waren voller Schneesand, und sie wußte, wenn sie die Augen aufmachte, so würde eine Million winzigkleiner Körnchen hinter ihre Lider sickern, und nun kam sie furchtbar in Panik. Wie lange fiel sie schon? Stunden, schien es ihr, und sie hatte Mühe, den Atem anzuhalten. »Du mußt dich halten, bis ich dich finde«, hatte er ihr gesagt; »du mußt in die Toter-Mann-Lage gehen, und du mußt die Augen zumachen und den Atem anhalten, und ich komme und hole dich heraus, und wir beide haben eine wunderbare Geschichte für unsere Enkelkinder.« Butterblume sank immer weiter. Das Gewicht des Sandes begann schwer auf ihre Schultern zu drücken, und das Kreuz tat ihr weh. Es war eine Qual, die Arme ausgestreckt und die Finger gespreizt zu halten, wenn alles so nutzlos war. Der Schneesand wurde schwerer und schwerer, als sie immer noch tiefer sank. Und stimmte es, daß der Sand keinen Grund hatte, wie sie dachten, als sie Kinder waren? Sank man ewig so weiter, bis der Sand einen verzehrt hatte, und fuhren dann die blanken Knochen ewig weiter hinunter? Nein, sicher mußte irgendwo ein Ruheplatz kommen. Ein Ruheplatz, dachte sie, wie schön! Ich bin so müde, müde, und ich will mich ausruhen; und »Westley, komm, rette mich!« schrie sie. Oder versuchte sie zu schreien. Denn um zu schreien, muß man den Mund öffnen, und so bekam sie in Wirklichkeit nur den ersten Laut des ersten Wortes heraus: »wwuh.« Dann drang ihr der Schneesand in den Hals, und sie war erledigt.

Westley war blitzschnell gestartet. Bevor sie noch ganz verschwunden war, hatte er schon den Degen und das lange Messer abgelegt und die zusammengerollte Ranke von seiner Schulter genommen. In fast gar keiner Zeit hatte er das eine Ende um einen der Riesenbäume geschlungen, dann sprang er einfach, sich an dem anderen Ende festhaltend, kopfüber in den Schneesand und stieß, während er sank, mit den Füßen, um schneller hinunter zu kommen. Er hatte keinen Zweifel, daß es gelingen würde. Er wußte, er würde sie finden, und er wußte, sie würde durcheinander und hysterisch und womöglich auch hirngeschädigt sein. Aber lebendig. Und das war letztlich das einzige, was von bleibender Bedeutung war. Der Schneesand verstopfte ihm Ohren und Nase, und er hoffte, sie hatte die Nerven nicht verloren und daran gedacht, sich breit zu machen, damit er sie mit seinem Kopfsprung schnell einholte. Wenn sie daran gedacht hatte, würde es nicht allzu schwer sein, eigentlich dasselbe, wie wenn man einen Ertrinkenden aus trübem Wasser rettet. Ertrinkende gehen langsam unter; man taucht ihnen direkt nach, mit Arm- und Beinschlägen, holt sie ein, packt sie, bringt sie an die Oberfläche, und das einzige echte Problem ist dann nur noch, die Enkelkinder zu überzeugen, daß so etwas einmal wirklich passiert und nicht bloß wieder so eine Familiengeschichte ist. Er war im Geiste immer noch mit seinen ungeborenen Enkeln beschäftigt, als etwas eintrat, womit er nicht gerechnet hatte: die Ranke war nicht lang genug. Einen Augenblick lang hing er an dem losen Ende der Ranke, die sich durch den Schneesand hindurch zu dem Riesenbaum erstreckte, wo man in Sicherheit war. Die Ranke loszulassen war schierer Wahnsinn. Es gab sonst keine Möglichkeit, die ganze Strecke bis zur Oberfläche wieder hinaufzukommen. Ein paar Fuß höher konnte man steigen, wenn man heftig stieß, aber mehr nicht. Wenn er also die Ranke losließ und sie nicht im Handumdrehen fand, war es mit ihnen beiden vorbei. Westley ließ die Ranke ohne Bedenken los, denn er war jetzt schon zu weit, als daß es noch mißlingen konnte. Mißlingen war nicht einmal mehr ein Problem, das man berücksichtigen mußte. Hinunter sank er also, und im Handumdrehen hatte er sie beim Handgelenk gepackt. Dann schrie auch Westley vor Entsetzen und Überraschung und schluckte Sand, denn was er gepackt hatte, war das Handgelenk eines Skeletts, bloß noch Knochen und kein Fleisch mehr daran. So etwas kam vor im Schneesand. Wenn das Skelett erst einmal sauber abgefressen war, trieb es gewöhnlich wie Seetang in ruhiger Dünung hin und her, kam manchmal an die Oberfläche, meist aber wanderte es in alle Ewigkeit weiter durch den Schneesand. Westley ließ das Handgelenk fahren und suchte blindlings mit beiden Händen weiter herum; er tastete wild nach irgendeinem Teil von ihr, denn Mißlingen war kein Problem; Mißlingen ist kein Problem, sagte er sich; du brauchst überhaupt nicht ans Mißlingen zu denken, also vergiß es; mach einfach weiter und finde sie, und er fand sie, genauer gesagt, ihren Fuß. Er zog ihn an sich, und dann hatte er den Arm um ihre vollkommene Taille und fing an zu stoßen, stoßen, mit aller Kraft, die er noch hatte, um die paar Meter bis zum Ende der Ranke zu schaffen. Der Gedanke, daß es schwierig sein könnte, eine solche vereinzelte Rettungsleine in einem kleinen See von Schneesand zu finden, kam ihm überhaupt nicht. Mißlingen war kein Problem; er mußte einfach ordentliche Stöße machen, und wenn er genug davon gemacht hätte, würde er höher kommen, und wenn er hoch genug war, würde er nach der Ranke greifen, und wenn er nach ihr griff, würde sie dasein, und wenn sie da war, würde er Butterblume daran festbinden, und dann würde er mit seinem letzten bißchen Luft sie beide nach oben ziehen.

Und genau so geschah es.

Sie blieb sehr lange bewußtlos. Westley beschäftigte sich, so gut er konnte, damit, ihr Ohren, Nase, Mund und, was am schwierigsten war, die Augenlider von dem Schneesand zu säubern. Die Dauer ihrer Bewußtlosigkeit beunruhigte ihn vage; es war fast so, als wüßte sie, sie sei gestorben, und hätte nun Angst, die Tatsache bestätigt zu finden. Er hielt sie in den Armen und wiegte sie langsam. Endlich blinzelte sie.

Eine Zeitlang schaute und schaute sie umher. »Wir leben also noch?« brachte sie schließlich heraus.

»Wir sind von der zähen Sorte.«

»Was für eine wunderbare Überraschung!«

»Nicht doch —« Er wollte sagen »nicht doch, hab keine Angst«, aber ihr Anfall kam zu schnell. Es war eine ganz normale Reaktion, und er versuchte nicht, sie zu unterbinden; er hielt sie vielmehr fest in den Armen und ließ die Hysterie ihren Lauf nehmen. Sie bebte eine Weile, als ob sie zerspringen wollte. Aber damit war das Schlimmste überstanden. Von da an waren es nur noch ein paar Minuten, bis sie still vor sich hin schluchzte. Und dann war sie wieder Butterblume.

Westley stand auf, schnallte seinen Degen wieder um und steckte sein langes Messer ein. »Komm«, sagte er, »wir haben es noch weit.«

»Nicht, ehe du es mir nicht sagst«, antwortete sie. »Warum müssen wir das alles durchmachen?«

»Jetzt ist nicht die Zeit.« Westley streckte ihr die Hand hin.

»Jetzt *ist* die Zeit.« Sie blieb auf dem Boden sitzen.

Westley seufzte. Sie mußte ihren Willen haben. »Na gut«,

sagte er schließlich, »ich erklär' es dir. Aber wir müssen dabei weitergehen.«

Butterblume wartete.

»Wir müssen durch den Feuersumpf hindurch«, begann Westley, »und zwar aus einem guten, einfachen Grund.« Sobald er einmal angefangen hatte zu sprechen, stand Butterblume auf und ging dicht hinter ihm her. »Ich hatte von Anfang an vorgehabt, auf die entgegengesetzte Seite zu kommen; ich muß aber zugeben, ich hatte nicht erwartet, daß wir mitten hindurch müßten. Um den Sumpf herum wollte ich, aber die Schlucht hat mich gezwungen, es anders zu machen.«

»Der gute, einfache Grund?« erinnerte ihn Butterblume.

»Auf der anderen Seite des Feuersumpfes ist die Riesenaalbucht. Und weit draußen, in den tiefsten Gewässern der Bucht ankert das große Schiff *Revenge*. Die *Revenge* ist Alleineigentum des Greuelpiraten Roberts.«

»Der Mann, der dich getötet hat?« sagte Butterblume. »Ist das der? Der mir das Herz zerbrochen hat? Der Greuelpirat Roberts hat dir das Leben geraubt, das war die Geschichte, die man mir erzählt hat.«

»Ganz richtig«, sagte Westley. »Und dieses Schiff ist jetzt unser Ziel.«

»Du kennst den Greuelpiraten Roberts? Und mit so einem bist du befreundet?«

»Es ist nicht nur das«, sagte Westley. »Ich erwarte nicht, daß du das alles auf einmal begreifst; glaub mir einfach, es stimmt. Es ist nämlich so, ich *bin* der Greuelpirat Roberts.«

»Ich sehe nicht, wie das möglich sein soll, denn er treibt sein Unwesen doch schon seit zwanzig Jahren, und du hast mich erst vor drei Jahren verlassen.«

»Ich staune selbst manchmal«, gab Westley zu, »wie das Leben oft so spielt.«

»Hat er dich denn nun tatsächlich gefangen genommen, als du nach Carolina fuhrst?«

»Ja, sein Schiff, die *Revenge*, kaperte die *Queen's Pride*, auf der ich fuhr, und wir sollten alle umgebracht werden.«

»Aber Roberts hat dich nicht umgebracht.«

»Wie du siehst.«

»Warum nicht?«

»Genau weiß ich es nicht, ich denke aber, weil ich ihn bat, es doch bitte nicht zu tun. Ich vermute, das ›bitte‹ muß sein Interesse geweckt haben. Ich habe nicht um mein Leben gebettelt oder Geld angeboten, wie es die anderen machten. Jedenfalls, er nahm den Säbel noch einmal herunter, lange genug, um zu fragen: ›Warum soll ich denn mit dir eine Ausnahme machen?‹, und ich erklärte ihm meine Pläne, daß ich nach Amerika müsse, um zu Geld zu kommen und um mich dann wieder mit der schönsten je unter Menschen aufgewachsenen Frau zu vereinen, mit dir. ›Ich bezweifle, daß sie so schön ist, wie du es dir vorstellst‹, sagte er und hob wieder seinen Säbel. ›Haar herbstfarben‹, sagte ich, ›und Haut wie Neuschnee‹. ›Wie Neuschnee, so?‹ Er war jetzt interessiert, zumindest ein bißchen, und so redete ich weiter und beschrieb alles übrige an dir, und am Ende wußte ich, ich hatte ihn von meiner wahren Liebe zu dir überzeugt. ›Ich will dir was sagen, Westley‹, sagte er dann, ›dies tut mir aufrichtig leid, aber wenn ich in deinem Fall eine Ausnahme mache, dringt die Nachricht nach draußen, der Greuelpirat Roberts sei sentimental geworden, und das würde für mich den Anfang vom Ende bedeuten, denn wenn die Leute erst einmal keine Angst mehr vor einem haben, ist die Piraterie bloß noch Schwerarbeit, die ganze Zeit, und für so ein Leben bin ich schon viel zu alt.‹ ›Ich schwöre, ich werde es niemandem erzählen, nicht einmal meiner Liebsten‹, sagte ich, ›und wenn Sie mich leben lassen, dann werde ich fünf volle Jahre lang Ihr persönlicher Diener und Sklave sein, und wenn ich mich je beklage oder Sie verärgere, dann hauen Sie mir auf der Stelle den Kopf ab, und ich werde sterben mit dem Lob Ihrer Gerechtigkeit auf den Lippen.‹ Ich wußte, ich hatte ihm zu denken gegeben. ›Geh nach unten‹, sagte er. ›Höchstwahrscheinlich bring' ich dich morgen um.‹« Westley unterbrach sich für einen Moment, unter dem Vorwand, sich zu räuspern, denn er hatte soeben das erste NiuF ausgemacht, das hinter ihnen herkam. Es schien aber noch kein Grund, sie zu alarmieren, daher räusperte er sich bloß noch einmal und eilte zwischen den Schwefelflammen weiter.

»Und was geschah am Morgen?« drängte Butterblume. »Erzähl' weiter.«

»Also, du weißt ja, ich bin ein ganz regsamer Bursche; du erinnerst dich, wie gern ich gelernt habe und wie ich mich schon trainiert hatte, zwanzig Stunden am Tag zu arbeiten. Ich beschloß, in der Zeit, die mir noch blieb, soviel wie möglich über die Piraterie zu lernen, weil das wenigstens meine Gedanken von meiner bevorstehenden Schlachtung ablenkte. Ich half also dem Koch, räumte den Laderaum auf und tat überhaupt alles, was von mir verlangt wurde, in der Hoffnung, daß meine Tätigkeiten dem Greuelpiraten Roberts angenehm auffallen würden. ›Also, da bin ich, um dich zu töten‹, sagte er am nächsten Morgen, und ich sagte ›vielen Dank für den Aufschub, es war ganz faszinierend, ich habe eine Unmenge gelernt‹, und er sagte ›was, in der einen Nacht? Was konntest du denn da lernen?‹ und ich sagte ›daß Ihrem Koch nie jemand den Unterschied zwischen Tafelsalz und Cayenne-Pfeffer klargemacht hat‹. ›Ja, es schmeckt alles ein bißchen scharf auf dieser Fahrt‹, gab er zu. ›Weiter, was noch?‹, und ich erklärte ihm, im Laderaum wäre mehr Platz, wenn man die Kisten anders stapelte, und dann bemerkte er, daß ich da unten alles umorganisiert hatte, und zu meinem Glück war nun tatsächlich mehr Platz, und er sagte schließlich ›schön, für einen Tag kannst du mein Diener sein. Ich hab noch nie einen Diener gehabt, und wahrscheinlich mag ich es nicht; morgen früh bring' ich dich dann um.‹ Das nächste Jahr über sagte er jeden Abend etwas ähnliches: ›Schönen Dank für alles, Westley, gute Nacht für heute; wahrscheinlich bring' ich dich morgen früh um.‹«

»Am Ende dieses Jahres waren wir natürlich nicht mehr bloß Herr und Diener. Er war ein stämmiger kleiner Mann, überhaupt nicht brutal, wie man es von dem Greuelpiraten Roberts erwarten sollte, und ich denke, er mochte mich wohl, so wie ich ihn mochte. Ich hatte inzwischen wirklich einiges gelernt, Segeln, Ringen, Fechten und Werfen mit dem langen Messer, und war noch nie in so guter körperlicher Verfassung gewesen. Am Ende des einen Jahres sagte mir mein Kapitän: ›Genug jetzt mit dieser Dienerei, Westley, du bist von nun an mein Erster Offizier‹, und ich sagte: ›Danke, Sir, aber ich könnte nie Pirat sein‹, und er sagte: ›Du willst zurück zu deiner Herbsthaarigen, nicht?‹, und ich brauchte mir gar nicht die Mühe machen, ihm zu antworten. ›Ein gutes Jahr Piraterie oder auch zwei, und du bist reich, und dann gehst du zurück‹, und ich sagte: ›Ihre Männer fahren schon seit Jahren mit Ihnen und sind noch nicht reich‹, und er sagte, ›das ist bloß, weil sie nicht der Kapitän sind. Ich setze mich bald zur Ruhe, Westley, und die *Revenge* gehört dann dir.‹ Ich muß zugeben, Liebling, daß ich da schon ein bißchen schwach wurde, aber wir kamen zu keiner endgültigen Entscheidung. Statt dessen war er einverstanden, daß ich ihm bei den nächsten Kaperangriffen assistieren durfte, um zu sehen, wie mir das gefiel. Und das tat ich denn auch.« Jetzt war ein zweites NiuF da, das ihnen folgte. Es hielt sich auf ihrer Seite, während sie weitergingen.

Jetzt sah sie auch Butterblume. »Westley—«

»Schch, schon gut. Ich behalte sie im Auge. Soll ich nicht zu Ende erzählen? Es wird dich von ihnen ablenken.«

Westley wich einer plötzlich aufzüngelnden Flamme aus und schirmte Butterblume gegen die Hitze ab. »Es gefiel mir nicht nur, es stellte sich auch heraus, daß ich Talent hatte. Soviel Talent, daß Roberts an einem Aprilmorgen zu mir sagte: ›Westley, das nächste Schiff gehört dir; mal sehen, wie du dich anstellst.‹ Am gleichen Nachmittag sichteten wir eine fette spanische Schönheit, voll beladen für Madrid. Ich fuhr dicht an sie heran. Die Leute drüben waren in Panik. ›Wer seid Ihr?‹ rief der Kapitän herüber. ›Westley‹, sagte ich ihm. ›Nie gehört‹, antwortete er, und damit eröffneten sie das Feuer.«

»Katastrophe. Sie hatten überhaupt keine Angst vor mir. Ich war so durcheinander, daß ich alles verkehrt machte, und bald waren sie uns entkommen. Muß ich sagen, daß ich entmutigt war? Roberts rief mich in seine Kabine. Ich kam angeschlichen wie ein geprügelter Hund. ›Kopf hoch‹, sagte er, und dann schloß er die Tür ab, und wir waren ganz allein. ›Was ich dir jetzt sagen will, habe ich noch nie jemandem gesagt, und du mußt es gut für dich behalten.‹ Ich versprach es natürlich. ›Ich bin nicht der Greuelpirat Roberts‹, sagte er, ›mein Name ist Ryan. Ich habe dieses Schiff von dem vorigen Greuelpiraten Roberts geerbt, ebenso wie du es von mir erben wirst. Mein Vorgänger war auch nicht der echte Greuelpirat Roberts; er hieß Cummberbund. Der echte, ursprüngliche Greuelpirat Roberts hat sich vor fünfzehn Jahren zur Ruhe gesetzt und lebt jetzt wie ein König in Patagonien.‹ Ich gestand ihm meine Verwirrung. ›Eigentlich ist es ganz einfach‹, erklärte Ryan. ›Der ursprüngliche Roberts war nach einigen Jahren so reich, daß er sich zurückziehen wollte. Clooney war sein Freund und sein Erster Maat, daher übergab er Clooney das Schiff, und der erlebte dasselbe wie du: Das erste Schiff, das er zu entern versuchte, pustete ihn beinahe aus dem Wasser. Also segelte Roberts, dem klar wurde, daß es der Name war, der die nötige Furcht einflößte, das Schiff in einen Hafen und wechselte die Mannschaft vollständig aus, und Clooney erzählte allen Leuten, er sei der Greuelpirat Roberts — und wer sollte wissen, daß er es nicht war? Als Clooney reich geworden war und sich zur Ruhe setzte, gab er den Namen weiter an Cummberbund, Cummberbund an mich, und ich, Felix Raymond Ryan aus Boodle bei Liverpool, ernenne hiermit dich, Westley, zum Greuelpiraten Roberts. Alles, was wir tun müssen, ist an Land zu gehen und ein paar neue junge Piraten an Bord zu nehmen. Ich fahre ein paar Tage lang als Ryan, dein Erster Maat, mit und erzähle allen von meinen Jahren mit dir, dem Greuelpiraten Roberts. Dann, wenn sie alle überzeugt sind, setzt du mich ab, und die Weltmeere gehören dir.‹« Westley lächelte Butterblume zu. »So, jetzt weißt du Bescheid. Und du könntest auch begriffen haben, warum es Unsinn ist, Angst zu haben.«

»Ich hab' aber Angst.«

»Am Ende geht alles gut aus. Denk doch nur, vor etwas über drei Jahren warst du noch ein Milchmädchen, und ich war ein Stalljunge. Jetzt bist du beinah eine Königin, und ich herrsche unangefochten auf dem Meer. Leute wie wir sind gewiß nicht dazu ausersehen, in einem Feuersumpf umzukommen.«

»Wie kannst du da sicher sein?«

»Weil wir zusammen sind, Hand in Hand, verliebt.«

»O ja«, sagte Butterblume. »Das vergesse ich immer.«

Sowohl ihre Worte wie auch ihr Ton waren ein klein bißchen reserviert, was Westley sicherlich bemerkt haben würde, wenn ihn nicht in diesem Augenblick, von einem Ast herunter, ein NiuF angegriffen hätte, das seine gewaltigen Zähne in seine ungeschützte Schulter schlug und ihn höchst unerwartet in einem Blutstrom zu Boden gehen ließ. Die beiden anderen NiuFs, die ihnen gefolgt waren, griffen nun ebenfalls an, wobei sie Butterblume nicht beachteten und mit aller Kraft ihres Hungers auf Westleys blutende Schulter losstürzten.

(Jede Beschreibung der NiuFs — *N*agetiere *i*n *u*ngewöhnlichem *F*ormat — muß bei der südamerikanischen Capybara beginnen, von der man weiß, daß sie ein Gewicht von 150 Pfund erreicht. Sie ist jedoch nichts anderes als ein Wasserschwein und sehr wenig gefährlich. Die größte echte Ratte ist wahrscheinlich die tasmanische, für die ein Gewicht von einhundert Pfund festgestellt wurde. Sie ist jedoch nicht sehr beweglich, die ausgewachsenen Tiere neigen zur Trägheit, und die meisten tasmanischen Schäfer verstehen ihnen mühelos auszuweichen. Die NiuFs des Feuersumpfs waren eine Rasse echter Ratten, wogen meist achtzig Pfund und waren schnell wie Wolfshunde. Sie waren außerdem Fleischfresser und konnten tollwütig werden.)

Die Ratten kämpften miteinander um den Platz an Westleys Wunde. Ihre mächtigen Vorderzähne zerrten an dem ungeschützten Fleisch seiner linken Schulter, und er hatte keine Ahnung, ob Butterblume nicht schon halb aufgefressen war; er wußte nur, dies würde bald ihr Schicksal sein, wenn er nicht gleich auf der Stelle etwas Verzweifeltes tat.

So rollte er sich absichtlich in eine Flamme hinein. Seine Kleider fingen an zu brennen — wie er erwartet hatte —, aber, und dies war wichtiger, die Ratten scheuten für einen kurzen Moment vor der Hitze und den Flammen zurück, und das genügte ihm, um nach seinem Langmesser zu greifen und es der nächsten Ratte ins Herz zu schleudern.

Die anderen beiden wandten sich augenblicklich ihrem Artgenossen zu und begannen ihn aufzufressen, während er noch quiekte.

Westley hatte inzwischen seinen Degen zur Hand, und mit zwei raschen Stößen war das Trio der Ratten abgetan. *»Mach schnell!«* brüllte er Butterblume an, die noch wie angewurzelt dort stand, wo sie gewesen war, als die erste Ratte angriff. »Bandagen, Bandagen«, schrie Westley. »Mach mir einen Verband, oder wir müssen sterben«, und dabei rollte er auf dem Boden umher, riß sich seine brennenden Kleider herunter und machte sich daran, Schlamm auf die tiefe Wunde in seiner Schulter zu schmieren. »Sie riechen Blut, wie die Haie, sie sind ganz verrückt nach Blut.« Er schmierte sich immer mehr Schlamm in die Wunde. »Wir müssen die Blutung aufhalten und die Wunde so bedecken, daß sie nichts davon riechen. Wenn sie kein Blut riechen, überstehen wir es, andernfalls sind wir hin, darum, *bitte*, nun hilf mir schon!« Butterblume riß ihre Kleider in Fetzen und Streifen, und sie bemühten sich zusammen um die Wunde, indem sie zuerst das Blut mit Schlamm vom Boden des Feuersumpfes bedeckten und dann Binden über Binden darumwikkelten.

»Wir werden es schnell genug merken«, sagte Westley, denn schon wieder waren zwei Ratten da und beobachteten sie. »Wenn sie angreifen, riechen sie es«, flüsterte er.

Die Riesenratten standen da und beobachteten sie.

»Kommt doch«, flüsterte Westley.

Zwei weitere Riesenratten gesellten sich zu dem ersten Paar.

Unversehens blitzte Westleys Degen auf, und die nächststehende Ratte blutete. Damit gaben sich die andern drei fürs erste zufrieden.

Westley nahm Butterblume bei der Hand, und sie fingen an weiterzugehen.

»Wie schlimm geht es dir?« sagte sie.

»Ich bin halbtot, aber darüber können wir später reden.

Schnell jetzt!« Sie hasteten vorwärts. Sie waren nun seit einer Stunde im Feuersumpf, und diese erwies sich als die leichteste von den sechs Stunden, die sie brauchten, um den Sumpf zu durchqueren. Aber sie kamen durch, lebendig und zusammen und sehr fest Hand in Hand.

Es war beinahe Abend, als sie zuguterletzt die *Revenge* weit draußen im tiefsten Teil der Bucht liegen sahen. Westley, immer noch auf dem Gebiet des Feuersumpfes, sank geschlagen in die Knie.

Denn zwischen ihm und seinem Schiff befanden sich nicht wenige Ungelegenheiten. Von Norden segelte die Hälfte der großen Armada heran, von Süden nun auch noch die andere Hälfte. Und am Rand des Sumpfes erwarteten sie hundert bewaffnete und gepanzerte Reiter, an der Spitze der Graf. Und ganz allein weit vor allen anderen die vier Schimmel mit dem Prinzen auf dem vordersten. Westley stand auf. »Wir haben zu lange gebraucht, um durchzukommen. Mein Fehler.«

»Ich nehme deine Ergebung an«, sagte der Prinz.

Westley hielt Butterblumes Hand. »Niemand ergibt sich«, sagte er.

»Du handelst jetzt töricht«, erwiderte der Prinz. »Deine Tapferkeit erkenne ich an, nun mach dich nicht lächerlich.«

»Was ist Lächerliches dabei, zu gewinnen?« verlangte Westley zu wissen. »Es ist meine Ansicht, daß ihr, um uns zu fangen, erst in den Feuersumpf kommen müßt. Wir haben jetzt viele Stunden hier zugebracht; wir wissen, wo der Schneesand wartet. Ich bezweifle, daß du oder deine Männer allzu begierig sein werden, uns hier hinein zu verfolgen. Und bis morgen früh sind wir durchgeschlüpft.«

»Ich bezweifle das irgendwie«, sagte der Prinz und zeigte auf die See hinaus. Die halbe Armada hatte angefangen, Jagd auf das große Schiff *Revenge* zu machen. Und die *Revenge,* die allein war, segelte fort, wie sie es unter diesen Umständen tun mußte.

»Ergib dich«, sagte der Prinz.

»Kommt nicht in Frage.«

»ERGIB DICH!« rief der Prinz.

»LIEBER DEN TOD«, brüllte Westley.

»... kannst du versprechen, daß du ihm nichts tun wirst ...?« flüsterte Butterblume.

»Was war das?« sagte der Prinz.

»Was war das?« sagte Westley.

Butterblume trat einen Schritt vor und sagte: »Wenn wir uns freiwillig und ohne Kampf ergeben, wenn alles wieder so ist wie vor einem Sonnenuntergang, schwörst du dann, daß du diesem Mann nichts tun wirst?«

Prinz Humperdinck erhob die rechte Hand: »Ich schwöre bei dem Grabe meines nun bald hinscheidenden Vaters und bei der Seele meiner bereits hingeschiedenen Mutter, daß ich diesem Mann kein Leid antun werde, und tue ich es dennoch, so will ich nie wieder jagen, und sollte ich tausend Jahre alt werden.«

Butterblume wandte sich Westley zu. »Da hast du's«, sagte sie. »Mehr als das kannst du nicht verlangen, und das ist die Wahrheit.«

»Die Wahrheit«, sagte Westley, »ist, daß du lieber mit deinem Prinzen leben als mit deinem Geliebten sterben willst.«

»Ich will lieber leben als sterben, ich geb' es zu.«

»Wir haben von Liebe gesprochen, Madame.« Es trat eine lange Pause ein. Dann sprach Butterblume es aus:

»Ich kann ohne Liebe leben.«

Und damit ließ sie Westley allein.

Prinz Humperdinck sah ihr zu, wie sie den langen Weg zu ihm herüberkam. »Wenn wir außer Sicht sind«, sagte er zu Graf Rugen, »nimm den Schwarzen fest und steck ihn ins fünfte Geschoß des Todeszoos.«

Der Graf nickte. »Für einen Moment habe ich dir geglaubt, als du geschworen hast.«

»Ich habe die Wahrheit gesagt, ich lüge niemals«, antwortete der Prinz. »Ich habe gesagt, *ich* würde ihm kein Leid antun. Aber ich habe nie gesagt, er werde keine Schmerzen erleiden. Die Folterung wirst *du* machen, ich schaue bloß zu.« Er breitete nun die Arme für seine Prinzessin aus.

»Er gehört zu dem Schiff *Revenge*«, sagte Butterblume. »Er

ist — «, begann sie und war drauf und dran, Westleys Geschichte zu erzählen, aber die mußte sie wohl für sich behalten, »er ist ein einfacher Matrose, und ich kenne ihn von Kind an. Wirst du das arrangieren?«

»Muß ich noch einmal schwören?«

»Nicht nötig«, sagte Butterblume, denn sie wußte, was jedermann wußte, nämlich daß der Prinz so aufrichtig war wie niemand sonst in Florin.

»Komm jetzt mit, meine Prinzessin.« Er nahm sie bei der Hand.

Butterblume ging mit ihm fort.

Westley sah all das mit an. Er stand stumm am Rande des Feuersumpfs. Es war jetzt dunkler geworden, aber die Flammen hinter ihm ließen sein Gesicht scharf hervortreten. Er war benommen vor Müdigkeit. Er war gebissen, gestochen und gestoßen worden, hatte nicht geschlafen, hatte die Klippen des Wahnsinns erstiegen, hatte Leben gerettet und Leben geraubt. Er hatte seine Welt aufs Spiel gesetzt, und nun ging sie von ihm fort, Hand in Hand mit diesem Lümmel von einem Prinzen.

Dann war Butterblume fort, außer Sicht.

Westley holte Atem. Er war sich klar, daß nun eine Handvoll Soldaten anfing, ihn zu umringen, und wahrscheinlich hätte er ihnen für ihren Sieg noch einigen Schweiß abfordern können.

Aber wozu?

Westley gab auf.

»Kommen Sie nun, Sir.« Graf Rugen trat heran. »Wir müssen Sie jetzt sicher auf Ihr Schiff bringen.«

»Wir beide sind Männer der Tat«, erwiderte Westley. »Lügen stehen uns nicht zu Gesicht.«

»Wahr gesprochen«, sagte der Graf, und mit einem überraschenden Hieb beförderte er Westley in die Bewußtlosigkeit.

Westley stürzte wie ein gefällter Baum; sein letzter bewußter Gedanke galt der rechten Hand des Grafen. Sie hatte sechs Finger, und Westley konnte sich nicht recht erinnern, ob er diese Mißbildung schon einmal gesehen hatte.

Sechstes Kapitel: Die Festlichkeiten

Dies ist eines der Kapitel, von denen Professor Bongiorno, der Florinistik-Guru von der Columbia Universität, behauptet, hier entfalte sich Morgensterns satirisches Genie zu höchster Blüte. (So reden diese Leute: »höchste Blüte«, »köstliche Drôlerien«, und so weiter.)

Dieses Kapitel über die Festlichkeiten enthält größtenteils detaillierte Beschreibungen, und raten Sie mal wovon? Na, von den Festlichkeiten. Es sind noch so etwa neunundachtzig Tage bis zur Hochzeit, und jedes hohe Tier in Florin muß für das Paar ein Fest geben. Morgenstern füllt seine Seiten damit, wie alle die feinen Leute jener Zeit ihre Gäste bewirteten: Was für Feste gegeben wurden, was es zu essen gab, wer die Dekorationen machte, wer bei Tisch wo saß und lauter solche Dinge.

Im einzig interessanten Teil, der es aber auch nicht lohnt, daß man sich deswegen durch vierundvierzig Seiten durcharbeitet, geht es darum, daß Prinz Humperdinck gegenüber Butterblume immer mehr Zuneigung und gute Manieren an den Tag legt und sogar den Jagdbetrieb ein wenig einschränkt. Und, was noch wichtiger ist, infolge der vereitelten Entführung geschehen drei Dinge: 1) Jedermann ist ziemlich überzeugt, daß der Anschlag von Guldern ausgeheckt wurde; die Beziehungen zwischen beiden Ländern sind daher nicht wenig gespannt. 2) Butterblume wird von aller Welt angebetet, denn allgegenwärtig sind die Gerüchte, wonach sie sich sehr tapfer benommen haben und sogar lebendig durch den Feuersumpf gekommen sein soll. 3) Prinz Humperdinck ist ein Held, zumindest im eigenen Lande. Er war nie sehr beliebt gewesen, wegen seines Jagdfetischismus und weil er das Land mehr oder weniger hatte verschlampen lassen, als sein alter Herr senil wurde; aber die Art, wie er die Entführung vereitelte, ließ allen Leuten klarwerden, daß er doch ein tapferer Bursche war und daß sie von Glück sagen konnten, daß er als Nächster dran war, sie zu regieren.

Jedenfalls gehen diese vierundzwanzig Seiten ungefähr bis zum Ende des ersten Monats der Party-Serie. Und erst, nachdem das vorbei ist, kommen für mich die Dinge wieder in Bewegung. Butterblume liegt im Bett, es ist spät, und sie ist kaputt von einer dieser langen Parties, und wie sie so auf den Schlaf wartet, fragt sie sich, auf welchem der Meere Westley sich jetzt wohl herumtreibt, und was wohl aus dem Riesen und dem Spanier geworden ist. Und so kommt Morgenstern schließlich in drei kurzen Rückblenden wieder auf das, was die Geschichte *für mich* ist.

Als Inigo wieder zu sich kam, war noch Nacht auf den Klippen des Wahnsinns. Tief unten schlugen die Wasser des Kanals von Florin gegen die Felsen. Inigo rührte sich, blinzelte, wollte sich die Augen reiben und konnte es nicht.

Er war mit den Armen an einen Baum gefesselt.

Inigo blinzelte noch einmal, als müßte er Spinnweben wegwischen. Er war, auf den Tod gefaßt, vor dem Schwarzen in die Knie gegangen. Offenbar hatte der Sieger anderes im Sinn gehabt. Inigo sah umher, so gut es ging, und da lag es, das Sechsfingerschwert, und schimmerte im Mondlicht wie vergessener Zauber. Inigo streckte das rechte Bein aus, so weit er konnte, und es gelang ihm, den Griff zu berühren. Nun brauchte er bloß noch die Waffe langsam so nahe heranzuziehen, daß er sie mit der einen Hand greifen konnte, und dann war es noch einfacher, die Fesseln zu zerschneiden. Er war benommen, als er aufstand, und rieb sich den Kopf hinter dem Ohr, wohin ihn der Schwarze geschlagen hatte. Eine ansehnliche Beule, sicher, aber kein großes Problem.

Das große Problem war: Was sollte er jetzt tun?

Vizzini hatte genaue Anweisungen für Fälle wie diesen, wenn

ein Plan mißriet: *Zurück zum Anfang.* Dorthin zurück, wo es angefangen hatte, auf Vizzini warten, sich von neuem sammeln, neu planen, von vorn anfangen. Inigo hatte sogar für Fezzik einen kleinen Reim darauf gemacht, damit der Riese keine Mühe haben sollte, sich zu erinnern, was in Notzeiten zu tun war: Dummes Stück, dummes Stück, geht was schief, zum Anfang zurück.

Inigo wußte genau, wo der Anfang war. Sie hatten den Auftrag in Florin bekommen, im Verbrecherviertel der Hauptstadt. Vizzini hatte wie immer alle Abmachungen allein getroffen. Er hatte mit dem Auftraggeber verhandelt, hatte den Auftrag angenommen und die Durchführung geplant, alles im Verbrecherviertel. Unzweifelhaft war also das Verbrecherviertel der Ort, wo er jetzt hin mußte.

Nur war Inigo das Verbrecherviertel zuwider. Alle Leute waren da so gefährlich, bösartig, groß und muskulös, und wer sollte es ihm denn ansehen, daß er der größte Fechter der Welt war? Er sah aus wie ein dünnes Kerlchen von einem Spanier, den auszurauben geradezu ein Vergnügen sein müßte. Er konnte doch nicht mit einem Schild um den Hals herumlaufen: »Vorsicht, größter Fechtmeister seit dem Tod des Hexers von Korsika. Vor Überfällen wird gewarnt.«

Außerdem, und hier fühlte Inigo einen tiefen Schmerz, so ein großer Fechter war er gar nicht, nicht mehr, er konnte es nicht sein, denn war er nicht soeben besiegt worden? Ja, früher einmal, da war er ein Titan gewesen, aber jetzt, jetzt —

Was jetzt kommt und was Sie hier nicht lesen werden, ist ein sechsseitiger Monolog Inigos, in dem sich Morgenstern durch den Mund Inigos über das Leiden an der Vergänglichkeit des Ruhms ausspricht. Der Grund für diesen Monolog ist, daß Morgensterns vorhergehendes Buch von der Kritik verrissen und von den Käufern ignoriert worden war. (Nebenbemerkung: Wußten Sie, daß von Robert Brownings erstem Gedichtband auch nicht ein Exemplar verkauft wurde? Es stimmt. Nicht einmal seine Mutter kaufte es bei ihrem Buchhändler. Haben Sie je etwas so Erniedrigendes gehört? Wie hätte Ihnen das gefallen? Sie sind Browning, und es ist Ihr erstes Buch, und Sie haben so diese geheimen Hoffnungen, jetzt, jetzt seien Sie aber jemand, jemand Anerkanntes, Bedeutendes. Und sie lassen eine Woche vergehen, ehe Sie im Verlag nachfragen, wie die Geschäfte gehen, denn Sie wollen ja nicht irgendwie ungeduldig erscheinen. Und da schauen Sie dann vielleicht herein, und es war vermutlich alles sehr englisch und *understated* in jener Zeit, und Sie sind Browning, und Sie plaudern erst ein Weilchen über alles Mögliche, ehe Sie zur Sache kommen: ›Ach, nebenbei, haben Sie schon was gehört, wie meine Gedichte gehen?‹ Und nun sagt wahrscheinlich der Lektor, der diesen Moment gefürchtet hat: ›Na, Sie wissen ja, wie das so ist mit Gedichten heutzutage; nichts schlägt mehr so richtig ein wie früher; dauert ein Weilchen, bis sich etwas herumspricht.‹ Und schließlich mußte jemand es aussprechen: ›Keines, Bob, tut mir leid. Nein, Bob, wir haben noch keinen authentischen Verkauf tätigen können. Wir glaubten ein bißchen, Hatchard in Piccadilly hätte einen Käufer in Aussicht, aber irgendwie ist es nichts geworden. Tut mir leid, Bob; natürlich informieren wir Sie sofort im Falle eines Durchbruchs.‹ Ende der Nebenbemerkung.)

Jedenfalls beendet Inigo irgendwann seine Ansprache an die Klippen und bringt die nächsten paar Stunden damit zu, einen Fischer zu suchen, der ihn in die Hauptstadt zurückbringt.

Das Verbrecherviertel war noch schlimmer als in seiner Erinnerung. Früher war er hier immer mit Fezzik zusammengewesen, und sie machten Reime, und Fezziks Gegenwart reichte aus, um jede Belästigung fernzuhalten.

Inigo lief verstört in den dunklen Straßen herum, voll verzweifelter Angst. Warum diese Riesenangst? *Wovor hatte er Angst?*

Er saß auf einer verdreckten Treppe und grübelte. Um sich her hörte er Schreie in der Nacht, und aus den Stehbierhallen drang vulgäres Gelächter. Er hatte Angst, wurde ihm nun klar, weil er, so wie er jetzt hier saß, mit der Hand am Sechsfingerschwert, um sich Mut zu machen, wieder der war, der er gewesen war, bevor Vizzini ihn gefunden hatte.

Ein Versager.

Ein Mann ohne Ziel, ohne Verpflichtung für morgen. Seit Jahren hatte Inigo keinen Schnaps mehr angerührt. Jetzt spürte er, wie seine Finger nach Geld suchten. Jetzt hörte er seine Schritte, wie er zur nächsten Bierhalle rannte. Jetzt sah er sein Geld auf dem Schanktisch. Jetzt fühlte er die Schnapsflasche in seinen Händen.

Er rannte wieder zu der Treppe zurück. Er machte die Flasche auf. Er roch an dem scharfen Zeug. Er nippte daran. Er mußte husten. Er nahm einen Schluck. Er mußte wieder husten. Er würgte es hinunter, hustete, nahm noch einen Schluck, und nun lächelte er fast schon.

Seine Angst begann zu schwinden.

Warum sollte er schließlich auch jemals Angst gehabt haben? Er war Inigo Montoya (die Flasche war nun halb leer), Sohn des großen Domingo Montoya, was gab es auf Erden, das er fürchten mußte? (Jetzt war die Flasche ganz leer.) Was traut sich Angst heran an einen Hexer wie Inigo Montoya? Klar, nie wieder. (Nun kam die zweite Flasche dran.) Nie, nie, nie, nie wieder.

Er saß da, allein, selbstsicher und stark. Sein Leben war einfach und schön. Er hatte genug Geld für Schnaps, und wenn du das hast, gehört dir die Welt.

Die Treppe war verdreckt und kahl. Inigo streckte sich aus, ganz zufrieden, die Flasche fest in seinen vorhin noch zitternden Händen. Das Leben war doch ganz einfach, wenn man tat, was einem gesagt wurde. Und nichts konnte einfacher oder besser sein als das, was er vorhatte.

Alles, was er zu tun hatte, war, zu warten und zu trinken, bis Vizzini kam . . .

Fezzik hatte keine Ahnung, wie lange er bewußtlos gewesen war. Als er auf dem Bergpfad taumelnd wieder auf die Beine kam, wußte er nur, daß ihn der Hals mächtig schmerzte, wo ihn der Schwarze gewürgt hatte.

Was tun?

Alle Pläne waren schief gegangen. Fezzik schloß die Augen und versuchte nachzudenken. Es gab doch einen Ort, wo er hingehen sollte, wenn Pläne schiefgingen, aber er konnte sich nicht recht erinnern. Inigo hatte sogar für ihn einen Reim darauf gemacht, damit er es nicht vergessen sollte, und jetzt, er war so doof, er hatte es trotzdem vergessen. War es das nicht? Hieß es »Doofer, Doofer, wart auf Vizzini in dem Pullover?« Das reimte sich, aber was sollte das mit dem Pullover? »Blödian, Blödian, jetzt fang es doch mal richtig an«? Das reimte sich auch, aber was waren das für Anweisungen?

Was tun, was tun?

»Narr, Narr, deinen Grips zusammenscharr«? Half auch nicht. Nichts half. Grips hatte er nie gehabt, und nie im Leben hatte er etwas richtig angefangen, bis Vizzini kam, und ohne einen weiteren Gedanken rannte Fezzik in die Nacht hinein, dem Sizilianer nach.

Vizzini machte ein Schläfchen, als er anlangte. Er hatte Wein getrunken und war eingenickt. Fezzik fiel auf die Knie und legte die Hände in Gebetshaltung. »Vizzini, es tut mir leid«, fing er an.

Vizzini schlief weiter.

Fezzik schüttelte ihn sanft.

Vizzini wachte nicht auf.

Fezzik schüttelte, nun nicht mehr so sanft.

Nichts.

»Oh, ich verstehe, du bist tot«, sagte Fezzik. Er stand auf. »Er ist tot, Vizzini ist tot«, sagte er leise. Und dann, ohne jedes bißchen Hilfe von seinem Verstand, brach ein großer panischer Schrei aus seiner Kehle in die Nacht hinaus: *»Inigo!«*, und er stürmte den Bergweg entlang zurück, denn wenn Inigo am Leben war, dann war es noch ganz gut; nicht mehr dasselbe, nein, das ging nicht mehr, ohne Vizzini, der sie kommandierte und beschimpfte, wie nur er das konnte, aber wenigstens würden sie Zeit haben für Gedichte, und als Fezzik bei den Klippen des Wahnsinns ankam, da sagte er zu den Felsen: »Inigo, Inigo, hier bin ich«, und zu den Bäumen sagte er: »Ich bin hier, Inigo, ich, Fezzik«, und über den ganzen Platz rief er: »Inigo, INIGO, BITTE ANTWORTE DOCH«, bis kein anderer Schluß mehr möglich war, als daß es auch keinen Inigo mehr gab, so wie es keinen Vizzini mehr gab, und das war hart.

Es war sogar zu hart für Fezzik, und so begann er zu rennen und schrie vor sich hin: »Bin gleich da, Inigo«, und: »He, Inigo, warte mal«, und: »Inigo, wohin?« (wohin, durch dick und dünn, denn da rannte er durch, und was würden sie Spaß haben mit dem Reimen, wenn Inigo und er erst einmal wieder zusammen wären), aber nachdem er eine Stunde geschrien hatte, machte sein Hals nicht mehr mit, denn schließlich war er ja vor noch nicht allzu langer Zeit beinahe zu Tode gewürgt worden. Er rannte weiter, weiter, weiter, bis er zu einem Dörfchen kam, wo er kurz vor den ersten Häusern ein paar freundliche Felsbrocken fand, die eine Art Höhle bildeten, die fast so groß war, daß er sich darin ausstrecken konnte. Er saß da, mit dem Rücken gegen einen Stein und die Hände um die Knie und mit schmerzendem Hals, bis die Dorfjungen ihn fanden. Sie hielten den Atem an und krochen so nahe herbei, wie sie sich getrauten. Fezzik hoffte, sie würden wieder weggehen, daher rührte er sich nicht und stellte sich vor, er wäre mit Inigo zusammen, und Inigo sagte »Gerste«, und Fezzik antwortete gleich »ich berste«, und vielleicht sangen sie nun irgendwas, bis Inigo sagte »Trompeter«, aber mit so etwas Leichtem konnte man Fezzik nicht verblüffen, wegen »Zentimeter«, und nun sagte Inigo etwas über das Wetter, und Fezzik machte auch darauf einen Reim, und so ging es weiter, solange bis die Dorfjungen keine Angst mehr vor ihm hatten. Fezzik merkte es daran, daß sie jetzt sehr nahe herangekrochen waren und auf einmal aus vollem Halse brüllten und ihm Fratzen schnitten. Er konnte sie eigentlich nicht tadeln; er sah ja wirklich aus wie jemand, mit dem man das tun, den man auslachen konnte. Seine Kleider waren zerrissen, und seine Kehle war außer Gebrauch, und seine Augen blickten wild drein, und wahrscheinlich hätte er mitgebrüllt, wenn er auch in ihrem Alter gewesen wäre.

Erst als sie ihn bloß noch komisch fanden, erschien es ihm entwürdigend. Sie brüllten nun nicht mehr, sie lachten nur noch. Lachen, dachte Fezzik, und dann dachte er, Girachen, denn weiter war er nichts für sie, irgend so ein riesengroßes komisches Viech, das nicht viel Lärm machen konnte. Lachen, Girachen, so weitermachen.

Fezzik kauerte sich in seiner Höhle zusammen und versuchte, die Dinge von der freundlichen Seite zu sehen. Wenigstens warfen sie nicht mit Tomaten nach ihm.

Bis jetzt jedenfalls noch nicht.

Westley erwachte angekettet in einem riesigen Käfig. Seine Schulter, wo die NiuFs in seinem Fleisch gewühlt hatten, begann zu eitern. Für den Augenblick kümmerte er sich nicht um diese Beschwerden und versuchte, sich auf seine Umgebung einzustellen.

Er befand sich mit Sicherheit unter der Erde. Nicht daß nirgendwo Fenster waren, gab ihm diese Gewißheit, sondern mehr die Dunkelheit. Von irgendwoher über ihm kamen die Laute von Tieren: hier und da hörte er Löwengebrüll oder das Bellen eines Schakals.

Kurz nachdem er das Bewußtsein wiedererlangt hatte, erschien der Albino, ein blutloses Geschöpf, die Haut so blaß wie eine absterbende Birke. In dem Kerzenlicht, das den Käfig erhellte, sah der Albino ganz so aus, als habe er noch nie die Sonne erblickt. Der Albino trug ein Tablett, auf dem vielerlei Dinge lagen: Verbände, heilkräftige Pulver, Essen und Schnaps.

»Wo sind wir?« sagte Westley.

Der Albino zuckte die Achseln.

»Wer bist du?«

Achselzucken.

Das war fast alles an Konversation, wozu sich der Bursche herbeiließ. Westley stellte eine Frage nach der andern; währenddessen versorgte der Albino seine Wunde und legte einen neuen Verband auf, dann gab er ihm etwas Warmes zu essen, das überraschend gut und reichlich war.

Achselzucken.

Achselzucken.

»Wer weiß, daß ich hier bin?«

Achselzucken.

»Lüg doch, aber sag mir etwas — *gib eine Antwort*. Wer weiß, daß ich hier bin?«

Flüstern: »Ich weiß es. Sie wissen es.«

»Sie?«

Achselzucken.

»Der Prinz und der Graf, meinst du?«

Nicken.

»Und das sind alle?«

Nicken.

»Als ich hergebracht wurde, war ich halb bei Bewußtsein. Der Graf gab die Befehle, aber getragen haben mich drei Soldaten. Die wissen es auch.«

Kopfschütteln, Flüstern: »Wußten.«

»Willst du sagen, sie sind tot?«

Achselzucken.

»Muß ich also sterben?«

Achselzucken.

Westley legte sich auf den Boden des großen unterirdischen Käfigs und sah zu, wie der Albino schweigend sein Tablett wieder belud und aus seinem Blickfeld verschwand. Wenn die Soldaten tot waren, dann war es gewiß nicht abwegig anzunehmen, daß er ihnen schließlich nachfolgen würde. Wenn man aber seine Vernichtung wünschte, so war es ebenfalls nicht abwegig anzunehmen, daß man nicht im mindesten vorhatte, dies sofort zu erledigen, warum sonst wurden seine Wunden gepflegt, warum half man ihm mit gutem, warmem Essen wieder zu Kräften? Nein, bis zu seinem Tod war es noch ein Weilchen. Für die Zwischenzeit jedoch war es, berücksichtigte man die Persönlichkeiten derer, in deren Gewalt er sich befand, schließlich nicht abwegig anzunehmen, daß sie ihn nach bestem Vermögen quälen würden.

Und zwar tüchtig.

Westley schloß die Augen. Schmerzen kamen auf ihn zu, und

er mußte auf sie vorbereitet sein. Er mußte sein Gehirn darauf einstellen, seinen Geist in die Gewalt bekommen, so daß er ihren Bemühungen entzogen blieb, denn sonst würden sie ihn zerbrechen. Er wollte nicht zulassen, daß sie ihn zerbrachen. Er wollte standhalten gegen alles und jedes. Wenn sie ihm nur genug Zeit ließen, sich vorzubereiten, könnte er den Schmerz besiegen, das wußte er. Es stellte sich heraus: sie ließen ihm genug Zeit. (Es dauerte noch Monate, bis die Maschine fertig war.)

Aber sie zerbrachen ihn trotzdem.

Am Ende des dreißigsten Tags der Festlichkeiten, mit noch sechzig weiteren Tagen voller Einladungen vor sich, deren sie sich erfreuen mußte, war Butterblume ehrlich besorgt, daß sie vielleicht nicht stark genug sei, um das auszuhalten. Lächeln, lächeln, händchenhalten, sich verneigen und bedanken, immer wieder von vorn. Sie war schon erschöpft von dem einen Monat, wie sollte sie noch einmal die doppelte Zeit überstehen?

Es erwies sich zugleich als leicht und als traurig, wegen König Lotharons Gesundheit. Denn als es noch fünfundfünfzig Tage waren, begann Lotharon sehr schwach zu werden.

Prinz Humperdinck ordnete an, daß neue Ärzte konsultiert werden sollten. (Es gab immer noch den letzten lebenden Wunderheiler, Max, aber den hatte man lange zuvor gefeuert, und es wurde als einfach nicht tunlich erachtet, ihm den Fall jetzt von neuem zu übertragen; wenn er schon damals inkompetent gewesen war, als Lotharon bloß schwer krank war, wie sollte er da jetzt plötzlich Rat wissen, wo Lotharon im Sterben lag?) Die neuen Ärzte waren sich alle über verschiedene erprobte und bewährte Medikamente einig, und binnen achtundvierzig Stunden, nachdem sie Hand an ihn gelegt hatten, war der König tot.

Der Tag der Hochzeit wurde natürlich nicht verschoben — schließlich hatte ein Land nicht alle Tage Fünfhundertsten Jahrestag —, aber alle Festlichkeiten wurden entweder ganz abgesagt oder stark eingeschränkt. Und Prinz Humperdinck wurde fünfundvierzig Tage vor der Hochzeit König von Florin, und das änderte alles, denn vorher hatte er nichts ernstgenommen als seine Jagd, und nun mußte er lernen, *alles* lernen, lernen wie man so ein Land in Betrieb hielt, und er vergrub sich in Bücher und scharte weise Männer um sich. Wie besteuern wir dies, und wann sollen wir das besteuern, und was für außenpolitische Verwicklungen gab jenes, und wem konnte er trauen, und wie weit und worin? Und vor Butterblumes liebreizenden Augen verwandelte sich Humperdinck aus einem Mann der Tat und des Schreckens in einen Mann von hektischer Wißbegier, denn er mußte es alles *jetzt* ins Lot bringen, bevor irgendein anderes Land es wagte, sich in die künftigen Belange von Florin einzumischen. So wurde die Hochzeit, als sie schließlich stattfand, eine unansehnliche und kurze Angelegenheit, für die eben noch Zeit war zwischen einer Ministersitzung und einer Krise im Schatzamt, und Butterblume verbrachte ihren ersten Nachmittag als Königin, indem sie im Schloß herumwanderte und nicht wußte, was in aller Welt sie mit sich anfangen sollte. Erst als König Humperdinck mit ihr auf den Balkon trat, um die riesige Menschenansammlung zu begrüßen, die dort seit einem vollen Tag geduldig wartete, begriff sie, daß es nun geschehen war; sie war die Königin, ihr Leben, was immer es auch wert war, gehörte nun dem Volke.

Sie standen zusammen auf dem Balkon des Schlosses und nahmen die Hochrufe entgegen, den Applaus und die endlosen, donnernden »Hipp-Hipp-Hurras«, bis Butterblume sagte: »Bitte, darf ich noch einmal unter die Leute gehen?«, und der König nickte und sagte, das könne sie tun, und wieder ging sie hinunter, wie am Tag der Verlobung, strahlend und ganz allein, und wieder wichen die Leute auseinander, um sie durchzulassen, weinend und hochrufend und sich verneigend und —

— und dann rief eine Person »buuh«.

Humperdinck, der vom Balkon herab alles beobachtet hatte, reagierte augenblicklich, dirigierte Soldaten in die Gegend, wo der Ruf hergekommen war, und schickte schnell weitere Truppen aus, um die Königin abzuschirmen; es ging wie am Schnürchen, Butterblume war in Sicherheit, die Person war festgenommen und wurde abgeführt.

»Wartet einen Moment«, sagte Butterblume, noch ganz erschüttert von dem Unerwarteten, das geschehen war. Der Soldat, der die Person festhielt, blieb stehen. »Bring sie her«, sagte Butterblume, und einen Augenblick später stand sie vor ihr, Auge in Auge.

Es war eine alte Frau, verschrumpelt und gebeugt, und Butterblume dachte an alle Gesichter, die sie ihr Lebtag gesehen hatte, aber an dieses konnte sie sich nicht erinnern. »Haben wir uns schon einmal gesehen?« fragte die Königin.

Die Alte schüttelte den Kopf.

»Warum dann? Warum an diesem Tag? Warum beleidigst du die Königin?«

»Weil du die Hochrufe nicht wert bist«, sagte die Alte, und plötzlich schrie sie: *»Du hattest die Liebe in den Händen, und du hast sie aufgegeben für das Gold.«* Sie sprach nun zu der Menge: *»Es ist wahr, was ich euch sage, die Liebe war bei ihr im Feuersumpf, und sie hat sie fallengelassen wie Müll, und das ist, was sie ist, die Königin des Mülls.«*

»Ich hatte dem Prinzen mein Wort gegeben —«, begann Butterblume, aber die Alte war nicht zum Schweigen zu bringen.

»Fragt sie doch, wie sie durch den Feuersumpf gekommen ist! Fragt sie doch, ob sie es allein geschafft hat! Sie hat die Liebe weggeworfen, um die Königin des Drecks zu sein, die Königin des Schunds — ich bin alt, und das Leben bedeutet mir nichts, und darum bin ich die einzige Person in dieser ganzen Menge, die sich traut, die Wahrheit zu sagen, und ich sage euch, verbeugt ihr euch vor der Königin der Jauche, wenn ihr wollt, ich nicht. Ruft ihr ein Hoch aus auf die Königin von Schleim und Scheiße, wenn ihr wollt, ich nicht. Schwärmt ihr davon, wie schön sie ist, die Königin der Kloaken, nicht ich. Nicht ich!« Sie ging jetzt auf Butterblume los.

»Schafft sie weg!« befahl Butterblume.

Aber die Soldaten konnten sie nicht halten, und die Alte kam immer näher auf sie zu, und ihre Stimme wurde lauter und lauter und lauter! und lauter! und *LAUTER* und LAUTER! und —

Butterblume wachte schreiend auf.

Sie lag in ihrem Bett. Sie war allein. In Sicherheit. Bis zur Hochzeit waren es noch sechzig Tage.

Aber die Albträume hatten angefangen.

In der folgenden Nacht träumte sie, daß sie ihr erstes Kind gebar, und –

Unterbrechung. Sollte man dem alten Morgenstern nicht zunächst mal einen gelungenen Bluff bescheinigen? Ich meine, haben Sie nicht mindestens ein Weilchen geglaubt, die beiden seien nun tatsächlich verheiratet? Ich hab' es geglaubt.

Es ist eine meiner stärksten Erinnerungen, wie mein Vater das vorlas. Ich hatte Lungenentzündung, Sie erinnern sich, aber es ging mir schon wieder ein bißchen besser, und ich war ganz wild nach dem Buch, und eines, was man doch weiß, wenn man zehn ist, ist dies, daß es ein Happy-End geben muß, egal wie. Die Autoren können noch so viel ausschwitzen, um dir Angst zu machen, aber dahinter weißt du, und da gibt es einfach *keinen Zweifel* dran, auf lange Sicht siegt die Gerechtigkeit. Und Westley und Butterblume – na, die hatten schon ihre Sorgen, klar, aber irgendwann würden sie doch heiraten und glücklich und zufrieden bis an ihr Ende leben. Ich hätte das Familienvermögen darauf gewettet, wenn ich einen Trottel gefunden hätte, der sich darauf einließ.

Also, als nun mein Vater zu dem Satz kommt, wo die Hochzeit so zwischen der Ministersitzung und der Sache mit dem Schatzamt abgewickelt wird, da sagte ich: ›Du liest da was falsch‹.

Mein Vater ist dieser kleine, kahlköpfige Friseur, Sie erinnern sich, und beinahe Analphabet. Jemanden, der mit dem Lesen Mühe hat, den macht man nicht so herunter und sagt ihm, er lese etwas nicht richtig, denn das trifft ihn wirklich. ›*Ich* lese hier‹, sagte er.

›Ich weiß, aber du hast etwas falsch verstanden. Sie hat nicht diesen blöden Humperdinck geheiratet, sie heiratet Westley.‹

›Hier steht's aber‹, fing mein Vater an, ein bißchen eingeschnappt, und beginnt es noch einmal durchzugehen.

›Dann mußt du eine Seite überblättert haben, irgendwas. Sieh noch mal richtig, hmm?‹

Inzwischen war er nicht wenig ärgerlich. ›Ich hab nichts überschlagen. Ich hab die Worte gelesen. Hier stehen sie, so hab ich es vorgelesen. Gute Nacht‹, und fort ging er.

›He, bitte nicht‹, rief ich ihm hinterher, aber er ist dickköpfig, und daraufhin kam meine Mutter herein und sagte, ›Vater sagt, es strengt seinen Hals zu sehr an, und ich hab ihm gesagt, er soll nicht so viel vorlesen.‹ Und sie stopfte mir die Kissen zurecht, und wie sehr ich auch dagegen ankämpfte, es war vorbei. Ich bekam nichts mehr vorgelesen bis zum nächsten Tag.

Ich verbrachte die ganze Nacht in dem Glauben, daß Butterblume Humperdinck geheiratet hatte. Ich war ganz erschlagen. Wie soll ich das erklären, aber so ging es doch nicht zu auf der Welt. Das Gute zog das Gute an, und das Böse spülte man das Klo hinunter, und damit hatte sich's. Aber ihre Heirat—ich konnte mir keinen Reim darauf machen. Was hab ich mich abgemüht! Zuerst dachte ich, Butterblume habe womöglich so eine phantastische Wirkung auf Humperdinck und sie würde eine Art Westley aus ihm machen, oder vielleicht stellte sich heraus, daß Westley und Humperdinck lange verloren geglaubte Brüder waren, und Humperdinck war so froh, daß er seinen Bruder wiederhatte, und sagte, ›hör mal, Westley, ich hab' ja nicht gewußt, wer du bist, als ich sie heiratete; da laß ich mich jetzt von ihr scheiden, und dann heiratest du sie, und wir sind alle zufrieden.‹ Bis auf den heutigen Tag glaube ich nicht, daß ich je kreativer war.

Aber es ging so nicht auf. Etwas stimmte nicht, und ich kam nicht davon los. Plötzlich war diese Unzufriedenheit da und fraß sich ein, bis sie genug Platz hatte, um sich niederzulassen, und dann rollte sie sich zusammen und blieb da und steckt immer noch in mir und lauert, jetzt, während ich dies schreibe.

Am nächsten Abend, als mein Vater weiterlas und als sich herausstellte, daß Butterblume von der Heirat nur geträumt hatte, rief ich, ›ich hab's gewußt, ich hab's doch gleich gewußt‹, und mein Vater sagte ›na, bist du jetzt zufrieden, alles in Ordnung, können wir bitte weitermachen?‹, und ich sagte ›weiter‹, und er las.

Aber ich war nicht zufrieden. Ja, meine Ohren waren zufrieden, ich glaube, mein Sinn für Geschichten war zufrieden, mein Herz auch, aber in meiner — ich vermute, man muß das ›Seele‹ nennen —, da schüttelte diese verfluchte Unzufriedenheit ihr düsteres Haupt.

All dies erklärte mir nie jemand, bis ich weiter in meinem zweiten Jahrzehnt war, und da gab es eine große Frau, die in meiner Heimatstadt lebte, Edith Neisser, sie ist jetzt tot, und sie schrieb großartige Bücher darüber, wie wir unsere Kinder verpfuschen — *Brothers and Sisters* war eines von ihren Büchern, *The Eldest Child* war ein anderes. Erschienen bei Harper. Edith braucht die Reklame nicht, denn, wie schon gesagt, sie lebt ja nicht mehr, aber sollten unter Ihnen Leute sein, die sich Gedanken darüber machen, daß sie vielleicht keine perfekten Eltern sind, dann besorgen Sie sich eines von ihren Büchern, solange noch Zeit ist. Ich kannte sie, weil ihr Sohn Ed sich bei meinem Papa die Haare schneiden ließ, und sie war eine Schriftstellerin, und ich wußte damals schon, insgeheim, daß das auch für mich das Leben war, nur konnte ich es niemandem sagen. Es war zu unpassend — Friseurssöhne konnten vielleicht IBM-Vertreter werden, wenn sie sich anstrengten, aber Schriftsteller? Das ging nicht. Fragen Sie nicht, wie, aber Edith bekam irgendwie meinen vertuschten Ehrgeiz heraus, und von da an sprachen wir manchmal miteinander. Und ich weiß noch, einmal, wie wir kalten Tee auf ihrer Veranda tranken, und direkt vor der Veranda war ihr Badminton-Platz, und ich sah zu, wie ein paar Jungen spielten, und Ed hatte mich eben eingekoffert, und als ich vom Platz ging, zu der Veranda, da sagte er, ›mach dir nichts draus, das gleicht sich schon noch aus, nächstesmal kriegst du mich klein‹, und ich nickte, und dann sagte Ed, ›und wenn nicht, dann schlägst du mich eben in irgendwas sonst‹.

Ich ging auf die Veranda und trank kalten Tee, und Edith las so ein Buch, das sie gar nicht weglegte, als sie sagte, ›das stimmt nicht notwendig, weißt du‹.

Ich sagte, ›wie meinen Sie das?‹

Und jetzt erst legte sie ihr Buch hin. Und sah mich an. Und sprach es aus: *›Das Leben ist nicht gerecht*, Bill. Wir erzählen unseren Kindern, daß es gerecht ist, aber das ist eine Gemeinheit. Es ist nicht bloß eine Lüge, es ist eine grausame Lüge. Das Leben ist nicht gerecht, ist es nie gewesen und wird es nie sein.‹

Können Sie mir glauben, daß das für mich in dem Moment so war wie in einem dieser Comics, wo eine Glühbirne über dem Kopf Mandrakes des Magiers aufflammt? ›Nicht gerecht‹, sagte ich so laut, daß ich sie richtig erschreckte. ›Stimmt, es ist nicht gerecht.‹ Ich war so glücklich, hätte ich tanzen gekonnt, ich hätte angefangen zu tanzen. ›Ist das nicht großartig, ist das nicht einfach phantastisch?‹ Ich glaube, ungefähr hier muß Edith gedacht haben, ich fange an zu spinnen.

Aber es bedeutete so viel für mich, daß es ausgesprochen und heraus und frei war und fliegen konnte — das war die Unzufriedenheit, wurde mir in dem Moment klar, die ich an dem Abend erlebt hatte, als mein Vater nicht weiterlas. Das war die Versöhnung, die ich mir damals zusammenreimen wollte und nicht konnte.

Und das ist es, denke ich, worum es in diesem Buch geht. All diese Professoren mögen über ›köstliche Satiren‹ faseln, was sie wollen; die sind verrückt. Dieses Buch sagt: ›Das Leben ist nicht gerecht‹, und ich sage Ihnen, Sie tun besser daran, es zu glauben, ein für alle Mal. Ich habe einen fetten, verwöhnten Sohn — der schnappt sich keine Miss Rheingold. Und der wird immer fett sein, selbst wenn er dünn wird, wird er immer noch fett sein und immer noch verwöhnt, und das Leben wird nie genug sein, daß er zufrieden ist, und das ist vielleicht meine Schuld — Sie können alle Schuld mir geben, wenn Sie wollen. Worum es geht, ist dies: Wir sind nicht gleich geschaffen, den Reichen trägt man's nach, das Leben ist nicht gerecht. Ich habe eine kalte Frau; sie ist brillant, sie ist stimulierend, sie ist phantastisch; Liebe ist nicht da; auch das ist gut so, solange wir nicht immer noch erwarten, daß alles sich irgendwie für uns einrenken wird, ehe wir sterben.

Hört mal. (Erwachsene lassen diesen Absatz bitte weg.) Ich will Euch nicht erzählen, dieses Buch gehe tragisch aus. Ich sagte schon im allerersten Satz, daß es mein Lieblingsbuch ist. Aber es kommen jetzt eine Menge übler Sachen, auf die Folter seid Ihr ja schon vorbereitet, aber es kommt noch schlimmer. Der Tod zieht herauf, und Ihr begreift besser gleich: *Es sterben ein paar von den falschen Leuten.* Seid darauf gefaßt. Das sage ich nicht zur Abschreckung neugieriger Kinder. Niemand hatte mich gewarnt, und es war meine eigene Schuld (Ihr versteht bald, was ich meine), und das war mein Fehler, und darum passe ich auf, daß es Euch nicht passiert. Die falschen Leute sterben, ein paar von ihnen, und der Grund ist der: Das Leben ist nicht gerecht. Vergeßt den Quatsch, den Euch Eure Eltern erzählen. Denkt an Morgenstern. Ihr werdet viel zufriedener sein.

Soweit, nun genug. Zurück zum Text. Die Zeit der Albträume.

In der folgenden Nacht träumte sie, daß sie ihr erstes Kind gebar, und es war ein Mädchen, ein schönes kleines Ding, und Butterblume sagte, »es tut mir leid, daß es kein Junge ist; ich weiß doch, du brauchst einen Thronerben«, und Humperdinck sagte, »Liebste, mach dir doch darüber keine Gedanken, schau nur, was für ein herrliches Kind Gott uns geschenkt hat«, und dann ging er fort, und Butterblume gab dem Kind ihre vollkommene Brust, und das Kind sagte, »deine Milch ist sauer«, und Butterblume sagte, »oh, das tut mir leid«, und gab dem Kind die andere Brust, und das Kind sagte, »nein, die ist auch sauer«, und Butterblume sagte, »ich weiß nicht, was soll ich tun?«, und das Baby sagte, »du weißt doch immer, was du tun sollst, du weißt immer ganz genau, was du tun sollst, du tust immer genau das, was dir paßt, und alle andern können zum Teufel gehn«, und Butterblume sagte, »du meinst Westley?«, und das Baby sagte, »natürlich meine ich Westley«, und Butterblume erklärte geduldig, »ich dachte doch, er sei tot, verstehst du? Ich hatte deinem Vater mein Wort gegeben«, und das Baby sagte, »ich sterbe jetzt; es ist keine Liebe in deiner Milch; deine Milch hat mich umgebracht«, und dann wurde das Kind steif und zerbröselte ihr unter den Händen zu nichts als trockenem Staub, und Butterblume schrie und schrie; sogar als sie aufgewacht war, neunundfünfzig Tage vor ihrer Hochzeit, schrie sie immer noch.

Der dritte Albtraum folgte rasch darauf am nächsten Abend. Wieder bekam sie ein Baby — diesmal einen Sohn, einen prächtigen, starken Jungen — und Humperdinck sagte, »Liebste, es ist ein Junge«, und Butterblume sagte, »ich hab dich nicht enttäuscht, dem Himmel sei Dank«, und dann war er fort, und Butterblume rief, »kann ich meinen Sohn jetzt sehen?«, und die Ärzte rannten alle vor ihrem königlichen Gemach hin und her, aber der Junge wurde nicht hereingebracht. »Was gibt es denn für Schwierigkeiten«, rief Butterblume hinaus, und der Chefarzt sagte, »ich versteh's nicht recht, aber er will Euch nicht sehen«, und Butterblume sagte, »sagt ihm, ich bin seine Mutter, und ich bin die Königin, und ich befehle, daß er herkommt«, und dann war er da, ein so hübscher Kleiner, wie man nur wünschen konnte. »Macht die Tür zu«, und die Ärzte ließen sie allein. Das Baby stand so weit weg von ihrem Bett wie nur möglich, in der entferntesten Ecke des Raumes. »Komm her, mein Liebling«, sagte Butterblume. »Warum? Willst du mich auch umbringen?« »Ich bin deine Mutter und ich liebe dich, komm schon her; ich habe nie jemanden umgebracht.« »Du hast Westley umgebracht, hast du nicht sein Gesicht gesehen im Feuersumpf? Das nenn' ich umbringen.« »Wenn du erst älter bist, wirst du das verstehen, jetzt sag' ich dir nicht noch einmal — komm jetzt her.« »Mörderin«, schrie der Kleine, »Mörderin«, aber inzwischen war sie aus dem Bett heraus und hatte ihn in den Armen und sagte, »hör damit auf, hör sofort auf, ich liebe dich«, und er sagte, »deine Liebe ist Gift, sie tötet«, und er starb in ihren Armen, und sie fing an zu weinen. Sogar als sie schon wieder wach war, achtundfünfzig Tage vor ihrer Hochzeit, weinte sie immer noch.

Am nächsten Abend lehnte sie es schlicht ab, schlafen zu gehen. Stattdessen ging sie umher, las, nähte und trank eine Tasse dampfenden indischen Tees nach der andern. Natürlich war ihr ganz elend vor Müdigkeit, aber sie hatte eine solche Angst vor dem, was sie träumen könnte, daß ihr jedes Unwohlsein im Wachen lieber war als das, was der Schlaf bringen konnte, und gegen Morgen war ihre Mutter schwanger – nein, mehr als das, ihre Mutter bekam ein Baby –, und als Butterblume da in der Ecke des Zimmers stand, sah sie zu, wie sie selbst geboren wurde und wie ihr Vater ihre Schönheit bestaunte und ihre Mutter auch, und die Hebamme war die erste, die Sorgen verriet. Die Hebamme war eine freundliche Frau, ihre Liebe zu den Babies war im ganzen Dorfe bekannt, und sie sagte, »seht bloß – Kummer«, und ihr Vater sagte, »wieso Kummer? Wo habt Ihr denn je so etwas Schönes gesehn?«, und die Hebamme sagte, »versteht Ihr denn nicht, warum ihr solche Schönheit gegeben worden ist? Das ist, weil sie kein Herz hat. Hier, hört doch, das Kind lebt, aber man hört keinen Herzschlag«, und sie hielt Butterblumes Brust an das Ohr ihres Vaters, und ihr Vater konnte nur nicken und sagen, »wir müssen einen Wunderheiler suchen, der ein Herz hineinsetzt«, aber die Hebamme sagte, »das wäre falsch, glaub' ich, ich hab schon von solchen Wesen gehört, von den Herzlosen, wenn sie größer werden, werden sie schöner und schöner; an ihrem Weg bleiben nur zerfetzte Leiber und zerbrochene Seelen zurück, diese Herzlosen sind Schmerzensbringer, und mein Rat wäre, weil ihr beide noch jung seid, habt noch ein Kind, ein anderes, und schafft euch dieses hier jetzt vom Hals, aber die letzte Entscheidung liegt natürlich bei euch«, und ihr Vater sagte zu ihrer Mutter, »na?«, und die Mutter sagte, »weil die Hebamme der freundlichste Mensch im ganzen Dorf ist, muß sie ja ein Monster erkennen, wenn sie eines sieht; tun wir's gleich«, und so legten Butterblumes Vater und Butterblumes Mutter dem Baby die Hände an die Kehle, und das Baby fing an zu keuchen. Auch als Butterblume wieder wach war, gegen Morgen, siebenundfünfzig Tage vor ihrer Hochzeit, konnte sie nicht aufhören zu keuchen.

Von da an wurden ihre Albträume einfach zu entsetzlich.

Als es noch fünfzig Tage waren, klopfte sie eines Nachts an die Tür zu Prinz Humperdincks Gemächern. Sie trat ein, als er sie aufforderte. »Ich sehe Kummer«, sagte er, »du siehst sehr krank aus.« Und so war es. Schön war sie natürlich immer noch, aber gut sah sie nicht mehr aus.

Butterblume wußte nicht recht, wie sie anfangen sollte.

Er geleitete sie zu einem Stuhl und holte ihr Wasser. Sie nippte daran und blickte starr vor sich hin. Er stellte ihr Glas beiseite.

»Zu deiner Verfügung, Prinzessin«, sagte er.

»Es läuft auf dies hinaus«, fing Butterblume an. »Im Feuersumpf habe ich den schlimmsten Fehler meines Lebens gemacht. Ich liebe Westley, ich habe ihn immer geliebt, und es scheint auch, ich werde ihn immer lieben. Ich hab' das nicht gewußt, als du zu mir kamst. Bitte glaub mir, was ich jetzt sage: Als du gesagt hast, ich müsse dich heiraten oder sterben, habe ich geantwortet, ›töte mich‹. Das war so gemeint. Ich meine das auch jetzt: Wenn du sagst, ich muß dich in fünfzig Tagen heiraten, bin ich morgen früh tot.«

Der Prinz war ganz erschlagen.

Nach einem langen Augenblick kniete er neben Butterblumes Stuhl hin und begann mit seiner sanftesten Stimme zu sprechen: »Ich gebe zu, als wir uns verlobt haben, war keine Liebe im Spiel. Das war ebenso meine Entscheidung wie deine, wenn auch die Idee vielleicht von dir kam. Aber du wirst in diesem letzten Monat voller Einladungen und Festlichkeiten sicherlich eine gewisse Erwärmung in meiner Einstellung bemerkt haben.«

»Ich habe es bemerkt. Du warst sowohl freundlich wie nobel.«

»Danke. Nachdem ich dies gesagt habe, hoffe ich, du erkennst an, wie schwer mir der nächste Satz fällt: Ich würde lieber selber sterben, als dich unglücklich machen, indem ich deiner Heirat mit dem Mann, den du liebst, im Wege stehe.«

Butterblume mochte fast weinen vor Dankbarkeit. Sie sagte: »Mein Lebtag will ich dich segnen für deine Freundlichkeit.« Dann stand sie auf. »Also ist es abgemacht, unsere Hochzeit wird abgesagt.«

Er stand auch auf. »Eine Schwierigkeit vielleicht.«

»Das wäre?«

»Hast du an die Möglichkeit gedacht, daß er dich jetzt vielleicht nicht mehr heiraten will?«

Bis zu diesem Augenblick hatte sie daran nicht gedacht.

»Du bist — ich erinnere dich ungern daran — mit seinen Gefühlen nicht eben sanft umgegangen im Feuersumpf. Verzeih, wenn ich das sage, Liebste, aber du hast ihn, man könnte sagen, im Stich gelassen.«

Butterblume sank wieder auf ihren Stuhl zurück; jetzt war es an ihr, erschlagen zu sein.

Humperdinck kniete abermals neben ihr nieder. »Dieser Matrose da, dein Westley, hat er Stolz?«

Butterblume konnte nur flüstern: »Mehr als jeder andere Mann, denke ich manchmal.«

»Bitte, dann überleg es dir, Liebste. Da fährt er jetzt irgendwo mit dem Greuelpiraten Roberts umher; er hat nun einen Monat Zeit gehabt, die Wunden zu heilen, die du seinen Gefühlen geschlagen hast. Was, wenn er jetzt allein bleiben will? Oder, schlimmer noch, wenn er eine andere gefunden hat?«

Butterblume konnte nun nicht einmal mehr flüstern.

»Ich denke, meine Süße, wir beide sollten ein Geschäft abschließen, du und ich: Wenn Westley dich noch heiraten will, dann segne Gott euch beide. Wenn dagegen, aus Gründen, die zu erwähnen mir unangenehm ist, sein Stolz es nicht zuläßt, dann heiratest du mich, wie geplant, und wirst Königin von Florin.«

»Er kann nicht geheiratet haben. Ich bin sicher. Nicht mein Westley.« Sie sah den Prinzen an. »Aber wie kann ich es herausfinden?«

»Wie wäre folgendes: Du schreibst ihm einen Brief und erklärst ihm alles. Davon machen wir vier Abschriften. Ich beordere meine vier schnellsten Schiffe in alle Richtungen. Der Greuelpirat Roberts ist selten weiter als eine Monatsreise von Florin entfernt. Wenn eines meiner Schiffe ihn findet, hißt es die weiße Flagge des Waffenstillstands, übergibt deinen Brief, und Westley kann sich entscheiden. Wenn nein, kann er das dem Kapitän sagen. Wenn ja, bringt der Kapitän ihn gleich mit hierher zu dir, und ich werde mich irgendwie mit einer bescheideneren Braut zufriedengeben müssen.«

»Ich denke — ich bin nicht *sicher* — aber ich *denke* wirklich, dies ist die großmütigste Entscheidung, die ich je vernommen habe.«

»Tu mir dafür dann den einen Gefallen: Solange, bis wir Westleys Absichten kennen, so oder so, laß uns weitermachen wie bisher, die Festlichkeiten werden also nicht abgebrochen. Und wenn es dir so scheint, als ob ich dich allzu gern hätte, denk daran, daß ich nichts dafür kann.«

»Einverstanden«, sagte Butterblume und ging zur Tür, nicht ohne ihn zuvor auf die Wange geküßt zu haben.

Er folgte ihr. »Jetzt hinaus mit dir, und schreib deinen Brief«, und er erwiderte den Kuß und lächelte ihr mit den Augen nach, bis eine Biegung des Korridors sie seinen Blicken entzog. In seinem Geist bestand kein Zweifel, daß es in den nächsten Tagen so aussehen müßte, als ob er sie allzu gern hätte. Denn wenn sie an ihrem Hochzeitstag ermordet wurde, kam es darauf an, daß dem ganzen Lande die Tiefe seiner Liebe, die epochale Größe seines Verlustes klar war, denn dann würde niemand zu zögern wagen, wenn es hieß, ihm in seinen Rachekrieg gegen Guldern zu folgen.

Zuerst, als er den Sizilianer engagiert hatte, war er überzeugt gewesen, es wäre das Beste, wenn jemand anders sie abtat, es mußte nur so aussehen, als wären Soldaten aus Guldern am Werke gewesen. Und als dann von irgendwoher der Schwarze aufgetaucht war und seine Pläne vereitelt hatte, wurde der Prinz fast wahnsinnig vor Wut. Nun aber hatte sich sein von Grund auf optimistischer Charakter wieder behauptet: Alles wandte sich immer zum Besten. Die Leute waren nun vernarrt in Butterblume wie noch nie vor ihrer Entführung. Und wenn er vom Balkon seines Schlosses herab verkündete, daß sie ermordet worden war — er sah die Szene im Geiste schon vor sich: er würde zu spät kommen, um sie vor dem Erwürgen zu retten, aber noch früh genug, um die gulderanischen Soldaten aus dem Fenster des Schlafzimmers auf den weichen Boden darunter springen zu sehen —, wenn er diese Rede hielt vor den Massen am Fünfhundertsten Jahrestag seines Landes, da bliebe auf dem Großen Platz kein Auge trocken. Er war zwar ein klein bißchen aufgeregt, denn er hatte noch niemals eine Frau mit bloßen Händen richtig getötet, aber ein erstes Mal gab es ja bei allem. Außerdem, wenn man etwas richtig erledigt haben wollte, tat man's am besten selber.

An diesem Abend begannen sie Westley zu foltern. Die eigentliche Schmerzerzeugung handhabte Graf Rugen, der Prinz saß bloß dabei und stellte laut seine Fragen, während er insgeheim das Können des Grafen bewunderte.

Der Graf nahm an Schmerzen ein aufrichtiges Interesse. Das Warum hinter den Schreien interessierte ihn ebensosehr wie das Leiden selbst. Während der Prinz sich körperlich in der Jagd auslebte, las und studierte Graf Rugen alles, was er sich zum Thema Schmerz beschaffen konnte.

»Also nun«, sagte der Prinz zu Westley, der in dem großen Käfig im fünften Geschoß lag, »bevor wir anfangen, möchte ich, daß du mir diese Frage beantwortest: Hast du irgendwelche Klagen über deine Behandlung bisher?«

»Keine«, antwortete Westley, und er hatte tatsächlich keine. Gewiß, es wäre ihm schon lieber gewesen, wenn man ihn ab und zu ein bißchen losgekettet hätte, aber wenn man schon einmal Gefangener war, konnte man nicht mehr verlangen, als er bekommen hatte. Die medizinischen Hilfeleistungen des Albinos waren genau die richtigen gewesen, und seine Schulter war geheilt; was ihm der Albino zu essen brachte, war immer heiß und nahrhaft gewesen, der Wein und der Schnaps waren wunderbar wärmend in der Dunkelheit des unterirdischen Käfigs.

»Du fühlst dich also gut bei Kräften?« fuhr der Prinz fort.

»Ich glaube, meine Beine sind ein bißchen steif vom Angekettetsein, doch davon abgesehen, ja.«

»Gut. Dann verspreche ich dir dies, so wahr Gott mein Zeuge ist: Beantworte die nächste Frage, und ich lasse dich heute abend noch frei. Aber du mußt sie ehrlich und vollständig beantworten, ohne etwas zu verschweigen. Wenn du lügst, merke ich es. Und dann lasse ich den Grafen auf dich los.«

»Ich habe nichts zu verbergen«, sagte Westley. »Frag nur.«

»Wer hat dich gedungen, die Prinzessin zu entführen? Es war jemand aus Guldern. Wir haben an dem Pferd der Prinzessin

Stoffreste gefunden, die darauf hinweisen. Sag mir den Namen dieses Mannes, und du bist frei. Sprich.«

»Niemand hat mich beauftragt«, sagte Westley. »Ich habe ganz und gar selbständig gearbeitet. Und ich habe sie nicht entführt; ich habe sie vor anderen gerettet, die ebendies taten.«

»Du scheinst ein vernünftiger Bursche zu sein, und meine Prinzessin behauptet, dich seit vielen Jahren zu kennen, daher will ich dir, ihr zuliebe, noch eine allerletzte Chance geben: Nenne mir den Namen des Mannes in Guldern, der dich beauftragt hat. Sag ihn, oder mach dich gefaßt auf die Folter.«

»Niemand hat mich beauftragt, ich schwöre es.«

Der Graf legte Feuer an Westleys Hände. Es war nichts Dauerhaftes oder Verstümmelndes; er tauchte nur Westleys Hände in Öl und führte eine Kerze so nahe heran, daß es aufflammte. Nachdem Westley hinreichend oft geschrien hatte, »NIEMAND – NIEMAND – NIEMAND – BEI MEINEM LEBEN!«, tauchte der Graf Westleys Hände in Wasser, und er und der Prinz entfernten sich durch ihre Geheimtür. Die medizinische Versorgung blieb dem Albino überlassen, der zu den Folterungszeiten immer in der Nähe war, aber niemals in dem Maße sichtbar wurde, daß er hätte ablenkend wirken können.

»Ich fühle mich richtig erfrischt«, sagte der Graf, als er mit dem Prinzen die unterirdische Treppe hinaufzusteigen begann. »Es ist die perfekte Frage. Er sagte eindeutig die Wahrheit, wir beide wissen das.«

Der Prinz nickte. Der Graf war eingeweiht in alle seine geheimsten Pläne für den Rachekrieg.

»Ich bin fasziniert«, fuhr der Graf fort. »Was wird geschehen? Welcher Schmerz wird der unerträglichste sein, der körperliche oder der seelische: er bekommt die Freiheit versprochen, wenn er die Wahrheit sagt; dann sagt er sie und wird für einen Lügner gehalten?«

»Ich denke, der körperliche«, sagte der Prinz.

»Ich denke, du irrst«, sagte der Graf.

Tatsächlich irrten sie beide; Westley litt die ganze Zeit überhaupt nicht. Daß er geschrien hatte, war ganz und gar darauf berechnet, sie zufriedenzustellen. Er hatte seine Verteidigung nun einen Monat lang geübt und war mehr als vorbereitet. In dem Augenblick, als der Graf die Kerze an seine Hände führte, richtete Westley die Augen zur Decke, ließ die Lider darüberfallen und brachte sein Gehirn in einem Zustand tiefer und anhaltender Konzentration in Sicherheit. Butterblume war es, woran er dachte, ihr herbstfarbenes Haar, ihre vollkommene Haut, und er brachte sie ganz dicht neben sich und ließ sich von ihr ins Ohr flüstern, während es brannte: »Ich liebe dich. Ich liebe dich. Ich hab' dich im Feuersumpf nur allein gelassen, um deine Liebe zu mir auf die Probe zu stellen. Ist sie so groß wie meine Liebe zu dir? Kann es soviel Liebe zweimal zugleich geben auf einem Planeten? Ist dafür genug Platz, geliebter Westley? ...«

Der Albino verband ihm die Finger.

Westley lag still.

Zum erstenmal fing der Albino ein Gespräch an. Flüstern: »Sag es ihnen lieber.«

Diesmal zuckte Westley die Achseln.

Flüstern: »Die hören niemals auf. Nicht, wenn sie einmal angefangen haben. Sag ihnen, was sie wissen wollen, und du hast es hinter dir.«

Achselzucken.

Flüstern: »Die Maschine ist fast fertig. Sie machen jetzt Tierversuche damit.«

Achselzucken.

Flüstern: »Ich sag dir das nur zu deinem Besten.«

»Zu meinem Besten? Was soll das sein? Die töten mich sowieso.«

Der Albino nickte.

Der Prinz fand Butterblume, wie sie unglücklich vor der Tür zu seinen Gemächern wartete.

»Es ist wegen meines Briefes«, begann sie. »Ich komme damit nicht zurecht.«

»Komm herein«, sagte der Prinz freundlich. »Vielleicht können wir dir helfen.« Sie setzte sich wieder in denselben Sessel wie beim vorigen Mal. »Also gut, ich mach' die Augen zu und höre dir zu; lies vor.«

»›Westley, meine Leidenschaft, mein Süßer, mein Einziger, mein Eigener. Komm zurück, komm zurück, sonst bring' ich mich um. In Qualen, Deine Butterblume.‹« Sie sah Humperdinck an. »Na? Findest du, ich werf' mich ihm zu sehr an den Hals?«

»Ein bißchen stürmisch kommt es mir schon vor«, gab der Prinz zu. »Zum Verhandeln läßt es ihm nicht viel Spielraum.«

»Hilfst du mir, es besser zu machen, bitte?«

»Ich will tun, was ich kann, verehrter Schatz, aber zunächst wäre es vielleicht nützlich, wenn ich ein wenig über ihn wüßte. Ist er denn wirklich so wunderbar, dein Westley?«

»Nicht so sehr wunderbar als vielmehr vollkommen«, antwortete sie. »Sozusagen fehlerlos. Mehr oder weniger erhaben. Untadelig. Ziemlich dicht zum Idealen hin.« Sie sah den Prinzen an. »Nützt dir das etwas, was ich sage?«

»Ich denke, deine Emotionen vernebeln doch ein klein wenig die objektiven Sachverhalte. Denkst du wirklich, es gibt nichts, was der Bursche nicht kann?«

Butterblume dachte ein Weilchen nach. »Nicht nur, daß es nichts gibt, was er nicht kann, er kann auch noch alles besser als irgendwer sonst.«

Der Prinz kicherte und lächelte. »Mit anderen Worten, du meinst, wenn er — nur als Beispiel genommen — jagen wollte, so könnte er das besser als jemand wie — wieder nur als Beispiel — ich?«

»Oh, ich denke, wenn er wollte, könnte er es, ganz sicher, aber zufällig macht er sich nichts aus der Jagd, jedenfalls soviel ich weiß, vielleicht mag er es doch, ich weiß nicht. Ich wußte auch nicht, daß er sich so fürs Bergsteigen interessierte, aber dann erstieg er die Klippen des Wahnsinns unter äußerst widrigen Bedingungen, und alle Leute sind sich einig, daß das nicht das Leichteste ist.«

»Also, warum fangen wir unseren Brief nicht mit ›göttlicher Westley‹ an? Das appelliert an seine Bescheidenheit«, schlug der Prinz vor.

Butterblume fing an zu schreiben und hielt inne. »›Göttlicher‹ mit einem oder mit zwei t?«

»Mit zweien, glaube ich, du irres Geschöpf«, antwortete der Prinz und lächelte sanft, als Butterblume zu schreiben anfing. So dichteten sie vier Stunden lang an dem Brief, und viele, viele Male sagte sie, »das bekäm' ich nie fertig, ohne dich«, und der Prinz war immer überaus bescheiden und stellte kleine hilfreiche Fragen über Westleys Person, so oft es möglich war, ohne daß es auffiel, und bei dieser Gelegenheit erzählte sie ihm einige Zeit vor der Morgendämmerung, lächelnd, wie sie sich daran erinnerte, was Westley als Kind für eine Angst vor Spinnenbissen gehabt hatte.

Am folgenden Abend in dem Käfig im fünften Geschoß fragte der Prinz, wie immer, »sag mir den Namen des Mannes in Guldern, der dich beauftragt hat, die Prinzessin zu entführen, und ich verspreche dir die sofortige Freiheit«, und Westley antwortete, wie immer, »niemand, niemand, ich war allein«, und der Graf, der den Tag damit zugebracht hatte, die Spinnen vorzubereiten, placierte sie sorgfältig auf Westleys Haut, und Westley schloß die Augen und bat und flehte, und so nach einer Stunde gingen der Prinz und der Graf fort, und zurück blieb der Albino, mit der Aufgabe, die Spinnen zu verbrennen und sie dann von Westley fortzunehmen, damit er nicht versehentlich vergiftet wurde, und auf der Treppe sagte der Prinz, nur der Konversation halber, »schon viel besser, findest du nicht?«

Der Graf sagte sonderbarerweise nichts.

Was für Humperdinck irgendwie ärgerlich war, denn um die absolute Wahrheit zu sagen, die Folter stand nie so besonders hoch in der Rangliste seiner Passionen, und ihm wäre es ebenso recht gewesen, Westley ohne weitere Umstände gleich zu liquidieren.

Wenn Butterblume nur zugeben würde, daß er, Humperdinck, der Bessere war!

Aber sie gab es nicht zu, sie tat es einfach nicht. Sie sprach über nichts anderes als über Westley. Sie fragte nach nichts anderem als nach Nachrichten von Westley. Tage und Wochen vergingen, ein Fest nach dem anderen, und ganz Florin war gerührt über das Schauspiel, den großen Jäger schließlich so unzweideutig und wunderbar verliebt zu sehen, aber wenn die beiden alleine waren, dann sagte sie immer nur, »ich möchte wissen, wo Westley bloß steckt? Was kann ihn nur so lange aufhalten? Wie soll ich das noch aushalten, bis er endlich kommt?«

Zum Verrücktwerden. So kamen die allabendlichen Unannehmlichkeiten, unter denen der Graf Westley sich drehen und winden ließ, dem Prinzen sozusagen gelegen. Der Prinz nahm sich etwa eine Stunde Zeit, um zuzuschauen, dann gingen er und der Graf fort, der Graf immer noch sonderbar schweigsam. Und unten versorgte der Albino die Wunden und flüsterte: »Sag es ihnen, *bitte!* Die lassen dich nur noch mehr leiden.«

Westley konnte sein Lächeln kaum unterdrücken.

Er hatte keinen Schmerz gespürt, kein einziges Mal. Er hatte die Augen geschlossen und sein Gehirn in Sicherheit gebracht. Das war das Geheimnis. Wenn man sein Gehirn aus der Gegenwart abziehen und es dahin bringen kann, wo es Haut wie Neuschnee zu sehen gibt, nun, dann gönnen wir ihnen ihren Spaß.

Die Zeit seiner Rache würde kommen.

Westley lebte jetzt hauptsächlich für Butterblume. Aber es ließ sich nicht leugnen, da war noch etwas, was er auch wollte.

Seine Zeit . . .

Prinz Humperdinck hatte schlechterdings überhaupt keine Zeit. Es schien keine einzige Entscheidung in ganz Florin möglich zu sein, die nicht schließlich auf die eine oder andere Weise zu einer Last auf seinen Schultern wurde. Nicht nur stand seine Heirat bevor, sein Land hatte auch noch Fünfhundertsten Jahrestag. Nicht nur brütete er daran herum, wie er auf die beste Weise einen Krieg anfangen konnte, er mußte auch noch ständig die Liebe aus seinen Augen leuchten lassen. Jede Einzelheit wollte vorbereitet sein, und zwar richtig.

Sein Vater war überhaupt keine Hilfe mehr, er konnte sich weder entschließen, hinzuscheiden, noch brachte er anstatt des Gemummels je wieder etwas Vernünftiges heraus.

(Sie dachten, sein Vater sei schon tot, aber das war nur Bluff, vergessen Sie's nicht – Morgenstern mogelte sich damit in die Albtraum-Sequenz, also lassen Sie sich nicht verwirren.)

Die Königin Bella watschelte bloß um ihn herum und übersetzte hier und da etwas, und schließlich fiel es Prinz Humperdinck mit einem Schreck zwölf Tage vor der Hochzeit ein, daß er noch nicht daran gedacht hatte, das für seinen Plan so entscheidende Guldern-Programm in Gang zu bringen, und so rief er spät an einem Abend Yellin in sein Schloß.

Yellin war der Chef des Amtes für Öffentliche Ordnung von Florin, ein Posten, den er von seinem Vater geerbt hatte. (Der Albino-Wärter im Zoo war ein Cousin ersten Grades von Yellin, und zusammen waren die beiden das einzige Paar von Nichtadeligen, denen der Prinz beinahe vertraute.)

»Euer Hoheit«, sagte Yellin. Er war klein und geschmeidig, hatte bohrende Augen und feuchte Hände.

Prinz Humperdinck kam hinter seinem Schreibtisch hervor. Er trat dicht an Yellin heran, und blickte mehrmals um sich, ehe er, ganz leise, sagte: »Ich habe Nachrichten aus gutunterrichteten Quellen, daß viele Männer aus Guldern seit kurzem dabei sind, unser Verbrecherviertel zu infiltrieren. Sie sind als Florineser verkleidet, und ich mache mir Sorgen.«

»Ich habe davon nichts gehört«, sagte Yellin.

»Ein Prinz hat seine Spione überall.«

»Ich verstehe«, sagte Yellin. »Und Ihr glaubt, da die Indizien dafür sprechen, daß sie schon einmal versucht haben, Eure Verlobte zu entführen, daß so etwas noch einmal geschehen könnte?«

»Es wäre eine Möglichkeit.«

»Dann werde ich das Verbrecherviertel abriegeln«, sagte Yellin. »Niemand kommt hinein und niemand heraus.«

»Nicht genug«, sagte der Prinz. »Ich wünsche, daß das Verbrecherviertel evakuiert wird. Alle die Strolche kommen in Haft, so lange, bis ich sicher in den Flitterwochen bin.« Yellin nickte nicht schnell genug, daher sagte der Prinz, »welches Problem siehst du?«

»Meine Leute sind nicht immer ganz glücklich bei dem Gedanken, in das Verbrecherviertel eindringen zu müssen. Viele Verbrecher leisten Widerstand gegen Veränderungen.«

»Jag sie heraus. Bilde ein Rollkommando. Auf jeden Fall, es muß geschehen.«

»Es dauert mindestens eine Woche, bis man ein anständiges Rollkommando zusammenhat«, sagte Yellin. »Aber das ist Zeit genug«. Er verneigte sich und wollte gehen.

Und das war der Augenblick, als das Geheul anfing.

Yellin hatte in seinem Leben schon so manches gehört, aber noch nie etwas so Gräßliches. Er war ein tapferer Mann, aber dieser Ton machte ihm Angst. Er klang nicht menschlich, aber er konnte auch nicht erraten, was für ein Tier es war, aus dessen Kehle er kam. (Es war ein wilder Hund im ersten Geschoß des Zoos, aber kein wilder Hund hatte noch jemals so geheult. Aber es war ja auch noch nie ein wilder Hund in die Maschine geschnallt worden.)

Der Ton wuchs an Schmerzensfülle, er stieg in den Nachthimmel, verbreitete sich über das Schloßgebiet, über die Mauern, sogar über den Großen Platz vor dem Schloß.

Er hörte nicht auf. Er hing nun einfach unter dem Himmel, eine hörbare Erinnerung an das Vorhandensein tödlicher Qual. Auf dem Großen Platz schrien ein halbes Dutzend Kinder gegen das Geheul an, um es zu übertönen. Manche weinten, manche rannten nur nach Hause.

Dann begann es an Lautstärke zu verlieren. Nun war es auf dem Großen Platz kaum mehr zu hören, dann war es dort verklungen. Nun war es auf den Schloßmauern kaum mehr zu hören, nun war es auch dort weg. Es sank über das Schloßgelände hin in sich zusammen, bis ins erste Geschoß des Todeszoos, wo Graf Rugen saß und an etlichen Knöpfen drehte. Der wilde Hund starb. Graf Rugen erhob sich, und das war alles, was er tun konnte, um ein Triumphgeheul zu unterdrücken.

Er verließ den Zoo und rannte zu den Räumen des Prinzen. Yellin ging gerade, als der Graf ankam. Der Prinz saß nun wieder hinter seinem Schreibtisch. Als sie beide allein waren, verbeugte sich der Graf vor Seiner Majestät: »Die Maschine«, sagte er schließlich, »funktioniert.«

Es verging eine Weile, bevor Prinz Humperdinck antwortete. Es war eine heikle Situation, denn er war doch der Chef und der Graf nur ein Untergebener, dennoch, niemand in ganz Florin hatte Rugens Fähigkeiten. Als Erfinder hatte er, wie es zumindest den Anschein hatte, die Maschine von allen Fehlern befreit. Als Architekt hatte er das Hauptverdienst um die in den Todeszoo eingebauten Sicherheitsfaktoren, und es war unleugbar Rugen gewesen, der es so eingerichtet hatte, daß der einzige nichttödliche Zugang der unterirdische über das fünfte Geschoß war. Auch war er eine Stütze des Prinzen in allen Jagd- und Kriegsangelegenheiten, und einen Gefolgsmann wie ihn konnte man schlecht mit einem raschen »Verschwinde, du gehst mir auf die Nerven« abfertigen. Der Prinz brauchte also ein Weilchen.

»Schau, Ty«, sagte er endlich. »Es packt mich mächtig, daß du jetzt alle diese Defekte an der Maschine ausgebügelt hast; ich habe keine Minute gezweifelt, daß du es schließlich schaffen würdest. Und ich bin auch wirklich ganz begierig, sie in Betrieb zu sehen. Aber wie soll ich das sagen? Ich weiß kaum mehr, wo mir der Kopf steht. Es sind nicht bloß die Feste und das Geturtel mit der Wieheißtsiedoch, ich muß auch entscheiden, wie lang die Festparade zur Fünfhundertjahrfeier sein soll, wo sie anfängt und wann sie anfängt und welcher Edelmann vor welchem anderen Edelmann einhergeht, damit am Ende alle noch mit mir reden, dann muß ich auch noch meine Frau ermorden und dem ganzen Land die Sache schmackhaft machen, und wenn das alles erst einmal erledigt ist, dann muß ich den Krieg in Gang bringen — und all diesen Kram muß ich allein machen. Letzten Endes ist es so, Ty: Ich ertrinke einfach. Wie wäre es also, wenn du schon mit Westley anfingst und mich auf dem laufenden hieltest? Sobald ich die Zeit finde, komm' ich dann und schau' es mir an, und ich bin sicher, es wird ganz wunderbar, aber was mir jetzt fehlt, ist ein bißchen Luft; du bist mir doch darum nicht böse?«

Graf Rugen lächelte. »Keineswegs.« Er war es in der Tat nicht. Er fühlte sich immer wohler dabei, wenn er den Schmerz allein verabfolgen konnte. Man konnte sich viel tiefer konzentrieren, wenn man mit der Qual allein war.

»Ich wußte, du würdest es verstehen, Ty.«

Es klopfte an die Tür, und Butterblume steckte den Kopf herein. »Schon Nachrichten?« sagte sie.

Der Prinz lächelte ihr zu und schüttelte traurig den Kopf. »Herzchen, ich hab' dir doch versprochen, ich sag' es dir augenblicklich, wenn ich etwas höre.«

»Es sind doch aber nur noch zwölf Tage.«

»Liebstes Spätzchen, das ist noch lange hin, nun mach dir nur keine Sorgen.«

»Ich laß dich jetzt allein«, sagte Butterblume.

»Ich war auch gerade im Aufbruch«, sagte der Graf. »Darf ich Euch zu Euren Räumen bringen?«

Butterblume nickte, und sie schritten die Korridore entlang bis zu ihrer Suite. »Gute Nacht«, sagte Butterblume schnell; sie hatte immer Angst, wenn der Graf in der Nähe war, seit jenem Tage, als er zuerst auf dem Hof ihres Vaters erschienen war.

»Ich bin sicher, er wird kommen«, sagte der Graf; er war in alle Pläne des Prinzen eingeweiht, und Butterblume war sich dessen wohl bewußt. »Ich kenne Euren Freund nicht gut, aber er hat mir großen Eindruck gemacht. Ein Mann, der sich durch den Feuersumpf durchschlagen kann, kommt auch noch vor Eurem Hochzeitstag nach Florin durch.«

Butterblume nickte.

»Er schien so stark, so erstaunlich kraftvoll«, fuhr der Graf mit warmer, gewinnender Stimme fort. »Ich frage mich nur, ob er auch echtes Gefühl besitzt. Ihr wißt, manchen sehr kraftvollen Männern geht dies ab. Ich frage mich zum Beispiel, kann er auch weinen?«

»Westley würde nie weinen«, antwortete Butterblume und öffnete die Tür zu ihren Zimmern, »außer um den Tod eines geliebten Menschen.« Und damit machte sie vor dem Grafen die Tür zu, war allein, ging zu ihrem Bett und kniete nieder. Westley, dachte sie nun. Bitte komm doch; in Gedanken habe ich dich jetzt all diese vielen Wochen über gebeten, und immer noch kein Wort. Als wir noch auf dem Bauernhof waren, dachte ich, ich liebe dich, aber das war keine Liebe. Als ich dein Gesicht hinter der Maske vorkommen sah, auf dem Grund der Schlucht, dachte ich, ich liebe dich, aber das war auch bloß eine Art tiefes Vernarrtsein. Liebster, ich denke, jetzt liebe ich dich, und ich bete darum, daß du mir die Chance gibst, es mein Leben lang zu beweisen. Ich könnte mein Leben im Feuersumpf zubringen und vom Morgen bis in die Nacht hinein singen, wenn du bei mir wärest. Ich könnte eine Ewigkeit lang durch den Schneesand sinken, wenn meine Hand in deiner Hand läge. Am liebsten würde ich die Ewigkeit neben dir auf einer Wolke zubringen, aber auch die Hölle wäre ein Vergnügen, wenn Westley bei mir wäre ...

So dachte sie vor sich hin, stumm, eine Stunde nach der andern; seit achtunddreißig Abenden nun hatte sie nichts anderes mehr getan, und jeden Abend wurden ihre Inbrunst tiefer und ihre Gedanken reiner. Westley, Westley, er flog über die sieben Meere herbei, um sie zu holen.

Westley seinerseits verbrachte seine Abende, ohne von all dem zu wissen, so ziemlich auf dieselbe Weise. Wenn die Folter vorbei war und der Albino seine Wunden, Verbrennungen oder Brüche versorgt hatte, war er allein in dem riesigen Käfig; dann sandte er seine Gedanken zu Butterblume, und dort blieben sie.

Er verstand sie ja so gut. In seinen Gedanken wurde ihm klar, in jenem Moment auf dem Bauernhof, als er sie verließ und sie ihm Liebe schwur, gewiß, da hatte sie es so gemeint, aber sie war damals kaum achtzehn. Was wußte sie da von den Tiefen des Herzens? Dann wieder, als er die schwarze Maske abgenommen hatte und sie auf ihn zugestürzt war, da waren ebenso Erstaunen, Überraschung, Verblüffung am Werk gewesen wie Gefühl. Aber so, wie er wußte, daß die Sonne jeden Morgen im Osten aufgehen muß, egal wie gern sie vielleicht auch einmal im Westen aufgegangen wäre, so wußte er auch, daß Butterblume ihre Liebe ihm zuwenden mußte. Das Gold lockte zwar und ebenso die Königswürde, aber was war dies gegen das Fieber in seinem Herzen? Früher oder später mußte es sie anstecken. Wie die Sonne hatte sie keine andere Wahl.

So war Westley nicht sonderlich aufgeregt, als der Graf mit der Maschine kam. Tatsächlich hatte er keine Ahnung, was der Graf da mit in den Käfig brachte. Die absolute Wahrheit war, daß der Graf gar nichts mitbrachte, denn die eigentliche Arbeit machte der Albino, der ein ums andere Mal hinausging und ein Ding nach dem andern herbeitrug.

So sah das Ganze für Westley aus: Dinge. Becher von verschiedener Größe und mit weichen Rändern, etwas, das höchstwahrscheinlich ein Rad war, und ein weiteres Objekt, das sich entweder als ein Hebel oder als ein Stock erweisen konnte; es war schwer zu sagen.

»Guten Abend, der Herr«, begann der Graf.

Westley konnte sich nicht erinnern, ihn schon einmal so erregt gesehen zu haben. Westley nickte sehr schwach zur Erwiderung des Grußes. Tatsächlich fühlte er sich ungefähr so wohl wie immer, aber er hütete sich, dies zu verraten.

»Nicht ganz auf dem Posten?« fragte der Graf.

Westley nickte wieder schwach.

Der Albino eilte ein und aus, er brachte weitere Dinge: drahtige Anhängsel, verworren und endlos.

»Das wäre alles«, sagte der Graf schließlich.

Nicken.

Der Albino verschwand.

»Das ist die Maschine«, sagte der Graf, als sie allein waren. »Ich habe elf Jahre darauf verwandt, sie zu konstruieren. Wie du siehst, bin ich ziemlich erregt und stolz.«

Westley brachte nur einen bestätigenden Blick zuwege.

»Ich habe jetzt eine Weile zu tun, um sie zusammenzusetzen.« Und er machte sich ans Werk.

Westley sah ihm mit einigem Interesse und, logisch genug, auch mit etwas Neugier zu.

»Hast du diesen Schrei gehört, ein bißchen früher am Abend?«

Wieder ein bestätigender Blick.

»Das war ein wilder Hund. Diese Maschine hat den Ton erzeugt.« Es war eine sehr komplizierte Arbeit, die der Graf verrichtete, aber die sechs Finger an seiner rechten Hand schienen keinen Augenblick im Zweifel, was zu tun sei. »Ich interessiere mich sehr für den Schmerz«, sagte der Graf, »wie du sicher in den letzten Monaten schon bemerkt hast, und zwar intellektuell. Ich habe über dieses Thema geschrieben, natürlich für Fachzeitschriften, meist nur Artikel. Jetzt arbeite ich an einem Buch. Mein Buch. *Das* Buch, hoffe ich, das maßgebliche Werk über den Schmerz, zumindest soweit wir ihn heute kennen.«

Westley fand die ganze Sache faszinierend. Er ächzte ein bißchen.

»Ich denke, Schmerz ist das am meisten unterschätzte Gefühl, dessen wir fähig sind«, sagte der Graf. »Die Schlange im Paradies — meiner Interpretation nach war das der Schmerz. Der Schmerz ist mit uns seit Anbeginn, und es ärgert mich immer, wenn Leute sagen, etwas sei ›so wichtig wie Leben und Tod‹, denn meiner Ansicht nach müßte es richtig heißen, ›so wichtig wie Schmerz und Tod‹.« Der Graf verfiel für einige Zeit in Schweigen, während er eine neue Folge komplizierter Regulierungen vornahm. »Eine meiner Theorien«, sagte er etwas später, »ist, daß der Schmerz mit der Vorerwartung zu tun hat. Das ist nicht originell, ich gebe es zu, aber ich werde demonstrieren, wie ich es meine: Ich werde die Maschine heute abend nicht, ich betone *nicht*, bei dir anwenden. Ich könnte es tun, denn sie ist fertig und getestet. Stattdessen baue ich sie bloß auf und lasse sie hier neben dir stehen, damit du sie die nächsten vierundzwanzig Stunden anschauen und dich fragen kannst, was das ist und wie es funktioniert und ob es wirklich so schlimm ist.« Und er zog hier etwas fester, lockerte dort etwas, richtete, zerrte und klopfte.

Die Maschine sah so blöd aus, daß Westley versucht war zu kichern. Stattdessen ächzte er wieder.

»Ich überlasse dich nun deiner Phantasie«, sagte der Graf und sah zu Westley hin. »Aber ich möchte, daß du eines weißt, bevor dir der morgige Abend zustößt, und ich meine, was ich sage: Du bist das stärkste, gescheiteste und tapferste, das insgesamt wertvollste Geschöpf, dem zu begegnen ich je die Ehre hatte, und ich empfinde fast so etwas wie Trauer, daß ich dich vernichten muß, meinem Buch und den künftigen Fortschritten der Schmerzforschung zuliebe.«

»Danke . . .«, hauchte Westley.

Der Graf ging zur Tür des Käfigs und sagte über die Schulter hinweg: »Und du kannst aufhören mit dieser Show, wie schwach und gebrochen du bist. Mich hast du damit nicht einen Monat lang getäuscht. Du bist heute praktisch genau so stark wie an dem Tag, als du den Feuersumpf betratst. Ich kenne dein Geheimnis, wenn dich das tröstet.«

». . . Geheimnis?« wisperte Westley etwas gezwungen.

»Du hast dein Gehirn in Sicherheit gebracht«, rief der Graf. »Du hast in diesen Monaten nicht das leiseste Unbehagen gespürt. Du hebst die Augen, läßt die Lider darüber fallen und dann bist du weg, vermutlich bei ihr — ich weiß es nicht, aber höchstwahrscheinlich. Gute Nacht jetzt, versuch zu schlafen. Ich bezweifle, daß du dazu imstande sein wirst. Die Vorerwartung ist es, denk daran.« Er winkte und stieg die Treppen hinauf.

Westley konnte den plötzlichen Druck seines Herzens spüren.

Bald kam der Albino und kniete neben Westleys Ohr nieder. Er flüsterte: »Ich habe dir all die Tage über zugesehen. Du hast Besseres verdient als das, was dir bevorsteht. Ich werde hier gebraucht, niemand kann die Tiere so füttern wie ich. Mir passiert nichts, sie werden mir nichts tun. Ich töte dich, wenn du willst. Das würde ihnen einen Strich durch die Rechnung machen. Ich habe ein gutes Gift. Ich bitte dich. Ich habe die Maschine gesehen. Ich war dabei, als der wilde Hund geheult hat. Bitte, laß mich dich töten. Du wirst es mir danken, ich schwöre es.«

»Ich muß leben.«

Flüstern: »Aber — «

Unterbrechung: »Sie werden nicht zu mir durchkommen. Ich bin gesund, es geht mir glänzend. Ich bin am Leben und will es bleiben.« Er sagte das laut und mit Leidenschaft. Aber zum ersten Mal seit langer Zeit war er erschrocken . . .

»Nun, konntest du schlafen?« fragte der Graf, als er am nächsten Abend in den Käfig trat.

»Ehrlich gesagt, nein«, antwortete Westley mit normaler Stimme.

»Es freut mich, daß du ehrlich gegen mich bist. Ich werde ehrlich gegen dich sein. Kein Getue mehr zwischen uns«, sagte der Graf und legte eine Anzahl Notizhefte, Gänsekiele und Tintenfläschchen vor sich hin. »Ich muß deine Reaktionen gewissenhaft aufzeichnen«, erklärte er.

»Im Namen der Wissenschaft?«

Der Graf nickte. »Wenn meine Experimente gültig sind, wird mein Name länger leben als mein Leib. Ich bin auf die Unsterblichkeit aus, um ganz ehrlich zu sein.« Er regulierte an einigen Knöpfen. »Ich vermute, du bist natürlich neugierig, wie das hier funktioniert.«

»Ich habe die ganze Nacht gegrübelt und bin jetzt nicht klüger als zuvor. Es scheint ein großer Haufen weichgerandeter Becher in unendlich vielen verschiedenen Größen zu sein, zusammen mit einem Rad und einer Wählscheibe und einem Hebel. Was es bewirkt, davon habe ich keine Ahnung.«

»Und Leim«, fügte der Graf hinzu und zeigte auf einen kleinen Topf mit einer zähen Masse. »Um die Becher zu befestigen.« Und er machte sich daran, die Becher einen nach dem andern an den weichen Rändern mit Leim zu bestreichen und sie Westley auf die Haut zu setzen. »Nachher muß ich dir auch noch einen auf die Zunge setzen«, sagte er, »aber damit warte ich bis zuletzt, für den Fall, daß du noch Fragen hast.«

»Die Vorbereitungen sind aber doch etwas umständlich, nicht?«

»Das werde ich bei späteren Modellen vereinfachen können«, sagte der Graf; »zumindest sind das meine gegenwärtigen Pläne«, und er fuhr fort, einen Becher nach dem anderen auf Westleys Haut zu setzen, so lange bis jeder Zoll der bloßliegenden Oberfläche bedeckt war. »Das wär's von außen«, sagte der Graf nun. »Das Nächste ist ein bißchen heikler, versuch dich nicht zu bewegen.«

»Ich habe Ketten an den Händen, am Kopf und an den Füßen«, sagte Westley. »Was glaubst du, wie ich mich soll bewegen können?«

»Bist du wirklich so tapfer, wie du dich anhörst, oder hast du ein bißchen Angst? Die Wahrheit bitte, denk daran, es ist für die Nachwelt.«

»Ich habe ein bißchen Angst«, antwortete Westley.

Der Graf notierte es sich, dazu die genaue Zeit. Dann machte er sich an die Feinarbeit, und bald saßen winzigkleine weichgerandete Becher in Westleys Nasenlöchern, an seinem Trommelfell, unter den Augenlidern, auf und unter der Zunge. Der Graf erhob sich erst, als Westley über und über von den Bechern bedeckt war. »Alles, was ich jetzt noch tun muß«, sagte der Graf sehr laut, damit Westley es hören konnte, »ist, daß ich das Rad auf die höchste Umdrehungsgeschwindigkeit bringe, so daß ich mehr als genug Energie zur Verfügung habe. Und die Wählscheibe kann zwischen eins und zwanzig eingestellt werden. Weil das heute das erste Mal ist, stelle ich die geringste Stärke ein, das ist eins. Und nun muß ich nur noch den Hebel nach vorn umlegen, und wenn ich nichts verpfuscht habe, dann müßten wir jetzt gleich voll in Betrieb sein.«

Aber als er den Hebel umlegte, brachte Westley sein Gehirn in Sicherheit; als die Maschine anlief, streichelte er ihr herbstfarbenes Haar und berührte ihre neuschneeweiße Haut und — und — und dann explodierte seine Welt — denn die Becher, die Becher waren überall, und zuvor hatte man nur seinen Körper gequält und sein Gehirn in Ruhe gelassen, aber nicht so die Maschine, die Maschine langte überall hin — seine Augen hatte er nicht mehr in der Gewalt, und seine Ohren konnten ihr zärtliches Flüstern nicht mehr hören, und sein Gehirn glitt davon, weit ab von der Liebe in die tiefe Sünde der Verzweiflung, schlug hart auf, fiel noch einmal, hinunter durch das Haus der Qualen in die Grafschaft des Schmerzes. Von innen und außen brach Westleys Welt in Stücke, und er konnte nicht anders, als mit ihr zu bersten.

Dann stellte der Graf die Maschine ab, und als er seine Notizhefte aufnahm, sagte er: »Die Idee der Saugpumpe ist Jahrhunderte alt, wie du sicher weißt — und das ist im Grunde alles, nur daß ich statt Wasser Leben sauge; ich habe eben ein Jahr deines Lebens abgesaugt. Später stelle ich den Wähler höher ein, sicher auf zwei oder drei, vielleicht sogar auf fünf. Theoretisch müßte fünf fünfmal stärker sein als das, was du eben erlebt hast, also sei bitte präzise in deinen Antworten. Sag mir jetzt aufrichtig: Wie fühlst du dich?«

Die Erniedrigung, das Leiden, die Enttäuschung, der Zorn und der Schmerz waren so stark, daß sie betäubten. Westley schrie wie ein Säugling.

»Interessant«, sagte der Graf und schrieb es sich sorgfältig auf.

Es dauerte eine Woche, bis Yellin seine Beamten in ausreichender Zahl beisammen hatte, dazu ein angemessenes Rollkommando. Und so stand er fünf Tage vor der Hochzeit an der Spitze seiner Leute und wartete auf die Ansprache des Prinzen. Dies fand im Schloßhof statt, und als der Prinz erschien, war, wie üblich, der Graf in seiner Gesellschaft, wenn auch, anders als üblich, der Graf in Gedanken woanders zu sein schien, natürlich, nur daß Yellin davon nichts wissen konnte. Der Graf hatte Westley in der letzten Woche zehn Jahre abgesaugt, und da die durchschnittliche Lebenserwartung für den männlichen Florineser fünfundsechzig Jahre betrug, blieben bei der Versuchsperson noch etwa dreißig Jahre übrig, sofern man annahm, daß Westley zu Beginn des Experiments etwa fünfundzwanzig war. Und wie waren die nun am besten einzuteilen? Der Graf war einfach im Ungewissen. So viele Möglichkeiten, aber welche würde sich als die wissenschaftlich fruchtbarste erweisen? Der Graf seufzte; das Leben war niemals einfach.

»Ihr seid hier, meine Herren«, begann der Prinz, »weil es sein kann, daß ein weiterer Anschlag auf meine Verlobte ausgeführt wird. Ich verpflichte jeden einzelnen von euch als ihren persönlichen Beschützer. Ich wünsche, daß das Verbrecherviertel geräumt wird und daß alle seine Bewohner sich vierundzwanzig Stunden vor meiner Hochzeit in Haft befinden. Erst dann kann ich ruhig schlafen. Meine Herren, ich bitte euch: Betrachtet diese Mission als eine Herzensangelegenheit, und ich weiß, ihr werdet nicht versagen.« Damit drehte er sich um und verließ eilends den Hof, gefolgt von dem Grafen, und Yellin blieb als Befehlshaber zurück.

Die Eroberung des Verbrecherviertels begann gleich darauf. Yellin arbeitete jeden Tag schwer und lange, aber das Verbrecherviertel maß eine Quadratmeile, und so gab es viel zu tun. Die meisten Verbrecher hatten schon öfter ungerechte und illegale Razzien durchgemacht und leisteten wenig Widerstand. Sie wußten, daß es in den Gefängnissen nicht genug Zellen für sie alle gab, und wenn es bloß um ein paar Tage Haft ging, was machte das schon aus?

Es gab jedoch noch eine zweite Gruppe von Verbrechern, diejenigen, denen klar war, daß ihre Gefangennahme die Todesstrafe für verschiedene frühere Unternehmungen nach sich zog, und diese leisteten ohne Ausnahme Widerstand. Im allgemeinen gelang es Yellin, durch geschickten Einsatz seines Rollkommandos diese gefährlichen Burschen schließlich hinter Schloß und Riegel zu bringen.

Sechsunddreißig Stunden vor dem Abend der Hochzeit gab es im Verbrecherviertel immer noch ein halbes Dutzend Widerstandsnester. Yellin stand früh am Morgen auf, müde und verwirrt — nicht einer der Verhafteten schien aus Guldern zu kommen —, und versammelte die besten Gorillas seines Rollkommandos zu einem Einsatz, der einfach der letzte, endgültige sein mußte.

Yellin ging geradewegs zu Falkbridges Bierhalle, nachdem er zuerst seine Leute bis auf zwei zu verschiedenen Aufgaben abkommandiert hatte; einen lauten und einen stillen Gorilla behielt er zu seiner persönlichen Verfügung zurück. Er klopfte bei Falkbridge an die Tür und wartete. Falkbridge war bei weitem der mächtigste Mann im Verbrecherviertel. Fast die Hälfte des Viertels schien ihm zu gehören, und es gab kein Verbrechen von bemerkenswerter Größenordnung, wo er nicht dahinter stand. Immer konnte er die Verhaftung vermeiden, und alle Leute, ausgenommen Yellin, glaubten, Falkbridge müsse irgendwen bestechen. Yellin *wußte*, daß er jemanden bestach, denn jeden Monat, ob Regen oder Sonnenschein, kam Falkbridge in Yellins Haus und übergab ihm eine Tasche voller Geld.

»Wer da?« rief Falkbridge aus dem Innern der Kneipe.

»Der Leiter des Amtes für Öffentliche Ordnung, in Begleitung zweier Gorillas«, antwortete Yellin. Vollständigkeit war eine seiner Tugenden.

»Oh.« Falkbridge öffnete die Tür. Für eine Großmacht sah er wenig imponierend aus, klein und pausbäckig. »Treten Sie näher.«

Yellin trat ein und ließ seine zwei Gorillas am Eingang zurück. »Machen Sie sich fertig, und zwar schnell«, sagte Yellin.

»He, Yellin, ich bin's«, sagte Falkbridge leise.

»Ich weiß, ich weiß«, erwiderte Yellin ebenso leise. »Aber bitte, tu mir den Gefallen, mach dich fertig.«

»Tu so, als ob. Ich bleibe hier in der Kneipe, ich verspreche es. Ich habe genug zu Essen im Haus, niemand wird es erfahren.«

»Der Prinz kennt keine Gnade«, sagte Yellin. »Wenn ich dich hierbleiben lasse, und es kommt heraus, dann ist es vorbei mit mir.«

»Ich bezahle dich jetzt seit zwanzig Jahren dafür, daß ich nicht ins Gefängnis komme. Wo bleibt da die Logik, wenn ich dich bezahle und keine Vorteile davon habe?«

»Ich mach' es wieder gut. Du bekommst die schönste Zelle im Stadtgefängnis. Hast du denn kein Vertrauen zu mir?«

»Wie soll ich einem Mann trauen, den ich zwanzig Jahre lang bezahle, damit er mich aus dem Gefängnis heraushält, und kaum wird er mal ein bißchen unter Druck gesetzt, da sagt er, ›los, ab ins Gefängnis‹? Ich geh' nicht.«

»He, du!« Yellin gab dem Lauten ein Zeichen.

Der Gorilla kam angerannt.

»Steck diesen Mann hier sofort in den Wagen«, sagte Yellin.

Falkbridge wollte anfangen zu erklären, als ihm der Laute eins über den Nacken gab.

»Nicht so brutal!« schrie Yellin.

Der Laute hob Falkbridge auf und versuchte, ihm die Kleider abzustauben.

»Lebt er denn noch?« fragte Yellin.

»Ach, ich wußte ja nicht, daß Sie ihn lebend im Wagen haben wollten. Ich dachte, Sie wollten ihn bloß im Wagen haben, ob lebend oder nicht, darum—«

»Genug«, unterbrach ihn Yellin und eilte verärgert aus der Bierhalle, während der Laute Falkbridge mitbrachte. »Sind das nun alle?« fragte Yellin, als jetzt verschiedene Beamte sichtbar wurden, die offenbar im Begriff standen, das Verbrecherviertel zu verlassen, und etliche Wagen hinter sich herzogen.

»Ich glaube, da ist noch dieser Fechter mit der Schnapsflasche«, begann der Laute. »Gestern haben sie schon versucht, ihn wegzuschaffen, aber — «

»Ich kann mich nicht um einen Betrunkenen kümmern; ich bin ein zu wichtiger Mann. Geht ihr beide und holt ihn da weg, jetzt gleich, nehmt den Wagen mit und beeilt euch. Das Viertel muß bis heute abend abgeriegelt und verlassen sein, oder der Prinz wird wild auf mich, und das mag ich gar nicht.«

»Wir gehn schon, wir gehn schon«, sagte der Laute und eilte davon; den Wagen, in dem Falkbridge lag, ließ er von dem Stillen hinterherziehen. »Gestern haben sie versucht, diesen Fechter zu kriegen, ein paar von den Regulären, aber es scheint, er kann etwas mit dem Degen, und sie haben es sich überlegt. Ich glaube aber, ich weiß einen Trick, der funktioniert.« Der Stille eilte hinter ihm her und zog den Wagen. Sie bogen um eine Straßenecke, und um die nächste Ecke wurde nun das Gestammel eines Betrunkenen lauter.

»Das ödet mich an, Vizzini«, hörte man. »Drei Monate warten, das ist ein bißchen lange, besonders für einen hitzigen Spanier.« Viel lauter nun: *»Und ich bin sehr hitzig, Vizzini, und du bist bloß ein vertrödelter Sizilianer.* Also, ich warte jetzt noch neunzig Tage, und wenn du dann nicht hier bist, dann bin ich mit dir fertig. Hörst du? *Fertig*!« Und nun viel leiser: »Ich hab's ja nicht so gemeint, Vizzini, mir gefällt's doch bloß so gut auf dieser dreckigen Treppe, laß dir Zeit . . .«

Der Laute ging langsamer. »So redet der den ganzen Tag; kümmre dich nicht drum und bleib mit dem Wagen außer Sicht.« Der Stille schob den Karren fast bis an die Ecke und hielt ihn dort an. »Bleib du beim Karren«, setzte der Laute hinzu und flüsterte, »jetzt kommt mein Trick.« Und damit ging er allein um die Ecke und sah zu dem dünnen Burschen hin, der da mit einer Schnapsflasche in der Hand auf der Treppe saß. »Hallo, Kumpel«, sagte der Laute.

»Ich geh hier nicht weg, spar dir dein ›hallo Kumpel‹«, sagte der Trinker.

»Hör mich bitte mal bis zu Ende an: Ich komme von Prinz Humperdinck persönlich, er braucht noch Unterhaltung. Morgen feiert unser Land sein fünfhundertjähriges Bestehen, und ein Dutzend der größten Akrobaten, Fechter und Clowns trägt augenblicklich Wettkämpfe aus. Das beste Paar kämpft morgen bei der Hochzeit, vor der Braut und dem Bräutigam persönlich. Und jetzt kommt, warum ich hier bin: Gestern wollten ein paar Freunde von mir dich hier rausschmeißen, und sie haben später gesagt, du hättest dich mit einer ganz munteren Klinge gewehrt. Also, wenn du möchtest, könnte ich dich unter großen persönlichen Opfern noch in das Fechtturnier einschmuggeln, wo du, wenn du so gut bist, wie ich gehört habe, vielleicht noch zu der Ehre kommst, morgen zur Unterhaltung des königlichen Paares beizutragen. Meinst du, du kannst in solch einem Wettbewerb gewinnen?«

»Kinderleicht.«

»Dann mach, solange noch Zeit ist, um dich zu melden!«

Der Spanier kam mühsam auf die Füße. Er zog seinen Degen und ließ ihn ein paarmal durch den Morgen blitzen.

Der Laute trat rasch ein paar Schritte zurück und sagte: »Komm jetzt mit, es ist keine Zeit mehr zu verlieren.«

Da fing der Betrunkene an zu brüllen: »Ich—warte—hier—auf—meinen—Chef—«

»Bluff.«

»Nein—kein—Bluff, ich halt—mich—bloß—an—die—Regel.«

»Flegel.«

»Nein – nicht; verstehst du denn nicht, ich ...« Und hier setzte seine Stimme für einen Moment aus, und er riß die Augen auf. Dann, in ruhigerem Ton, sagte er: »Fezzik?«

Hinter dem Lauten sagte der Stille: »Wer ist so geschwätzig?«

Inigo trat einen Schritt von seiner Treppe weg und strengte verzweifelt seine Augen an, um durch den Schnapsnebel hindurchzusehen. »Geschwätzig? Du kommst dir wohl witzig vor.«

Der Stille sagte: »Señor.«

Inigo stieß einen Schrei aus und begann vorwärts zu torkeln. *»Fezzik, ist das wahr?«*

»KLAR!« und Fezzik griff zu, packte Inigo, bevor er hinfiel, und brachte ihn wieder in eine aufrechte Haltung.

»Halt ihn mal so fest«, sagte der Laute und trat schnell heran, den rechten Arm erhoben, so wie er es bei Falkbridge gemacht hatte.

S

P

L

A

T

T

S

C

H

!!!

Fezzik warf den Lauten zu Falkbridge in den Karren, deckte beide mit einer schmutzigen Decke zu, dann eilte er zurück zu Inigo, den er gegen eine Hauswand gelehnt stehen gelassen hatte.

»Das tut so gut, dich zu sehen«, sagte Fezzik.

»Oh, es ist ... es ... ist ... bloß ...« Inigos Stimme wurde nun immer schwächer. »Ich bin zu schwach für Überraschungen«, waren die letzten Worte, die er herausbrachte, dann wurde er ohnmächtig vor Schnaps und Müdigkeit, nichts gegessen und kaum geschlafen und viele andere Dinge, die alle nicht sehr gesund waren.

Fezzik lud ihn sich mit einem Arm auf, zog den Karren mit dem anderen und eilte zurück zu Falkbridges Haus. Er trug Inigo die Treppe hinauf, legte ihn auf Falkbridges Federbett, dann machte er, daß er zum Eingang des Verbrecherviertels kam, den Karren hinter sich herziehend. Er achtete sorgfältig darauf, daß die schmutzige Decke die beiden Opfer verbarg, und draußen vor dem Eingang wurde an den Stiefeln abgezählt, wie viele Leute das Rollkommando abgeräumt hatte. Die Gesamtsumme entsprach den Erwartungen, und um elf Uhr vormittags war das große, ummauerte Verbrecherviertel offiziell leer und gesperrt.

Aus dem aktiven Dienst entlassen, ging Fezzik an der Mauer entlang bis zu einem ruhigen Plätzchen und wartete. Mauern waren nie ein Problem für ihn, nicht solange er die Arme gebrauchen konnte, und diese war schnell überstiegen. Durch die verlassenen Straßen eilte Fezzik zurück zu Falkbridges Haus. Er machte ein bißchen Tee, brachte ihn die Treppe hinauf und flößte ihn Inigo ein. Nach wenigen Augenblicken konnte Inigo schon wieder aus eigener Kraft mit den Augen zwinkern.

»Das tut so gut, dich zu sehen«, sagte Fezzik.

»Oh ja, das ist gut«, stimmte Inigo zu, »und es tut mir leid, daß ich umgefallen bin, aber seit neunzig Tagen habe ich nichts anderes mehr getan als auf Vizzini zu warten und Schnaps zu trinken, und diese Überraschung, dich zu sehen, das war zuviel auf nüchternen Magen. Aber jetzt geht es mir wieder gut.«

»Schön«, sagte Fezzik. »Vizzini ist tot.«

»Er ist — was hast du gesagt? Tot . . . Vizz . . .«, und dann fiel er von neuem in Ohnmacht.

Fezzik fing an, sich selbst zu beschimpfen. »Oh, bin ich dumm, wenn es einen richtigen Weg gibt und einen falschen, kannst du dich drauf verlassen, ich nehme den falschen; dummes Stück, dummes Stück, geht was schief, zum Anfang zurück.« Fezzik kam sich wirklich wie ein Idiot vor, denn jetzt, wo er ihn nicht mehr brauchte, nach Monaten, fiel ihm der Vers wieder ein. Er rannte wieder die Treppe hinunter, machte noch etwas Tee, nahm ein paar Kekse und Honig mit hinauf und fütterte Inigo von neuem.

Als Inigo die Augen aufschlug, sagte Fezzik, »bleib liegen.«

»Danke, mein Freund, jetzt fall' ich nicht mehr um.« Und er machte die Augen wieder zu und schlief eine Stunde lang.

Fezzik machte sich in Falkbridges Küche zu schaffen. Er wußte eigentlich nicht, wie man eine richtige Mahlzeit zubereitete, aber er konnte heiß und kalt und gutes Fleisch von schlechtem unterscheiden, und so war es nicht allzu schwer, etwas zustande zu bringen, das einmal wie Roastbeef ausgesehen hatte, und noch etwas, das eine Kartoffel gewesen sein mochte.

Der unerwartete Geruch des warmen Essens brachte Inigo zu sich, und er lag im Bett und aß jeden Bissen, den Fezzik ihm reichte. »Ich hätte nie gedacht, daß ich in so elender Verfassung bin«, sagte Inigo und kaute.

»Pssst, gleich geht's dir besser«, sagte Fezzik, schnitt noch ein Stück Fleisch ab und steckte es Inigo in den Mund.

Inigo kaute sorgfältig, ehe er es hinunterschluckte. »Erst tauchst du so plötzlich auf, und dann obendrein noch die Sache mit Vizzini. Das war zu viel für mich.«

»Niemand hätte das ausgehalten, ruh dich jetzt aus.« Fezzik begann wieder, ein Stück Fleisch abzuschneiden.

»Ich komme mir so hilflos vor wie ein Baby«, sagte Inigo, nahm den nächsten Bissen und kaute.

»Bis heute abend bist du wieder so stark wie eh und je«, versprach Fezzik und machte das nächste Stück Fleisch fertig. »Der Mann mit den sechs Fingern heißt Graf Rugen und ist jetzt hier in der Stadt.«

»Interessant«, brachte Inigo diesmal noch heraus, bevor er wieder in Ohnmacht fiel.

Fezzik stand über der reglosen Gestalt. »Aber das *tut* doch nun mal so gut, dich zu sehen«, sagte er, »und es ist doch so lange her, und ich hab' doch so viele Neuigkeiten.«

Fezzik eilte in Falkbridges Bad, stöpselte die Wanne zu und hatte viel Mühe, ehe er sie voll heißen Wassers hatte, dann tauchte er Inigo hinein; mit der einen Hand drückte er ihn hinunter, mit der anderen hielt er ihm den Mund zu, und als der Schnaps anfing herauszuschwitzen, leerte Fezzik die Wanne und füllte sie von Neuem, aber jetzt mit eiskaltem Wasser, und wieder tauchte er Inigo hinein, und als das Wasser lauwarm zu werden anfing, ließ er wieder heißes ein und tauchte Inigo unter, und nun kam der Schnaps wirklich aus den Poren gedunstet, und so ging es weiter, Stunde um Stunde, heiß, eiskalt, wieder heiß, zwischendurch ein bißchen Tee und geröstetes Brot, dann wieder heiß und wieder eiskalt und dann ein bißchen Schlaf und dann mehr Brot und weniger Tee, dafür aber nun das längste heiße Bad, und jetzt war schon nicht mehr viel Schnaps drinnen, und zuletzt noch mal eiskalt und dann zwei Stunden Schlaf, so lange, bis sie am Spätnachmittag unten in Falkbridges Küche saßen, und nun endlich waren Inigos Augen zum erstenmal seit neunzig Tagen beinahe wieder klar. Seine Hände zitterten, aber so sehr viel war davon nicht zu bemerken, und vielleicht hätte der Inigo aus der Zeit vor dem Schnaps ihn in sechzig Minuten ordentlichen Fechtens besiegt. Aber es gab nicht allzu viele Meister auf der Welt, die das auch nur fünf Minuten überstanden hätten.

»Sag mir jetzt ganz kurz: während ich hier über dem Schnaps saß, wo warst du?«

»Also, zuerst war ich eine Weile in einem Fischerdorf, dann bin ich ein bißchen gewandert und dann, vor ein paar Wochen, war ich in Guldern, und da redete man davon, daß die Hochzeit bevorsteht und vielleicht auch ein Krieg, und ich erinnerte mich an die Prinzessin, wie ich sie die Klippen des Wahnsinns hinaufgeschafft habe; sie war so hübsch und weich, und ich hatte so ein Parfüm noch nie aus der Nähe gerochen, daß ich mir dachte, es müßte nett sein, ihre Hochzeitsfeier zu sehen, und so kam ich her, aber ich hatte kein Geld mehr, und da stellten sie grade ein Rollkommando auf und brauchten noch Riesen, und ich ging hin und bewarb mich, und sie schlugen mit Knüppeln auf mich los, um zu sehen, ob ich stark genug war, und als die Knüppel entzweibrachen, nahmen sie mich. Die ganze letzte Woche war ich beim Rollkommando, als Gorilla Erster Klasse; sehr gute Bezahlung.«

Inigo nickte. »Also noch einmal, und *bitte* mach es diesmal kurz von Anfang an. Der Schwarze, ist er an dir vorbeigekommen?«

»Ja, sogar fair. Kraft gegen Kraft. Ich war zu langsam und außer Übung.«

»Dann hat er Vizzini getötet?«

»Ich glaube, ja.«

»Wie, mit dem Degen oder mit den Händen?«

Fezzik versuchte sich zu erinnern. »Vizzini hatte keine Degenwunden, und gebrochen schien auch nichts. Da waren nur zwei Weinbecher und der tote Vizzini. Ich vermute, es wird Gift gewesen sein.«

»Warum hätte Vizzini Gift nehmen sollen?«

Fezzik hatte nicht die leiseste Ahnung.

»Aber er war ganz bestimmt tot?«

Fezzik bejahte.

Inigo begann in der Küche auf und ab zu gehen, mit schnellen, scharfen Bewegungen, so wie er sich früher bewegt hatte. »Na gut, Vizzini ist tot, genug davon. Sag mir nun, aber *kurz*, wo dieser sechsfingrige Rugen ist, damit ich ihn töten kann.«

»Das wird nicht so leicht sein, Inigo, denn der Graf ist bei dem Prinzen, und der Prinz ist in seinem Schloß, und da will er nicht herauskommen bis nach seiner Hochzeit, denn er befürchtet, es gibt noch einen Überfall von den Gulderanern, und alle Eingänge außer dem Haupteingang sind zur Sicherheit zugenagelt, und das Haupttor wird von zwanzig Mann bewacht.«

»Hmmm«, sagte Inigo und ging schneller auf und ab. »Wenn du fünf übernimmst und ich fünf, hieße das, zehn sind wir los, was schlecht wäre, denn das hieße auch, zehn bleiben übrig, und die würden uns töten. *Aber*«, und er ging noch schneller, »wenn du sechs übernimmst und ich acht, dann wären das vierzehn, was nicht ganz so schlecht wäre, aber immer noch schlecht genug, denn die restlichen sechs würden uns töten.« Und nun fuhr er auf Fezzik los: »Wie viele könntest du schaffen, im Höchstfall?«

»Manche sind von den Gorillas, daher glaube ich, nicht mehr als acht.«

»Bleiben zwölf für mich, was nicht unmöglich ist, aber nicht gut für den ersten Abend nach drei Monaten Schnaps.« Und plötzlich ließ Inigo die Schultern hängen, und seine eben noch klaren Augen wurden feucht.

»Was ist denn passiert?« rief Fezzik.

»O mein Freund, ich brauche Vizzini. Ich kann nicht planen, nur ausführen. Sag mir, was ich zu tun habe, und kein Mensch wird seine Sache besser machen. Aber meine Gedanken sind wie edler Wein, sie verlieren auf Reisen. Ich gehe von einem Gedanken zum andern, aber ohne Logik, und ich vergesse so viel, hilf mir Fezzik, was soll ich bloß tun?«

Fezzik war es nun ebenfalls zum Heulen. »Ich bin der blödeste Kerl, der je geboren wurde, du weißt das doch. Ich konnte mich nicht einmal erinnern, daß ich hierher zurück mußte, obwohl du mir eigens diesen schönen Reim darauf gemacht hattest.«

»Ich brauche Vizzini.«

»Aber Vizzini ist doch tot.«

Und dann war Inigo wieder obenauf, er wirbelte durch die Küche und schnalzte zum erstenmal wieder mit den Fingern vor Aufregung: »Ich brauche Vizzini gar nicht, ich brauche seinen Überwinder. *Ich brauche den Schwarzen.* Mich hat er mit dem Degen besiegt, in meinem Fach, dich mit Kraft, in deinem Fach. Vizzini muß er überlistet haben, er muß noch besser planen können, und er wird mir sagen können, wie ich in das Schloß komme und dieses sechsfingrige Biest töte. Wenn du auch nur die leiseste Ahnung hast, wo sich der Schwarze augenblicklich befindet, dann sag es mir, aber schnell.«

»Er fährt mit dem Greuelpiraten Roberts auf den sieben Meeren umher.«

»Warum sollte er so etwas tun?«

»Weil er Matrose im Dienst des Greuelpiraten Roberts ist.«

»Matrose? *Ein gewöhnlicher Matrose?* Ein kleiner gewöhnlicher Matrose besiegt den großen Inigo Montoya mit dem Degen? Un-denk-bar. Er kann nur der Greuelpirat Roberts selbst sein. Anders gibt es keinen Sinn.«

»Auf jeden Fall ist sein Schiff weit weg. Graf Rugen hat es

gesagt, und der Prinz hat selbst den Befehl gegeben. Der Prinz will keine Piraten in der Nähe haben, bei all den Sorgen, die er schon mit Guldern hat — du weißt doch, die haben die Prinzessin schon einmal entführt, sie könnten versuchen—«

»Fezzik, *wir* haben die Prinzessin entführt. Dein Gedächtnis war noch nie gut, aber sogar du solltest dich erinnern können, daß *wir* den Stoff von den Uniformen aus Guldern unter den Sattel der Prinzessin getan haben. Vizzini hat das getan, weil er dazu Anweisungen hatte. Jemand wollte, daß Guldern wie die schuldige Partei aussah, und wer anders könnte so etwas gewollt haben als ein Politiker, und welcher Politiker eher als der kriegsbegeisterte Prinz selber? Wir haben nie erfahren, wer Vizzini beauftragt hatte. Ich vermute, Humperdinck. Und was der Graf über den Aufenthalt des Schwarzen gesagt hat — nun, der Graf ist derselbe Mann, der meinen Vater abgeschlachtet hat, also können wir ganz sicher sein, daß er ein feiner Kerl ist.« Er ging zur Tür. »Komm, wir haben viel zu tun.«

Fezzik folgte ihm in der Dämmerung durch die Straßen des Verbrecherviertels. »Du erklärst mir alles, während wir gehen?« fragte er.

»Ich erklär' es dir gleich jetzt . . .« Sein säbelschlanker Körper schnitt durch die stillen Straßen, Fezzik eilte neben ihm her. »a) Ich muß an Graf Rugen herankommen, um endlich meinen Vater zu rächen. b) Ich kann nicht selber planen, wie ich an Graf Rugen herankomme. c) Vizzini könnte es für mich geplant haben, aber c') Vizzini ist nicht zu haben, jedoch d) der Schwarze plant noch besser als Vizzini, also e) kann mich der Schwarze zu Rugen bringen.«

»Aber ich hab' dir gesagt, als Prinz Humperdinck den Schwarzen gefangennahm, da gab er, für alle hörbar, den Befehl, ihn sicher zu seinem Schiff zurückzugeleiten. Jedes Kind in Florin weiß das.«

»a) Prinz Humperdinck hatte Pläne, seine Verlobte zu töten, und er engagierte uns, um es auszuführen, aber b) der Schwarze vereitelte Prinz Humperdincks Pläne, schließlich jedoch c) gelang es Prinz Humperdinck, den Schwarzen gefangenzunehmen, und da Prinz Humperdinck, wie jedes Kind in Florin ebenfalls weiß, fürchterlich wütend werden kann, so folgt d), daß einem, wenn man so wütend ist, wohl nichts mehr Vergnügen bereiten wird, als seine Wut an ebendem Burschen auszulassen, der ihm seine Pläne vereitelt hat, seine Verlobte zu töten.« Sie waren nun an der Mauer um das Verbrecherviertel angelangt. Inigo sprang auf Fezziks Schultern, und Fezzik begann zu klettern. »Folgerung 1)«, fuhr Inigo ohne jede Pause fort, »da der Prinz in der Stadt ist und seine Wut an dem Schwarzen ausläßt, muß der Schwarze ebenfalls in der Stadt sein. Folgerung 2), der Schwarze befindet sich gegenwärtig in einer nicht allzu befriedigenden Lage. Folgerung 3), ich bin in der Stadt und brauche einen Planer, um meinen Vater rächen zu können, während er in derselben Stadt ist und einen Retter braucht, um seine Zukunft zu sichern, und wenn Leute einander gleichermaßen brauchen, so, 4) und letzte Folgerung, ist das Bündnis geschlossen.«

Fezzik war nun oben auf der Mauer und begann vorsichtig auf der anderen Seite hinabzuklettern. »Ich verstehe vollkommen«, sagte er.

»Nichts verstehst du, aber das schadet eigentlich nichts, denn was du meinst, ist doch, du bist froh, mich zu sehen, ebenso wie ich froh bin, dich zu sehen, denn nun sind wir nicht mehr so allein.«

»Das war's, was ich meinte«, sagte Fezzik.

Der Abend dämmerte, als sie blindlings die ganze Hauptstadt abzusuchen begannen. Es war der Abend einen Tag vor der Hochzeit. Graf Rugen war im Begriff, seine allabendlichen Experimente aufzunehmen, er holte gerade aus seinem Arbeitszimmer die Notizhefte, in denen alle seine Aufzeichnungen standen. Fünf Stockwerke unter der Erde, hinter den hohen Schloßmauern, eingesperrt, angekettet und stumm lag Westley neben der Maschine und wartete. Irgendwie sah er immer noch wie Westley aus, nur daß er natürlich gebrochen war. Zwanzig Jahre seines Lebens waren abgesaugt worden. Zwanzig blieben noch. Schmerz war Vorerwartung. Bald würde der Graf wieder kommen. Gegen jeden Willen, den er noch hatte, fing Westley an zu weinen.

Der Abend dämmerte, als Butterblume den Prinzen aufsuchte. Sie klopfte laut an, wartete, klopfte noch einmal. Sie konnte ihn drinnen brüllen hören, und wäre es nicht so wichtig gewesen, sie hätte niemals noch ein drittes Mal geklopft, so aber tat sie es, und die Tür wurde aufgerissen, und die Wut, die in seinem Gesicht stand, wich sogleich dem liebenswürdigsten Lächeln. »Geliebte«, sagte er. »Komm herein. Ich habe nur noch einen Moment zu tun.« Und er wandte sich wieder Yellin zu. »Schau sie dir an, Yellin! Meine Braut. Ist je ein Mann so reich gesegnet gewesen?«

Yellin schüttelte den Kopf.

»Täusche ich mich denn, was meinst du, wirst du dir ein bißchen Mühe geben, sie zu schützen?«

Yellin schüttelte noch einmal den Kopf. Der Prinz trieb ihn zum Wahnsinn mit seinen Geschichten über die Infiltration aus Guldern. Yellin ließ alle Spione, die ihm zu Gebote standen, Tag und Nacht arbeiten, und nicht einer hatte etwas über Guldern herausgefunden. Und immer noch drängte der Prinz. Yellin seufzte innerlich. Das war ihm zu hoch; er war bloß ein Polizist, kein Prinz. Tatsächlich war die einzige auch nur entfernt beunruhigende Nachricht, die er seit der Schließung des Verbrecherviertels vernommen hatte, noch am selben Vormittag, keine Stunde später, eingegangen, als ihm jemand von einem Gerücht erzählte, das Schiff des Greuelpiraten Roberts sei vielleicht in den Kanal von Florin eingefahren. Aber solche Dinge, Yellin wußte es aus Erfahrung, waren einfach Gerüchte.

»Ich sage dir, die sind überall, diese Gulderaner«, fuhr der Prinz fort. »Und da du nicht imstande zu sein scheinst, sie aufzuhalten, möchte ich, daß ein paar Pläne geändert werden. Alle Tore zu meinem Schloß sind doch abgeriegelt worden, außer dem Vordertor, nicht?«

»Ja, und das vordere wird von zwanzig Mann bewacht.«

»Leg noch achtzig dazu. Ich wünsche hundert Mann. Klar?«

»Es werden einhundert sein. Alle verfügbaren Gorillas.«

»Innerhalb des Schlosses bin ich ziemlich sicher. Ich habe meine eigenen Vorratslager, Lebensmittel, Ställe, genug von allem. Solange sie nicht zu mir durchdringen, werde ich es überleben. Dies sind jetzt die neuen und endgültigen Pläne, schreib sie dir auf. Alle Festveranstaltungen zum Fünfhundertsten Jahrestag werden bis nach der Hochzeit verschoben. Die Hochzeit ist morgen bei Sonnenuntergang. Dann reiten meine Braut und ich auf meinen Schimmeln zum Kanal von Florin, umgeben von allen deinen Beamten. Dort gehen wir an Bord eines Schiffes und treten unsere langerwartete Hochzeitsreise an, umgeben von allen Schiffen der Armada von Florin — «

»Allen Schiffen außer vieren«, berichtigte ihn Butterblume.

Er blickte sie einen Moment stumm an. Dann sagte er, indem er ihr eine Kußhand zuwarf, diskret, so daß Yellin es nicht sehen konnte: »Ja, natürlich, was bin ich vergeßlich, alle Schiffe außer vieren.« Er wandte sich wieder Yellin zu.

Aber in seinem Blick und in dem Schweigen, das darauf folgte, hatte Butterblume alles gesehen.

»Die Schiffe bleiben bei uns, so lange, bis ich es als gefahrlos betrachte, sie zu entlassen. Natürlich könnte Guldern uns nun angreifen, aber das ist ein Risiko, das wir eingehen müssen. Laß mich überlegen, ob sonst noch etwas ist.« Der Prinz liebte es, Befehle zu erteilen, besonders solche, von denen er wußte, sie würden niemals ausgeführt werden müssen. Auch war Yellin langsam im Mitschreiben, und das vermehrte nur noch den Spaß. »Entlassen«, sagte der Prinz zuletzt.

Mit einer Verbeugung war Yellin zur Tür hinaus.

»Die vier Schiffe wurden niemals ausgeschickt«, sagte Butterblume, als sie beide allein waren. »Gib dir keine Mühe mehr zu lügen.«

»Was auch geschehen ist, es war nur zu deinem Besten, mein süßer Pudding.«

»Irgendwie glaub' ich das nicht.«

»Du bist nervös, ich bin nervös; wir heiraten morgen, da dürfen wir nervös sein.«

»Du irrst dich ganz und gar, begreifst du das, ich bin völlig ruhig.« Und sie schien tatsächlich ruhig. »Es ist egal, ob du die Schiffe ausgesandt hast oder nicht. Westley wird kommen und mich holen. Es gibt einen Gott, das weiß ich. Und es gibt die Liebe, das weiß ich auch; also wird Westley mich retten.«

»Du bist ein dummes Huhn, geh jetzt auf dein Zimmer.«

»Ja, ich bin ein dummes Huhn, und ja, ich geh auf mein Zimmer, und du bist ein Feigling mit nichts als Angst im Herzen.«

Der Prinz mußte lachen. »Ich bin der größte Jäger der Welt, und du sagst, ich bin ein Feigling?«

»Ja, das sage ich. Ich werde schon viel klüger mit den Jahren. Ich sage, du bist ein Feigling, und du bist wirklich einer; ich glaube, du jagst nur, um dir zu bestätigen, daß du nicht bist, was du bist: der schwächste Lümmel, der je auf Erden gegangen ist. Er wird kommen und mich holen, und dann werden wir weg sein, und all dein Jagen wird umsonst sein, denn Westley und ich, wir sind durch das Band der Liebe vereinigt, und das kannst du nicht aufspüren, nicht mit tausend Bluthunden, und das kannst du nicht durchschneiden, nicht mit tausend Schwertern.«

Da ging Humperdinck fluchend auf sie los, zerrte sie bei ihren herbstfarbenen Haaren, riß sie um, schleppte sie über den langen, gewundenen Korridor zu ihrem Zimmer, wo er die Tür aufriß, sie hineinstieß und zuschloß, und dann begann er zu rennen, zu dem geheimen Eingang des Todeszoos —

Mein Vater hörte auf zu lesen.

›Mach doch weiter‹, sagte ich.

›Hab die Stelle verloren‹, sagte er, und ich wartete, immer noch geschwächt von der Lungenentzündung und schweißnaß vor Angst, bis er weiterlas. ›Inigo ließ Fezzik an der Tür den Vortritt—‹ ›He, wart mal, sagte ich, ›das ist nicht die Stelle, du hast etwas ausgelassen‹, und dann hielt ich schnell den Mund, denn wir waren ja eben erst bei der Szene gewesen, wo ich mich so aufregte, daß Butterblume Humperdinck heiratete, und wo ich ihn beschuldigt hatte, etwas auszulassen, und das wollte ich nicht noch einmal erleben. ›Papa‹, sagte ich, ›ich will ja gar nichts sagen, aber rannte der Prinz nicht eben gerade zum Zoo, und das nächste, was du gesagt hast, war über Inigo, und vielleicht, ich meine, könnte da nicht noch eine Seite oder so dazwischen sein?‹

Mein Vater wollte das Buch zuklappen.

›Ich streite doch gar nicht, bitte nicht zumachen.‹

›Es ist nicht deswegen‹, sagte er, und dann sah er mich lange an. ›Billy‹, sagte er (so nannte er mich fast nie; ich mochte es, wenn er mich so nannte; bei allen anderen verabscheute ich es, aber wenn mich dieser Friseur so nannte, ich weiß nicht, dann schmolz ich hin), ›Billy, hast du Vertrauen zu mir?‹

›Was soll denn das? Natürlich hab' ich das.‹

›Billy, du hast Lungenentzündung. Du nimmst dieses Buch sehr ernst, ich weiß es, denn wir haben uns schon einmal deswegen gestritten.‹

›Ich streite doch gar nicht mehr — ‹

›*Hör mir mal zu* — ich hab dich bis jetzt noch nie angelogen, stimmt's? Also, dann hab Vertrauen. Ich möchte dir den Rest von diesem Kapitel nicht vorlesen, und ich möchte, daß du sagst, es geht in Ordnung.‹

›Warum? Was passiert denn im Rest von dem Kapitel?‹

›Wenn ich es dir *sage*, könnte ich es dir auch gleich vorlesen. Sag einfach, es ist in Ordnung.‹

›Das kann ich nicht sagen, wenn ich nicht weiß, was passiert.‹

›Aber — ‹

›Sag du mir, was passiert, und ich sag dir, ob es gut ist, und ich versprech' dir, wenn ich es nicht hören will, dann kannst du zu Inigo weiterblättern.‹

›Du willst mir also den Gefallen nicht tun?‹

›Ich schleich' mich aus dem Bett, wenn ihr schlaft, ganz egal, wo du das Buch versteckst, ich finde es und dann lese ich den Rest von dem Kapitel selber, du kannst es mir also ebensogut gleich sagen.‹

›Bitte, Billy?‹

›Jetzt hab ich dich, du kannst es ruhig zugeben.‹

Mein Vater stieß einen furchtbaren Seufzer aus.

Da wußte ich, ich hatte ihn kleingekriegt.

›Westley stirbt‹, sagte mein Vater.

Ich sagte, ›was meinst du, Westley stirbt? Du meinst, er *stirbt*?‹

Mein Vater nickte. ›Prinz Humperdinck bringt ihn um.‹

›Aber er tut doch nur so, nicht?‹

Mein Vater schüttelte den Kopf und klappte das Buch nun endgültig zu.

›Au Scheiße‹, sagte ich und fing an zu heulen.

›Es tut mir leid‹, sagte mein Vater. ›Ich laß dich jetzt allein‹, und er ging hinaus.

›Und wer kriegt Humperdinck?‹ rief ich hinter ihm her.

Er blieb im Vorraum stehen. ›Ich versteh' nicht?‹

›Wer tötet Prinz Humperdinck? Am Ende muß ihn doch jemand kriegen, Fezzik oder wer?‹

›Niemand tötet Humperdinck, der bleibt am Leben.‹

›Du meinst, er gewinnt, Papa? Verflucht, wozu hast du mir das vorgelesen?‹ Und ich vergrub den Kopf in das Kissen, und bis auf den heutigen Tag habe ich nie wieder so geheult. Fast konnte ich spüren, wie sich mein Herz in das Kissen hinein entleerte. Ich glaube, das Erstaunlichste am Heulen ist aber, daß man, wenn man gerade dabei ist, denkt, es könne nie aufhören, doch es dauert nie halb so lange, wie man denkt. Jedenfalls nicht, was die tatsächliche Zeit angeht. Was die tatsächlichen Gefühle angeht, ist es noch schlimmer, aber nach der Uhr nicht. Als mein Vater wiederkam, war noch keine Stunde vergangen.

›So‹, sagte er, ›sollen wir heute abend weitermachen oder nicht?‹

›Schieß los‹, sagte ich ihm, die Augen trocken, kein Schlukken im Hals, nichts. ›Feuer frei.‹

›Bei Inigo?‹

›Wollen wir doch mal den Mord hören‹, sagte ich. Ich wußte, ich würde nicht wieder flennen. Mein Herz war nun ein verborgener Garten, wie bei Butterblume, und die Mauern darum waren sehr hoch.

Da ging Humperdinck fluchend auf sie los, zerrte sie bei ihren herbstfarbenen Haaren, riß sie um, schleppte sie über den langen gewundenen Korridor zu ihrem Zimmer, wo er die Tür aufriß, sie hineinwarf und zuschloß, und dann begann er zu rennen, zu dem geheimen Eingang des Todeszoos, und er stürmte die Treppe hinunter, einen Riesensatz nach dem andern, und als er die Tür des Käfigs im fünften Geschoß aufstieß, da war selbst Graf Rugen erschrocken über so viel reines Gefühl, es mochte sein was immer, das sich in den Augen des Prinzen spiegelte. Der Prinz trat auf Westley zu. »Sie liebt dich«, schrie er. »Sie liebt dich immer noch, und du liebst sie — also denk daran — und denk auch an dies: Überall auf der Welt könntet ihr glücklich gewesen sein, so richtig glücklich. Nicht *ein* Paar in hundert Jahren hat solch eine Chance, nicht wirklich, egal was die Geschichten in den Büchern sagen, aber ihr hättet das haben können, und so, würde ich meinen, wird niemand je einen größeren Verlust erleiden als ihr.« Und damit griff er nach der Wählscheibe und riß sie ganz herum, und der Graf schrie, »doch nicht auf zwanzig!«, aber da war es zu spät, der Todesschrei hatte eingesetzt.

Es war viel schlimmer als das Geheul des wilden Hundes. Zunächst einmal, bei dem wilden Hund war die Wählscheibe nur auf sechs eingestellt gewesen, während das jetzt mehr als das Dreifache war. Und so dauerte es natürlich auch dreimal so lange. Und es war mehr als dreimal so laut. Aber es war eigentlich nicht dies, warum es schlimmer war.

Daß es ein Schrei aus menschlicher Kehle war, das war der Unterschied.

Butterblume hörte es in ihrem Zimmer, und es ängstigte sie, aber sie hatte nicht die leiseste Ahnung, was es war.

Am Haupttor des Schlosses hörte es Yellin, und es ängstigte auch ihn, obgleich er sich auch nicht vorstellen konnte, was es war.

Und die hundert Gorillas und Soldaten, die den Haupteingang flankierten, hörten es auch, und allen, bis auf den letzten Mann, ging es auf die Nerven, und sie sprachen eine ganze Weile davon, aber niemand unter ihnen hatte vernünftige Ideen, was es sein mochte.

Der Große Platz war voller Leute aus dem einfachen Volk, die gespannt waren auf die bevorstehende Hochzeit und das Jubiläum, und auch sie hörten es alle, und niemand tat auch nur so, als wäre er nicht erschrocken, aber auch unter ihnen wußte niemand, was es irgend sein konnte.

Der Todesschrei stieg höher hinauf in die Nacht.

Auch die Straßen, die auf den Großen Platz führten, waren voller Menschen, die alle zum Platz hindrängten, und auch sie hörten es alle, aber wenn sie einmal zugegeben hatten, daß sie wie gelähmt waren, versuchten sie nicht mehr zu erraten, was es gewesen sein könnte.

Inigo wußte es sofort.

In dem Gäßchen, wo er sich mit Fezzik durchzudrängen versuchte, blieb er stehen und erinnerte sich. Das Gäßchen führte zu den Straßen, die zum Platz führten, und auch das Gäßchen war verstopft.

»Dieser Ton gefällt mir gar nicht«, sagte Fezzik, und seine Haut war im Augenblick ganz kalt.

Inigo packte den Riesen, und die Worte kamen aus ihm herausgesprudelt: »Fezzik, Fezzik — das ist der Ton des Letzten Schmerzes — ich kenne den Ton — das war der Ton in meinem Herzen, als der Graf Rugen meinen Vater abschlachtete und ich den Vater fallen sah — jetzt stößt ihn der Schwarze aus — «

»Du glaubst, das ist er?«

»Wer sonst hätte Grund zum Letzten Schmerz an diesem Festabend?« Und damit begann er dem Ton nachzulaufen.

Aber die Menschenmassen waren ihm im Weg; er war kräftig, aber dünn, und so rief er, »Fezzik, Fezzik, wir müssen diesem Ton nach, bis dahin, wo er herkommt, und ich komme nicht durch, du mußt vorgehen. Mach schnell, Fezzik — tu's für mich, Inigo, ich bitte dich, bahne uns einen Weg — *bitte*!«

Fezzik nun ließ sich nicht oft um etwas bitten, am allerwenigsten von Inigo; wenn so etwas vorkam, tat man, was man konnte, und Fezzik begann unverzüglich zu schieben. Vorwärts.

Haufenweise Leute. Fezzik schob noch stärker. Haufenweise kamen die Leute in Bewegung und machten Fezzik Platz. Schneller.

Der Todesschrei fing nun an, schwächer zu werden, er verblaßte in den Wolken.

»Fezzik«, sagte Inigo. »All deine Kraft, JETZT.«

Fezzik stürmte die Gasse hinunter, die Leute schrien und sprangen beiseite, und in seinen Spuren hielt Inigo Schritt, und am Ende der Gasse war eine Straße, und der Schrei war nun schwächer, aber Fezzik wandte sich nach links und lief auf die Straßenmitte hinaus und nahm sie in Besitz, niemand war ihm im Weg, nichts wagte ihn aufzuhalten, und der Schrei war nur noch ganz schwach zu hören, darum brüllte Fezzik mit aller Kraft, »RUHE!«, und auf der Straße wurde es plötzlich mucksmäuschenstill, und Fezzik rannte weiter, Inigo dicht dahinter, und der Schrei war immer noch da, ganz schwach, und nun kamen sie auf den Großen Platz, und da drüben war das Schloß, bevor der Schrei weg war . . .

Westley lag tot neben der Maschine. Der Prinz hielt die Wählscheibe noch bei zwanzig fest, als es schon lange nicht mehr nötig war, bis der Graf sagte, »erledigt«.

Der Prinz ging, ohne noch einen Blick auf Westley zu werfen. In dem geheimen Aufgang nahm er immer vier Stufen zugleich. »Sie hat mich doch tatsächlich einen Feigling genannt«, sagte er, und dann war er verschwunden.

Graf Rugen begann sich Notizen zu machen. Dann warf er die Gänsefeder hin. Er untersuchte Westley kurz, dann schüttelte er den Kopf. Der Tod war für ihn ohne jedes wissenschaftliche Interesse; wer tot war, konnte nicht mehr auf Schmerzen reagieren. »Schaff die Leiche weg«, sagte er, denn er wußte, der Albino war da, obgleich er ihn nicht sehen konnte. Es war eine Schande, wurde ihm klar, als er nach dem Prinzen die Treppe hinaufstieg. Versuchspersonen wie Westley liefen einem nicht alle Tage über den Weg.

Als sie fort waren, kam der Albino hervor, zog die Becher

von der Leiche ab und beschloß, die Leiche auf der Müllkippe hinter dem Schloß zu verbrennen. Das hieß, er brauchte einen Schubkarren. Er eilte die Treppe hinauf, trat aus dem geheimen Eingang und ging rasch zu dem großen Geräteschuppen. Alle Schubkarren waren an der Rückwand verstaut, hinter den Hakken, Rechen und Gartenscheren. Der Albino stieß einen mißvergnügten Zischlaut aus und begann sich an all den anderen Geräten vorbeizuwinden. So etwas passierte ihm doch immer dann, wenn er es eilig hatte. Er zischte noch einmal, Überstunden, Überstunden, immerzu. Hätte man das nicht wissen können?

Schließlich hatte er den Karren draußen, und er kam gerade an dem tödlichen Eingang vorbei, der vermeintlich der Haupteingang war, als jemand zu ihm sagte, »ich quäle mich teuflisch ab, um diesem Schrei nachzuspüren«. Der Albino fuhr herum und sah hier, *hier* auf dem Schloßgelände, einen säbeldünnen Fremden mit einem Degen in der Hand. Der Degen zuckte plötzlich hoch und saß dem Albino an der Kehle. »Wo ist der Schwarze?« sagte der Fremde nun. Er hatte auf jeder Wange eine riesige Narbe von oben nach unten und sah aus wie jemand, mit dem nicht zu spaßen war.

Flüstern: »Ich kenne keinen Schwarzen.«

»Kam der Schrei von da?« Der Fremde zeigte auf den Haupteingang.

Nicken.

»Und aus wessen Kehle kam er? Ich brauche den Mann, mach schnell!«

Flüstern: »Westley.«

Inigo überlegte. »Ein Matrose? Den Rugen hergebracht hat?«

Nicken.

»Und ich finde ihn wo?«

Der Albino zögerte, dann zeigte er auf den tödlichen Eingang. Flüstern: »Er ist im untersten Geschoß. Fünf Stockwerke hinunter.«

»Dann brauch' ich dich nicht mehr. Leg' ihn für eine Weile still, Fezzik.«

Der Albino merkte, wie sich hinter ihm ein riesiger Schatten bewegte. Komisch, dachte er — es war das Letzte, woran er sich erinnerte —, ich dachte, das wäre ein Baum.

Inigo sprühte jetzt Funken, er war nicht zu halten. Fezzik zögerte an der Tür zum Haupteingang. »Warum sollte er uns die Wahrheit gesagt haben?«

»Er ist ein Zoowärter, dem wir den Tod angedroht haben. Warum sollte er lügen?«

»Das ist nicht logisch.«

»Es kümmert mich nicht«, sagte Inigo, und es stimmte. In seinem Herzen wußte er, der Schwarze war da unten. Es gab keinen anderen Grund, warum Fezzik ihn, Inigo, gefunden hatte, warum Fezzik von Rugen wußte, warum sich nach so vielen Jahren Wartens nun alles so traf. Wenn es einen Gott gab, dann gab es hier auch den Schwarzen, der auf ihn wartete. Inigo wußte das. Er *wußte* es einfach. Und natürlich hatte er vollkommen recht. Aber natürlich waren da auch viele Dinge, die er nicht wußte. Zum einen, daß der Schwarze tot war. Zum andern, daß der Eingang, den sie benutzten, der falsche war, eine Falle für Leute wie ihn, die nicht dort hinein gehörten. Da unten gab es giftspeiende Kobras. Was allerdings auf ihn zukommen würde, war noch schlimmer. Alles dies wußte er auch nicht.

Aber sein Vater mußte gerächt werden. Und der Schwarze würde sich ausdenken, wie. Das genügte Inigo.

Und so, mit einer Eile, die sie bald tief bereuen sollten, näherten Inigo und Fezzik sich dem Todeszoo.

Siebentes Kapitel: Die Hochzeit

Inigo ließ Fezzik an der Tür den Vortritt, nicht weil er sich hinter ihm verstecken wollte, sondern weil die Kraft des Riesen zum Eindringen nötig sein würde. Sie mußten die dicke Tür aus den Angeln brechen, und das war mehr etwas für Fezzik.

»Es ist offen«, sagte Fezzik, drückte einfach die Klinke nieder und warf einen Blick hinein.

»Offen?« Inigo zögerte. »Dann mach sie zu. Da muß etwas faul sein. Warum sollte etwas so Wertvolles wie der Privatzoo des Prinzen nicht abgeschlossen sein?«

»Es riecht ganz scheußlich nach Tieren da drinnen«, sagte Fezzik. »War das eben ein Gestank!«

»Laß mich mal nachdenken«, sagte Inigo, »ich komm schon drauf«, und er versuchte sein Bestmögliches, aber es ergab keinen Sinn. So wie man Diamanten nicht auf dem Frühstückstisch herumliegen ließ, so mußte der Todeszoo hinter Schloß und Riegel sein. Es mußte also einen Grund geben, und wenn man nur sein Gehirn anstrengte, so mußte man ihn finden. (Der Grund, warum die Tür gerade nicht abgeschlossen war, war in Wahrheit dieser: Sie war niemals abgeschlossen. Und der Grund dafür wiederum war einfach: Sicherheit. Niemand, der durch die Vordertür eingetreten war, war je wieder herausgekommen. Die Idee stammte im wesentlichen von Graf Rugen, der dem Prinzen bei der architektonischen Gestaltung geholfen hatte. Der Prinz wählte den Ort – im fernsten Winkel des Schloßgeländes, weit ab von allem, damit das Gebrüll die Diener nicht erschreckte –, aber der Graf entwarf die Eingänge. Der echte Eingang war an einem gewaltigen Baum, wo sich eine Wurzel abheben ließ, die eine Treppe freigab, und diese Treppe führte direkt hinunter ins fünfte Geschoß. Der falsche Eingang, der als der Haupteingang bezeichnet wurde, führte in der normalen Reihenfolge durch die oberen Geschosse in die unteren, vom ersten ins zweite, vom zweiten ins dritte, oder, besser gesagt, vom zweiten in den Tod.)

»Ja«, sagte Inigo endlich.

»Hast du es heraus?«

»Der Grund, warum die Tür nicht verschlossen war, ist einfach der: Der Albino hätte sie verschlossen, er wäre nie so blöd gewesen, sie offenzulassen, *aber*, Fezzik, mein Freund, wir waren bei ihm, bevor er an der Tür war. Klar, wenn er mit seinem Schubkarren fertig gewesen wäre, hätte er sich darangemacht, sie abzuschließen und zu verriegeln. Alles ganz klar, du brauchst dir keine Sorgen mehr zu machen. Gehen wir.«

»Ich fühle mich einfach so sicher bei dir«, sagte Fezzik und öffnete die Tür zum zweitenmal. Dabei bemerkte er, daß die Tür nicht nur unabgeschlossen war, sie hatte nicht einmal eine Vorrichtung für ein Schloß, und er fragte sich, ob er Inigo das sagen sollte, entschied sich aber dagegen, denn dann würde Inigo noch länger warten und überlegen müssen, und das hatten sie nun schon lange genug getan, denn, obwohl er sagte, er fühle sich bei Inigo sicher, hatte er in Wahrheit mächtige Angst. Er hatte nichts Gutes über diesen Ort gehört. Wegen der Löwen hatte er keine Sorgen, und wen kümmerten schon die Gorillas, das war nichts. Aber gegen die Kriecher war er empfindlich, und gegen Schlüpfriges und Schleimiges und Stechendes. Und ... überhaupt gegen alles, entschied sich Fezzik, der Wahrheit die Ehre. Spinnen und Schlangen und Käfer und Fledermäuse und wie sie alle hießen — er schätzte sie alle nicht besonders. »Stinkt immer noch nach Tieren«, sagte er und hielt Inigo die Tür auf, und gemeinsam traten sie Schritt für Schritt in den Todeszoo, während sich die große Tür leise hinter ihnen schloß.

»Ganz schön exotisch hier«, sagte Inigo und ging an etlichen großen Käfigen vorbei, in denen Geparden und Kolibris und andere flinke Geschöpfe waren. Am Ende der Halle war wieder eine Tür mit einem Schild »Zum zweiten Geschoß« darüber. Sie öffneten die Tür und sahen eine Treppenflucht, die sehr steil nach unten führte. »Vorsicht«, sagte Inigo, »bleib ganz dicht bei mir und paß auf, daß du nicht stolperst.«

Sie begannen ins zweite Geschoß hinunterzusteigen.

»Wenn ich dir etwas sage, versprichst du mir, daß du mich nicht auslachst oder dich lustig machst oder bös auf mich bist?« fragte Fezzik.

»Mein Wort.« Inigo nickte.

»Ich geh' noch vor Angst kaputt«, sagte Fezzik.

»Nur Mut«, erwiderte Inigo.

»Na, der Reim ist aber nicht erste Wahl—«

»Ein andermal«, lieferte Inigo noch einen nach; er kam sich ganz gescheit vor bei der ganzen Sache und stellte mit Vergnügen fest, daß Fezzik nun sichtbar entspannt war, als sie die Treppe hinunterstiegen, und er lächelte und klopfte Fezzik auf seine mächtige Schulter, weil er doch so ein guter Kerl war. Aber ganz tief drinnen krampfte sich Inigos Magen zusammen. Er war völlig bestürzt und niedergeschmettert, daß ein Mann von unbegrenzter Kraft und Stärke vor Angst kaputtgehen konnte, denn bis Fezzik es gesagt hatte, war sich Inigo ganz sicher gewesen, daß *er selbst* der einzige war, der hier echt Angst hatte, und daß sie nun beide Angst hatten, bedeutete nichts Gutes, wenn die Stunde der Panik kam. Jemand mußte bei klarem Verstand bleiben, und da Fezzik so wenig davon hatte, hatte Inigo automatisch angenommen, es würde ihm nicht allzu schwerfallen, dieses Wenige zu behalten. Darauf war kein Verlaß, wurde Inigo klar. Also würde er einfach sein Bestes tun müssen, um Paniksituationen zu vermeiden, und damit hatte sich's.

Die Treppe war gerade und sehr lang, aber schließlich kamen sie ans Ende. Wieder eine Tür. Fezzik gab ihr einen Stoß, und sie ging auf. Wieder ein Gang mit Käfigen zu beiden Seiten, aber diesmal mit sehr großen, drinnen mächtige, grunzende Flußpferde und ein zwanzig Fuß langer Alligator, der wütend das flache Wasser peitschte.

»Wir müssen uns beeilen«, sagte Inigo und beschleunigte seine Schritte, »so gern wir hier auch ein bißchen herumbummeln würden«, und er rannte fast auf ein Schild zu, auf dem »Zum dritten Geschoß« stand. Inigo öffnete die Tür und sah hinunter, und Fezzik sah ihm über die Schulter. »Hmmm«, sagte Inigo.

Diese Treppe war anders. Sie war längst nicht so steil und beschrieb eine Kurve, so daß sie, als sie oben standen und sich anschickten hinunterzusteigen, nicht sehen konnten, was sie weiter unten erwartete. Seltsame Kerzen brannten hoch an den Wänden, wo man sie nicht erreichen konnte. Die Schatten, die sie warfen, waren sehr lang und sehr dünn.

»Na, daß da unten noch was kommt, ist wohl gewiß«, sagte Inigo, um gute Laune bemüht.

»Schiß«, sagte Fezzik. Der Reim fuhr ihm heraus, bevor er ihn unterdrücken konnte.

Inigo explodierte. »Aber wirklich! Wenn du dich nicht beherrschen kannst, dann schick' ich dich gleich wieder zurück nach oben, und da kannst du dann *ganz alleine* warten.«

»Laß mich nicht allein; ich meine, schick mich nicht weg, bitte! Ich wollte ›Riß‹ sagen, ich weiß gar nicht, wie das *sch* da hineingekommen ist.«

»Ich verliere wirklich langsam die Geduld mit dir; jetzt komm aber«, sagte Inigo und begann die gebogene Treppe hinunterzusteigen. Fezzik folgte ihm, und als die Tür hinter ihnen zufiel, geschah zweierlei:

1) Man hörte deutlich, wie sich die Tür verschloß.

2) Die Kerzen oben auf den Wänden gingen aus.

»HAB KEINE ANGST!« schrie Inigo.

»HAB DOCH GAR KEINE«, schrie Fezzik zurück. Und dann, lauter als sein Herzklopfen, stieß er hervor, »was sollen wir tun?«

»G-g-g-ganz einfach«, sagte Inigo nach einer Weile.

»Hast du denn auch Angst?« fragte Fezzik in der Dunkelheit.

»Nicht . . . ein bißchen«, sagte Inigo sehr bedachtsam. »Und eben wollte ich sagen, daß es doch ganz einfach ist, ich weiß auch nicht, wie das G-g-g da hineinkam. Schau, zurück können wir nicht, und hierbleiben wollen wir mit Sicherheit auch nicht, also müssen wir einfach so weitergehen wie eben, bevor diese Kleinigkeiten passiert sind. Abwärts, abwärts müssen wir, Fezzik, da ich jedoch bemerke, daß du wegen all dem ein bißchen nervös bist, will ich dich aus Herzensgüte nicht hinter mir und nicht vor mir, sondern dicht neben mir gehen lassen, immer auf derselben Stufe, Schritt für Schritt, und du legst einen Arm um meine Schulter, weil du dich dann vermutlich besser fühlst, und damit du dir dabei nicht so blöd vorkommst, lege ich auch einen Arm um deine Schulter, und so steigen wir nun sicher und behütet nach unten.«

»Ziehst du deinen Degen mit der freien Hand?«

»Hab ich schon. Und machst du eine Faust mit deiner?«

»Hab ich schon.«

»Dann wollen wir das Ganze mal von der freundlichen Seite betrachten: Wir erleben ein Abenteuer, Fezzik, und die meisten Leute leben und sterben, ohne jemals so ein Glück gehabt zu haben wie wir.«

»Was glaubst du, warum sie die Tür hinter uns zugesperrt haben?« fragte Fezzik, während sie treppab gingen.

»Wahrscheinlich, um es spannender zu machen«, sagte Inigo. Er hatte gewiß schon bessere Antworten gegeben, aber jetzt fiel ihm nichts Besseres ein.

»Hier fängt die Biegung an«, sagte Fezzik, und sie gingen langsamer und kamen, ohne zu stolpern, um die scharfe Kurve und kamen immer tiefer hinunter. »Und die Kerzen haben sie aus demselben Grund ausgemacht, wegen der Spannung?«

»Höchstwahrscheinlich. Drück mich doch nicht so — «

»Drück *du* doch nicht so — «

Da wußten sie aber schon, woran sie waren.

Seit vielen Jahren streiten sich die Dschungel-Zoologen, welche von den Riesenschlangen der Welt die größte ist. Die Anaconda-Leute werden nicht müde, den Ruhm jenes Exemplars vom Orinoco hinauszuposaunen, das gut über fünfhundert Pfund wog, worauf die Python-Leute unfehlbar auf die in der Zambesi-Gegend gefundene Felsschlange hinweisen, die vierunddreißig Fuß und sieben Zoll lang war. Der Streit ist natürlich töricht, denn »die größte« ist eine unbestimmte Vokabel, die in ernsthaften wissenschaftlichen Diskussionen nichts zu suchen hat.

Aber jeder ernsthafte Schlangenliebhaber, gleich welcher Schule, würde zugeben, daß die arabische Garstini, obwohl kürzer als der Python und leichter als die Anaconda, dennoch schneller und gefräßiger ist als beide, und das Exemplar in Prinz Humperdincks Zoo war bemerkenswert nicht nur wegen seiner Schnelligkeit und Beweglichkeit, es wurde auch in einem Dauerzustand halben Verhungertseins gehalten, und so kam die erste Schlinge wie der Blitz von oben auf sie herunter und fesselte ihnen die Hände, so daß der Degen und die Faust nutzlos wurden, und die zweite Schlinge lag schon um ihre Arme und —

»Tu doch was!« schrie Inigo.

»Ich kann nicht — ich bin gefesselt — tu du was — «

»Gib's ihr, Fezzik — «

»Ist zu stark für mich — «

Die dritte Schlinge lag nun schon oben um ihre Schultern, und die vierte, die letzte, ging um den Hals, und Inigo flüsterte entsetzt, denn er hörte jetzt, wie das Biest schnaufte, und spürte seinen Atem, »gibs ihr . . . ich . . . kann . . . ich . . .«

Fezzik schlotterte vor Angst und flüsterte, »verzeih mir, Inigo.«

»O Fezzik, Fezzik . . .«

»Was denn . . .?«

»Ich wüßte vielleicht Reime für dich! . . .«

»Was für Reime? . . .«

Schweigen.

Die vierte Schlinge war fertig.

»Inigo, was für Reime?«

Schweigen.

Schweigen.

Die Schlange schnaufte.

»Inigo, ich will die Reime wissen, bevor ich sterbe — Inigo, wirklich, ich muß sie wissen — *Inigo, sag mir die Reime«*, und inzwischen war er ganz verärgert, und mehr noch, er war mächtig wütend, und er bekam einen Arm frei aus der Schlinge, und das hieß, er konnte mit diesem Arm dem anderen Arm zu Hilfe kommen, und nun schrie er es heraus, *»du gehst mir hier nicht weg, ehe ich nicht die Reime weiß«*, und der Klang seiner eigenen Stimme war sehr beeindruckend, tief und dröhnend, und wer war denn überhaupt diese Schlange, daß sie Fezzik in den Weg kam, wenn es Reime zu hören gab, und inzwischen hatte er nicht nur beide Arme frei von den drei untersten Schlingen, er war auch erzürnt über die Unterbrechung, und seine Hände griffen da hin, wo der Schlangenatem herkam, und ob Schlangen einen Hals hatten oder nicht, das wußte er nicht, aber wie immer man das nannte, was unter dem Maul kommt, das hielt er jetzt in seinen großen Händen und drosch es gegen die Wand, und die Schlange zischte und spuckte, aber die vierte Schlinge war nun schon lockerer, und so drosch Fezzik sie noch einmal gegen die Wand und noch ein drittes Mal und dann setzte er die Hände etwas tiefer an wegen der Hebelwirkung, und nun fing er an, das Biest gegen die Wände zu schlagen wie einen nassen Lappen, und als es tot war, da sagte Inigo, »an bestimmte Reime hab' ich eigentlich nicht gedacht, ich mußte nur etwas tun, um dich in Bewegung zu bringen.«

Fezzik keuchte schwer vor Anstrengung. »Du hast mich belogen, red' nicht drum herum. Mein einziger Freund in meinem ganzen Leben ist ein Lügner.« Er fing an, die Treppen hinunterzustapfen, und Inigo stolperte hinter ihm drein.

Fezzik kam an die Tür unten, stieß sie auf und warf sie hinter sich zu, so daß Inigo gerade noch mit hineinschlüpfen konnte, ehe sie zuknallte.

Sie verschloß sich sofort.

Am Ende des nächsten Ganges war deutlich ein Schild »Zum vierten Geschoß« sichtbar, und Fezzik eilte darauf zu. Inigo folgte ihm, vorbei an giftigem Getier, Kobras, Gabun-Vipern und dem herrlichen tropischen Steinfisch aus dem Indischen Ozean, der vielleicht am schnellsten tötet.

»Ich entschuldige mich«, sagte Inigo. »Eine Lüge in all den

Jahren, im Durchschnitt ist das doch nicht so schlecht, wenn du bedenkst, daß sie uns das Leben gerettet hat.«

»Es gibt so etwas wie Prinzipien«, war alles, was Fezzik antwortete. Er öffnete die Tür zum vierten Geschoß. »Mein Vater hat mir das Versprechen abgenommen, nie zu lügen, und nicht einmal in meinem Leben bin ich auch nur in die Versuchung gekommen.« Er begann die Treppen hinabzusteigen.

»Stop!« sagte Inigo. »Erst mal sehen, wo es hingeht.«

Es war eine gerade Treppe, aber völlig dunkel. Der Ausgang am anderen Ende war nicht zu sehen. »Es wird auch nicht schlimmer sein als da, wo wir herkommen«, maulte Fezzik und ging weiter.

In gewisser Hinsicht hatte er recht. Für Inigo waren Fledermäuse kein Albtraum. Gewiß, auch er fürchtete sich vor ihnen wie jedermann, und er würde schreien und davonlaufen, wenn sie in seine Nähe kämen, aber in seinem Geiste war die Hölle nicht voller Fledermäuse. Aber Fezzik war ein Junge aus der Türkei, und manche Leute behaupten zwar, die indonesische Obst-Fledermaus sei die größte der Welt, aber versuchen Sie mal, einem Türken das klarzumachen. Versuchen Sie mal, das jemandem klarzumachen, der seine Mutter kreischen gehört hat, *»da kommen die Königsvampire«*, gefolgt von dem giftigen Flattern der Schwingen.

»DA KOMMEN DIE KÖNIGSVAMPIRE!« kreischte Fezzik, und er war buchstäblich gelähmt vor Angst, wie er da auf halber Höhe der dunklen Treppe stand, und hinter ihm kam nun Inigo, der sich alle Mühe gab, die Dunkelheit zu durchdringen, und Inigo hatte diesen Ton noch nie gehört, nicht von Fezzik, und Inigo wollte auch keine Fledermäuse in seinen Haaren haben, aber so einen Schreck bekam er deswegen nun doch nicht, und er wollte eben fragen, »was ist denn so schlimm an Fledermäusen?«, aber er konnte nur noch »was?« sagen, bevor Fezzik losschrie, »Tollwut! Tollwut!«, und das war alles, was Inigo wissen mußte, und er brüllte, »runter, Fezzik«, und Fezzik konnte sich immer noch nicht rühren, und so tastete Inigo in der Dunkelheit nach ihm und schlug den Riesen mit aller Kraft auf die

Schulter und brüllte noch einmal »runter«, und diesmal ging Fezzik gehorsam in die Knie, aber das war bei weitem nicht genug, und so gab ihm Inigo noch einen Hieb und rief »ganz runter, flachlegen«, bis Fezzik bebend auf der schwarzen Treppe lag und Inigo über ihm kniete, das große Sechsfingerschwert in der Hand; und das war die Gelegenheit, hier konnte er mal sehen, wieweit die neunzig Tage Schnaps ihn heruntergebracht hatten, wieviel noch übrig war von dem großen Inigo Montoya. Ja doch, Fechten hatte er studiert, das schon, sein halbes Leben und noch ein bißchen mehr hatte er damit verbracht, die Agrippa-Attacke und die Bonetti-Verteidigung zu lernen, und natürlich kannte er seinen Thibault, aber er hatte auch mal, ein einziges verfluchtes Mal, einen Sommer bei dem einzigen Schotten zugebracht, der je etwas vom Fechten verstand, dem verkrüppelten MacPherson, und es war MacPherson, der alles verhöhnte, was Inigo wußte, es war MacPherson, der sagte, »Thibault, Thibault ist schön und gut, wenn du in einem Ballsaal kämpfst, aber was ist, wenn du deinen Gegner auf einem Abhang triffst und du stehtst unter ihm?«, und eine Woche lang hatte Inigo die Kampfesweise von unten studiert, und dann stellte ihn MacPherson auf einen Hügel in der Position von oben, und als er das alles beherrschte, machte MacPherson gleich da weiter, denn er war ein Krüppel, seine Beine waren beim Knie zu Ende, und das gab ihm ein besonderes Feingefühl für widrige Umstände. »Und was ist, wenn dein Gegner dich blendet?« sagte MacPherson einmal. »Er schüttet dir Säure in die Augen, und nun geht er hinein, um dich abzustechen; was machst du nun? Sag mir das, Spanier, *überleb das, Spanier!*« Und jetzt, als er auf den Angriff der Fledermäuse wartete, erinnerte er sich an die MacPherson-Technik; man mußte sich dabei auf seine Ohren verlassen, man fand den Feind nach seinen Herzschlägen, und jetzt, als er wartete, konnte Inigo spüren, wie sich die Fledermäuse über ihm massierten, während unter ihm Fezzik zitterte wie ein Kätzchen im kalten Wasser.

»Lieg still!« befahl Inigo, und das war der letzte Laut, den er abgab, denn nun brauchte er seine Ohren, und er neigte den

Kopf dem Geflatter entgegen, den großen Degen fest in der Rechten, die tödliche Spitze langsam in der Luft kreisen lassend. Inigo hatte noch nie einen Königsvampir gesehen, er wußte nichts über sie, wie schnell sie waren, wie sie angriffen, in welchem Winkel und zu wie vielen auf einmal. Das Flattern war jetzt direkt über ihm, vielleicht zehn Fuß hoch, vielleicht auch mehr. Konnten Fledermäuse im Dunkeln sehen? Hatten sie auch diese Waffe? »Nun kommt schon«, wollte Inigo sagen, aber es war nicht mehr nötig, denn mit einem Flügelrauschen, das er erwartet hatte, und einem langgezogenen, hohen Kreischen, das er nicht erwartet hatte, stieß der erste Königsvampir auf ihn herunter.

Inigo wartete, wartete, das Flattern war nach links abgewichen, und das war nicht gut, denn er wußte, wo er war, und die Tiere wußten es auch, also hieß das, sie hatten etwas mit ihm vor, eine Überrumpelung, eine plötzliche Schwenkung, und er überließ die Kontrolle ganz seinem Gehirn und hielt den Degen unverändert langsam kreisend, ohne dem Geräusch nachzugehen, bis das Flattern aufhörte und der Königsvampir lautlos auf Inigos Gesicht zustürzte.

Das Sechsfingerschwert ging durch wie durch Butter.

Der Todeslaut des Königsvampirs war beinahe menschlich, nur ein bißchen höher im Ton und kürzer, aber Inigo interessierte das nur kurz, denn nun war ein doppeltes Flattern zu hören, sie kamen nun von zwei Seiten, einer rechts, einer links, und MacPherson hatte immer gesagt, zuerst die starke Seite, dann die schwache, also stieß Inigo zuerst nach rechts, dann nach links, und zwei weitere fast menschliche Laute ertönten und verklangen. Der Degen war jetzt schwer, die drei toten Tiere änderten die Balance, und Inigo wollte sie abstreifen, aber da kam noch ein Flattern, ein einzelnes, und diesmal ohne Wendungen, direkt auf sein Gesicht los, und er duckte sich und hatte Glück; der Degen ging hoch und dem tödlichen Ding durchs Herz, und nun hingen schon vier aufgespießt an seinem Sagenschwert, und Inigo wußte, diesen Kampf verlor er nicht mehr, und aus seinem Hals kamen die Worte, »Ich bin Inigo Montoya und immer noch der Hexer, nun kommt schon«, und als er drei von ihnen flattern hörte, wünschte er, er wäre ein bißchen bescheidener gewesen, aber dazu war es zu spät, und die Überraschung mußte ihm helfen, er wechselte die Position gegen die Tiere, stand auf und fing sie im Sturzflug ab, lange bevor sie es erwarteten, und nun hingen sieben Fledermäuse an seinem Degen, und die Balance war völlig hin, und das wäre eine schlimme Sache gewesen, eine gefährliche Sache, und nur aus einem wichtigen Grund schadete es nichts: Es war jetzt still in der Dunkelheit. Das Geflatter war vorbei.

»Du bist mir schon ein Riese«, sagte Inigo nun, stieg über Fezzik hinweg und eilte den Rest der dunklen Stufen hinunter.

Fezzik stand auf, stolperte ihm nach und sagte, »Inigo, hör mal, ich hab' mich geirrt vorhin, du hast mich nicht belogen, das war nur ein Trick, und mein Vater hat immer gesagt, Tricks sind in Ordnung, ich bin dir also nicht mehr böse. Ist das für dich auch erledigt? Für mich ist es erledigt.«

Sie drückten die Klinke an der Tür am unteren Ende der schwarzen Treppe nieder und betraten das vierte Geschoß.

Inigo sah ihn an. »Du meinst, du verzeihst mir völlig, daß ich dir das Leben gerettet habe, wenn ich dir völlig verzeihe, daß du meines gerettet hast?«

»Du bist mein einziger Freund.«

»Pathetisch sind wir, wir beiden«, sagte Inigo.

»Athletisch.«

»Sehr schön«, sagte Inigo, damit Fezzik wußte, daß sie wieder miteinander im Reinen waren. Sie gingen auf das Schild »Zum fünften Geschoß« zu, an eigenartigen Käfigen vorüber. »Das hier ist bis jetzt das Schlimmste«, sagte Inigo und sprang zurück, denn hinter einer Milchglasscheibe sah er einen Blutadler, der gerade an etwas fraß, was wie ein Arm aussah. Und auf der anderen Seite war ein großer schwarzer Teich, und was auch immer es sein mochte, was darinnen war, es war etwas Dunkles und Vielarmiges, und das Wasser schien zur Mitte des Teiches hingesogen zu werden, wo sich das Maul dieses Dings befand. »Schnell weiter«, sagte Inigo, und er ertappte sich, wie er bei dem Gedanken zitterte, in den schwarzen Teich geworfen zu werden.

Sie öffneten die Tür und sahen hinaus auf die Treppen zum fünften Geschoß.

Sie waren verblüfft.

Erstens, die Tür, die sie öffneten, hatte kein Schloß und konnte sie also nicht einsperren. Zweitens, die Treppen waren ganz hell beleuchtet. Und drittens waren die Treppen vollkommen gerade. Und viertens waren es nur wenige Stufen.

Und die Hauptsache, es war nichts drinnen. Es war hell und sauber und ohne jeden Zweifel vollkommen leer.

»Das glaub ich keine Sekunde«, sagte Inigo, und stieg, den Degen in Bereitschaft, die erste Stufe hinunter. »Bleib an der Tür — die Kerzen gehen jeden Moment aus.«

Er nahm die zweite Stufe.

Die Kerzen leuchteten weiterhin.

Die dritte Stufe. Die vierte. Es waren überhaupt nur etwa ein Dutzend Stufen; Inigo nahm noch zwei und blieb in der Mitte stehen. Jede Stufe war etwa einen Fuß breit, er war also sechs Fuß weit von Fezzik entfernt und sechs Fuß von der großen Tür mit der grün verzierten Klinke, die auf das letzte Geschoß hinausging. »Fezzik?«

Von der oberen Tür: »Was?«

»Ich hab' Angst.«

»Es sieht aber alles ganz richtig aus.«

»Nein. Es soll so aussehen, um uns zu täuschen. Egal wo wir jetzt schon durchgekommen sind, das hier muß noch schlimmer sein.«

»Aber es ist nichts zu sehen, Inigo.«

Inigo nickte. »Das ist's, warum ich solche Angst habe.« Er nahm noch eine Stufe zu der Tür mit der grünbemalten Klinke hin. Noch eine. Noch vier Stufen. Noch vier Fuß.

Achtundvierzig Zoll bis zum Tod.

Inigo nahm noch eine Stufe. Er zitterte jetzt, fast völlig unbeherrscht.

»Warum zitterst du denn?« sagte Fezzik von oben.

»Der Tod steckt hier. Der Tod steckt hier.« Er trat noch eine Stufe weiter hinunter.

Vierundzwanzig Zoll bis zum Tod.

»Kann ich jetzt zu dir hinunter?«

Inigo schüttelte den Kopf. »Hat keinen Sinn, wenn du auch stirbst.«

»Aber es ist leer.«

»Nein. Der Tod steckt hier.« Er hatte sich jetzt nicht mehr in der Gewalt. »Wenn ich ihn nur sehen könnte, könnte ich dagegen kämpfen.«

Fezzik wußte nicht, was zu tun war.

»Ich bin Inigo Montoya, der Hexer; komm heraus!« Er drehte sich um und um, den Degen stoßbereit, und musterte die hell erleuchtete Treppe.

»Jetzt machst du mir Angst«, sagte Fezzik, ließ die Tür hinter sich zufallen und schritt die Treppen hinunter.

Inigo ging aufwärts, ihm entgegen und sagte »nein«. Sie trafen sich auf der sechsten Stufe.

Zweiundsiebzig Zoll bis zum Tod jetzt.

Die grüngesprenkelte Einsiedlerspinne tötet nicht so schnell wie der Steinfisch. Und viele sind der Ansicht, die Mamba verursache größere Leiden, wegen der Vereiterungen und all dem. Aber Gramm für Gramm gerechnet, kommt nichts in der Welt der grüngesprenkelten Einsiedlerspinne nahe; mit der grüngesprenkelten Einsiedlerspinne verglichen, ist die Schwarze Witwe ein Schoßhündchen. Prinz Humperdincks Exemplar lebte hinter der grünverzierten Klinke der Tür zum untersten Geschoß. Sie rührte sich selten, nur wenn sich die Klinke bewegte. Dann schlug sie zu wie der Blitz.

Auf der sechsten Stufe legte Fezzik einen Arm um Inigos Schulter. »Wir gehen zusammen hinunter, Stufe für Stufe. Hier ist nichts, Inigo.«

Auf der fünften Stufe. »Hier muß etwas sein.«

»Warum?«

»Weil der Prinz ein Liebhaber von solchen Sachen ist. Und Rugen steht ihm nicht nach. Und das hier ist ihr Meisterstück.«

»Das ist erstklassig gedacht, Inigo«, sagte Fezzik laut und mit ruhiger Stimme, innerlich aber ging er wieder kaputt vor Angst. Denn da war er nun hier an diesem freundlichen, hellen Ort, und sein einziger Freund auf der Welt brach unter der Anspannung zusammen. Und wenn man Fezzik war und nicht viel Grips hatte und sich vier Stockwerke unter der Erde in einem Todeszoo befand, auf der Suche nach einem schwarzgekleideten Mann, von dem man eigentlich nicht glaubte, daß er da unten war, und wenn dann noch der einzige Freund durchdrehte, den man auf der Welt hatte, was sollte man da tun?

Jetzt noch drei Stufen.

Wenn man Fezzik war, mußte man in Panik kommen, denn wenn Inigo durchdrehte, dann hieß das, man war nun selbst der Führer dieser ganzen Expedition, und wenn man Fezzik war, dann wußte man, das allerletzte, was man jemals sein konnte, war ein Führer. So tat Fezzik, was er in Paniksituationen immer tat.

Er riß nach vorn aus.

Er brüllte auf und sprang zur Tür und rannte mit dem Körper dagegen, ohne sich mit solchen Finessen wie dem Betätigen dieser hübschen grünen Klinke aufzuhalten, und als die Tür vor seiner Kraft nachgab, da rannte er weiter, bis er zu dem riesigen Käfig kam, und dort drinnen lag regungslos der Schwarze. Fezzik hielt an, sehr erleichtert, denn daß er diesen reglosen Körper da sah, bedeutete eines: Inigo hatte recht, und wenn Inigo recht hatte, dann konnte er nicht verrückt sein, und wenn er nicht verrückt war, dann brauchte Fezzik niemanden irgendwohin zu führen. Und als dieser Gedanke in Fezziks Gehirn ankam, da lächelte er.

Inigo für sein Teil war über Fezziks sonderbares Verhalten erschrocken. Er sah keinerlei Grund dafür, und er wollte Fezzik etwas nachrufen, als er eine kleine grüngesprenkelte Spinne von der Türklinke herunterkrabbeln sah; er trat mit dem Stiefel drauf, bevor er zu dem Käfig eilte.

Fezzik war bereits drinnen und kniete über dem Körper.

»Sprich's nicht aus«, sagte Inigo, als er eintrat.

Fezzik versuchte es, aber es stand auf seinem Gesicht. »Tot.«

Inigo untersuchte den Körper. Er hatte schon viele Leichen gesehen. »Tot.« Dann setzte er sich geschlagen auf den Boden und legte die Arme um die Knie und wiegte sich hin und her wie ein Baby, hin und her, hin und her und wieder hin.

Es war zu ungerecht. Ungerechtigkeit mußte man erwarten, solange man lebte, aber dies ging doch darüber hinaus. Er, Inigo, kein Denker, hatte gedacht — und hatte er ihn vielleicht nicht gefunden, den Schwarzen? Er, Inigo, der vor Tieren Angst hatte, vor allem, was kroch und krabbelte und biß und stach, hatte sie beide unversehrt in den Zoo hinuntergebracht. Er hatte aller Vorsicht ade gesagt und sich über alle Grenzen hinweggesetzt, die zu haben er je geträumt hatte. Und nun, nach so viel Mühen, nachdem er an diesem Tag der Tage zu diesem einen Zweck wieder mit Fezzik zusammengetroffen war, da fand er den Mann, der ihm helfen konnte, einen Plan zu finden, der ihm half, seinen toten Vater zu rächen, und der Mann war — hin. Alles war hin. Hoffnung? Hin. Zukunft? Hin. Alle Triebkräfte seines Lebens. Hin. Kaputt. Erledigt. Tot.

»Ich bin Inigo Montoya, der Sohn von Domingo Montoya, und ich nehme das so nicht hin.« Er sprang auf die Füße, begann die geheime Treppe hinaufzusteigen und hielt nur so lange inne, wie nötig war, um rasche Befehle zu erteilen. »Komm, mach schon, bring die Leiche mit.« Einen Augenblick suchte er in seinen Taschen, aber die waren leer, vom Trinken. »Hast du ein bißchen Geld, Fezzik?«

»Etwas. Sie zahlen gut beim Rollkommando.«

»Also, hoffentlich reicht es, um ein Wunder zu kaufen, das ist alles.«

Als es zuerst an die Tür seiner Hütte klopfte, hätte Max beinah nicht aufgemacht. »Haut ab«, hätte er beinah gesagt, denn in letzter Zeit waren es immer bloß die Gören gewesen, die ihn veralbern wollten. Nur war es schon etwas nach der Zeit, wo Kinder noch auf waren — es war fast Mitternacht —, und außerdem war das Klopfen laut und ging zugleich so ratt-tatt-

tatt, als ob das Gehirn zur Faust sagte, »mach schnell, ich will ein bißchen Bewegung sehen.«

So öffnete Max die Tür einen Spalt weit. »Ich kenne Sie nicht.«

»Sind Sie nicht der Wunder-Max, der all die Jahre über für den König gearbeitet hat?« sagte der Dünne.

»Ich bin gefeuert worden, haben Sie das nicht gehört? Das ist ein peinliches Thema, damit hätten Sie mir nicht kommen dürfen, gute Nacht, bis zum nächsten Mal lernen Sie erst mal Manieren.« Und er machte die Tür zu.

Rat-a-tat—rat-a-*tatt*.

»Machen Sie jetzt, daß Sie fortkommen, oder ich rufe das Rollkommando.«

»Ich bin beim Rollkommando«, sagte die andere Stimme von draußen, eine mächtige, tiefe Stimme, jemand, mit dem man sich besser gut stellte.

»Wir brauchen ein Wunder, es ist sehr wichtig«, sagte der Dünne von draußen.

»Ich bin im Ruhestand«, sagte Max. »Außerdem wollt ihr ja doch wohl keinen, den der König gefeuert hat, nicht? Ich könnte ja jeden umbringen, den ich wunderbehandeln soll.«

»Er ist schon tot«, sagte der Dünne.

»Ist schon, hmm?« sagte Max, nun mit einem bißchen Interesse in der Stimme. Er öffnete wieder die Tür einen Spalt weit. »Bei Toten bin ich gut.«

»Bitte«, sagte der Dünne.

»Bringt ihn herein. Ich verspreche nichts«, antwortete der Wunder-Max nach einigem Nachdenken.

Der Riese und der Dünne brachten einen großen Kerl herein und legten ihn auf den Boden der Hütte. Max stupste die Leiche an. »Schon steifere gehabt«, sagte er.

Der Dünne sagte, »wir haben Geld.«

»Dann los, auf zu so einem großen genialen Spezialisten, warum seid ihr noch nicht weg? Was verschwendet ihr hier eure Zeit mit mir, einem Kerl, den der König gefeuert hat?« Das hatte ihn fast umgebracht, als es geschehen war. Die ersten zwei Jahre über wünschte er, es hätte ihn umgebracht. Seine Zähne fielen aus vom Knirschen; die letzten Haarbüschel, die ihm treu geblieben waren, riß er sich in wildem Zorn vom Schädel.

»Sie sind der einzige Wunderheiler, der noch lebt in Florin«, sagte der Dünne.

»Ach, *deshalb* kommt ihr zu mir? Der eine von euch sagt, ›na was machen wir denn mit dieser Leiche?‹ Und der andere sagt, ›schauen wir doch mal bei diesem Wunderfritzen vorbei, den der König gefeuert hat‹, und der erste sagt vermutlich, ›was kann's schaden? Eine Leiche kann er nicht umbringen‹, und der andere sagt — «

»Sie sind ein erstklassiger Wunderheiler gewesen«, sagte der Dünne. »Das war alles bloß Politik, weshalb Sie gefeuert wurden.«

»Erstklassig, wollen Sie mich beleidigen? Ich war *groß* — ich *bin* groß — es gab noch nie — hören Sie mich, Freundchen, *nie* — einen Wundertherapeuten wie mich — die Hälfte aller Wundermethoden habe ich erfunden — und mich haben die gefeuert . . .« Plötzlich blieb ihm die Stimme weg. Er war sehr alt und schwach, und die Anstrengung seiner feurigen Rede hatte ihn mitgenommen.

»Setzen Sie sich doch hin, Professor, bitte — «, sagte der Dünne.

»Erzählen Sie mir nichts von wegen Professor, Freundchen«, sagte der Wunder-Max. Er war hart gewesen, als er jung war, und er war immer noch hart. »Ich hab' noch zu tun. Ich war gerade dabei, meine Hexe zu füttern, als ihr hereinkamt, und das muß ich jetzt zu Ende bringen.« Und er hob eine Falltür auf und stieg die Leiter in den Keller hinunter, nachdem er die Falltür hinter sich geschlossen hatte. Dann legte er einen Finger an die Lippen und rannte zu der alten Frau hin, die am Kohlenfeuer Schokolade kochte. Max hatte Valerie anscheinend vor einer Million Jahre geheiratet, als er sie auf der Wunder-Akademie kennengelernt hatte, wo sie als magisch-technische Assistentin in der Wunderküche arbeitete. Sie war natürlich keine richtige Hexe, aber damals, als Max seine Praxis eröffnete, mußte jeder Wunderheiler seine Hexe haben, und so, weil es Valerie nichts ausmachte, nannte er sie öffentlich eine Hexe, und sie verstand auch genug vom Métier, um zur Not als eine solche gelten zu können. »Hör mal, stell dir vor«, flüsterte Max und wies mit immer neuen Gesten nach oben, »du kommst nie drauf, wen ich da oben hab' — einen Spanier und einen Riesen.«

»Einen wahnsinnigen Riesen?« sagte Valerie und griff sich ans Herz; ihr Gehör war nicht mehr so wie früher.

»Spanier! Ein Kerl aus Spanien, mit Narben und so weiter, ein ganz rabiater Typ.«

»Laß die doch klauen, was sie wollen; wir haben doch nichts, weshalb sollen wir mit denen streiten?«

»Die wollen nicht *klauen,* die wollen *kaufen.* Von mir. Sie haben eine Leiche dabei und wollen ein Wunder.«

»Bei Toten warst du immer gut«, sagte Valerie. Sie hatte ihn noch nie so bemüht gesehen, seine Aufregung zu verbergen, seitdem die Entlassung ihn beinahe erledigt hatte. Ihre eigene Aufregung behielt sie sehr sorgsam in der Gewalt. Wenn er doch nur wieder arbeiten würde. Ihr Max war solch ein Genie, alle würden sie zurückkommen, jeder einzelne Patient. Max würde wieder angesehen sein, und sie könnten aus dieser Hütte ausziehen. Früher hatte ihnen die Hütte nur als Versuchslabor gedient, jetzt war sie ihr Zuhause. »Du hattest doch nichts Dringendes vor heute abend, warum übernimmst du nicht den Fall?«

»Ich könnte schon, ich geb' es zu, ohne Frage, aber stell dir mal vor, ich würde es tun? Du weißt, wie die Menschen sind; die versuchen wahrscheinlich abzuhauen, ohne zu zahlen. Wie soll ich denn einen Riesen zwingen zu zahlen, wenn er nicht will? Wozu sollen wir uns die Sorgen machen? Ich schick' sie weg, und du bringst mir eine schöne Tasse Schokolade. Übrigens, ich war gerade halb durch mit einem Artikel über Adlerklauen, war sehr gut geschrieben.«

»Laß sie doch im voraus bezahlen. Geh hin, verlang es. Wenn sie nein sagen, dann raus mit ihnen. Wenn sie ja sagen, bring das Geld hier herunter, und ich laß es den Frosch verschlucken. Das finden die nie, auch wenn sie es sich anders überlegen und es uns wieder wegnehmen wollen.«

Max machte sich daran, die Leiter wieder hinaufzusteigen. »Was soll ich verlangen? Ich hab' keine Wunder mehr gemacht — wie lange ist das jetzt her, drei Jahre? Die Preise sind womöglich senkrecht hochgegangen. Fünfzig, was meinst du? Wenn sie fünfzig haben, überleg ich mir's, wenn nicht, dann raus mit ihnen.«

»Richtig«, stimmte Valerie zu, und kaum hatte Max die Falltür von oben geschlossen, da stieg sie auch schon leise die Leiter hinauf und drückte das Ohr an die Decke.

»Herr Professor, wir sind furchtbar in Eile, daher — «, sagte die eine Stimme.

»Drängeln Sie mich nicht, Freundchen! Drängeln Sie einen Wunderheiler, und Sie kriegen schlechte Wunder, wollen Sie das?«

»Sie machen es also?«

»Ich hab' nicht gesagt, ich mache es, Freundchen, drängeln Sie nicht schon wieder, nicht mich; wenn Sie noch mal drängeln, können Sie gehen. Wieviel Geld habt ihr denn?«

»Gib mir dein Geld, Fezzik«, sagte dieselbe Stimme wieder.

»Das ist alles, was wir haben«, dröhnte eine tiefe Stimme. »Zähl mal, Inigo.«

Es gab eine Pause. »Fünfundsechzig Florinen haben wir«, sagte der eine, der Inigo hieß.

Valerie wollte schon vor Freude in die Hände klatschen, als Max sagte, »für so wenig hab ich noch nie im Leben gearbeitet, wollen Sie mich veralbern, entschuldigen Sie, ich muß meine Hexe aufstoßen lassen, sie wird jetzt mit dem Essen fertig sein.«

Valerie eilte wieder zum Kohlenfeuer und wartete, bis Max kam.

»Nicht gut«, sagte er. »Sie haben nur zwanzig.«

Valerie rührte im Feuer herum. Sie kannte die Wahrheit und fürchtete sich davor, sie aussprechen zu müssen, so versuchte sie es anders. »Wir haben praktisch kein Schokoladenpulver mehr, zwanzig wären sicher eine ganz schöne Hilfe morgen beim Krämer.«

»Kein Schokoladenpulver mehr?« sagte Max, sichtlich verdrossen. Schokolade war eine seiner Lieblingsspeisen, gleich nach Hustenbonbons.

»Vielleicht, wenn es für eine gute Sache wäre, dann könntest du so großzügig sein und für zwanzig arbeiten«, sagte Valerie. »Frag doch mal, wozu sie das Wunder brauchen.«

»Die lügen doch sicher.«

»Dann nimm doch den Blasebalg, wenn du Zweifel hast. Hör mal, ich möchte das nicht gern auf dem Gewissen haben, daß wir eine Wunderbehandlung verweigern, wenn es für anständige Leute ist.«

»Du hast einen Ehrgeiz!« sagte Max, aber er stieg wieder die Leiter hinauf. »Gut«, sagte er zu dem Dünnen. »Was ist denn nun Besonderes mit ihm? Warum soll ich bei all den Hunderten von Leuten, die jeden Tag Wunder von mir wollen, gerade diesen einen Burschen zurückholen? Und, glauben Sie mir, es muß schon ein Grund sein, der es wert ist.«

Inigo wollte schon sagen, »damit er mir sagen kann, wie ich den Grafen Rugen töte«, aber das war wohl nichts, wovon so ein störrischer Wunderheiler gleich einsehen würde, daß es zum allgemeinen Wohl der Menschheit erforderlich sei, und so sagte er, »er hat ein Weib und fünfzehn Kinder, sie haben keinen Bissen zu essen, und wenn er tot bleibt, dann müssen sie verhungern, also bitte — «

»Na Freundchen, sind Sie ein Lügner!« sagte Max, trat in eine Ecke und holte einen mächtigen Blasebalg hervor. »Ich werde ihn selber fragen«, knurrte er und trug den Blasebalg zu Westley hinüber.

»Er ist eine Leiche, er kann doch nicht reden«, sagte Inigo.

»Wir haben unsere Methoden«, war alles, was Max antwortete, und dann steckte er Westley den großen Schlauch des Blasebalgs in den Hals und fing an zu pumpen. »Sehen Sie«, erklärte er, während er pumpte, »es gibt verschiedene Grade des Totseins, es gibt irgendwie tot, überwiegend tot und ganz tot. Der Junge hier ist nur irgendwie tot, das heißt, da sind noch Erinnerungen drin, noch etwas Hirn. Man drückt hier ein bißchen, da ein bißchen, und manchmal kommt man zu Ergebnissen.«

Westley begann nun leicht anzuschwellen von all der Luft.

»Was tun Sie da?« sagte Fezzik, der anfing unruhig zu werden.

»Keine Sorge, ich fülle ihm bloß die Lungen; ich garantiere euch, das schadet ihm nichts.« Nach einigen weiteren Sekunden hörte er auf zu pumpen. Dann brüllte er Westley ins Ohr: »WAS IST DENN SO WICHTIG? WESWEGEN WOLLEN SIE DENN ZURÜCKKOMMEN? WAS WARTET HIER AUF SIE?« Max trug den Blasebalg wieder in die Ecke, dann holte er Papier und eine Feder hervor. »Es dauert ein Weilchen, bis das herauskommt, inzwischen könnten Sie mir ein paar Fragen beantworten. Wie gut kennen Sie diesen Jungen da?«

Inigo mochte nicht so gern darauf antworten, denn es hätte sich sonderbar anhören können, wenn er zugab, lebendig seien sie einander erst einmal begegnet, und das in einem Duell bis zum Tode. »Was meinen Sie genau?« erwiderte er.

»Also, war er zum Beispiel kitzlig oder nicht?«

»Kitzlig?« platzte Inigo ärgerlich heraus. »Kitzlig! Es geht um Leben und Tod, und Sie reden von Kitzeln.«

»Schreien Sie mich nicht an«, schrie Max zurück, »und machen Sie sich nicht lustig über meine Methoden — Kitzeln kann ganz phantastisch sein, in den richtigen Fällen. Ich hatte mal eine Leiche, schlimmer als dieser Junge hier, der Mann war überwiegend tot, und den hab ich gekitzelt und gekitzelt; ich hab ihn an den Zehen gekitzelt, ich hab ihn unter den Achseln gekitzelt und an den Rippen, und dann nahm ich eine Pfauenfeder und ging an seinen Bauchnabel; ich habe den ganzen Tag gearbeitet und dic ganze Nacht, und am nächsten Morgen — *am nächsten Morgen, hören Sie* —, da sagt dieser Tote, ›bitte, ich kann das einfach nicht ausstehen‹, und ich sage, ›was nicht ausstehen?‹, und er sagt, ›gekitzelt zu werden, ich bin den ganzen Weg von den Toten zurückgekommen, um Ihnen zu sagen, Sie sollen damit aufhören‹, und ich sage, ›Sie meinen, das, was ich jetzt hier mit der Pfauenfeder mache, das stört Sie?‹, und er sagt, ›und ob es mich stört, Sie können sich gar nicht vorstellen, wie‹, und natürlich stellte ich ihm immer mehr Fragen über das Kitzeln, damit er mich beschimpfte, mir antwortete, denn das muß ich ja wohl nicht erst sagen, wenn Sie eine Leiche erst mal in ein Gespräch verwickelt haben, dann ist die Schlacht halb gewonnen.«

»Ww . . aaaaawe . . . Liiewe . . .«

Fezzik klammerte sich entsetzt an Inigo, und beide fuhren herum und starrten den Schwarzen an, der schon wieder still war. »›Wahre Liebe‹ hat er gesagt«, rief Inigo, »Sie haben es gehört, wahre Liebe, deswegen will er zurückkommen. Wenn das kein Grund ist!«

»Freundchen, erzählen Sie mir nicht, was ein Grund ist — wahre Liebe ist das Beste auf Erden, ausgenommen Hustenbonbons. Jedes Kind weiß das.«

»Also werden Sie ihn nun retten?« fragte Fezzik.

»Ja, unbedingt *würde* ich ihn retten, *wenn* er ›wahre Liebe‹ gesagt hätte, aber das haben Sie falsch gehört, während ich als Experte in der Blasebalgbehandlung Ihnen sagen kann, was jeder qualifizierte Zungenspezialist nur zu gern bestätigen wird, nämlich daß der *b*-Laut für einen Leichnam am schwersten zu meistern ist, noch schwerer als das *r*; es kommt daher als ein *w*, wuh, heraus, und was unser Freund gesagt hat, war ›bare Lire‹ — offenbar hat er Geld vergraben oder möchte irgendwelche Devisengeschäfte abwickeln, und das ist nun gewiß nicht Grund genug für ein Wunder. Nein, tut mir leid, ich ändere meine Entschlüsse nie, wenn sie einmal gefallen sind, adieu, nehmen Sie Ihre Leiche wieder mit.«

»Lügner, Lügner!« kreischte es plötzlich von der nun offenen Falltür her.

Der Wunder-Max fuhr herum. »Zurück, Hexe«, befahl er.

»Ich bin keine Hexe, ich bin deine Frau . . .«, sie ging nun auf ihn los, eine kleine, steinalte Furie, »und nach dem, was du da eben gemacht hast, glaube ich nicht, daß ich *das* noch länger sein will — « Der Wunder-Max versuchte sie zu beruhigen, aber sie wollte davon nichts wissen. »›Wahre Liebe‹ hat er gesagt, Max, sogar ich hab' es gehört, wahre Liebe, wahre Liebe.«

»Hör jetzt auf«, sagte Max, und es klang nun etwas flehentlich.

Valerie wandte sich zu Inigo hin. »Er weist euch ab, weil er Angst hat — er hat Angst, daß er erledigt ist, daß keine Wunder mehr drin sind in seinen früher so majestätischen Fingern — «

»Ist nicht wahr — «, sagte Max.

»Du hast recht«, stimmte Valerie zu, »es ist nicht wahr — sie waren nie majestätisch — Max, du hast nie was getaugt.«

»Die Kitzelbehandlung — du warst doch dabei — du hast's gesehen — «

»Ein Zufall — «

»Alle die Ertrunkenen, die ich — «

»Glück — «

»Valerie, wir sind jetzt achtzig Jahre verheiratet; wie kannst du mir das antun?«

»Weil wahre Liebe am Erlöschen ist, und du hast nicht soviel Anstand, zu sagen, warum du nicht helfen willst — ich sag' es aber, und ich sag' dir noch eins, Prinz Humperdinck hatte *recht*, dich zu feuern — «

»Sprich den Namen nicht aus in meiner Hütte, Valerie — du hast mir geschworen, daß der Name nicht mehr über deine Lippen kommt — «

»Prinz Humperdinck, Prinz Humperdinck, Prinz Humperdinck — jedenfalls erkennt der einen Schwindler, wenn er einen sieht.«

Max flüchtete zur Falltür, er hielt sich die Ohren zu.

»Aber der hier ist die wahre Liebe von Humperdincks Verlobter«, sagte Inigo jetzt. »Wenn ihr den ins Leben zurückholt, wird nichts aus Prinz Humperdincks Hochzeit.«

Max nahm die Hände von den Ohren. »Der Leichnam hier, wenn der zurückkommt, dann hat Prinz Humperdinck zu leiden?«

»Erniedrigungen in Hülle und Fülle«, sagte Inigo.

»Nun, *das* nenn ich einen Grund, der es wert ist«, sagte der Wunder-Max. »Gebt die fünfundsechzig her, ich übernehme den Fall.« Er kniete neben Westley nieder. »Hmmm«, sagte er.

»Was?« sagte Valerie. Sie kannte den Ton.

»Während du die ganze Zeit geredet hast, ist er von irgendwie zu überwiegend tot übergegangen.«

Valerie klopfte Westley an ein paar Stellen ab. »Wird steif«, sagte sie. »Hier herum wirst du gehen müssen.«

Max klopfte selbst ein paar Mal. »Meinst du, das Orakel ist noch auf?«

Valerie sah auf die Uhr. »Ich glaube nicht, es ist fast eins. Außerdem trau' ich ihr auch nicht mehr so ganz.«

Max nickte. »Ich weiß, trotzdem, ein kleiner Tip im voraus, ob das hier was werden wird oder nicht, wäre schön gewesen.« Er rieb sich die Augen. »Ich bin jetzt schon müde; ich wünschte, ich hätte vorher gewußt, daß es Arbeit gibt, dann hätte ich heute nachmittag geschlafen.« Er zuckte die Achseln. »Nichts zu machen, die Nacht ist hin. Bring mir die Enzyklopädie der Zauberformeln und den Ergänzungsband über Hexerei.«

»Ich dachte, über diese Dinge wißt Ihr schon alles«, sagte Inigo, der nun langsam ärgerlich wurde.

»Ich bin etwas aus der Praxis, im Ruhestand, seit drei Jahren; mit diesen Auferstehungsrezepten ist nicht zu spaßen, eine Kleinigkeit falsch beigemischt, und die ganze Sache fliegt einem um die Ohren.«

»Hier ist das Hexenbuch und hier deine Brille«, schnaufte Valerie und kam die Leiter aus dem Keller herauf. Als Max zu blättern begann, wandte sie sich zu Inigo und Fezzik hin, die herumstanden. »Ihr könnt helfen«, sagte sie.

»Gern«, sagte Fezzik.

»Sagt uns alles, was wir wissen müssen. Wie lange Zeit haben wir für das Wunder? Wenn wir es fertigbringen — «

»*Wann* wir es fertigbringen«, sagte Max von seinem Hexenbuch her. Seine Stimme wurde kräftiger.

»Dann, wenn wir es fertighaben«, fuhr Valerie fort, »wie lange muß dann die volle Wirkung anhalten? Was soll, genau gesagt, passieren?«

»Nun, das ist schwer vorauszusagen«, sagte Inigo, »denn als erstes müssen wir das Schloß stürmen, und bei solchen Sachen kann man nie wirklich sicher sein, wie sie ausgehen.«

»Eine Pille für eine Stunde müßte etwa das Richtige sein«, sagte Valerie. »Entweder ist das reichlich, oder ihr seid sowieso beide tot, also warum nicht eine Stunde?«

»Wir werden alle drei kämpfen«, berichtigte Inigo. »Und wenn wir erst einmal das Schloß gestürmt haben, dann müssen wir die Hochzeit auffliegen lassen, die Prinzessin rauben und uns davonmachen, und zwischendurch muß noch Zeit sein für mein Duell mit Graf Rugen.«

Valeries Energie schwand sichtlich. Sie setzte sich müde hin. »Max«, sagte sie und stupste ihn an der Schulter. »Nicht gut.«

Er sah auf. »Hmm?«

»Die wollen einen kämpfenden Leichnam.«

Max klappte das Hexenbuch zu. »Nicht gut«, sagte er.

»Aber ich habe ein Wunder gekauft«, beharrte Inigo, »ich habe fünfundsechzig dafür gezahlt.«

»Schaut her — « Valerie schlug Westley auf die Brust — »nichts. Habt ihr schon mal etwas so Hohles gehört? Dem Mann ist das Leben abgesogen worden. Es wird Monate dauern, bis da wieder Kraft drin ist.«

»Wir haben aber nicht Monate Zeit — es ist jetzt eins durch, und die Hochzeit ist heute abend um sechs. Welche Teile von ihm werden hoffentlich in siebzehn Stunden in gebrauchsfähigem Zustand sein?«

»Ja«, sagte Max und überlegte. »Sicherlich die Zunge, unbedingt auch das Gehirn, und wenn wir Glück haben, wird er vielleicht auch langsam gehen können, wenn ihr ihn ein bißchen führt.«

Verzweifelt sah Inigo Fezzik an.

»Was kann ich euch da sagen?« sagte Max. »Was ihr brauchtet, wäre eine Phantasmagorie.«

»Und so eine hättet ihr nie für fünfundsechzig bekommen können«, setzte Valerie tröstend hinzu.

Kleine Streichung hier, vielleicht zwanzig Seiten. Was passiert, sind im wesentlichen Szenenwechsel — was sich im Schloß abspielt, wie die Situation beim Wunder-Max ist, hin und zurück, und bei jedem Wechsel gibt Morgenstern die Zeit an, etwa ›jetzt waren es noch elf Stunden bis sechs Uhr‹ und so ähnlich. Er benutzt dieses Schema hauptsächlich deshalb, weil er sich, wie immer, eigentlich nur für die satirischen, antimonarchistischen Sachen interessiert: Wie blöd sie waren, all diese alten Traditionen durchzuhalten, wie sie den heiligen Ring des Urgroßvaters Sowieso küssen usw.

Auch einiges an *action* lasse ich hier weg, was ich sonst nirgends getan habe, und hier sind die Gründe: Inigo und Fezzik müssen einige waghalsige Dinge tun, um die nötigen Ingredienzen für die Auferstehungs-Pille herbeizuschaffen; wie Inigo ein bißchen Krötensand auftreibt, und wie Fezzik loszieht, um Feuerschlamm zu besorgen, wobei das letztere zum Beispiel zunächst einmal erforderlich macht, daß Fezzik den Besitz eines Katastrophenmantels erlangt, damit er beim Schlammholen nicht verbrennt usw. Also, meiner Ansicht nach ist dies dieselbe Art Geschichten, wie wenn der Zauberer von Oz Dorothys Freunde nach den rosaroten Pantoffeln ins Schloß der bösen Hexe schickt, es hat denselben Einschlag, wenn Sie verstehen, was ich meine, und ich wollte nicht riskieren, daß jetzt, wo das Buch auf den Höhepunkt zugeht, der Leser da sagt, ›ach, das ist ja wie die Oz-Bücher‹. Der Witz ist aber, Morgensterns florinesische Fassung ist erschienen, *bevor* Baum seinen *Wizard of Oz* schrieb; also ungeachtet der Tatsache, daß Morgenstern der Erfinder war, steht er nicht gut da. Es wäre schön, wenn gelegentlich mal jemand, vielleicht ein neugieriger cand. phil., ein bißchen was für Morgensterns Ruf täte, denn Sie können mir glauben, wenn verkannt werden leiden heißt, dann hat der Mann gelitten.

Der andere Grund, warum ich dies gestrichen habe, ist, man weiß einfach schon, daß die Sache mit der Auferstehungspille gelingen muß. Man verbringt nicht soviel Zeit mit einem verrückten Paar wie Max und Valerie, wenn es dann doch nichts wird — jedenfalls nicht ein Erzähler wie Morgenstern.

Noch ein Letztes: Hiram, mein Lektor, fand, der Abschnitt über den Wunder-Max sei zu jüdisch im Ton, zu modern. Da gab ich ihm aber Zunder, in dem Punkt da bin ich sehr empfindlich, denn, um nur ein Beispiel zu nennen, in *Butch Cassidy and the Sundance Kid* stand eine Zeile, wo Butch sagt, ›ich habe Augen, und der Rest der Welt trägt Brillen‹, und eines meiner Produzenten-Genies sagte, ›die Zeile muß raus, ich geb meinen Namen nicht für einen Film mit dieser Zeile drin‹, und ich sagte, warum, und er sagte, ›so haben sie damals nicht geredet, das ist anachronistisch‹. Ich erinnere mich, wie ich erklärte, ›Benjamin Franklin trug schon eine Brille — meine Mutter war schon am Leben, als diese Leute lebten, und *sie* trug eine Brille.‹ Wir schüttelten uns die Hände und waren Feinde, aber die Zeile blieb drin.

Und worum es mir geht: wenn Max und Valerie sich jüdisch anhören, warum nicht? Oder denken Sie, ein Mann namens Simon Morgenstern war irischer Katholik? Eine komische Sache — Morgensterns Eltern hießen Max und Valerie, und sein Vater war Arzt. Das Leben imitiert die Kunst, die Kunst das Leben; ich verwechsle eigentlich dies beides, so ähnlich wie ich auch immer vergesse, ob Claret ein Bordeauxwein ist oder ein Burgunder. Daß beides gut schmeckt, ist das einzige, worauf es wirklich ankommt, meine ich, und das meint auch Morgenstern, und wir nehmen nun zu einem späteren Zeitpunkt die Geschichte wieder auf, fünfzehn Stunden später, genau gesagt, vier Uhr nachmittags, zwei Stunden vor der Hochzeit.

»Sie meinen, das ist sie?« sagte Inigo niedergeschmettert.

»Das ist sie.« Max nickte stolz. Seit den alten Zeiten war er nicht mehr so lange hintereinander auf gewesen, und er fühlte sich großartig.

Valerie war ganz stolz. »Schön«, sagte sie. Dann wandte sie sich zu Inigo hin. »Sie hören sich so enttäuscht an — was dachten Sie denn, wie eine Auferstehungs-Pille aussieht?«

»Nicht wie ein Klumpen Lehm, so groß wie ein Golfball«, antwortete Inigo.

(Ich bin's nochmal, das letzte Mal in diesem Kapitel: Nein, auch das ist kein Anachronismus, Golfbälle gab es in Schottland schon vor siebenhundert Jahren, und nicht nur das, Sie erinnern sich, daß Inigo bei dem Schotten MacPherson studiert hatte. Tatsache, alles, was Morgenstern geschrieben hat, ist historisch richtig; lesen Sie nur irgendein anständiges Buch über florinesische Geschichte.)

»Gewöhnlich mache ich zuletzt noch einen Schokoladenüberzug, dann sehen sie schon viel besser aus«, sagte Valerie.

»Es muß vier Uhr sein«, sagte Max nun. »Mach die Schokolade gleich fertig, damit sie noch fest werden kann.«

Valerie nahm den Klumpen mit und begann die Leiter in die Küche hinabzusteigen. »Bessere Arbeit hast du noch nie geleistet, nun lächle doch mal.«

»Und das wird glatt wirken?« sagte Inigo.

Max nickte sehr energisch. Aber er lächelte nicht. Etwas war noch im Hintergrund seines Bewußtseins und beschäftigte ihn; er vergaß nie etwas, nichts Wichtiges, und dies vergaß er auch nicht.

Es fiel ihm bloß nicht mehr rechtzeitig ein . . .

Um 4 Uhr 45 ließ Prinz Humperdinck Yellin zu sich kommen. Yellin kam sofort, obwohl er sich vor dem fürchtete, was, wie er wußte, bevorstand. Tatsächlich trug Yellin seine schriftliche Rücktrittserklärung in einem Umschlag in der Tasche. »Hoheit«, begann Yellin.

»Bericht«, sagte Prinz Humperdinck. Er war in strahlendes Weiß gekleidet, sein Hochzeitsanzug. Er sah immer noch wie ein mächtiges Faß aus, nur eben wie ein weißes.

»Alle Eure Wünsche sind ausgeführt worden, Hoheit. Ich habe mich um jedes Detail persönlich gekümmert.« Er war sehr müde, Yellin, und seine Nerven waren längst mehr als nur ein bißchen strapaziert.

»Nähere Angaben«, sagte der Prinz. Er stand fünfundsiebzig Minuten vor seinem ersten Frauenmord und dachte darüber nach, ob er die Finger um ihre Kehle bekommen würde, ehe sie zum Schreien auch nur ansetzen konnte. Er hatte es den ganzen

Nachmittag an Riesenwürsten geübt, und die Bewegungen saßen ziemlich genau, aber Riesenwürste waren eben doch keine Hälse, und all seine Wünsche konnten sie nicht dazu machen.

»Alle Eingänge zum Schloß, ausgenommen das Haupttor, wurden heute morgen noch einmal sicher abgedichtet. Das Haupttor ist jetzt der einzige Weg hinein und der einzige Weg hinaus. Das Schloß am Haupttor habe ich ausgewechselt. Zu dem neuen Schloß gibt es nur einen Schlüssel, und den trage ich auf Schritt und Tritt bei mir. Wenn ich bei den hundert Mann draußen bin, steckt der Schlüssel von außen, und niemand kann von innen aus dem Schloß hinaus. Wenn ich bei Euch bin, wie jetzt, steckt der Schlüssel von innen, und niemand kann von draußen hinein.«

»Mitkommen«, sagte der Prinz und trat an das große Fenster seines Zimmers. Er zeigte hinaus. Unter dem Fenster war ein hübsch angelegter Garten. Dahinter kamen die Privatställe des Prinzen. Und dahinter wieder kam die äußere Schloßmauer. »So werden sie kommen«, sagte er. »Über die Mauer, durch meine Ställe, durch meinen Garten, durch mein Fenster, und dann erdrosseln sie meine Königin und verschwinden wieder auf demselben Weg zurück, bevor wir etwas ahnen.«

»Sie?« fragte Yellin, obwohl er die Antwort schon kannte.

»Die Gulderaner natürlich.«

»Aber an der Stelle, die Ihr bezeichnet, sind die Schloßmauern am höchsten, es sind fünfzig Fuß, also könnte man meinen, dies wäre der unwahrscheinlichste Punkt für einen Angriff.« Yellin bemühte sich verzweifelt, die Beherrschung nicht zu verlieren.

»Um so mehr Grund, warum sie gerade diesen Punkt wählen werden; außerdem weiß doch jedes Kind, daß die Gulderaner unübertreffliche Kletterer sind.«

Davon hatte Yellin nie gehört; er hatte immer geglaubt, die Schweizer könnten am besten klettern. »Hoheit«, sagte er in einem letzten Anlauf, »ich habe noch nicht von einem einzigen Spion ein einziges Wort über einen einzigen Anschlag auf die Prinzessin gehört.«

»Ich weiß von bestunterrichteter Seite, daß heute abend noch ein Versuch erfolgen wird, die Prinzessin zu erdrosseln.«

»In diesem Falle«, sagte Yellin, fiel auf ein Knie nieder und hielt ihm den Umschlag hin, »muß ich zurücktreten.« Es war ein schwerer Entschluß – die Yellins hatten seit Generationen in Florin die Öffentliche Ordnung unter sich, und sie nahmen ihre Aufgaben mehr als ernst. »Ich leiste keine kompetente Arbeit, Hoheit; bitte verzeiht mir und glaubt mir, daß mein Versagen eines des Körpers und des Verstandes, aber nicht auch des Herzens ist.«

Prinz Humperdinck sah sich ganz plötzlich in echter Verlegenheit, denn wenn der Krieg zu Ende war, brauchte er jemanden, der in Guldern blieb und dort regierte; er selbst konnte ja doch nicht an zwei Orten zugleich sein, und die einzigen Männer, denen er traute, waren Yellin und der Graf, und der Graf würde den Posten nie übernehmen, so besessen wie er jetzt war von der Absicht, seine blödsinnigen *Grundlagen der Schmerzforschung* zum Abschluß zu bringen. »Ich nehme deinen Rücktritt *nicht* an; du *erfüllst* deine Aufgaben sehr kompetent, einen Anschlag gibt es *nicht*, erwürgen werde *ich* die Prinzessin heute abend selbst; du wirst nach dem Krieg mein Statthalter in Guldern, also steh jetzt wieder auf.«

Yellin wußte nicht, was er sagen sollte. »Danke« schien ihm so unzulänglich, aber es war alles, was ihm einfiel.

»Wenn die Trauung erledigt ist, schicke ich sie hier herein, um sich fertigzumachen, während ich mit Stiefeln, die ich mir sorgfältig vorher beschafft habe, Spuren mache, die von der Mauer zum Schlafzimmerfenster und dann vom Schlafzimmer wieder zur Mauer führen. Da du für die Öffentliche Ordnung verantwortlich bist, erwarte ich, daß du nicht lange brauchst, um meine Befürchtungen zu bestätigen, daß die Spuren nur von den Stiefeln der Soldaten aus Guldern herrühren können. Wenn wir einmal so weit sind, brauchen wir nur noch ein oder zwei königliche Proklamationen, mein Vater kann als kriegsuntauglich zurücktreten, und bald, mein lieber Yellin, sitzt du im Schloß von Guldern.«

Yellin pflegte es nicht zu überhören, wenn man ihm bedeutete, daß er entlassen war. »Ich gehe nun, mit keinem anderen Gedanken im Herzen, als Euch zu dienen.«

»Danke«, sagte Humperdinck, warm berührt, denn Ergebenheit war doch immer noch das einzige, was man nicht kaufen konnte. Und in dieser Stimmung sagte er zu Yellin, der schon in der Tür stand, »ach, und wenn du den Albino siehst, sag ihm doch, er kann sich etwas Ruhe gönnen während meiner Hochzeit, mir ist es recht.«

»Ich werde es ausrichten, Hoheit«, sagte Yellin, fügte aber hinzu, »ich weiß nur nicht, wo mein Vetter steckt — ich habe vor noch nicht einer Stunde nach ihm geschaut, und er war nirgends zu sehen.«

Der Prinz verstand, was eine wichtige Nachricht war, wenn er eine hörte, denn er war ja nicht umsonst der größte Jäger der Welt, und darüber hinaus, wenn es eines gab, was man über den Albino sagen konnte, dann dies, daß man *immer* wußte, wo er war. »Mein Gott, du willst doch nicht etwa sagen, es gibt *doch* einen Anschlag, oder? Der Zeitpunkt wäre perfekt, das ganze Land feiert. Wenn Guldern Fünfhundertjahrfeier hätte, *ich* würde angreifen.«

»Ich werde zum Tor rennen und kämpfen bis zum letzten Blutstropfen, wenn nötig«, sagte Yellin.

»Du guter Kerl«, rief der Prinz ihm nach. Wenn es einen Angriff geben sollte, dann würde er im Augenblick höchster Betriebsamkeit erfolgen, während der Trauung, also würde er die vorverlegen. Staatsgeschäfte gingen zwar langsam, aber schließlich hatte er die Autorität. Sechs Uhr war zu spät. Spätestens um halb sechs würde er verheiratet sein oder wissen, warum nicht.

Um fünf Uhr saßen Max und Valerie im Keller und schlürften Kaffee. »Du gehst jetzt besser gleich schlafen«, sagte Valerie, »du siehst ganz durcheinander aus. Du kannst nicht mehr die ganze Nacht aufbleiben wie ein junger Bengel.«

»Ich bin nicht müde«, sagte Max. »Aber mit dem anderen hast du recht.«

»Sag's Mutti.« Valerie kam zu ihm herüber und streichelte ihn da, wo seine Haare gewesen waren.

»Es ist bloß, daß mir noch etwas eingefallen ist, wegen der Pille.«

»Es war eine feine Pille, Schatz, auf die kannst du stolz sein.«

»Ich glaub' nur, ich hab' die Mengen durcheinandergebracht. Sagten sie nicht, sie wollten eine Stunde? Als ich das Rezept verdoppelt hab', hab' ich nicht genug genommen. Ich glaube nicht, daß es länger als vierzig Minuten anhält.«

Valerie setzte sich auf seinen Schoß. »Seien wir doch ehrlich miteinander. Klar, du bist ein Genie, aber auch Genies rosten ein. Du warst drei Jahre aus der Praxis. Vierzig Minuten werden auch reichen.«

»Ich glaub', du hast recht. Jedenfalls, was können wir schon noch tun? Vorbei ist vorbei.«

»Unter was für einem Druck du gestanden hast — wenn das überhaupt wirkt, ist es ein Wunder.«

Max mußte ihr beipflichten. »Eine Phantasmagorie.« Er nickte.

Der Schwarze war beinahe steif, als Fezzik an der Mauer ankam. Es war fast fünf Uhr, und Fezzik hatte die Leiche den ganzen Weg vom Wunder-Max hierher getragen, von Gäßchen zu Gäßchen und von Sträßchen zu Sträßchen, es war eine der härtesten Arbeiten, die er je gemacht hatte. Nicht daß es anstrengend war, er war nicht einmal außer Atem. Aber wenn die Pille einfach das war, wonach sie aussah, nämlich ein Klumpen Schokolade, dann würde Fezzik bis an sein Lebensende wüste Träume haben, von Leichen, die ihm unter den Händen steif wurden.

Als er schließlich in den Schatten der Mauer gelangt war, sagte er zu Inigo, »und nun?«

»Wir müssen sehen, ob der Platz noch sicher ist. Hier könnte eine Falle auf uns warten.« Es war derselbe Teil der Mauer, der direkt zu dem Zoo im entferntesten Winkel des Schloßgeländes führte. Aber wenn man den Körper des Albinos entdeckt haben sollte — wer weiß, was sie dann erwartete?

»Soll ich hinaufklettern?« fragte Fezzik.

»Wir klettern beide«, antwortete Inigo. »Lehn' ihn gegen die Mauer und hilf mir.« Fezzik stellte den Leichnam schräg gegen die Mauer, so daß er nicht umfallen konnte, und wartete, bis Inigo auf seine Schultern aufgesprungen war. Dann besorgte Fezzik das Klettern. Jeder Spalt in der Mauer war genug für seine Finger, die kleinsten Unebenheiten boten ihm Halt. Er kletterte schnell, denn er war es ja nun schon gewohnt, und im Handumdrehen war Inigo so weit, daß er die obere Kante der Mauer greifen konnte. Er sagte, »gut, steig wieder runter«, und Fezzik kehrte zu dem Schwarzen zurück und wartete.

Inigo kroch lautlos die Mauer entlang. Ganz weit drüben konnte er das Schloßtor und die bewaffneten Soldaten sehen, die es flankierten. Mehr in der Nähe lag der Zoo. Und hinten, im tiefsten Gebüsch im abgelegensten Winkel der Mauer konnte er den reglosen Körper des Albinos erkennen. Es hatte sich überhaupt nichts geändert. Zumindest soweit waren sie in Sicherheit. Er winkte zu Fezzik hinunter, der sich den Schwarzen zwischen die Beine klemmte und geräuschlos Hand über Hand hinaufzuklettern begann.

Als sie alle zusammen oben waren, streckte Inigo den Toten lang aus und eilte weiter, bis er einen besseren Blick auf das Haupttor hatte. Der Weg von der äußeren Mauer zum Haupttor fiel leicht ab, nicht viel aber stetig. Es mußten mindestens hundert Mann sein — Inigo zählte sie kurz —, die dort in Bereitschaft standen. Und die Zeit — er schätzte ganz genau — mußte jetzt fünf nach fünf sein, vielleicht auch schon fast zehn nach fünf. Fünfzig Minuten bis zur Trauung. Inigo wandte sich um und eilte zu Fezzik zurück. »Ich glaube, wir sollten ihm jetzt die Pille geben«, sagte er. »Es müssen noch rund fünfundvierzig Minuten bis zu der Zeremonie sein.«

»Das heißt, er hat dann nur fünfzehn Minuten für die Flucht«, sagte Fezzik. »Ich denke, wir sollten mindestens bis fünf Uhr dreißig warten. Die Hälfte vorher; die Hälfte nachher.«

»Nein«, sagte Inigo. »Wir sprengen die Trauung, bevor es überhaupt dazu kommt — das ist das beste, zumindest sehe ich's so. Bevor sie alle fertig sind. In dem Hin und Her kurz zuvor, da sollten wir zuschlagen.«

Fezzik hatte nichts weiter zu entgegnen.

»Ohnehin«, sagte Inigo, »wir wissen gar nicht, wie lange es dauert, so ein Ding hinunterzuschlucken.«

»Ich würde es nie runterkriegen, soviel weiß ich.«

»Wir werden es ihm hineinstopfen müssen«, sagte Inigo und wickelte den schokoladeüberzogenen Klumpen aus. »Wie man eine Gans mästet. Wir legen ihm die Hände um den Hals und schieben es irgendwie da hinein, wo es runter geht.«

»Ich mach's schon, Inigo«, sagte Fezzik. »Sag mir nur, was ich tun soll.«

»Ich denke, wir sollten ihn in sitzende Haltung bringen, nicht? Ich finde es immer leichter, im Sitzen zu schlucken als im Liegen.«

»Das gibt aber Arbeit«, sagte Fezzik. »Inzwischen ist er vollkommen steif. Ich glaube nicht, daß er sich leicht biegen lassen wird.«

»Du schaffst es schon Fezzik«, sagte Inigo. »Ich habe immer volles Vertrauen zu dir.«

»Danke«, sagte Fezzik. »Laß mich bloß nie allein.« Er zog den Leichnam zwischen sich und Inigo und versuchte, ihn in der Mitte durchzubiegen, aber der Schwarze war so steif, daß Fezzik richtig ins Schwitzen kam, ehe er ihn in einem rechten Winkel hatte. »Wie lange, denkst du, werden wir warten müssen, bis wir wissen, ob das Wunder funktioniert oder nicht?«

»Da bin ich so schlau wie du«, sagte Inigo. »Mach ihm den Mund so weit auf, wie du kannst, und beuge ihm den Kopf ein bißchen zurück, und dann tun wir es ihm hinein und sehen.«

Fezzik bearbeitete ein Weilchen den Mund des Toten, bis er so war, wie Inigo gesagt hatte, dann bog er den Hals gleich beim ersten Versuch richtig hin, und Inigo kniete direkt über der Mundhöhle, warf die Pille hinein, und kaum war sie im Hals angelangt, da hörte er: »Allein habt ihr mich nicht geschafft, ihr Schweine; ich hab euch einzeln geschlagen, ich schaff euch auch beide zusammen.«

»Er lebt!« rief Fezzik.

Der Schwarze saß bewegungslos da, wie die Puppe eines Bauchredners, nur der Mund bewegte sich. »Das ist wohl die kindischste Platitüde, die mir je vorgekommen ist, aber was soll man von einem Würger auch erwarten. Warum wollen meine Arme sich denn nicht bewegen?«

»Du bist tot gewesen«, sagte Inigo.

»Und wir haben dich nicht gewürgt«, erklärte Fezzik, »wir haben dir bloß die Pille hineingestopft.«

»Die Auferstehungs-Pille«, erklärte Inigo. »Ich habe sie von dem Wunder-Max gekauft, und sie wirkt sechzig Minuten lang.«

»Und was ist nach den sechzig Minuten? Sterbe ich dann wieder?« (Es waren keine sechzig Minuten, er glaubte nur, so lange würde es dauern. In Wirklichkeit waren es vierzig, nur hatten sie davon eine schon im Gespräch verbracht, also noch neununddreißig.)

»Wissen wir nicht. Wahrscheinlich brichst du dann nur wieder zusammen und brauchst ein Jahr Pflege oder so lange, wie es dauert, bis du wieder bei Kräften bist.«

»Ich wünschte, ich könnte mich erinnern, wie das war, als ich tot war«, sagte der Schwarze. »Ich würde alles aufschreiben. Mit einem Buch darüber könnte ich ein Vermögen machen. Die Beine kann ich auch nicht bewegen.«

»Das kommt noch, es soll jedenfalls. Max hat gesagt, Zunge und Gehirn seien sicher und wahrscheinlich würdest du auch gehen können, aber nur langsam.«

»Das letzte, woran ich mich erinnere, ist, daß ich gestorben bin. Warum bin ich also hier auf dieser Mauer? Sind wir Feinde? Habt ihr auch Namen? Ich bin der Greuelpirat Roberts, aber ihr könnt Westley zu mir sagen.«

»Fezzik.«

»Inigo Montoya, Spanien. Ich will dir erzählen, was geschehen ist — « Er unterbrach sich und schüttelte den Kopf. »Nein«, sagte er, »das ist zu viel, es würde zu lange dauern, ich will es kurz machen: Die Trauung ist um sechs, also bleibt uns vermutlich etwas über eine halbe Stunde, um hineinzukommen, das

Mädchen zu rauben und wieder hinauszukommen, das aber nicht, bevor ich nicht den Grafen Rugen getötet habe.«

»Welches sind die Schwierigkeiten?«

»Es ist nur ein Tor zum Schloß offen, und das wird von etwa einhundert Mann bewacht.«

»Hmmm«, sagte Westley, nicht so unglücklich, wie er es normalerweise gewesen wäre, denn gerade da merkte er, daß er die Zehen wieder bewegen konnte.

»Und was können wir aufbieten?«

»Euer Gehirn, Fezziks Kraft, meine Klinge.«

Westley hörte auf, die Zehen zu bewegen. »Das ist *alles*? Das und nichts weiter? Die Endsumme der Bilanz?«

Inigo versuchte zu erklären. »Wir haben von Anfang an unter fürchterlichem Zeitdruck gearbeitet. Bis gestern morgen zum Beispiel war ich noch ein hoffnungsloser Säufer, und Fezzik schaffte beim Rollkommando.«

»Es ist unmöglich«, rief Westley.

»Ich bin Inigo Montoya, und ich gebe mich nicht geschlagen — du wirst dir jetzt etwas ausdenken. Ich habe volles Vertrauen in dich.«

»Sie heiratet Humperdinck, und ich bin *hilflos*«, sagte Westley. »Legt mich wieder hin. Laßt mich allein.«

»Du gibst zu schnell auf, wir haben mit Ungeheuern gekämpft, um dich zu finden, wir haben alles gewagt, weil du das Hirn hast, um mit Problemen fertigzuwerden. Ich vertraue vollkommen und absolut total darauf, daß du — «

»Ich will sterben«, flüsterte Westley und schloß die Augen. »Wenn ich einen Monat lang planen könnte, vielleicht fiele mir da etwas ein, aber das hier . . .« Sein Kopf schaukelte von einer Seite zur andern. »Tut mir leid. Laßt mich allein.«

»Du hast eben schon den Kopf bewegt«, sagte Fezzik, der sich alle Mühe gab, aufmunternd zu wirken. »Hebt das nicht deine Stimmung?«

»Mein Gehirn, deine Kraft und seine Klinge gegen hundert Mann? Und da denkst du, ein bißchen Kopfwackeln macht mich froh? Warum habt ihr mich nicht totsein lassen? Das hier ist noch schlimmer. Ich liege hilflos da, während meine wahre Liebe meinen Mörder heiratet.«

»Ich weiß doch, wenn du über diesen Gefühlsausbruch hinweg bist, dann fällt dir — «

»Ich meine, wenn wir wenigstens einen Schubkarren hätten, das wär' doch schon etwas«, sagte Westley.

»Wo haben wir doch den Schubkarren von dem Albino gelassen?« fragte Inigo.

»Ich glaub' drüben, bei dem Albino«, erwiderte Fezzik.

»Einen Schubkarren könnten wir vielleicht auftreiben«, sagte Inigo.

»Na, warum hast du denn das nicht gleich an erster Stelle unter unseren Trümpfen aufgezählt?« sagte Westley, setzte sich auf und blickte zu dem Haufen Soldaten in der Ferne hinüber.

»Eben hast du dich aufgesetzt«, sagte Fezzik, der ihn immer noch aufmuntern wollte.

Westley blickte weiter zu den Truppen hinüber und besah sich den Abhang, der zu ihnen hinunterführte. Er schüttelte den Kopf. »Was gäbe ich nicht für einen Katastrophenmantel«, sagte er dann.

»Da können wir nicht helfen«, sagte Inigo.

»Ob der geht?« sagte Fezzik und zog seinen Katastrophenmantel hervor.

»Woher . . .?« setzte Inigo an.

»Während du den Krötensand geholt hast«, antwortete Fezzik. »Er paßte mir so gut, da hab ich ihn zusammengefaltet und eingesteckt.«

Westley kam nun auf die Füße zu stehen. »Alles klar. Ich brauche nachher noch einen Degen.«

»Warum« fragte Inigo, »den kannst du doch kaum heben?«

»Stimmt«, sagte Westley. »Aber das muß ja nicht jeder wissen. Jetzt hört mir mal zu, es könnte Probleme geben, wenn wir erst drinnen sind — «

»Würde ich auch meinen«, unterbrach ihn Inigo. »Wie sprengen wir die Hochzeit? Wenn das erledigt ist, wie finde ich den Grafen? Wenn ich ihn habe, wie finde ich euch wieder? Wenn wir wieder zusammen sind, wie entkommen wir? Wenn wir entkommen sind — «

»Frag ihn doch nicht so viel auf einmal«, sagte Fezzik. »Mach halblang, er ist tot gewesen.«

»Richtig, richtig, Entschuldigung«, sagte Inigo.

Der Schwarze ging nun sehr, sehr langsam auf der Mauer entlang, aber allein. Fezzik und Inigo folgten ihm durch die Dämmerung, in Richtung auf den Schubkarren. Es war nicht zu leugnen, daß eine gewisse Erregung in der Luft lag.

Butterblume für ihr Teil spürte keinerlei Erregung. Sie konnte sich eigentlich nicht erinnern, schon einmal eine so wundervolle Ruhe in sich gefühlt zu haben. Ihr Westley war im Kommen, das war ihre Welt. Die Stunden, seitdem der Prinz sie in ihr Zimmer geschleppt hatte, waren ihr ganz mit Gedanken hingegangen, wie sie Westley glücklich machen wollte. Es konnte gar nicht sein, daß er es versäumte, ihre Hochzeit zu sprengen. Das war der einzige Gedanke, der die Fahrt durch ihr Bewußtsein überstand.

Als sie daher erfuhr, die Trauung werde vorverlegt, war sie nicht im mindesten besorgt. Westley war immer auf Zwischenfälle vorbereitet, und wenn er sie um sechs retten konnte, dann konnte er es ebensogut auch um halb sechs.

Tatsächlich bekam Prinz Humperdinck die Dinge noch schneller in Gang, als er gehofft hatte. Es war 5 Uhr 23, als er und seine künftige Frau vor dem betagten Erzdechanten von Florin knieten. Es war 5 Uhr 24, als der Erzdechant seine Ansprache begann.

Und 5 Uhr 25, als draußen am Haupttor das Schreien losging. Butterblume lächelte nur leicht. Da kommt er, mein Westley, war alles, was sie dachte.

Genaugenommen war es nicht ihr Westley, der die Aufregung vorn am Tor hervorrief. Westley hatte vollauf damit zu tun, ohne Hilfe den Hang zum Haupttor hinunterzukommen. Vor ihm quälte sich Inigo mit dem schweren Schubkarren. Schwer war der Karren deshalb, weil Fezzik darin stand, mit ausgebreiteten Armen, funkelnden Augen und einer Stimme, die dröhnte in gräßlichem Zorn: »ICH BIN DER GREUELPIRAT ROBERTS, NIEMAND ÜBERLEBT!« Das sagte er immer und immer wieder, und seine Stimme hallte und schallte, während sein Zorn immer mehr wuchs. Wie er da stand und durch die Dunkelheit hinunterglitt, war er eine recht eindrucksvolle Erscheinung, denn er war alles in allem an die zehn Fuß groß, mit einer Stimme, die dem entsprach. Aber auch das war noch nicht die Ursache des Geschreis.

Yellin, auf seinem Posten am Tor, war einigermaßen besorgt wegen des brüllenden Riesen, der da durch die Dämmerung auf sie zugeglitten kam. Nicht, daß er im Zweifel gewesen wäre, ob seine hundert Mann mit dem Riesen fertigwerden könnten; das Besorgniserregende war nur, daß der Riese das auch wissen mußte, logischerweise mußte es daher irgendwo draußen in der Dämmerung eine Anzahl Riesenhelfer geben, weitere Piraten oder wer weiß was sonst. Wer konnte das sagen? Aber noch hielten sich Yellins Männer bemerkenswert gut.

Doch als der Riese den Hang zur Hälfte herunter war, da brach er plötzlich in muntere Flammen aus und setzte brennend seinen Anmarsch fort. Immer wieder brüllte er, »NIEMAND ÜBERLEBT, NIEMAND ÜBERLEBT!«, in einem Ton, der verhieß, daß es ihm blutiger Ernst war.

Es war erst, als sie ihn so munter brennend auf sich zumarschieren sahen, daß die Männer vom Rollkommando anfingen zu schreien. Und nachdem es erst einmal soweit war, ja, da drehten alle durch und rannten . . .

Achtes Kapitel: Hochzeitsreise

Als die Panik einmal voll im Gange war, begriff Yellin, daß er so gut wie keine Chance hatte, die Dinge gleich wieder in den Griff zu bekommen. Außerdem war der Riese nun unangenehm nahe heran, sein immer wieder gebrülltes »NIEMAND ÜBERLEBT!« machte ausgewogenes Denken sehr schwierig, zum Glück aber hatte Yellin noch so viel Verstand, sich des einzigen Schlüssels zum Schloßtor zu bemächtigen und ihn in seinen Kleidern zu verstecken.

Zum Glück aber auch hatte Westley so viel Verstand, auf solches Verhalten zu achten. »Gib mir den Schlüssel«, sagte Westley zu Yellin, sobald Inigos Degen kräftig an Yellins Adamsapfel drückte.

»Ich habe keinen Schlüssel«, antwortete Yellin. »Ich schwöre es beim Grabe meiner Eltern; möge meiner Mutter Seele auf ewig in Qualen schmoren, wenn ich lüge.«

»Reiß ihm die Arme aus«, sagte Westley zu Fezzik, der seinerseits nun ein wenig schmorte, denn es gibt eine Grenze, bis zu der ein Katastrophenmantel wirklich was taugt, und Fezzik hätte ihn gern erst einmal ausgezogen, doch bevor er das tat, langte er nach Yellins Armen.

»Meint ihr den hier?« sagte Yellin und ließ den Schlüssel fallen, und nachdem Inigo ihm den Degen abgenommen hatte, ließen sie ihn laufen.

»Mach das Tor auf«, sagte Westley zu Fezzik.

»Mir ist so heiß«, sagte Fezzik, »kann ich bitte erst dieses Ding ausziehen?«, und als Westley nickte, zog er sich den brennenden Mantel vom Leibe und ließ ihn auf dem Boden liegen, dann schloß er auf und stieß das Tor grad so weit auf, daß sie hineinschlüpfen konnten.

»Schließ wieder zu und behalte den Schlüssel, Fezzik«, sagte Westley. »Es muß jetzt 5 Uhr 30 durch sein, noch eine halbe Stunde, um die Trauung zu sprengen.«

»Was machen wir, wenn wir gewonnen haben?« sagte Fezzik und erreichte halb mit dem Schlüssel, halb mit Gewalt, daß das große Türschloß zuging. »Wo treffen wir uns wieder? Ich bin so einer, der Anweisungen braucht.«

Ehe Westley noch antworten konnte, rief Inigo etwas dazwischen und zog den Degen. Graf Rugen und vier Mann von der Palastwache kamen um eine Ecke gerannt, auf sie zu. Die Zeit war 5 Uhr 34.

Die Trauung selbst war nicht vor 5 Uhr 31 beendet, und Humperdinck mußte alle seine Überredungskünste aufbieten, um wenigstens dies zu erreichen. Als das Geschrei vom Tor her alle Bande des Schicklichen sprengte, unterbrach der Prinz den Erzdechanten im höflichsten Tone und sagte: »Hochwürden, die Liebe überwältigt einfach meine Geduld – bitte kommen Sie gleich zum Ende der Feier.«

Die Zeit war 5 Uhr 27.

»Humperdinck und Butterblume«, sagte der Erzdechant, »ich bin sehr alt, und meiner Gedanken über Liebe und Ehe sind wenige, doch ich habe das Gefühl, an diesem glücklichsten Tag aller Tage muß ich sie Euch anvertrauen.« (Der Erzdechant war absolut taub, und er litt darunter schon seit er fünfundachtzig war. Die einzige wirkliche Veränderung, die er in den letzten Jahren durchgemacht hatte, war, daß dieses Gebrechen aus irgendeinem Grunde noch schlimmer geworden war. »Eeehe«, sagte er, »Liiiewe«, alles sehr langsam; wenn man sich nicht immer wieder sehr genau seinen Titel und seine früheren Verdienste vergegenwärtigte, fiel es schwer, ihn ernstzunehmen.)

»Die ... Liiiewe –«, begann der Erzdechant.

»Bitte Hochwürden, ich unterbreche nochmals im Namen der Liebe. Bitte kommt so schnell wie möglich zum Ende.«

»Die Liiiewe ... ist ein ... Tchaaum ... in einem ... Tchaaum.«

Butterblume beachtete kaum, was vorging. Jetzt mußte Westley durch die Korridore gerannt kommen. Er rannte immer so schön. Selbst damals auf dem Bauernhof, lange bevor sie ihre Gefühle kannte, hatte es immer so gutgetan, ihn rennen zu sehen.

Graf Rugen war die einzige weitere Person im Raum, und die Unruhe am Tor machte ihn nervös. Vor der Tür hatte er vier seiner besten Degen postiert, so daß niemand in die kleine Kapelle hineinkam, dennoch, von dort her, wo das Rollkommando sein mußte, kam das Geschrei vieler Leute. Die vier Wächter waren die einzigen, die noch innerhalb des Schlosses waren, denn der Prinz konnte bei dem, was nun bald geschehen sollte, keine Zuschauer gebrauchen. Wenn nur der idiotische Pfaffe sich beeilen würde. Es war schon 5 Uhr 29.

»Der Tchaaum... der Liiiewe ... eingehüllt ... in den.... chööößeren ... Tchaaum ... eeewicher ... Chuuuhe. Die Eeewichkeit ... ist unser ... Froiind ... bedenket das, und die ... Liiiewe ... geleite Euch ... auf eeewich.«

Es war 5 Uhr 30, als der Prinz aufstand und entschlossen auf den Erzdechanten zutrat. »Mann und Frau«, brüllte er. *»Mann und Frau!* Sagt das jetzt!«

»Soweit bin ich noch nicht«, antwortete der Erzdechant.

»Eben wart Ihr doch schon soweit«, erwiderte der Prinz. »Jetzt!«

Butterblume stellte sich vor, wie Westley um die letzte Ecke fegte. Vier Wächter standen jetzt draußen, zehn Sekunden für jeden, begann sie zu rechnen, hörte aber wieder auf, denn mit Zahlen hatte sie schon immer auf Kriegsfuß gestanden. Sie blickte auf ihre Hände hinab. Oh, ich hoffe bloß, er findet mich immer noch hübsch, dachte sie, diese Albträume haben mir doch ganz schön zugesetzt.

»Mann und Frau, Ihr seid Mann und Frau«, sagte der Erzdechant.

»Danke, Hochwürden«, sagte der Prinz und fuhr sofort auf

Rugen los. »Mach Schluß mit dem Krach da draußen!« befahl er, und bevor er noch zu Ende gesprochen hatte, rannte der Graf schon zur Tür der Kapelle. Es war 5 Uhr 31.

Es dauerte volle drei Minuten, bis der Graf und die Wächter ans Tor kamen, und als sie dort waren, konnte der Graf nicht glauben, was er sah — er war dabeigewesen, als Westley getötet wurde, und da stand er nun. Und bei ihm ein Riese und ein dunkelhäutiger Bursche mit sonderbaren Narben. Etwas, das mit den beiden Zwillingsnarben zu tun hatte, war tief in sein Gedächtnis eingegraben, aber jetzt war keine Zeit für Erinnerungen. »Macht sie tot«, sagte er zu den Palastwächtern, »aber laßt den Mittelgroßen da, bis ich es euch sage«, und die vier Wächter zogen die Degen —

— doch zu spät, zu spät und zu langsam, denn während Fezzik vor Westley hintrat, griff Inigo an, das große Schwert wirbelte, und der vierte Wächter war tot, ehe der erste auch nur auf den Boden aufgeschlagen war.

Inigo stand einen Augenblick still und keuchte. Dann wandte er sich halb um, zu Graf Rugen hin, und führte eine schnelle und formvollendete Verbeugung aus. »Tag«, sagte er. »Mein Name ist Inigo Montoya. Du hast meinen Vater getötet. Mach dich gefaßt zu sterben.«

Statt etwas zu erwidern, tat der Graf etwas wirklich Bemerkenswertes und Unerwartetes: Er drehte sich um und rannte. Es war jetzt 5 Uhr 37.

König Lotharon und Königin Bella kamen gerade noch rechtzeitig zu der Kapelle, um zu sehen, wie Graf Rugen die vier Palastwächter den Korridor entlang zum Angriff führte.

»Kommen wir zu früh?« fragte die Königin Bella, als sie in die Kapelle traten, wo sie Butterblume, Humperdinck und den Erzdechanten vorfanden.

»Hier ist viel los«, sagte der Prinz. »Zu gegebener Zeit wird sich alles aufklären. Ich fürchte jedoch, es bestehen große Aussichten, daß uns die Gulderaner in diesem Augenblick angreifen.

Ich muß jetzt ein wenig allein im Garten herumgehen, um meine Strategie zu planen. Kann ich mich darauf verlassen, daß ihr beide Butterblume persönlich in mein Schlafzimmer geleitet?«

Seiner Bitte wurde natürlich stattgegeben. Der Prinz eilte nun davon, und nach einem kurzen Aufenthalt, bei dem er einen Schrank aufschloß und etliche Paar Stiefel herausnahm, die früher einmal Soldaten aus Guldern gehört hatten, lief er nach draußen.

Butterblume für ihr Teil ging sehr langsam und friedlich zwischen dem alten König und der Königin. Sie brauchte sich keine Sorgen zu machen, nicht, wo doch Westley da war, um ihre Hochzeit zu sprengen und sie für immer mit sich fortzunehmen. Die Wahrheit über ihre Lage drang erst richtig zu ihr durch, als sie schon auf halbem Wege zu Humperdincks Zimmer war.

Da war kein Westley.

Ihr geliebter Westley war nicht da. Er hatte es nicht für nötig gehalten, sie zu holen.

Sie stieß einen furchtbaren Seufzer aus. Nicht so sehr traurig als abschiednehmend. Wenn sie erst in Humperdincks Zimmer war, wäre alles schnell erledigt. Er hatte eine schöne Sammlung von Schwertern und anderen Hieb- und Stichwaffen.

Sie hatte noch nie zuvor ernsthaft an Selbstmord gedacht. Doch, natürlich, daran gedacht hatte sie schon — jedes Mädchen denkt daran von Zeit zu Zeit. Aber nie ernsthaft. Zu ihrer stillen Überraschung fand sie, es würde das Leichteste von der Welt sein. Sie langte beim Zimmer des Prinzen an, sagte der königlichen Familie gute Nacht und schritt direkt auf die Wand zu, an der die Waffen hingen. Die Zeit war nun 5 Uhr 46.

Inigo, um 5 Uhr 37, war so verblüfft über die feige Flucht des Grafen, daß er einen Augenblick lang bloß dastand. Dann nahm er die Verfolgung auf, und natürlich war er schneller, aber der Graf schaffte es bis zu einer Tür, schlug sie zu und verriegelte sie von innen, und Inigo war hilflos und kam nicht hinein. »Fezzik«, schrie er verzweifelt, »Fezzik, brich sie auf.«

Aber Fezzik war bei Westley. Das war seine Aufgabe, bei

Westley zu bleiben und ihn zu schützen, und obgleich sie noch in Sichtweite zu Inigo waren, konnte Fezzik nichts tun. Westley war bereits losgegangen, langsam, schwach, aber er ging aus eigener Kraft.

»Renn doch dagegen«, erwiderte Fezzik, »ordentlich, mit der Schulter, dann gibt sie nach.«

Inigo rannte gegen die Tür. Immer wieder warf er die Schulter dagegen, aber er war dünn, die Tür nicht. »Er entkommt mir«, sagte Inigo.

»Aber Westley ist hilflos«, erinnerte ihn Fezzik.

»Fezzik, ich *brauch'* dich«, schrie Inigo.

»Es dauert nur eine Sekunde«, sagte Fezzik, denn es gab einfach Dinge, die mußte man tun, egal wie, und wenn ein Freund Hilfe brauchte, dann half man.

Westley nickte, ging weiter, immer noch langsam, immer noch unsicher, aber immer noch imstande zu gehen.

»Beeil' dich«, drängte Inigo.

Fezzik beeilte sich. Er stürmte zu der verriegelten Tür und warf sein Gewicht hart dagegen.

Die Tür hielt.

»Bitte«, drängte Inigo.

»Ich schaff's schon, ich schaff's«, versprach Fezzik, und diesmal trat er ein paar Schritte zurück und dann trieb er die Schulter gegen das Holz.

Die Tür gab etwas nach. Etwas, nicht genug.

Fezzik trat noch einmal zurück. Aufbrüllend rannte er über den Korridor an und dann, als er nahe genug war, hob er sich mit beiden Füßen vom Boden des Schlosses ab und die Tür splitterte.

»Danke, danke«, sagte Inigo und war schon halb durch die zerbrochene Tür.

»Was aber tu ich jetzt?« rief ihm Fezzik nach.

»Zurück zu Westley«, antwortete Inigo, schon in vollem Lauf, der nun die Jagd durch eine Reihe von Räumen aufnahm.

»Dummes Stück«, beschimpfte Fezzik sich selbst, wandte sich um und ging wieder zu Westley. Nur — Westley war nicht mehr da. Fezzik spürte, wie die Panik in ihm losbrach. Es gab ein halbes Dutzend möglicher Korridore. »Welcher, welcher, welcher?« sagte Fezzik und versuchte zu überlegen, versuchte, einmal im Leben etwas richtig zu machen. »Du nimmst doch den falschen, wie du dich kennst«, sagte er laut, und dann nahm er einen der Korridore und rannte ihn entlang, so schnell er konnte.

Es *war* der falsche.

Westley war nun allein.

Inigo holte auf. Von Sekunde zu Sekunde erhaschte er kurze Blicke auf den fliehenden Grafen im nächsten Raum, und wenn er dort ankam, war der Graf schon wieder einen Raum weiter. Aber jedesmal war Inigo etwas näher heran. Um 5 Uhr 40 war er voller Zuversicht, daß er nach einer Jagd von fünfundzwanzig Jahren nun gleich mit seiner Rache in einem Raum allein sein würde.

Um 5 Uhr 48, dessen war sich Butterblume ganz sicher, würde sie tot sein. Es war noch eine Minute bis dahin, als sie vor den Messern des Prinzen stand und sich nach dem am besten geeigneten umsah. Am tödlichsten sah das eine aus, das am meisten in Gebrauch war, der florinesische Dolch. Er war sehr spitz und drang leicht ein, dann verdickte er sich bis zum Heft zu einer dreieckigen Form. Man sagte, das sei zwecks schnellerer Blutung. Florinesische Dolche wurden in verschiedenen Größen angefertigt, und der des Prinzen schien einer der größten zu sein, dick wie ein Handgelenk an der Stelle, wo Schneide und Griff zusammentrafen. Sie nahm ihn von der Wand und setzte ihn sich ans Herz.

»Es gibt sowieso zu wenige vollkommene Brüste auf der Welt, laß deine in Ruhe«, hörte sie. Und da war Westley, auf dem Bett. Es war 5 Uhr 48, und sie wußte, sie würde nie sterben.

Westley, für sein Teil, nahm an, er habe noch bis 6 Uhr 15 Zeit, ehe seine Stunde um war. Natürlich, das war die Zeit, wenn eine Stunde um sein würde, nur hatte er keine Stunde, sondern nur vierzig Minuten. Bis 5 Uhr 55 in Wirklichkeit. Aber, wie schon gesagt, das konnte er nicht wissen.

Und Inigo konnte nicht wissen, daß Graf Rugen einen florinesischen Dolch trug. Und daß er im Gebrauch dieser Waffe ein Meister war. Es dauerte bis 5 Uhr 41, ehe Inigo den Grafen gestellt hatte, in einem Billardsaal. »Tag«, wollte er sagen, »mein Name ist Inigo Montoya. Du hast meinen Vater getötet, mach dich gefaßt zu sterben.« In Wirklichkeit kam er nicht ganz bis zu Ende: »Tag, mein Name ist . — «

Und dann pflügte der Dolch seine Eingeweide um. Die Gewalt des Stoßes ließ ihn rückwärts gegen die Wand taumeln. Das herausstürzende Blut schwächte ihn rasch so weit, daß er sich nicht mehr auf den Füßen halten konnte. »Domingo, Domingo«, flüsterte er, und dann war er, zweiundvierzig Minuten nach fünf, geschlagen auf den Knien . . .

Butterblume war bestürzt über Westleys Gebaren. Sie rannte auf ihn zu, in der Erwartung, daß er ihr auf halbem Wege in einer leidenschaftlichen Umarmung begegnete. Statt dessen lächelte er ihr bloß zu und blieb liegen, wo er lag, auf den Kissen des Prinzen, einen Degen neben sich.

Butterblume machte den Weg also allein, bis zu ihm hin, und dann warf sie sich über ihren einzigen und geliebten Westley.

»Sachte«, sagte er.

»In einem solchen Augenblick fällt dir nichts anderes zu sagen ein als ›sachte‹?«

»Sachte«, wiederholte er, diesmal nicht mehr so freundlich.

Sie ließ von ihm ab. »Bist du wütend auf mich, weil ich geheiratet habe?« wollte sie wissen.

»Du bist nicht verheiratet«, sagte er, leise. Sonderbar, seine Stimme. »Nicht in meiner Kirche oder einer anderen.«

»Aber dieser alte Mann hat doch gesprochen — «

»Witwen kommen auch vor. Jeden Tag — nicht, Hoheit?« Und jetzt, als er den Prinzen ansprach, der, mit schmutzigen Stiefeln in den Händen, eintrat, da war seine Stimme kräftiger.

Prinz Humperdinck sprang zu seinen Waffen, und ein Degen blitzte in seinen dicken Händen. »Bis zum Tod«, sagte er und ging vor.

Westley schüttelte leicht den Kopf. »Nein«, berichtigte er, »bis zum Schmerz.«

Es war eine sonderbare Bemerkung, und für einen Moment brachte sie den Prinzen durcheinander. Außerdem, warum lag der Kerl einfach so da? Wo war die Falle? »Ich glaub', ich versteh' nicht recht.«

Westley lag da, ohne sich zu rühren, aber er lächelte nun tiefer. »Ich will es nur zu gern erklären.« Es war jetzt 5 Uhr 50. Noch fünfundzwanzig Minuten in Sicherheit. (Es waren nur noch fünf. Er wußte es nicht, wie sollte er es auch wissen?) Langsam, behutsam begann er zu reden . . .

Auch Inigo redete. Es war immer noch 5 Uhr 42, als er flüsterte, »ent . . .schuldige . . . Vater . . .«

Graf Rugen hörte die Worte, konnte sich aber keinen Reim darauf machen, bis er das Schwert sah, das Inigo noch in der Hand hielt. »Du bist dieser kleine spanische Lümmel, dem ich eine Lektion erteilt habe«, sagte er, kam nun näher und besah sich die Narben. »Das ist ja unglaublich. Da bist du wohl all die Jahre hinter mir hergejagt, bloß um jetzt zu verlieren? Ich denke, das ist das Böseste, was ich je gehört habe, wie herrlich!«

Inigo konnte nichts sagen. Das Blut strömte aus seinem Bauch.

Graf Rugen zog seinen Degen.

». . . Entschuldige, Vater . . . entschuldige . . .«

›ICH WILL DEIN »ENTSCHULDIGE« NICHT! MEIN NAME IST DOMINGO MONTOYA, ICH BIN FÜR DIESES SCHWERT GESTORBEN, UND DEIN »ENTSCHULDIGE« KANNST DU BEHALTEN. WENN DU DOCH VERLIEREN SOLLTEST, WARUM BIST DU NICHT SCHON VOR JAHREN UMGEKOMMEN UND LÄSST MICH IN FRIEDEN RUHEN?‹ Und nun ging auch MacPherson auf ihn los — ›diese Spanier! Hätte ich bloß nie versucht, einem Spanier etwas beizubringen; die sind so dußlig, die vergessen alles; was machst du mit einer Wunde? Wie oft hab' ich dir das gezeigt — *was machst du mit einer Wunde?*‹

»Zuhalten ...«, sagte Inigo, und er zog sich das Messer aus dem Leib und drückte die linke Faust in die Blutung.

Inigo begann wieder schärfer zu sehen, nicht gut, nicht vollkommen klar, aber doch genug, um die Klinge des Grafen zu erkennen, wie sie auf sein Herz zukam, und viel konnte Inigo gegen die Attacke nicht tun, er parierte ungenau, stieß die Spitze beiseite in seine linke Schulter, wo sie keinen unerträglichen Schaden anrichtete.

Graf Rugen war ein bißchen überrascht, daß seine Degenspitze abgelenkt worden war, aber schaden konnte es ja auch nichts, einen hilflosen Mann in die Schulter zu treffen. Wenn man ihn hatte, war keine Eile mehr.

Wieder schimpfte MacPherson — ›diese Spanier! Gebt mir einen Pollacken, jederzeit; die Pollacken denken wenigstens daran, die Wand auszunützen, wenn sie eine haben, die Spanier vergessen das — ‹

Langsam, Zoll für Zoll, drückte Inigo seinen Körper an der Wand hoch; die Beine dienten ihm nur zum Hochstemmen, während die Wand allen nötigen Halt gab.

Graf Rugen griff erneut an, aber aus mancherlei Gründen, hauptsächlich wohl, weil er die Bewegung des anderen nicht erwartet hatte, verfehlte er das Herz und mußte damit zufrieden sein, die Klinge durch den linken Arm des Spaniers zu bohren.

Inigo kümmerte es nicht. Er spürte es gar nicht. Der rechte Arm war es, wo seine Interessen lagen, und er preßte die Hand um den Griff, es war Kraft darin, genug um gegen den Feind auszufallen, und das hatte Graf Rugen auch nicht erwartet, und so stieß er unwillkürlich einen leisen Schrei aus und trat einen Schritt zurück, um die Situation neu einzuschätzen.

Kraft strömte aus Inigos Herzen in seine rechte Schulter hinauf, und von da hinunter in seine Finger, und von da in das große Sechsfingerschwert, und er stieß sich von der Wand ab, mit einem geflüsterten »... Tag ... mein Name ist ... Inigo Montoya, du hast ... meinen Vater ... getötet, mach dich gefaßt zu sterben.«

Und sie kreuzten die Degen.

Der Graf ging auf rasche Tötung aus, mit dem umgekehrten Bonetti.

Keine Chance.

»Tag ... mein Name ist Inigo Montoya. Du hast meinen Vater getötet ... mach dich gefaßt zu sterben ...«

Wieder kreuzten sie die Degen, und der Graf ging in die Morozzo-Verteidigung, weil das Blut immer noch strömte.

Inigo preßte die Faust tiefer in sich selbst hinein. »Tag, mein Name ist Inigo Montoya. Du hast meinen Vater getötet, mach dich gefaßt zu sterben.«

Der Graf zog sich um den Billardtisch zurück.

Inigo glitt in seinem eigenen Blut aus.

Der Graf zog sich weiter zurück, abwartend, abwartend.

»Tag, mein Name ist Inigo Montoya. Du hast meinen Vater getötet, mach dich gefaßt zu sterben.« Er grub die Faust hinein und mochte nicht wissen, was er da berührte und schob und an seinem Platz festzuhalten versuchte, aber zum erstenmal fühlte er sich imstande, anzugreifen, und so zuckte das Sechsfingerschwert vorwärts —

— und ein Schnitt lief auf der einen Seite Graf Rugens Wange hinunter —

— und noch ein Stoß —

— und noch ein blutiger Schnitt, parallel zu dem ersten —

»Tag, mein Name ist Inigo Montoya. Du hast meinen Vater getötet, mach dich gefaßt zu sterben.«

»Hör auf, das zu sagen!« Die Nerven begannen den Grafen im Stich zu lassen.

Inigo stieß nach der linken Schulter des Grafen, genau dorthin, wo der Graf ihn verwundet hatte. Dann durch den linken Arm des Grafen, an derselben Stelle, wo der Graf seinen Arm durchbohrt hatte. »Tag.« Jetzt stärker. »Tag! TAG. MEIN NAME IST INIGO MONTOYA. DU HAST MEINEN VATER GETÖTET. MACH DICH GEFASST ZU STERBEN!«

»Nein — «

»Biete mir Geld — «

»Alles«, sagte der Graf.

»Auch Macht. Versprich sie mir.«

»Alles, was ich habe, und noch mehr. Bitte.«

»Biete mir alles, was ich verlange!«

»Ja, ja, sag was?«

»ICH WILL DOMINGO MONTOYA, DU SCHWEIN«, und das Sechsfingerschwert blitzte abermals auf.

Der Graf schrie.

»Das war genau links neben dem Herzen.« Inigo stieß noch einmal zu.

Wieder ein Schrei.

»Das war jetzt unter dem Herzen. Rate mal, was ich mache.«

»Du schneidest mir das Herz raus.«

»Du hast meines genommen, als ich zehn war; jetzt will ich deins. Wir sind doch für die Gerechtigkeit, du und ich — was wäre gerechter?«

Zum letzten Male schrie der Graf auf, dann fiel er tot um vor Angst.

Inigo blickte auf ihn hinab. Das eisige Gesicht des Grafen war wie Stein und Asche, und das Blut lief noch aus den beiden Parallelschnitten. Seine Augen traten weit hervor, voller Schmerz und Entsetzen. Es war grandios. Wenn einem so etwas gefiel.

Inigo gefiel es.

Es war 5 Uhr 50, als er aus dem Billardsaal torkelte, er wußte nicht wohin oder wie lange, hoffte nur, daß, wer auch immer ihn in letzter Zeit geführt hatte, ihn jetzt nicht im Stich lassen würde.

»Ich werde dir etwas nur einmal sagen, und dann liegt es ganz bei dir, ob du stirbst oder nicht«, sagte Westley und lag bequem auf dem Bett. Auf der anderen Seite des Zimmers hielt der Prinz den Degen erhoben. »Ich sage dir, laß den Degen fallen! Wenn du das tust, dann gehe ich fort mit diesem Gepäckstück hier« — er blickte zu Butterblume hin —, »und du wirst gefesselt, aber das ist nicht tödlich, und bald bist du wieder frei und kannst deinen Geschäften nachgehen. Wenn du dich entscheidest zu kämpfen, gut, dann geht einer von uns beiden hier nicht lebend hinaus.«

»Ich gedenke noch eine Weile zu leben«, sagte der Prinz. »Ich glaube, du bluffst – du bist monatelang gefangen gewesen, und ich selbst habe dich vor noch nicht einem Tag getötet, ich bezweifle daher, daß du noch viel Kraft im Arm hast.«

»Möglicherweise richtig«, stimmte Westley zu, »und wenn der Augenblick gekommen ist, dann denk daran: Es *könnte* sein, daß ich bluffe. Ich liege vielleicht deshalb hier, weil ich nicht genug Kraft habe, um zu stehen. Überleg dir das alles sorgfältig.«

»Du bist jetzt nur noch am Leben, weil du gesagt hast, ›bis zum Schmerz‹. Ich wünsche eine Erklärung für diese Bemerkung.«

»Mit Vergnügen.« Es war nun 5 Uhr 52. Noch drei Minuten. Er dachte, er habe noch achtzehn. Er machte eine lange Pause, und dann begann er zu reden. »Du wirst sicher erraten haben: ich bin kein gewöhnlicher Matrose. Tatsächlich bin ich Roberts selbst.«

»Ich bin nicht im mindesten überrascht oder beeindruckt.«

»Bis zum Schmerz, das bedeutet: Wenn wir uns duellieren und du gewinnst, Tod für mich. Wenn wir uns duellieren und ich gewinne, *Leben* für dich. Aber Leben zu meinen Bedingungen.«

»Und das heißt?« Es konnte alles doch bloß eine Falle sein. Sein Körper war in Bereitschaft.

»Es gibt Leute, die behaupten, du seist ein tüchtiger Jäger, obwohl ich das bezweifle.«

Der Prinz lächelte. Der Kerl wollte ihn reizen, warum bloß?

»Und wenn du etwas von der Jagd verstehst, dann hast du gewiß, als du der Dame deines Herzens nachspürtest, bei den Klippen des Wahnsinns angefangen. Dort wurde ein Duell ausgetragen, und wenn du die Bewegungen und Schritte beachtet hast, dann wirst du wissen, daß das zwei Meister waren, die dort gekämpft haben. Und so war es. Denke dran, ich habe diesen Kampf *gewonnen*. Und ich bin ein Pirat. Wir haben unsere besonderen Tricks mit dem Degen.«

Es war 5 Uhr 53. »Mit dem Degen bin ich auch nicht unbewandert.«

»Das erste, was du verlieren wirst, sind die Füße«, sagte Westley. »Erst den linken, dann den rechten, unter dem Gelenk. In sechs Monaten sind die Stümpfe soweit, daß du sie gebrauchen kannst. Dann die Hände, am Handgelenk. Das heilt etwas schneller, fünf Monate reichen im Durchschnitt.« Und nun begann Westley sonderbare Veränderungen in seinem Körper zu spüren, und er begann schneller zu reden, schneller und lauter. »Als nächstes die Nase. Du riechst den Morgen nicht mehr. Dann kommt die Zunge, tief herausgeschnitten, kein Stumpen bleibt übrig. Und dann dein linkes Auge—«

»Und dann das rechte Auge, und dann die Ohren, und machen wir so weiter?« sagte der Prinz. Es war 5 Uhr 54.

»Falsch!« Westleys Stimme hallte durch den Raum. »Die Ohren behältst du, damit du es auskosten kannst, wenn die Kinder schreien, sobald sie dich in deiner Scheußlichkeit sehen — jedes Baby, das vor Furcht zu weinen anfängt, wenn du ihm nahe kommst, jede Frau, die kreischt, ›mein Gott, was ist denn das für ein Ding?‹, wird dir für immer in deinen unversehrten Ohren klingen. Das ist es, was ›bis zum Schmerz‹ bedeutet. Es bedeutet, ich lasse dich leben unter Qualen, in Erniedrigung, unter den Launen des Elends, bis du es nicht mehr aushältst; so, da hast du es, du Schwein, jetzt weißt du es, du erbärmliche ausgekotzte Masse, und ich sag' dir jetzt, und leb' oder stirb, es liegt bei dir: *Laß den Degen fallen!«*

Der Degen polterte zu Boden.

Es war 5 Uhr 55.

Westleys Augen verdrehten sich in seinen Kopf hinein, und sein Körper krümmte sich und fiel halb aus dem Bett, und der Prinz sah es und ging zu Boden, griff nach seinem Degen, stand wieder auf und wollte den Degen heben, als Westley ihn anschrie: »Jetzt *wirst* du leiden, *bis zum Schmerz!«* Seine Augen waren wieder offen.

Offen und funkelnd.

»Tut mir leid, ich wollte ja gar nichts, bestimmt nicht, da«, und der Prinz ließ den Degen zum zweitenmal fallen.

»Fessle ihn«, sagte Westley zu Butterblume. »Mach schnell —

nimm die Vorhangschnüre, sie sehen so aus, als ob sie stark genug wären — «

»Du kannst das doch viel besser«, antwortete Butterblume. »Ich nehme die Schnüre herab, aber ich meine wirklich, das Fesseln solltest du machen.«

»Frau«, brüllte Westley, »du bist Eigentum des Greuelpiraten Roberts, und du . . . tust . . . was man . . . dir . . . sagt!«

Butterblume nahm die Schnüre ab und fesselte ihren Gatten, so gut sie konnte.

Humperdinck lag flach auf dem Boden, während sie das tat. Er schien merkwürdig zufrieden zu sein. »Ich hatte keine Angst vor dir«, sagte er zu Westley. »Ich hab' den Degen fallen lassen, weil der Spaß für mich viel größer sein wird, wenn ich dich jage.«

»Das glaubst du, was? Ich bezweifle, daß du uns findest.«

»Ich erobere Guldern, und dann kommt ihr dran. An der Ecke, wo du am wenigsten mit mir rechnest, da werde ich auf dich warten.«

»Ich bin der König der Meere — ich erwarte dich mit Vergnügen. — Ist er jetzt gebunden?« rief er Butterblume zu.

»Einigermaßen.«

Es gab eine Bewegung in der Tür, und dann war Inigo da. Butterblume schrie auf wegen des Bluts. Inigo beachtete sie nicht, er blickte umher. »Wo ist Fezzik?«

»War er nicht bei dir?« sagte Westley.

Inigo lehnte sich für einen Augenblick gegen die Wand, um Kräfte zu sammeln. »Hilf ihm auf«, sagte er dann zu Butterblume.

»Westley?« antwortete Butterblume. »Warum braucht er meine Hilfe?«

»Weil er keine Kraft hat, nun tu schon, was man dir sagt«, sprach Inigo, und plötzlich begann nun der Prinz auf dem Fußboden mächtig mit den Schnüren zu kämpfen; gewiß, er war gefesselt, gut gefesselt, aber die Kraft und die Wut waren auf seiner Seite.

»Du hast also doch geblufft, ich hab's mir ja gleich gedacht«, sagte Humperdinck, und Inigo sagte, »das war nicht sehr schlau von mir, das zu sagen, entschuldige«, und Westley sagte, »hast du denn wenigstens dein Duell gewonnen?«, und Inigo sagte, »hab' ich«, und Westley sagte, »dann wollen wir sehen, daß wir einen Platz finden, wo wir uns verteidigen können; zumindest können wir vielleicht zusammen weggehen«, und Butterblume sagte »ich helf dir auf, du armer Liebling«, und Fezzik sagte, »o Inigo, ich brauch' dich, bitte, Inigo; ich fühl' mich so verloren und elend und hab' Angst, und ich muß einfach wieder ein freundliches Gesicht sehn.«

Sie traten langsam ans Fenster.

Da irrte Fezzik verbiestert und verloren durch den Garten des Prinzen, er führte die vier riesigen Schimmel hinter sich drein.

»Hier«, flüsterte Inigo.

»*Drei* freundliche Gesichter«, rief Fezzik und hüpfte auf und nieder, wie immer, wenn die Dinge sich zum Guten wandten. »Oh, Inigo, ich hab' alles verdorben, und dann hab' ich mich verlaufen, und als ich durch die Ställe kam und diese hübschen Gäule hier sah, da dachte ich mir, das sind doch vier, und vier sind wir ja auch, wenn wir die Dame finden — Tag, Prinzessin —, und ich dachte mir, warum soll ich die denn nicht mitnehmen, für den Fall, daß wir uns alle noch einmal in die Arme laufen.« Er hielt einen Moment inne und überlegte. »Und ich glaub', so ist es ja nun auch gekommen.«

Inigo war mächtig erregt. »Fezzik, du hast selber gedacht«, sagte er.

Fezzik überlegte sich auch das einen Moment. »Heißt das, du bist mir nicht böse, weil ich mich verlaufen hab'?«

»Wenn wir bloß eine Leiter hätten — «, begann Butterblume.

»Oh, ihr braucht keine Leiter, um hier herunterzukommen«, sagte Fezzik, »es sind bloß zwanzig Fuß, ich fang' euch auf, aber springt nur einer nach dem andern, bitte; das Licht ist so schlecht, und wenn ihr alle auf einmal kämt, könnte ich daneben greifen.«

Und während Humperdinck mit den Fesseln kämpfte, sprangen sie, einer nach dem andern, hinunter, und Fezzik fing sie weich auf und setzte sie auf die Schimmel, und er hatte immer noch den Schlüssel, so daß sie zum Vordertor hinaus konnten, und sie hätten überhaupt keine Schwierigkeiten gehabt, hätte nicht Yellin inzwischen das Rollkommando wieder neu gesammelt. Wie die Dinge aber nun einmal lagen — als Fezzik das Tor aufgeschlossen hatte, sahen sie vor sich nichts als bewaffnete Gorillas in Reih und Glied, Yellin an der Spitze. Und keiner lächelte.

Westley schüttelte den Kopf. »Da fällt mir nichts mehr ein.«

»Kleinigkeit«, sagte ausgerechnet Butterblume und ritt den anderen voraus auf Yellin zu. »Der Graf ist tot, der Prinz in Lebensgefahr. Beeilt euch, und ihr könnt ihn vielleicht noch retten. Los, ihr alle.«

Keiner von den Gorillas rührte sich.

»Sie gehorchen mir«, sagte Yellin. »Und ich bin verantwortlich für die Öffentliche Ordnung, und—«

»Und *ich*«, sagte Butterblume, »*ich*«, wiederholte sie und stellte sich im Sattel auf, ein Geschöpf von unendlicher Schönheit, mit Augen, die nun Furcht zu erwecken begannen, »*ich*«, sagte sie zum dritten und letzten Male, »bin

die

KÖNIGIN!«

An ihrer Aufrichtigkeit war nicht zu zweifeln. Auch nicht an ihrer Macht. Oder an ihrer Fähigkeit, sich zu rächen. Sie sah gebieterisch über das Rollkommando weg.

»Rettet Humperdinck«, sagte einer der Gorillas, und damit stürzten sie alle ins Schloß hinein.

»Rettet Humperdinck«, sagte Yellin, als letzter, und offenbar war er nicht mit dem Herzen bei der Sache.

»In Wirklichkeit war das ja ein bißchen geschwindelt«, sagte Butterblume, als sie anfingen um ihre Freiheit zu reiten, »wenn man bedenkt, daß Lotharon offiziell nicht zurückgetreten ist, aber ich dachte, ›ich bin die Königin‹ würde besser klingen als ›ich bin die Prinzessin‹.«

»Ich kann nur sagen, ich bin beeindruckt«, sagte Westley.

Butterblume zuckte die Achseln. »Ich bin nun drei Jahre auf

die Königinnenschule gegangen, *etwas* mußte ja abfärben.« Sie sah Westley an. »Geht's dir besser? Ich hab' mir Sorgen gemacht, wie du da auf dem Bett gelegen bist und die Augen verdreht hast, und das alles.«

»Ich glaube, ich lag wieder im Sterben, da hab' ich den Herrn der Ewigen Liebe um die Kraft gebeten, den Tag zu überleben. Offenbar war die Antwort bejahend.«

»Nie gewußt, daß es *Den* gibt«, sagte Butterblume.

»Ich auch nicht, um die Wahrheit zu sagen. Aber wenn *Der* nicht existiert, mag ich auch nicht mehr.«

Die vier großen Gäule schienen fast zu fliegen, zum Kanal von Florin.

»Es scheint also, wir sind verdammt«, sagte Butterblume.

Westley sah sie an. »Verdammt, Madame?«

»Beisammenzubleiben. Bis einer von uns stirbt.«

»Ich bin schon gestorben, und ich habe nicht die leiseste Absicht, das je noch einmal zu tun«, sagte Westley.

Butterblume sah ihn an. »Müssen wir das nicht irgendwannmal?«

»Nicht, wenn wir beide versprechen, den andern zu überleben, und das versprech' ich dir jetzt.«

Butterblume sah ihn an. »O mein Westley, ich auch.«

›Und sie lebten glücklich und zufrieden bis an ihr Ende‹, sagte mein Vater.

›Na!‹ sagte ich.

Er sah mich an. ›Gefällt dir's nicht?‹

›Nein, nein, das kam bloß so schnell, der Schluß, hat mich überrascht. Ich dachte nur, es käm' noch ein bißchen mehr, sonst nichts. Ich meine, war das Piratenschiff nun da und wartete, oder war das bloß ein Gerücht, wie es hieß?‹

›Beschwer' dich bei Morgenstern. »Und sie lebten glücklich und zufrieden bis an ihr Ende«, so hört es auf.‹

Die Wahrheit ist: mein Vater hatte geschwindelt. Ich blieb mein Lebtag in dem Glauben, das sei der Schluß, bis ich diese

Kurzfassung machte. Da sah ich mir die letzte Seite an. So endet es bei Morgenstern:

Butterblume sah ihn an. »O mein Westley, ich auch.«

Hinter ihnen her, näher als sie gedacht hatten, hörten sie plötzlich Humperdinck brüllen: »Haltet sie! Schneidet ihnen den Weg ab!« Sie waren erschrocken, zugegeben, aber sie brauchten sich ja keine Sorgen zu machen: Sie saßen auf den schnellsten Pferden im ganzen Königreich, und sie hatten schon einen Vorsprung.

Aber das war, bevor Inigos Wunde wieder aufbrach und Westley wieder in Ohnmacht fiel und Fezzik den falschen Weg nahm und Butterblumes Pferd ein Hufeisen verlor. Und hinter ihnen erfüllte sich die Nacht mit dem lärmenden Crescendo der Verfolgung . . .

Das ist Morgensterns Schluß, ein ›Die Dame oder der Tiger?‹-Effekt (dies war *vor* ›Die Dame oder der Tiger?‹, Sie erinnern sich). Klar, er war ein Satiriker, und so beließ er es dabei, und mein Vater, wie ich wohl zu spät begriff, war ein Romantiker, und so gab er der Geschichte einen anderen Schluß.

Nun bin ich der Bearbeiter, und ich habe auch ein Anrecht auf ein paar eigene Ideen. Schafften sie es? War das Piratenschiff da? Sie können es sich selbst beantworten, aber ich, für mein Teil, ich sage, ja, es war da. Und ja, sie entkamen. Und wurden wieder gesund und erlebten noch jede Menge Abenteuer und hatten mehr als genug zu lachen.

Aber das heißt auch nicht, denke ich, daß sie ein glückliches Ende genommen haben. Denn, meiner Meinung nach jedenfalls, hatten sie reichlich viel Zank, und mit Butterblumes Schönheit war es irgendwann aus, und Fezzik verlor eines Tages einen Ringkampf, und irgendein aufstrebendes Talent verdrosch Inigo mit dem Degen, und Westley konnte nie mehr richtig fest schlafen, denn vielleicht war Humperdinck ihm auf der Spur.

Verstehen Sie, ich will kein Spaßverderber sein. Ich meine, ich glaube wirklich, die Liebe ist die beste Sache von der Welt, ausgenommen Hustenbonbons. Aber ich muß auch sagen, zum soundsovielten Mal, das Leben ist nicht gerecht. Es ist bloß gerechter als der Tod, das ist alles.

New York City
Februar 1973

Hobbit Presse bei Klett-Cotta

Die Hobbit Presse, mit dem Erscheinen von Tolkiens »Herrn der Ringe« begründet, hat sich von Anfang an den Schlachtruf »Die Phantasie an die Macht!« von Novalis auf die Fahne geschrieben. Und unter diesem Motto haben wir »Fantasy der besonderen Art« (Die Welt) versammelt. »Gewaltige Tagträumereien«, eine Literatur, »die auf die realistische Verarbeitung menschlicher Erfahrungen verzichtet und die sich uns als unerschöpfliches Flechtwerk der Phantasie präsentiert.«
(Gert Ueding).

T. H. White:
Der König auf Camelot
Aus dem Englischen von Rüdiger Rocholl
Band 1: 304 Seiten, broschiert, ISBN 3-608-87504-2
Band 2: 333 Seiten, broschiert, ISBN 3-608-87505-0

»Geistiges Entzücken – das ist eines der Schlüsselworte zu diesen Wäldern, Burgen, Ungeheuern und Hinterhalten. Oft kommt man kaum zum Weiterlesen, weil das eben Entdeckte so kostbar ist, daß man aufspringt, um cs jemand vorzulesen – und liest man hinterher für sich selbst weiter, so treibt einem die Freude über ein neugefundenes Fabelwesen von Einfall oder Wortwitz schon wieder hoch. . .«
Eugen Skasa-Weiß

William Goldman:
Die Brautprinzessin
S. Morgensterns klassische Erzählung von wahrer Liebe und edlen Abenteuern
Die Ausgabe der »spannenden Teilen«
Aus dem Englischen von Wolfgang Krege
324 Seiten, broschiert, ISBN 3-608-87500-X

»Die Erzählung, meisterhaft übersetzt, ironisiert in überaus geistreicher Weise sich selber. Eine hinreißende Erzählung, ebenso phantasievoll wie gescheit.«
Philipp Wolff-Windegg

Hobbit Presse bei Klett-Cotta

J. R. R. Tolkien:
Nachrichten aus Mittelerde
Herausgegeben von Christopher Tolkien.
Aus dem Englischen von Hans J. Schütz.
603 Seiten, Karten, broschiert, ISBN 3-608-87501-8

»Nachrichten aus Mittelerde« enthält neben den Texten aus Númenor und Mittelerde Anmerkungen und Kommentare, ein ausführliches Register mit Worterklärungen, eine Karte von doppelt so großem Maßstab wie im »Herrn der Ringe« und versehen mit einigen Korrekturen und Ergänzungen, sowie die einzige von Tolkien selbst gezeichnete Karte der Insel Númenor.

Peter S. Beagle:
Das letzte Einhorn
Aus dem Englischen von Jürgen Schweier.
261 Seiten, broschiert, ISBN 3-608-87502-6

»Ein kleiner Roman, eine große Geschichte, eine Märchen-Legende – geschrieben, hingeträumt in gelassenem, kultiviertem Volkston. Sie hat den ganzen naiven Ernst, dessen der Traum vom Einhorn und vom großen Abenteuer bedarf, sie hat jene Ökonomie, die vor Übertreibungen schützt – und auch die zarte Ironie, mit der sich Menschen unserer Tage absichern gegen die Wahrheit des Märchens.«
Christian Ferber

William Horwood:
Der Stein von Duncton
Aus dem Englischen von Karin Polz
597 Seiten, broschiert, ISBN 3-608-87503-4

»Horwood entwirft eine Traumwelt, in der Leben nur im Einklang mit den Gesetzen der Natur und der Umwelt einen Sinn ergeben. Nicht Menschen spielen die Hauptrollen, sondern Maulwürfe. Er versteht es meisterhaft, das Biotop des nahezu blinden Insektenfressers als Kulisse für die Handlung auszumalen.«
Basler Zeitung

Die Straße
gleitet fort und fort